血脉

樊俊利◎著

中国言实出版社

图书在版编目(CIP)数据

血脉 / 樊俊利著 . -- 北京 : 中国言实出版社 ,
2022.4

ISBN 978-7-5171-4124-2

Ⅰ . ①血… Ⅱ . ①樊… Ⅲ . ①散文集—中国—当代
Ⅳ . ① I267

中国版本图书馆 CIP 数据核字 (2022) 第 056580 号

血脉

责任编辑：张国旗
责任校对：郭江妮

出版发行：中国言实出版社

    地   址：北京市朝阳区北苑路180号加利大厦5号楼105室
    邮   编：100101
    编辑部：北京市海淀区花园路6号院B座6层
    邮   编：100088
    电   话：010-64924853（总编室）   010-64924716（发行部）
    网   址：www.zgyscbs.cn 电子邮箱：zgyscbs@263.net

经   销：新华书店
印   刷：成都市兴雅致印务有限责任公司
版   次：2022年6月第1版   2022年6月第1次印刷
规   格：710毫米×1000毫米 1/16 19印张
字   数：330千字

定   价：69.80元
书   号：ISBN 978-7-5171-4124-2

序　言

　　一部作品从酝酿到诞生，作者内心经历过怎样苦痛的煎熬与挣扎，恐怕只有其本人知晓。读者充满阅读期待的只是品尝果实瓜熟蒂落后的甘美，却无从替作者分担什么。我知道，俊利同志在胜利油田是一位非常勤奋、高产的石油作家，文字功底十分扎实，长期活跃在胜利油田文学创作的一线。

　　他在创作的道路上，的确敢啃"硬骨头"。报告文学可谓文学家族中的"硬骨头"。许多作者不太情愿或不太敢涉猎此类体裁，是因为它不像其他文学体裁那样可以任意驰骋、天马行空去想象。它必须靠脚踏实地去采访，依据充分的既有事实去完成原始素材的积累，然后再经过作家的消化和沉淀，酿造出适合读者味蕾的佳酿。写这类体裁的作品，既劳心又费力，既呕心沥血，又得四处奔波寻找信息线索。这对于一个年过半百的人来说，不啻一次心智和体力上的双重考验。

　　俊利同志接受的这个中国作家协会定点深入生活项目，应该是近几年来交给胜利油田作家为数不多的"硬活"，也是我刚接手胜利油田文联工作以来的一次文学重担。中国作协能把这副重担交给胜利油田作家，既是对石油战线的认可，也是对胜利油田文联的信任，更是对石油作家本身创作实力的认可。因为工作业务关系，我与他有过交集，觉得他为人为文的品性还是可圈可点的。即使我在青岛疗养院工作的那几年，也经常听到朋友对他的赞誉，他不仅笔耕不辍、创作颇丰，而且为人谦虚内敛。在他这个年龄段，能有如此丰厚的人生经验和阅历积累的人并不多见。俊利同志是一个表里如一、内外兼修的文人，他对待朋友的真诚和谦逊让许多人称道。他能将身段放得很柔软，为了打磨好一部作品，他不仅不耻下问，而且也勇于上问。他先后组织了几次作品改稿会，从作品的精心架构到标题的仔细推敲，从人物形象的展现到细节的雕琢研磨，反复听取来自不同方面的意见和建议。在作品还没有完全出炉的时候，敢于在众目睽睽之下解剖自己，的确是需要足够勇气的。

这部《血脉》是长篇纪实文学作品，立意高远，语言生动、质朴，情感丰沛、充盈，细节让人过目难忘。之所以选择这个题材，是因为作者心中对石油充满了浓浓的情怀，他热爱石油行业，在石油战线上奋斗了几十年，耳闻目睹太多的感人故事。"为什么他的眼中常含着泪水？是因为他对石油爱得深沉。"俊利同志想竭力通过对石油英模的歌唱、对平凡而伟大事迹的颂扬，扛起自己作为石油战线作家的责任，表达自己对石油的感恩，这一点尤其令人感动。这个恢宏的创作题材，按说应该由有关部门组织，但俊利同志却主动担当，呕心沥血，亲力亲为，从这点上说，他创作这部作品不就是石油精神的赓续吗？

这本书的脉络是石油精神的传播过程。从胜利油田早期会战，到新时代能源高质量发展所衍生出来的石油精神，从油田不同阶段具有代表性的英雄模范组成绵延不绝的石油精神，到展示我们耳熟能详的典型人物可歌可泣平凡而伟大的业绩。如果说胜利精神发端、流变、丰富的演进脉络是作品大树的主干，那么，这些在作品中间鲜活的人物和事件则是作品茂密的枝叶，它们立体而多维地展现在人们面前，一股股充满正能量的浩荡之气扑面而来。

石油行业，在外界或许带有某些神秘色彩，但真正置身其中，才会真实理解石油人的酸甜苦辣。俊利同志以敏锐的观察力、强大的责任感和不怕困难的勇气，对许多被人遗忘的情节进行了抢救性采访整理，汇集挪移到我们眼前，让我们如临其境，如见其人，如闻其声。描述场景和刻画人物应该是一个作家的基本功，而俊利同志恰恰是拿捏有度。没有修炼到一定火候，即使胸陈雄兵百万，也很难驾驭大局。俊利是一个执着的人，他对文学的挚爱已经到了炽热的程度，然而，对于一名资历丰富的基层管理干部来说，在一些人眼中他可能不是最成功的，因为他视名利淡然了许多。

罗丹说过："生活中不是没有美，而是缺少发现美的眼睛。"作家观察生活不同于一般人的是，他们能从熟视无睹的日常生活里挖掘出被现实遮蔽了的事物，并将它们重新打磨得锃光瓦亮，呈现在世人面前。这些散落在油田不同角落的珍珠，仿佛被俊利同志信手拈来，拂去尘埃，用石油精神贯穿其中，从而使文本散发出自身的光彩与魅力。

　　石油精神的链条之所以没有被割裂，是因为总有这样一群以命搏油的先驱。从铁人王进喜那一声穿越时空的呐喊，地球为之颤动，到如今一座座现代化的油田拔地而起，黄钟大吕之声经久不息，铁人精神代代相传。传承胜利精神，赓续石油血脉，成为一代代石油人的骄傲。纪实文学品质的可贵之处正是它以真实的冲击力唤起我们心灵的觉醒，让我们不忘初心，牢记使命，在中国能源发展新征程上策马扬鞭。习近平总书记在中国文联十一大、中国作协十大开幕式上发表重要讲话："希望广大文艺工作者心系民族复兴伟业，热忱描绘新时代新征程的恢宏气象。"俊利同志正是这种践行使命、勇挑担子的文艺工作者。文艺是时代的号角，期待更多的优秀文艺工作者脱颖而出，期盼更多的文艺精品出世，凝心聚力聚魂，唱响新时代的石油之歌！

　　　　　　　　　　胜利油田群团工作部副主任、文联副主席　王如涛

目录
CONTENTS

第三章

端牢饭碗　踏上新征程

引　言

国家血脉与地球颤抖

　　石油犹如埋藏于大地深处的黑色金子，而她原本的面貌苍绿而美丽。展开那幅被埋藏的画面，会看到茂密的参天大树，经地壳的抖动和打磨、熔岩的冶炼，随着无数年轮的缠绕、熬制，蜕变成另一种绚丽在地下蛰伏起来。

　　蜿蜒约5500公里的黄河跨过千山万水，披着阳光，披着月光，披着星辰脉脉含情的目光，一路向东，终于扑向大海的怀抱。黄河与大海相会，注定有许多亲昵，有许多悄悄话，有建设家园的梦想。这个家园肯定不一般，不仅有水的温柔，而且还有石油的芬芳，有钢的坚强。

　　黄河携带着黄土高坡的"馈赠"让大海退却，孕育了荒原、湿地，孕育了红柳、芦苇。

　　天地无言，大河无语，荒原却从来都是石油孕育和繁衍之地。荒原以其空阔呈现天地之大美，有情无言，有爱无声，有理无争，有痛无悔，那静默和荒芜绝非冷漠，倒显出一种震人魂魄的伟力！

　　她曾久久沉睡，又似静静沉思，久候在荒原深处，默默地等待，等待钢铁的新郎将她迎娶到历经沧海桑田的世界。苦苦地等待，终于等来了！在钢铁的钻杆呼啦呼啦的呼唤声中，她舒展腰身，重新见到久别的日月，向人类昭示着自然之母的厚爱，向人类文明献身报恩。

　　然而，随着石油应用到现代工业文明之中，石油也将人类引向一场又一场纷争。石油立国，谁掌握了石油谁就掐住了世界经济的"脖子"，于是，就有了争夺，有了硝烟，有了看得见的和看不见的战争！

于是，就有了钢铁，有了地球的颤抖。

也许石油与钢铁有着前世的情缘。

石油是黑色的，钢铁机器也是黑色的。打石油的井架子、抽石油的提油机都叫"铁树"，那些骨骼坚硬、为油拼命的人叫"铁人"……

那么，"铁人"是怎样炼成的呢？

时代是"斧锤"，石油精神是"炉火"，它们将优秀的石油将士锤炼成"铁人"。

20世纪50年代初，刚刚成立不久的新中国千疮百孔，百废待兴，内忧外患，那是中国人吃不饱、穿不暖的年代，那是帝国主义拉着蒋家王朝不断挑衅我们的年代。严重"贫血"的共和国急需石油的"血液"。

1952年8月1日，曾为解放陕南地区立下赫赫战功的中国人民解放军第19军第57师全师整体改编为中国人民解放军石油工程第一师，7741名在烽火战场上奋勇杀敌的勇士成为勇战矿场的石油工人。

1956年，石油工业部宣告成立，李聚奎将军担任第一任部长。1958年2月，解放军总后勤部原政委、"独臂将军"余秋里担任第二任石油工业部部长。

20世纪60年代初，刚刚推翻了头顶上三座大山的社会主义新中国面临着三年自然灾害带来的巨大困难，苏联撤走了石油专家，昔日"老大哥"卡我们的脖子，中断我国的石油供应。在党中央的领导下，余秋里部长以"拼命也要拿下大油田！把贫油的帽子扔进太平洋去！"的英雄气概，指挥发动了新中国第一场规模巨大的石油战役——松辽石油会战，中央军委批准将3万退伍官兵开赴松辽前线。

荒草、野地、盐碱滩、狂风、暴雨……这些荒凉的风物，成了地下石油的标记，成了锻造、孕育铁人的"熔炉"。

因此，伟大的解放军精神就是铁人精神的雏形和母体，红色的基因从此就注入了石油工业。

"三老四严"源于松原石油会战时期采油指挥部三矿四队。会战初期，这个队组建不久，新来的学徒工小孙因操作失误挤扁了刮蜡片，还让材料员为他保密。队长辛玉和了解情况后认为"小洞不补，大洞尺五"，他严肃地批评了小孙，使其认识到自己的错误。他们还召开了事故分析现场会，在全队开展了"当老实人、说老实话、办老实事，严格要求、严明纪律"的"三老两严"活动。1962年，石油工业部把"严密的组织、严肃的态度"补充进去，把这项在实践中探索并创造出的经验，概括为"三老四严"的革命作风。

"四个一样"源于采油指挥部二矿五队5排65井组。会战时期油田点多、现场面广，有很多岗位需要单独顶岗，昼夜值班。5排65井组投产后不久，冬天的夜晚经常发生冻管线的事故。队长李天照发动大家找原因。有人检讨说："自己夜里值班累了，打了瞌睡，执行制度马虎了。"也有人反映："白天人来人往瞧得见，夜深人静，值班的人就从思想上放松了，往往做不到在规定的时间内检查。"在李天照的带领下，这个井组在工作实践中又进一步摸索，形成了现在所说的"四个一样"，即"黑天和白天一个样、坏天气和好天气一个样、领导在场和不在场一个样、没有人检查和有人检查一个样"。

在工作实践中，逐渐形成了"大庆精神"："为国争光、为民族争气的爱国主义精神；独立自主、自力更生的艰苦奋斗精神；讲求科学、'三老四严'的求实精神；胸怀全局、为国分忧的奉献精神。"概括地说就是"爱国、创业、求实、奉献"。

王进喜，乳名"十斤娃"，甘肃省玉门县赤金堡王家屯人，15岁到玉门油田打工谋生，在这里度过了他的青春。随后，他担任了玉门局钻井公司贝乌5队队长，创造了全国钻进速度第一名，从此名声大振。贝乌5队被命名为"钢铁钻井队"，王进喜被誉为"钻井闯将"。他带领1205钻井队参加了松辽石油会战，喊出了"石油工人一声吼，地球也要抖三抖！"的豪言壮语，带着钢铁的颜色、钢铁的坚强，响彻山河内外，气贯云霄，感天动地，撼人心魄，王进喜被人称为"王铁人"。他是中国工人的光辉典范、中国工人阶级的先锋战士、中国共产党人的优秀楷模。铁人精神的内涵包括："为国分忧、为民族争气"的爱国主义精神；"宁肯少活二十年，拼命也要拿下大油田"的忘我拼搏精神；"有条件上，没有条件创造条件也要上"的艰苦奋斗精神；"干工作要经得起子孙万代检查，为革命练就一身硬功夫、真本事"的科学求实精神；"甘愿为党和人民当一辈子老黄牛"、埋头苦干的无私奉献精神。

铁人精神是大庆精神的具体化和人格化。

精神是旗帜、是追求、是支柱，国家的强盛、企业的发展都离不开精神的引领。铁人精神、大庆精神是石油精神的"主动脉"，也是中国精神的重要组成部分。

"铁人"是伟大的，他们站得高看得远，胸怀祖国；"铁人"是胸怀宽广的，他们像大海一样包容开放；"铁人"是坚硬的，任何艰难困苦都会在他们面前低头；"铁人"是崇高的，他们始终将奉献放在第一位。

1959年4月11日32118钻井队在松基3井开钻，9月26日出油，从此诞生了新中国第一个大油田——大庆油田，使我国摘掉了贫油国的帽子。

神州大地在振奋，地球在抖动。

1960年8月，原地质部中原物探大队在郑州召开了华北物探资料综合研究成果汇报会议，会后根据地震二队的详细资料，在东营局部构造上选定华北平原第八口基准井华8井，迅速确定了井位。

铁人精神是动力、是源泉。

在困难时期，华北石油勘探处32120钻井队的职工高唱着"我为祖国献石油"的豪迈之歌，克服口粮不足、天寒地冻等许多困难，于1961年2月26日开钻。4月16日试油日产原油8.1吨。华8井，使华北平原石油勘探实现了零的突破，是中国第二大油田——胜利油田发展壮大的基石。

1962年9月23日，营2井获得日产量达555吨的高产油流，随后对外保密的"广北农场"改称为"九二三厂"。

1964年1月15日，华北石油勘探会战打响，共约15000人参战。分布在东营、黄骅两个地区，重点在东营，先后打响了坨庄—胜利村战役、通—王—惠战役、滨南地区战役等。1965年1月31日，随着第一口"千吨井"——坨11井的发现，胜利油田正式建立起来。到1966年，华北石油勘探会战取得了重大勘探成果，在中国东部地区又开辟了一个新的石油基地。

铁人精神、大庆精神是胜利精神的"根"。

1966年2月，为了支持胜利油田的开发建设，大庆油田从"三老四严"的发源地——采油一厂中四队，分出30名职工来到胜利油田，组建了胜采四队。从此，带着大庆精神基因的30粒"种子"扎根胜利油田，枝繁叶茂，开花结果。

铁人精神已深刻渗透到每一位石油人的肌理、骨髓、细胞，跨越时代，宛如一根环环相扣的链条。

作为中国重要的石油工业基地，胜利油田经过60年的勘探开发建设，实现了"从东部到西部，从陆地到海洋，从国内到国外"的跨越，为我国石油工业"稳定东部，发展西部"的战略实施发挥了重要作用。

60年的发展历程，成果丰硕，业绩振奋人心：累计发现81个油气田，探明石油地质储量56亿吨。胜利人不仅在烟波浩荡的渤海湾上建成了我国规模最大的浅海油田，同时还在戈壁大漠的准噶尔盆地西部建成百万吨级原油生产基地。累计生产原油12.5亿吨，实现收入2.32万亿元，上缴利税1.02万亿元，为保障国家能源安全做出了重要贡献。

这些数字令每一个胜利人骄傲和自豪。《我为祖国献石油》的歌曲依然那么响亮。

石油是现代工业的血脉。时代像一列高速运行的列车，祖国的石油事业日新月异，翻天覆地。如今，生活条件好了，再不用住干打垒、啃菜籽饼了，石油少了几分苦涩，多了几分金色；钢铁少了几声叹息，多了几分自豪和欢欣。早期开发油田的将士们已经两鬓斑白，面容虽然沧桑却依然刚毅，脊背虽然弯曲却一直硬朗。他们就像孤岛的老槐树，身披岁月的风霜，虽然歪曲、站立不稳甚至倒下了，但根部却钻出新的枝丫。

铁人精神，就是源自峥嵘岁月的清泉，熟悉的喘息、浪花和脾性始终没变。欢欣与痛楚，和石油交织在一起，难舍难分，犹如精神与血脉不可分离。沉甸甸的接力棒交到了"油二代""油三代"手中，薪火相传，成为坚韧不绝的纽带。铁人精神像一把种子撒下去，长出一棵棵禾苗，每一株的根都格外遒劲，枝繁叶茂。新一代石油人血液中流动着滚滚石油，骨骼锻造成钢，继续高举着石油精神的火把，沿着"我为祖国献石油"的大道奔跑。

胜利精神像一棵小树，它吮吸着时代的阳光雨露，伴着时代的步伐，不断成长，最终长成参天大树。在新时代、新环境下，胜利精神不断丰富新的内涵。

1985年，胜利油田总结提出了"五种精神"："立志改革、开拓前进的创新精神，自觉加压、勇挑重担的进取精神，滚石上山、逆水行舟的拼搏精神，大胆探索、勇于实践的求实精神，同心同德、团结战斗的协作精神。"

1992年，胜利油田总结提出了胜利精神："坚定不移的政治信念，以国为重的主人意识，以苦为荣的奉献精神，求实创新的科学态度。"

2002年，胜利油田总结提出了"从创业走向创新，从胜利走向胜利"的新时期胜利精神。

"十三五"以来，胜利油田全方位、深层次推进"五大战略、三大目标"，率先提出了"绿色低碳战略"，建设领先企业、打造百年胜利，推动高质量发展。

2021年4月16日是胜利油田勘探开发60周年纪念日，在这重要历史节点，油田系统总结提炼了新时代的胜利精神："爱国、创业、创新、开放"，即"胸怀全局，为国担当的爱国精神；艰苦奋斗，接力奋进的创业精神；敢于探索，勇于变革的创新精神；合作双赢，融合发展的开放精神"。新的胜利精神，为胜利石油大军高举新征程的大旗，指引全体胜利人迎着新时代的光辉，一路向前，续写新的辉煌。

作为石油精神的一根脉络，胜利精神具有强大的震撼力和冲击力！

建设领先企业，需要领先文化引领。

一个个铁人就是时代的英雄。

60载的风雨雪霜，60年的奋斗年华。

时光轻得像一只在天空中划过的飞鸟，有时找不到一丝印痕。但石油的发展史，却是一方犁过的田野，一根没有断过的链条。胜利人不但秉承铁人精神，而且紧跟时代的步伐，跳出胜利发展胜利，以国为重，为国奉献，创新进取，勇于担当，立足石油，开拓外部，西征东进，盘山越海，为国找油，为国创效，勇做改革的排头兵、领头羊、试验田。改革开放以来，在市场经济的浪潮中，胜利精神不仅保持了"钢铁"的元素，而且融入了劳模精神、劳动精神、工匠精神、雷锋精神、创新精神、改革精神等，丰富了新的内容，成为新时代的"合金"。

当前，一个严峻的事实摆在国内石油产业面前。一方面，存在勘探难度大、油藏含水量高，井网、井筒、主阵地老化，东部老区分散、隐蔽等困境，由于勘探开发技术不足，中国石油行业增长乏力；另一方面，国内原油需求量不断攀升，中国被迫扩大原油进口，对外依赖度逐年增加。美国控制着石油的重要"水龙头"，加紧对我国的能源封锁。从2014年下半年到2020年，国际油价断崖式下跌，从某种意义上，石油开发进入寒冬期，而胜利人胸怀国家能源安全的大局，牢记"我为祖国献石油"的初心，经历了一场史无前例的大变革，在稳定主业的同时，近一半的职工眼含热泪离开了几十年钟爱的石油岗位，跳出石油发展石油。面对自然环境恶劣、任务重、压力大、条件艰苦等困难，他们忍受着时代挑战带来的阵痛，壮士断腕，刮骨疗伤，担当作为，"两条腿"走路，开拓两个市场，弘扬胜利精神，在困境重重、举步维艰的"雪山草地"进行了"第二次长征"，以苦为乐，抛家舍业，顽强拼搏，勇于奉献，取得了重大胜利，实现了扭亏为盈，打响了"胜利铁军"品牌，赢得了社会各方的普遍赞誉。

岁月已经把那些动人心弦的故事、激情燃烧的画面、气贯长虹的号子尘封在昨日，但揭开那层遮布，它们又鲜亮亮地呈现在眼前。

眼下，受国内外复杂形势影响，国际油价攀升，国家能源安全面临诸多挑战，石油是悬在我们头上的"达摩克利斯之剑"。国际油价无论上涨还是下跌，对于我国石油开发企业都是挑战。

关键时刻显担当，危难时刻逞英豪。胜利石油人坚决扛起"在经济领域为党工作"的责任使命，为保障国家能源安全交上一份满意的答卷。

2021年10月21日，渤海之滨，大河之洲，阳光明媚，鸟儿飞翔。下午，习近平总书记来到胜利油田，深入勘探开发研究院、二氧化碳注入现场和钻井现场实地考察调研，看望慰问干部员工。习近平总书记对于胜利油田60年发展取得的辉煌成就、做出的重大贡献给予充分肯定："当年我们是贫油国。新中国成立之初，搞石油大会战，对当时我们国家在层层封锁下实现自力更生、搞工业化建设起到了重要作用。咱们石油战线居功至伟、功不可没！"习近平总书记指出："对于我们石油能源产业来说，下一步就是要把技术搞上去，不断提高生产能力、降低成本，同时按照绿色低碳转型的方向，实现节能降碳的目标。"习近平总书记勉励大家："石油能源建设对我们国家意义重大，中国作为制造业大国，要发展实体经济，能源的饭碗必须端在自己手里。希望你们再创佳绩、再立新功！"殷殷嘱托，关乎能源安全；谆谆教导，心系长远发展。

习近平总书记对石油石化的深厚感情和殷切期望，更是对油田广大员工的诚挚关爱和极大鼓舞。

仰望祖国的天空，当年的豪言壮语还挂在蓝天白云，定格在万里苍穹。风吹不跑，雨带不走。感人肺腑的故事，时光磨砺的石油精神和为国担当、以国为重的责任感，都随着钢铁的井架一起流传下来。抚摩着粗粝的钢铁，感受到的不仅是它的硬朗、稳固与坚韧，还有藏在其背后的那些动人心弦的岁月时光。

我十分庆幸与石油的缘分，作为一名在黄河岸边长大的农家子弟，我有幸走进了石油行业的大门。翻开石油的"史记"，重温斑驳沧桑的石油开发史，那段激情燃烧的岁月硌疼了我；身边的那人那事，填满了我的胸膛，不吐不快；我的心海被投入一粒粒石子，激起一阵阵晃荡的涟漪。我把油田当成第二个故乡带进心底，多少次睡梦中，钻机的隆隆声依旧韵脚清亮，那一片浓浓的黑，早已深深地流淌于我的血脉中……作为一名基层作者，我心潮澎湃，热血沸腾。原计划抽出时间对全国石油系统进行一系列采访，寻找一个个动人的故事，展现新时代的石油精神，不料一场突如其来的疫情打乱了原先的采写计划。

油田就是一台机器，科研、物探、钻井、建工、采油、运输、供电、供水、后勤等就是这台机器上的一个个零件，相互协作，缺一不可。无论哪个油田、哪个单位、哪个岗位，只要是石油人，都是在为祖国献石油，都是在赓续着石油精神。每一滴石油都绽放着同样的光芒。

天下石油人是一家，那我就从身边写起吧。

我身边的石油人就是石油精神血脉的传承者。石油人是顽强的，犹如钢铁；石油人是平凡的，犹如一棵棵芦苇、一片片树叶；石油人是温柔的，一滴眼泪、一缕星光，就可以打开心中的大门，流淌出滚烫的汁液；石油人是崇高的，他们的眼光、胸怀首先是国家，是石油。

让我以耳闻目睹告诉你吧，铁人的口号还在耳边回响，地球还在颤抖。

让我以亲身感受告诉你吧，石油人踏着新时代的光辉，依然高举着"铁人"的"火把"前行在路上。

让我以眼泪告诉你吧，那些侠骨柔情之中有温度有厚度、平凡而又潸然泪下的故事依然在口耳相传、生生不息，《我为祖国献石油》的歌声依然那么动听、响亮！

第一章

雕刻在荒原上的
激情岁月

根　基

1935 年，刚从瑞士留学回国的黄汲清先生两眼盯上了华北这片神奇的土地。通过一番调研，他认为渤海湾和东北、西南、西北等地一样都可能有石油。

科学的预见带来希望的光芒。

1945 年，另一位地质专家谢家荣在冀东地区野外地质调查时见到了油苗。

一定要揭开这些沉睡地域的神秘面纱！

"独臂将军"余秋里成为共和国的石油工业部部长后，对科学家们的发现十分关注，誓言在华北找出石油。

1960 年 2 月 20 日，中共中央批准，在松辽平原开展石油大会战。4 月 29 日，于萨尔图草原上举行万人誓师大会，5 万石油大军云集萨尔图，中国历史上第一次规模盛大的石油大会战全面打响！

会战热火朝天，捷报频传。坐镇松辽指挥战役的余秋里将军却独自静静地站在巨幅共和国地图前，他把眼光投向了渤海湾，凝视着、沉思着……

1955 年石油地质普查工作在华北平原展开，一些外国专家断言：华北平原没有中生代和新生代的海相沉积，不可能有石油。但中国的地质专家却认为，过去这里是一片汪洋，随着地壳的运动，巨大的海盆里沉积着丰厚的资源。

可为什么没见到石油呢？

地质部和石油工业部联手在华北平原作战，第一口基准井——华 1 井未见到石油。随后，在山东、河南境内打出的华2井至华6井，都相继给人以失望。

难道"老外"的判断是正确的？

就在徘徊之时，渤海海面发现了漂浮的油苗——在苍茫浩瀚的黄河北岸，常常发现一些黑色的漂浮物，随着潮起潮落时隐时现。

太好了！

这些油苗就像希望的火苗，在共和国地质部、石油工业部决策者心中熊熊燃起。

1958年秋天，由地质部牵头，成立了渤海湾油苗调查组，从大连出发，行程1000多公里，沿着海滩查找油苗：荣成海岸线有油花在退潮时出现，潍坊白银河也有踪迹，沾化沿海也曾发现黏稠如油状的物体……最终他们获得了黑色凝固物的标本，经化验证实为石油！这些油苗来源于渤海湾的地下断层，渤海湾有油！

1960年初，华北石油勘探处32120钻井队开始钻探华7井。虽然没见到油，却发现济阳坳陷，坳陷就是盆地，是产生石油的理想地质条件。这一令人振奋的消息证明：渤海湾是聚集石油的有利地带！

余秋里将军像每次战役打响之前一样沉着和冷静，他在狭窄的土坯房内走来走去，突然停下了脚步，"咚——"，一记重拳砸在简易的木桌上，震得电话机晃了几晃，尘灰四起。

这是1960年下半年的一天，余秋里部长亲自批准了钻探华7井的32120钻井队移师一个叫东营的小村庄，打下编号为"华8井"的勘探井。

1

队长李仲田是第一个从商河赶到东营的，与他乘一辆车来的还有技术员贾慧中。这是1960年11月的一天。

那天，太阳还没露头，他们从井队上装了一车的零碎部件和办公生活用品，急匆匆地向东北方向一路进发。绿色的解放牌大卡车像一头老牛吼叫着、颠簸着，"吱呀——吱呀——"，好像不堪重负，车厢一个劲儿地叫唤。初冬的冷风横扫着，大地上的绿色早已被刮得无踪无影，窗外的树枝和野草不住地颤抖。穿着蓝色杠杠棉工服，戴着棉帽，李仲田和贾慧中却感觉得一阵阵凉风直往脖子里钻，越走心里越凉：村庄稀少，树木少见，一片肃杀和冷寂。

　　说起这李仲田，还是一个传奇人物哩。他祖籍河南安阳，生下来两个多月时母亲病逝，撇下一男一女两个孩子。家里穷得揭不开锅，为了让孩子们能够活下去，父亲把女儿送给别人当童养媳，还打算把李仲田送人。得到消息的姑姑心疼侄儿，发誓只要自己有口吃的绝不能饿着他，把侄儿抱回了自己家。李仲田15岁的时候，姑姑离世，李仲田跟着比自己大几岁的表哥生活，两年后，为了填饱肚子，他到地主家当长工。1947年，李仲田报名参加了王震领导的晋绥军区野战第二纵队，被编入第三军57师。1952年，他所在的连队集体转业到玉门油田，他也随队担任排长。他在甘肃钻井队打油，住在老乡家里，结识了本地姑娘甘玉兰，随后两人结婚，跟随井队过着四海为家、漂泊不定的生活。

　　过了广饶县城，车灯亮起，像一位老人浑浊的眼神，在漆黑空旷的黑夜中摸索着前行。窗外，打卷的狂风卷起一些灰尘和树叶，忽上忽下，敲打着车窗。

　　"队长，会不会有野狼啊？"小贾的声音有点发抖。

　　"哈哈，平原上哪儿来的狼哩？别怕，有我呢。"其实，到底有没有狼，李仲田也不知道。但他内心着实一点不害怕，当年迎着枪林弹雨都过来了，还害怕这黑夜和冷风？

　　绿色"老牛"又哼哼唧唧了一个多小时，终于到达目的地。从车上下来，四周一片漆黑，野风叫得更欢。不远处三三两两萤火虫般的灯光在寒夜中抖动。有灯光的地方肯定有人家嘛！他们朝前走了几百米，灯光前站着一个黑影。

　　"是石油大哥吧？"原来是公社的秘书，专门候着接待他们。

　　进了一间四处通风的草棚里，三个人草草地填了一下肚子，在草棚地上铺了一张草席，一会儿就进入了梦乡。

　　醒来时，太阳已经老高，实在是太累了，这觉睡得真香！"嗨，这村里咋没有鸡叫哩？都睡过头了！"

　　"唉，别提了！这地方人都吃不上饭，谁家还养得起鸡哩？"

　　公社秘书带着他们向东走，边走边介绍着。

　　这个小村子可有来历呢！秘书开始眉飞色舞。当年秦王李世民一路东征，来到这里安营扎寨，一边是东营，一边是西营。后来就有了两个村子。

　　"唉——"秘书长叹一声，"就是太穷了！地太咸了，种啥啥不活，这山东的'北大荒'可不是徒有虚名，这日子哟过得太苦了……"

一会儿的工夫，他们竟走出三里路。天哪，李仲田这才看清荒原的真实面貌：一望无际，天苍苍白茫茫，地上仿佛铺了一张硕大的白纸，偶尔见到几棵有气无力的芦苇，寒风裹着几棵缺胳膊少腿的黄须菜干棵子滚动着，风硬得像一把大刀，横着扫过，村子的破土坯房摇摇欲坠……真是个鸟不拉屎的地方啊！

一种刺眼的空荡，一种心头上压了冰块的凉，一种看不到希望的荒芜，像被戳破的气球，瘫软似的黏在他们脚下。

"喏，那就是哩！"

顺着秘书的手指向前看，干枯的芦苇丛中立着一根1米多高的木桩，上面竖排着一串黑色的字：地震第八测线11300号桩。这就是华8井的井位了。

第二天，在由商河到广饶的公路上，十几辆大卡车满载着大块的铁家伙浩浩荡荡披着朝阳进发，后面飞扬起一阵阵黄尘。附近村子的大人牵着小孩，挥动着胳膊欢送着这支钢铁的队伍。

三天之后，凌晨时分，一阵马达轰鸣声和鼎沸的人声，搅得东营的深夜不得安生。

"老伙计，路上遇到啥了？"昏暗的煤油灯下，李仲田看到自己的搭档指导员张朝富一身泥水，关切问道。

"嗨，别提了！"张朝富苦笑着摇了摇头，把事情经过大致讲了一遍。

华北石油勘探处让32120钻井队以最快速度把钻井设备从商河县搬到东营村。为了缩减路程，钻井队决定到北镇渡口过黄河。等到了北镇码头，才发现这里只有几条靠人摇橹划桨的小木船。经过与航运局领导协商，面对滔滔黄河，大家模仿战争中把几个小木船绑在一起运大炮过河的做法，把三条小船紧紧捆绑在一起，然后，张朝富指挥着自己的队伍把一根根钻杆从车上扛下来，固定在船上，汽车缓缓开到船上，船身剧烈晃动。河中暗流密布，旋流急速突变，小船在湍急中奔波，在澎湃中跳跃。在场的每一个人都捏了一把汗：千万不能掉水里啊！

水深处波浪翻滚，船上的汽车东摇西晃，木船连接处吱吱作响，有好几次，汽车在起伏的船上险些歪倒。大家吓得一身冷汗。老船手大喊："都去帮着摇橹，用力划桨保持平衡。"那半个小时过得啊，几乎把每一个在场人的心脏掏了出来！

天佑我石油工人！

船终于到了对岸，第一辆车过了黄河。

钻井队住的牛马棚

就这样，一次一辆，每次都惊心动魄，在北岸等了两天一夜，浩浩荡荡的车队终于全部到达南岸。谁也没想到，走了没多远，一辆拉大件的车陷进了泥坑，大伙儿把钻杆一根根扛下来，又是挖坑又是垫草，最后在人拉肩扛下，车子才爬出来，这不，大伙儿都成泥人了！

"咱石油人面前没困难哩，没有过不去的坎，没有蹚不过的路，有张指导员，任何困难都会趴下！"李仲田拍着张朝富的肩膀。

"哈哈——"爽朗的笑声，惊得窗外的猫头鹰"扑棱扑棱"飞来飞去……

第二批、第三批……陆陆续续井队50多口子人全部到齐。从此，一串串足迹在荒原上雕刻，丈量着共和国石油的发展历程，澎湃着共和国与石油人的同频脉动。

2

今年89岁的杨承忠老人当时是第二批来到东营的。1956年部队转业后他被分配到玉门油田。半年后，又调到华北勘探处32104钻井队。当时，这个钻井队正在河北华1井钻探。

"我就是在那个时候认识他的哩！"这时，坐在茶几对面小马扎上82岁的邹秀丽阿姨有点羞涩，又有点兴奋。说起那段恋爱史，坐在沙发上的杨承忠老师傅笑得脸上开了花。

家里穷得待不下去了，17岁的邹秀丽投奔南宫的表姨家，帮着干点杂活。表姨家住进打石油的钻井工后，时间一长，邹秀丽与几位石油大哥混熟了，情同兄妹，有时，大哥们宁愿自己饿着肚子，也把在钻井队剩下的地瓜面窝窝头揣在杠杠棉工服里，回来送给她。其中，贵州小伙杨承忠送得最多。投之以桃，报之以李。针线活做得好的邹姑娘经常为油哥哥们洗衣、缝衣，自然给杨大哥缝得最多，也最仔细。

表姨看出了眉目，脸上两个酒窝填满了兴奋。随后，按着乡间的习俗规矩，表姨找了媒人撮合，两人喜结良缘。

"你小子赚大了，没打出油却捡了个大姑娘！"

"跟你沾沾光，让嫂子多给俺洗洗衣服呗？"

……

同事们一阵嬉笑和羡慕。

马上要坐月子了，这当家的却要远走高飞，邹秀丽心里一阵难受。男人前脚刚走，后脚接下来一个晴天霹雳——孩子夭折了，是"破伤风"！

唉，都怪这臭男人，早不走晚不走，偏偏这时候离开。如果他在跟前，那孩子不就保住了？越想越委屈，邹秀丽整天以泪洗面。

不行，找他算账去！

想到这里，身子刚刚恢复的邹秀丽再也坐不住了。她坐了一天的长途客车来到了北镇，然后又一路打听，步行了一天一夜终于到了东营。

做梦也没想到媳妇会追过来。听了她的哭诉之后，杨承忠急得直跺脚："你看有谁的婆娘来钻井队哩？丢死人了，赶快回去！"

"啥？你个没良心的！孩子没了你不心疼，人家大老远地来了还撵俺走……呜呜……"

唉，必须得向领导报告啊。当过兵的人都知道遵守纪律是根本原则。他小心翼翼地向李仲田做了汇报。

"净添乱！吃啥？住哪里？滚蛋！"

"回来！"

杨承忠刚把腿迈出门槛，李仲田又把他叫住。

"拿着吧!"

李仲田把搭在板凳上的一床被子拿起来塞到杨承忠的怀里。

"队长,这……这不合适嘛,你睡觉盖啥哩?"

"去,去,给老子滚远点!"

虽说挨了骂,杨承忠心里还是热乎乎的。东营、西营没地方住了,他带着老婆来到五里之外的茶坡村,住进一间牛棚,终于有"窝"了,杨承忠一阵兴奋。

邹秀丽是位贤惠勤劳的女人,她不能吃闲饭。每天早上出门,背着一个粗布包袱走村串乡,把一些烂衣服、旧被子收上来,帮人家拆洗、缝好后再送回门。洗一件衬衣 1 毛钱,打一个补丁 8 毛钱,一个月能挣五六元。这在当时可是了不得呢!不但能养活自己,还补贴丈夫哩。杨承忠是一名柴油机司机,每月定量 38 斤口粮,吃的是地瓜面、高粱玉米面窝头,还有从荒原上采来的黄须菜种子。

"三级工二级工,不如老乡一根葱。"一名男子汉,在钻井队每天超体力超负荷地劳动,说实话,一天一斤多口粮咋够呢?于是,杨承忠一有空就跑回"家",邹秀丽煮一锅玉米糊糊,蒸几个菜面窝窝,也就是用玉米面掺上地瓜面,再和黄须菜种子搅在一起蒸出的窝窝头,既有点甜又有点咸,成了邹秀丽发明的"专利"。看到丈夫狼吞虎咽,邹秀丽心里升起丝丝甘甜……

"哎哟,这是啥嘛?怎么臭烘烘的?"突然,杨承忠像针扎了一下大声喊叫起来。

他从玉米糊糊的碗中捞起几个黑黑的圆蛋蛋,邹秀丽凑上前去睁大眼睛仔细打量,脸立即红彤彤,渗出些许汗珠。

"哎呀,这不是羊屎蛋蛋吗?"她想起来了,因为缺水吃,她到盐碱滩上的水洼里小心翼翼地刮了半桶水。

"唉,都是我不小心!"邹秀丽一脸内疚。

"哈哈,没啥没啥,我们在钻井队上经常吃羊屎蛋蛋呢,说不定是上好的中草药哩。"

杨承忠越是安慰,邹秀丽心里越不是个滋味。唉,做梦都没想到,石油工人咋这么苦哩!

"当家的,要不咱回老家吧,起码不会吃羊屎蛋蛋呀。"她拉着丈夫的胳膊规劝道。

没想到丈夫突然翻了脸,眼珠子瞪得比牛眼还大,脸上的一条条青筋突起："什么，你再说一遍？我是革命军人出身，是响应毛主席号召为新中国找油哩，你让老子当逃兵，打死我也不干！你要走就快滚！"

说完，一摔门气冲冲地走了。

3

回过头来，再说说钻井队。

一下来了这么多人，东营、西营的人家里都塞得满满的。村子里年轻人能走动路的都出去讨生计去了，剩下的都是老弱病残，要不，两个村子根本住不下。在地下铺些稻草能睡三个挤五个，只要挤不破肚子就好，党员干部睡马棚、牛棚。

正值三年自然灾害，很多人吃不饱饭，营养不良。李仲田走到一位又脏又黑的瘦小女孩跟前，脱下自己的棉袄盖在孩子身上，然后抱了起来。这位从枪林弹雨中走出的钢铁汉子心如刀割。

立井架

"从今天起，我们每人每天要省出一两粮食给村里的乡亲们！"第一天全队召开大会，李仲田扯着嗓子宣布了第一道命令，那声音气贯云霄，就连脚下的芦苇也晃动着脑袋，一个劲地鼓掌。

石油人的时间比金子还贵哟！

一部井架高45米，有数十块大角铁，每块200多公斤，仅天车就有2吨重。当时只有一台手摇绞车、一组15吨的钢丝绳，许多设备都是靠人拉肩扛完成，井架上的角铁是靠手摇绞车摇上去的。由于吃不饱饭，工人没有力气摇绞车，常常要几个人一起摇，又饿又累又乏，有的摇着摇着就晕倒了。尽管如此，大家还是坚持连续作战，最终黄河三角洲上第一座井架像钢铁巨人般立了起来。

井架立起来了，戳破了黄河口的天，风一个劲地泄下来，吹得人睁不开眼睛，钻井队的职工摇摇晃晃站立不稳，手脚冻得发麻。茫茫盐碱滩，很难找到一棵树，如今却长出了一棵铁树！

从此，白云不再高高在上，井架顶着它，一双双油乎乎的大手抚摸着它。

没有一个人退缩，大家一门心思开钻打油。

没有水依然开不了钻。当时新年到了眼前，许多职工出来一年还没回过一次家呢。魏振家把大家聚到一起。

"同志们呢，国家需要油，石油工业部正等着华8井的好消息哩，我们是回家过年，还是留下打井？"大家异口同声地要求留下来。

全队人员分成两班，各负责挖一口水井，二班司钻带领班员夜里两点就悄悄地干了起来，一班司钻大年三十天还没亮来到井场，看到二班早干了起来，赶紧叫醒全班抢起铁镐大干。隆冬季节，气温零下八九度，地面冻得像石头，镐头下去震得手发麻。两个班争着抢着干，搞起了劳动竞赛。挖到2米多深，水就冒出来了。经过通宵达旦的战斗，终于挖出两口直径3米、深4米多的水井。

哈，终于有水喝了！站在井下的职工近水楼台先得月，捧起来就喝。

"哦哦——"马上又吐了出来。

"怎么了？"上面的人问道。

"哎呀，又苦又涩，咽不下去啊！"

井架底座是个庞然大物，要放到基础上，没有吊车，只好几十个人一起上，拖一拖，挪一挪，一点一点地摆正位置。柴油机、泥浆泵、车床、刨床等大件设备，每件都上吨重，实在挪不动，就想出了挖倒车坑的办法——在合适的位置挖一个又长又斜的深坑，将车倒进去，等车槽和地面差不多一样平了，再把设备平移到地面。

井架子竖起来，就要上设备。20多吨重的钻机靠人拉肩扛从车上卸下来，像蚂蚁搬骨头，一点一点移动到井架下。紧接着挖坑安装手摇绞车，十几个人甩开膀子使劲转动摇臂，庞然大物般的钻机在钢铁的链锁牵引下一点点上升。这拨人累了，再换下一拨……

"战友们那个嗨，加把劲嘛那个嗨，找石油嘛那个嗨，为国家嘛那个嗨……"震天的号子，惊得一朵朵白云打着哆嗦，远远地惊恐地打量着；惊天的号子，把天空撑高了几丈。

终于，钻机被吊上平台，又是一阵人拉肩扛，钻机到位。大家还没喘口气，四人一组接着又开始抬钻杆。一根钻杆9米长、270公斤重，四人抬着在坑坑洼洼的野地里呼啦呼啦地跑，看热闹的老百姓惊呆了：天哪，这是从哪儿来的天兵天将？

一位推着独轮车的中年汉子干脆把棉衣脱了，穿着一件白衬衣在瑟瑟寒风中浑身上下冒着一团白气，一粒粒汗珠就像断了线的珍珠哗啦啦向下掉。

"知道那是谁吗？"

"谁啊？"

"勘探处的邓处长，从济南来的大官哩！"老村长笑着对村民说道。

那天晚上，杨承忠回到家里，爱人邹秀丽给他脱棉衣。

他痛得喊起来。

"哎呀，这是咋哩？"

只见杨承忠的两肩不仅又红又肿，而且磨掉了一块块皮，鲜血粘住了衬衣。

邹秀丽心疼得掉了眼泪，一点点，小心翼翼地把衣服慢慢扒了下来，然后，她在灶膛里取来一把草灰敷在丈夫伤口上。

"去，给弟兄们也敷些去吧！"杨承忠吩咐道。

邹秀丽抹了一把眼泪，没有动弹，这不是难为人嘛，都是些大小伙子！

看到丈夫鼓励的眼神，最后，她还是找了一张破报纸，裹上些草灰出了门。

4

万事俱备，只欠东风。

其实在黄河口大荒原上不缺东风。这东北风像饿狼似的天天刮，刮得人睁不开眼睛，刮得天地发抖。

1961年2月26日，太阳一脸的温和，早早起床梳妆打扮。初春的大荒原，还是冬天的"统治区"，大家穿着棉工服冻得打哆嗦。华8井井场，耸立入云的井架上一面鲜艳的红旗哗啦啦作响，死气沉沉的大荒原一下鲜活起来。在临时搭建的主席台上，坐着新上任的华北石油勘探处党委书记孙竹、处长荆耀华等，台下站着一列列戴着棉帽、穿着蓝灰杠杠服的32120钻井队职工和其他保障队伍，一共200多人。

新任指导员魏振家不久前到大庆油田开会，回来时装了一瓶原油。上火车时，列车员不让带。他恳求道："我是石油工人，在山东打井找油，至今没打出油来，带回去让大伙儿瞧瞧，鼓鼓劲啊。"列车员沉吟了一会儿，破例帮他保管，下车便还给了他。

人拉肩扛

这是一次战前动员大会。

魏振家高高举起这瓶原油说："同志们，虽然生活苦条件差，可我们是战争年代打过仗的石油师，我们全队有 20 名党员是专打硬仗的！谁英雄谁好汉，钻台上比比看！国家建设迫切需要油，华北平原能不能找到油就看我们的了！大家有没有信心？"

"有！有！"铁血汉子的声音在寂静的荒原上久久回荡。200 多只高举的拳头擂得天咚咚作响，恨不得在天上砸出一个大窟窿，让原油咕嘟咕嘟流下来；跺一脚，在地上踹出一口井，让原油哗啦哗啦喷出来！

"开钻！"随着一声令下，机器轰鸣，钻机飞转，坚硬的钻头带着旋转的钻杆向地心刺去。但盐碱滩上的红柳、芦苇还没有做好和寂寞荒凉告别的准备。

从此，荒原不再沉默！

从此，大地在颤抖！

从此，飞转的钻杆牵动着北京、济南、东营……千万颗心！

钻台分成两个班组，12 小时轮流干，人歇机不歇，李仲田和魏振家每人跟着一个班组盯在现场。井越打越深，难题一个接一个。难题都藏地下哩！在一次下钻中，井壁塌陷，起钻不能起，下钻下不去，钻台上的职工个个被泥浆灌满脖子，浑身湿透，像一座座雕塑。风吹得骨骼咯咯作响。但没有一个人喊冷，没有一个人想离开，他们与技术人员分析油水气变化规律，查找原因，确定措施。办法总比困难多嘛，石油人就是攻克碉堡的爆破手、打井的钻头。经过 6 个多小时紧张的战斗，像疯牛般的井喷终于被制服，完成了起钻。

这时，邹秀丽派上了大用场。她把井场上大伙儿换下来的棉工服全部抱了过来。泥浆洗不下来，就用菜刀一点点刮，用碱水泡。衣服晒干了，又干净又暖和。

"杨承忠有贤内助，我们都跟着沾光哩！"这样，她成了井队上的"编外职工"。随后，又来了几位"油大嫂"，井队上成立了缝纫组，专门为井队职工缝衣、洗衣、做饭。

3 月初，华 8 井打到 1189 米时开始用牙轮钻头取芯。可老式的苏制取芯工具无论怎么也取不上来完整的大段岩芯。顾心怿把车床搬到井场，重新制作了一套新的取芯工具。3 月 5 日开始取第二筒岩芯，只见一块 0.45 米长的岩芯被慢慢挤了出来，褐黑色的油砂泛着亮光，惊奇地打量着鲜活的地表世界。全体职工如获至宝，你摸摸我闻闻，欣喜若狂，拿着铝盔挥舞着、跳跃着，有的敲起脸盆，有的在地上翻起了跟头！

打出油了！

天大的喜讯哪！

打出油了！

每一名职工像打了鸡血，连看热闹的村民也喜笑颜开，奔走相告。李仲田拣出一块砂样装进瓶子，系上红绸子，郑重地写上"华北探区第一块油砂"，派地质技术员贾慧中连夜送到济南华北石油勘探处。勘探处党委书记孙竹、主任地质师安培树、地质综合队队长帅德福一起日夜兼程把油砂送到了北京。

"太好了！"余秋里部长又把右拳砸在桌子上，他高兴极了，拿着放大镜不停地端详着这块油砂，风趣地说，"这个小宝贝，可是比金子还要珍贵得多喽！"

"老康啊，华8井发现油砂，这说明华北出油的梦想将变为现实。为尽早拿下华北平原第一口油井，我看不取芯直接打油是否可行？你组织秀才们讨论一下嘛！"

站在一旁一直咧着嘴笑的副部长康世恩这时候心里别提多高兴，他毕竟是华北石油勘探总指挥啊！

康世恩立即组织技术专家召开专题会议。这对于现场地质工作者来说是一个全新的挑战。以往书本上学的、苏联"老大哥"教的、多年干的，都是通过取芯进行地质描述，既直观简便，又准确可靠，钻井进尺每天只有十几米。可现在不取芯快速钻进，每天进尺几十上百米，怎样进行地质分析？最后，康世恩与余秋里部长商量后，派出勘探司钻井处处长邓礼让连夜带人赶赴华8井严密注意地下情况，每天把情况及时向余部长报告。华北勘探处派来地质师葛榕等地质工作者蹲守在现场，专家们经过讨论后开创性提出上下混杂的岩屑录井法，创出了岩屑、钻时、泥浆、气测、电测"五一致"工作法，成功录准了油砂层，选准了试油层，创出当时地质录井工作的全国领先水平。

康世恩哈哈大笑，一个劲地称赞："真是推不倒、打不垮的'铁柱子'啊！"

华8井是在我国遭受三年自然灾害、人们生活十分困难的情况下开钻的，彼时作为山东"北大荒"的东营，没树没水，条件最艰苦。当时每名职工每月平均定量27斤口粮，主要是地瓜干、高粱面和棉籽面，每人每月还要省出3斤救济困难的老百姓。为了填饱肚子，井队每天都要抽出人去挖野菜、找草籽，然后和上谷糠、麸皮混在一起当饭吃，喝的水是村边土坑里的积水。为国找油的信念，就像黑夜中的灯盏，牵引着石油将士大步向前；艰难困苦，就像炼钢的斧锤，练就一副副硬骨头。华8井的石油职工意气风发打井忙，没有人叫苦叫累当逃兵。

余秋里部长感慨道："在这个地方，渡过三年自然灾害，能坚持下来的，都是英雄！"

1961年4月16日，华8井在井深1207.8米至1630.5米井段射开8个油层，用9毫米油嘴试油，获日产原油8.1吨，第一次在广袤的华北平原地下喷出一股工业油流，成为中国油气勘探史上的一项重大发现！

"春雷一声震天响，华北石油滚滚流"，"中国华北无油论"被华8井的隆隆钻机彻底打碎，为一个大油田的诞生奠定了根基。

滚滚黄河为之欢腾，滔滔海浪为之欢跳。一口油井，改变了大荒原的命运，为共和国的发展增添了一分动能。

星星和黄昏同时到达，如银的月光，似一把利刃，裁断一缕缕风，大喜大悲便流了出来。当天夜晚，热闹了一天的井场渐渐恢复往常的节奏，钻机欢唱，灯光明亮。铁树开花，一朵朵次第盛开在工业时代的夜色里，是石油的符号，钢铁的标点。远处的星星也赶来凑热闹，汇聚在井架上空，眨着眼睛议论着下面的场景。站在角落里的李仲田望着满天星辰，他盯着一颗大星星、两颗小星星。平时只流汗流血的钢铁汉子此刻泪如泉涌。原来，远在河北的妻子、女儿先后生病，先是两岁的二女儿患了痢疾，拉肚子抽风，妻子抱着几个月大的三女儿，背着二女儿急匆匆地赶往医院，一住就是20多天。既要照顾病了的，还要照看怀里的，妻子急得欲哭无泪，于是托人三番五次地发电报给东营打井的丈夫。李仲田却把电报往怀中一揣，一声不吭继续战斗在井场。开钻后，有人又给他带信来，他的妻子甘玉兰又身患重病，生命垂危！李仲田急得直跺脚，得知自己的小姨子甘芬芳因为生活困难带着两个女儿回了北京的婆家，他便"命令"32104钻井队的柴油机司机，也是他的"挑担"白德安给北京寄信。虽说李仲田是队长，但他们不在一个队，然而李仲田是姐夫，还是可以下"命令"的。再说，白德安成家还是他老李当的媒人哩，对于他的"命令"，白德安立即服从。甘芬芳得知消息后把姐姐和两个外甥女接到北京，到医院治疗。老婆孩子有了照应，李仲田卸下了包袱，一门心思伏在井上。20多天过去了，如今油打出来了，老婆的病情却杳无音信，"谁说男儿最无情，只因真情埋心中"，他心里难受啊！

后来小姨子甘芬芳找他"算账"，他红着脸赔着不是："我哪能不心疼老婆孩子哩，但是国家等着要油，我是队长，咋能离开？"

2000年10月初，身患重病的李仲田身体机能已经严重衰竭，已是油尽灯枯。在弥留之际，李仲田躺在医院的病床上，对陪伴的家人说："我好想到华8井再看看呢……死后就把我的骨灰埋在华8井吧！"他又叮嘱身旁的小女儿，"一定要把我的党费交上，我死后不要给组织添麻烦……"8日，一位载入胜利石油史册的英雄人物，永远离开了他热爱的土地……那天，在去垦利火葬场之前，载着李仲田遗体的殡仪车在华8井转了一圈，望着父亲日思梦想的井场，儿女们热泪盈眶："爸爸，到了华8井了，您好好看看吧！"

对于这位荒原英雄，老天也是不忍啊。蔚蓝色的天上，飘着一缕白云，久久不肯散去。正在运转的抽油机停了10分钟，低头默默为老队长默哀……

5

1962年初，北京，共和国历史上意义重大的"七千人大会"正在进行。在会议间隙，毛主席把余秋里叫了过来，询问渤海湾的钻探情况。当得知在黄河入海口的东营打了一口油井，获得日产8.1吨的工业油流时，毛主席问："你说渤海湾能打得出像大庆那样的油井吗？"

"完全有可能。"

听了这个喜讯，毛泽东同志笑得更开心。

华8井喜获工业油流，实现了渤海湾地区找油零的突破，证实了华北地区含油气的可能性，确立了继松辽平原之后，华北平原作为中国石油工业发展又一战略主战场的地位，再一次验证了陆相生油理论。华8井揭开了华北地区大规模石油勘探开发会战的序幕。

余秋里部长欣喜不已，亲自主持召开了党组会议，部署渤海湾勘探工作。1961年下旬，石油工业部决定，华东石油勘探局与华北石油勘探处合并组建新的华东石油勘探局，局机关设在东营，具体负责东营地区的石油大会战。

松辽激战犹酣，每逢空隙或是到北京开会之际，余秋里部长一次次风尘仆仆地顺便来到黄河入海口，和大家一起睡老乡家的土炕，啃地瓜窝窝头，喝水洼子的"羊屎蛋蛋"水，讨论石油的点点滴滴。

"大部队可以上了！"将军一声令下，2万多名石油大军浩浩荡荡开赴东营主战场，16支钻井队、17支地震队、数以千计的生产辅助队伍齐聚黄河滩。

又是大庆式的作战模式，又是一场大战！

但没想到，在大庆没遇到的困难在这儿遇到了。康世恩这位清华大学地质专业毕业的高才生称遇到了"狡猾的敌人"："七零八碎，忽忽悠悠，东躲西藏，狡狡猾猾"，"一个破碎了的盘子，又被人踢了一脚。"油层具有"五忽"特点："忽有忽无，忽水忽油，忽高忽低，忽薄忽厚，忽稀忽稠。"

"五忽"就像五座大山挡在前面，怎么办？

"哗！"将军右手拿着毛泽东的《矛盾论》和《实践论》向空中一挥：学习"两论"，从书本中找答案！

于是，工作之余，会战将士们或站着或蹲着，手中捧着书籍，一字不落找办法。嗨，别说，通过学习，既看到不利条件，又找到了优势：这儿含油地层多、范围广，很可能存在高产区。因此，作战方针迅速确定："区域展开，重点突破，各个歼灭"，一定要抓到"大老虎"！

随后，为了扩大战果，完成华8井未完成的地质任务，石油工业部决定在东营构造、辛镇构造上分别打一口探井：营1井、辛1井。营1井还是由32120钻井队负责钻探，1961年6月15日开钻，9月10日完钻，井深2897.9米，日产油4—7立方米。辛1井由32104钻井队负责钻探，1961年6月19日开钻，7月23日完钻，井深2525.89米，日产原油36—60.8立方米，从而发现渤海湾第一个油田——东辛油田。

1962年，在东营—辛镇构造上部署的营2、营3、营4、营5、营6井，以及辛1井、河1井等探井都发现了油层。

9月22日晚，祥云朵朵，星儿闪耀。负责钻探营2井的32138钻井队钻到2700米时，遇到油气显示。队长陈登孝凌晨2点向上级紧急汇报。第二天，当钻到井深2758.57米时，发生强烈井喷。一条黑色的巨龙咆哮着冲向天空几十米高，接着天上下起了"石油雨"，方圆十几公里之内全部被一层黑黑的油层覆盖。井台上的钻工们全部被石油喷成了"雕塑"，不，也许叫"铁人"更合适一些，铁就是黑色的嘛！

这欣喜来得太突然，把没有心理准备的将士们打了个措手不及。现场技术人员怀着激动喜悦的心情，迅速采取措施制服井喷。用15毫米油嘴测试，获得日产555吨的高产油流，在全国创下日产最高纪录。从此，"华东石油勘探局"改为"九二三厂"。

紧接着，地质专家在垦利县的胜利村发现，该地地质构造相对简单，油层丰厚。1963年，7000多名石油精兵迅速集结胜利村，集中12台钻机展开了大会战。当时正值雨季，雷声滚滚，电光闪闪，狂风大作，老天被井架戳破了十几个大口子，雨水一个劲地向下倒，暴雨持续了两天两夜，平地里的积水没过了人的膝盖，茫茫荒原变为一望无际的黄色海洋。一盏盏明亮的灯挂在铁树之上，倒映在洪水之中，看云霞明灭，波谲云诡，任潮起潮落，高一声低一声，处变不惊。置身茫茫汪洋深处，看苍苍长风，水打湿了工衣，风吹干了泪水，温润了思念。此时，叹年华似水、沧桑易变，但那一盏盏繁华灯火，却像一个个石油魂灵，坚定如磬，留存在历史的长河里。

钻机不能熄火，战斗不能停歇！"宁可少活二十年，拼命也要拿下大油田！"铁人王进喜的誓言在每一名会战将士们心中装着。

一条条小木船穿行在各个井场。职工们住的地窝子被水淹了，木床漂了起来，井队组织职工在房顶上蒙上塑料布，拿着洗脸盆，一盆一盆向外端水。

柴油机每天喝油，一个井队一天需要20桶柴油，一桶150公斤，每天职工们一人一桶，推着滚到井场。一口井3000多米的钻杆都是靠人拉肩扛。条件差，活难干，有的人忍受不了当了逃兵。一位钻井队副队长带着老婆孩子逃回了老家。

再说说前面提到的李仲田的"挑担"白德安。他是32104钻井队一位柴油机司机，正黄旗蒙古族人，家住皇城根下，报名参加了石油大军来到玉门油田，以后转战河南、河北、山东。当钻探坨 15 井时，他在现场滚钻杆，一不小心右脚丫子被碾在下面，疼得差点晕过去。鲜血滴答滴答，从翻毛皮的大头鞋中流出来。同事们劝他到医院看看，他摇了摇头咬着牙继续战斗，至今还有一根脚趾头扭在下面呢。白德安的三哥在北京石景山一家医院工作，得知弟弟的情况后，三番五次催他回北京，并许诺给他找一份好工作，条件绝对比当石油工人强。

"不行，就是饿死累死也不回，我是一名石油工人，就要为新中国找油，哪能当逃兵呢？"他态度坚决地回绝了三哥的好意。

"当时油田的副指挥姚福林真是好样的！"

想起当时会战的情景，89 岁的白德安老师傅情绪激动，眼含热泪。

"我们吃啥他吃啥，一点官架子也没有，和我们一起抬钻杆，累活重活从不怕！那时的领导干部啊，真是这个！"

说到这儿，老人伸出右手的大拇指！

是啊，老百姓心中始终有一杆秤哩，特别准，特别公正！当时为什么石油工人干劲大，与领导干部的示范作用分不开的！说一千道一万，不如干部带头干！领导干部打头阵，就是最好的思想政治工作。

1964 年 11 月 14 日，坨 11 井开钻，功勋钻井队 32120 队一鼓作气，不负众望，18 天打到 2480 米时，遇到了 85 米厚的油层。

1965 年 1 月 31 日上午，天空飘着雪花，刮着 6 级大风，朵朵雪花像斜射的文字，在大地上铺出圣洁的诗篇。雪花挂在眉毛上，喜上眉梢；雪花扑在满面春风的笑脸上，一起咯咯笑出声来。天也笑，地也笑。笑中突出的白沫，堆满了天地之间。

当指挥员下达"试油！"的命令时，只听轰隆一声巨响，如巨龙腾空，直冲云霄，摇头摆尾；如猛虎下山，震耳欲聋，飞出了江山气势，吼出了大丈夫的威武！

石油芳香，随风飘扬，随雪而舞。

当时用 30 毫米油嘴，24 小时喷出油 1134 吨。

1134 吨！日产 1134 吨！石油工业部副部长兼会战指挥部工委书记张文彬甚至不相信自己的眼睛，一度几次让技术专家翟光明核实数据。

是的，千真万确！ 1134 吨，翟光明满怀信心地表示。于是，这天大的喜讯带着白色的"鸡毛"迅速传到北京。

"什么？ 1134 吨？"余秋里部长同样不相信，一连问了好几遍。确认准确

讨论

无误后，他哈哈大笑：

"真过瘾！又一个大油田诞生了！"

"嗯，这次该好好犒劳一下前方的将士们了！"他命令办公厅杀几头猪、几只羊送到了钻井队。

2月2日大年初一，会战职工过了一个特别有意义的春节。彩旗飘扬，欢歌笑语，锣鼓声声，鞭炮齐鸣。石油工业部在坨11井现场举行了盛大的祝捷大会。一排排、一列列整齐的队伍列队在千吨井旁，一个个屏住呼吸，等待那一刻的到来。

"开阀放油！"呼呼的油流喷出的声音通过现场电话的听筒传到北京石油工业部机关大楼。整个大楼内的机关干部一阵欢呼。六铺炕的居民们很快得知了胜利油田打出了一口日产千吨的高产油井。

在热闹非凡的祝捷大会现场，张文彬声音洪亮："坨11井是中国石油工业史上第一口千吨井，是石油工人的争气井。这口千吨井证明我们胜利了，这口井也在胜利村附近，我们就叫它胜利油田吧。"

从此，黄河口发现的大油田终于有了名字，永载共和国的史册！

坨11千吨井震惊全国，激动人心。坨11井像一棵迎春树，接连不断鲜花怒放，随后山东又发现了27口千吨井。以华8井喜获工业油流为起点，发现了胜利油田，随后，又相继发现了大港、华北、中原、冀东等大油田。

一口井，一个大油田，一座石油城，一种精气神。你看，从华8井再出发，胜利石油将士们踏着新时代的光辉踏向新征程！你听，《我为祖国献石油》的豪迈歌声成为时代最强音！

石油"脊梁"

这就是顾心怿院士？

我有点不敢相信自己的眼睛。眼前这位思维敏捷、步履轻健、浑身上下洋溢着蓬勃朝气的老人，说什么也和 85 岁的高龄挂不起钩来哟！

和别的老人不一样，在那张清秀的脸上，找不到一点沧桑，对，就像一幅版画，一幅荒原的版画！几道清澈的纹路，像是春风中荡漾的柳枝。

院士就站在我面前，眯着眼睛打量着我，慈祥、亲切，脸上荡漾着微笑的波纹，散发着温情。见到和蔼可亲的老人，我竟想到已经别离两年的父亲！

"看来知识不但能使人进步，而且还使人年轻哩。"

"哈哈，不是的，不是的。"透过厚厚的眼镜片，我看到了老人的坦诚和谦和，他竟有点羞涩，脸上飘起两朵彩云。

谁能想到，老人是从死神的魔掌中挣脱出来的。2015 年他患了脑梗，不会说话、不能走路。他摸着马克思的鼻子要报到，没想到，马克思又把他退了回来：你还要为你的祖国多做点事、多献些石油呢！就这样住了两个月医院，大部分人认为院士不行了，却没想到奇迹出现：院士竟康复了！

"这么大年纪了，您不在家好好休息？"

"哦，现在好多了！每天我走着来办公室，以便单位有事好找我。"

老一辈石油人啊，就这个劲头，一辈子不减。一句不经意的答复，像一把锤子在我的灵魂上敲了一下。

明媚的阳光通过宽敞的玻璃窗射进来，织成一件霞衣披在院士身上，身后那些激情燃烧的岁月，一起熠熠发光。

轻声吟唱的铁树不会忘记，大海的钢铁油城不会忘记，激情燃烧的岁月不会忘记，磅礴矫健的大油田不会忘记，一个胜利油田家喻户晓的名字——顾心怿！

一位石油矿业机械专家，一位中国工程院资深院士。

我不知道，因为顾心怿，胜利油田多产了多少油；我更无法计算，没有顾心怿，胜利海上油田的发展要延迟多少年。但我只知道，顾心怿为共和国的石油事业做出了巨大贡献，当之无愧称为"石油脊梁"！

1

20 世纪 30 年代的国际大都市上海，不失繁华和喧嚣。

黄浦江却一脸颓废，这座城市的大动脉像一条昏厥的巨蟒，江水慢吞吞懒洋洋地向北淌着，一道道波浪泛着浑浊、怜悯的目光，看到正在赶来的一场灾难。

"哇哇——"，在南市区的一条小里弄里，最南边一户人家传来孩子响亮的啼哭声，树上的麻雀呼啦啦飞走了。这是 1936 年腊月的一天。

远处，偶尔传来几声沉闷的鞭炮声，春节的脚步越来越近了。

三泰米行的小店员顾镜诗家里添了一个白胖的男孩！几名邻居相互传告。

乌云压顶，大地阴沉，空气中弥漫着一种刺鼻的味道，是硝烟和鲜血混合的味道。打仗了，日本鬼子要来了！听说上海要成为中国军队与日本侵略军殊死较量的战场。

一时间，鸡飞狗跳，人心惶惶，一座大都市乱如一锅沸腾的粥。

顾镜诗是家里的顶梁柱，每天得上班；妻子是一名小学教师，来来回回往学校跑。他们都照顾不上孩子，于是，把在老家的爹爹请来了。

顾心怿与母亲钱汝华

这老爷子可不简单哩！曾是清末秀才，在嘉定安亭一带小有名气，满腹经纶。更让人可叹的是，根老叶不老，老人家思想超前，坚持不让自己的闺女缠脚，并主动送女儿钱汝华去当地女子学校念书。

巨石投江激起千层浪！那飞起的朵朵浪花儿，足以让江南遗老惊叹不已。

转眼之间，小心怿已经4岁了。

"话说好男儿岳飞，单膝跪地，脱下衣裳，那岳母手握钢针，在那宽厚背上一下一下，一道道血印，是四个大字——精忠报国，深入肤理……"老秀才一边讲着，两只手一边比画着，整个身心沉到大宋的历史江河。

小心怿坐在板凳上，两只小手托着下颚，听得如醉如痴，两只眼睛一眨也不眨。窗外的一棵小树，树叶也直起耳朵。邻居的阿公阿婆不时爆发出热烈的掌声……精忠报国，犹如一粒种子在那幼小、纯洁的心里扎下了根，烙上了无法磨灭的印记。

"轰隆隆——"，日本飞机投下的炮弹落下，硝烟弥漫，火光四溅。顶天立地的高楼大厦顷刻倒塌，灰尘四起，满目疮痍。大街上污渍横流，哭天喊地、抱头捂胸的难民像惊飞的鸡四处逃窜。昨日的歌舞升平一下顿无踪影，几世繁华，恍然之间支离破碎。

鲜血横流，断墙残壁。

顾镜诗像只张着翅膀的老母鸡，庇护着一家老小东躲西藏，从南市区搬到长寿路、马当路，后又迁回南市区，好不容易才算是在俭德坊6号安居下来。

有一次，顾镜诗牵着小心怿回老家探望，经过日本岗哨时，他强装笑脸。

"太君，太君好！"

哼，凭什么？

小心怿心中不解，看到耀武扬威的日本鬼子动不动对人拳打脚踢，他从心底里憎恨，是这些恶魔让他们饿着肚子四处逃窜。他甚至对爹爹第一次产生强烈的厌恶，昂着头攥着拳头直挺挺站着。

日本哨兵端着明晃晃的刺刀就要揪小心怿。

顾镜诗赶紧使劲摁着儿子的头向鬼子鞠躬。日本哨兵这才收起枪，手臂一挥。顾镜诗立即拉起儿子像逃脱的兔子撒腿就跑。

"你不要命了？把我吓死了！"

"哼！在家你天天骂日本鬼子，为啥见到鬼子还笑嘻嘻的？真是没有岳飞的骨气！"

一边走，爷儿俩一边唇枪舌剑。

"唉——"最后顾镜诗摇着头叹了口气，脸上竟有了一丝笑意。

一迈进家门，小心怿就把经过一五一十告诉了妈妈。

"孩子，国家落后自然挨打，国破则家亡。只有学好知识，才能报效祖国啊！"顾心怿似懂非懂，深深地点了点头。

日本鬼子投降了！

这个大快人心的消息迅速传遍大街小巷。男女老少欢欣鼓舞，人们齐聚到大街上，跳跃着，欢呼着，一条条街道沸腾了！黄浦江沸腾了，整个大上海沸腾了！

上海沦陷了8年啊，整整8年！中华民族同仇敌忾，顽强奋战，以巨大的牺牲代价，终于打倒了日本帝国主义。

2

"爹爹、妈妈！我考上了！"顾心怿挥舞着右臂跑着进了家门。

"呀，上海中华职业学校，真棒！"顾镜诗抱起儿子一下举了起来，又急忙放下。

"都长成小伙子了，抱不动了哟！"

一家人兴高采烈，那欢呼声从小屋中飞出，向着东方的崭新阳光飘去……

上海中华职业学校，由民主革命先驱者、著名教育家黄炎培先生主持创办，归属于中华职业教育社，1952年由国家轻工业部接管，成为公办学校，在上海乃至全国都享有广泛的声誉。

让顾心怿满意的是学校的石油机械专业不仅免学费，而且还有助学金。长大了，懂事了，家里日子难，能为爹爹、妈妈减少一分负担他特别高兴。

共和国成立之初，国家急需培养一批基础工业人才，尤其石油专业的人才。石油是工业的血液，天上飞的、地上跑的都离不开石油，发展石油事业刻不容缓！学校唯一的条件，就是毕业后要求学生全部到大西北参加石油工业建设。

好哩！

这真是天上掉馅饼！不但能省钱，并且还会实现自己的梦想。老师曾经讲过，石油对于新中国的重要性。顾心怿立即填写了学习志愿和去西北工作的承诺书。新中国的青年要响应祖国的号召，到大西北去，像岳飞那样精忠报国，为共和国多找油、多产油！

一纸学习志愿和承诺，顾心怿将自己命运之船的锚链紧紧地与石油拴在一起。

两年的中华职业学校生活，在紧张、快乐中不知不觉过去了。

儿子即将远走高飞，妈妈要为顾心怿做一件新衣，一边缝着衣服，眼泪一边吧嗒吧嗒滴在衣料上，一个个湿透的印记慢慢放大。

"妈妈，您怎么了？"

按说该高兴才是啊，毕竟儿子长大成人为国做事了。但这当娘的心思有几个能琢磨透？孩子要走了，就像一只鸟儿第一次放飞天空。她有几分不舍，有几分担忧，大西北啊，那儿肯定是一个荒凉偏僻的地方，会吃好多好多苦的。除去担心，更多的还是别离的心痛，这是一种骨肉分离的痛哟！

"顾心怿，你去北京继续上学深造吧！"分管毕业分配的老师兴奋得眉毛都开出了花朵。

"为什么？"他一头雾水。

原来，根据上级的安排，要遴选政治条件可靠、根红苗正的学生，准备为国家培养输送一批石油翻译人才。而顾心怿的条件完全符合入选的标准，又因其品学兼优，年龄尚小，名正言顺地进入了学校备选的学生名单中。

命运的方向盘有时并不掌握在自己的手上，会发生戏剧性的变化。

太出乎意料了！

"顾心怿咋这么走运？"

"是啊，北京是首都哟，与西北天壤之别！"

"嗯嗯，这小子命真好！"

"什么呀，人家学习好，家庭出身也好，不选他选谁？"……同学们羡慕得眼珠子要蹦出来。

顾心怿却一脸沉重，始终没有一丝高兴的劲儿。

唉，去西北多好啊！那儿有蓝天白云，有宽阔的土地，有顽强的生灵……更有井架，有磕头机……可以像只雄鹰搏击风雨、展翅飞翔，可以生产原油报效国家。

他不想上学，也是因为还有一个小九九：作为长子，早工作就会为父母分担一些生活的压力。

男子汉大丈夫嘛，说出的话泼出的水，当初自己承诺的事情，就一定要兑现。到艰苦的边疆去，到祖国最需要的地方去！

嗨，亏你还是一名青年团员，时刻要听党的话，你顾心怿还要与组织对抗？

转念一想，他在心里开始骂自己，把西北的梦想包了又包，深藏在心底。

第二天早上，阳光明媚，蓝天白云，清风徐徐，是一个适合放飞的日子。在一家人的欢笑和泪水里，顾心怿踏上了去北京的一辆绿皮列车。

一只雏鸟，终于翱翔在蔚蓝的天空了。

都说男孩野，看来这话是真的。离开家的时候，他一点也没觉得难过。母亲却流了一地的泪水。

20 世纪 50 年代初，中苏"哥俩好"，处于"蜜月期"。新中国的成立，社会主义国家阵营得到巩固，美国与苏联对峙形成"两大阵营"，苏联有了强大的"红色兄弟"。

然而，"红色兄弟"却"一穷二白"，百废待兴，工业技术非常薄弱。这时候，当"大哥"的伸出了援助之手。

中央人民政府燃料工业部干部学校俄语专修科，为专门培养燃料工业专业翻译人才而设，目的是进一步向苏联学习和掌握世界前沿专业知识技能。当时，燃料工业部分为煤炭、石油、电力三个部门。师资力量配备均为资深外籍教师，所有的俄语课程，都由大鼻子、蓝眼睛的苏联教员担任。

怀抱"精忠报国"梦想的顾心怿认真而系统地学习了俄语，熟练掌握石油机械方面的专业技术，有了扎实的功底。

"那是我一辈子都难忘的日子，也是我今生的荣耀啊。"说起学习的那段时光，顾老一脸鲜花，额头舒展，浑身兴奋，因为他没有碌碌无为，而是勤奋耕种每一个日子，每一寸时光都开花、结果。

春节临近，北京火车站，寒风呼啸，人流如水，脚步匆匆。顾心怿与同学握手告别，眼巴巴地看着列车移动。

站台上，他向车窗探出的笑脸挥舞着右手，脸上的花儿逐渐被离去的火车带走了，眼圈发红。他漫无目的地在火车站溜达。过年是最想家的时候，他心中仿佛有一只白鸽在不断地扣着他的心门，门打不开，白鸽只能憋死，他的心很痛很痛。对他而言，人生最大的幸福就是实现自己的梦想，人生最大的痛苦就是没有到达梦想的彼岸。

自己的裤子破了，刚向家里要了 5 元钱，再也不好意思张口了。唉，来回路费 28 块 5 毛钱，这对于一名穷学生来说，无疑是天文数字。

清晨，他的枕头上湿漉漉的……

人去楼空，昔日热闹非凡的校园此刻异常寂静。他像被抛弃了，感到了孤独。嗨，学校图书馆还开着呢，谢天谢地！他走进去，偌大的图书馆内同样冷冷清清。

窗外，隐隐约约传来噼里啪啦的鞭炮声，那是新年的语言。

这个寒假，他泡在图书馆，认真读了《红岩》等小说和一些俄语专业书籍，整个阅览室几乎成了他的专场。

在北京上了整整三年学，顾心怿没有一次回过家。

鲜艳的红旗上绣着镰刀、锤头，面对令人热血沸腾的党旗，顾心怿眼圈润湿，举起右手庄严宣誓："我志愿加入中国共产党……"这是 1955 年 11 月的一天。那一夜，他无眠。

3

1956 年 7 月，顾心怿所在的俄语大专班毕业了。这是一批特殊的学生，作为国家定向委培的翻译人才，其实顾心怿的选择空间相对较大，毕业分配时大部分学生留在北京石油系统当翻译。但他最终还是选择了大西北，因为他始终铭记自己的承诺。

"老师，我学的是石油机械和石油专业俄语，北京虽然条件好，却没有油田，我还是要求去大西北！"

"为什么非要去大西北呢？在北京不照样为国家做贡献？"

"老师，现在国家缺石油，我想到一线亲自上战场捞油，这样干得才痛快！"看着面前白白净净的小伙子一番激情飞扬、面红耳赤的样子，老师被感动了，点了点头。

"好的，顾心怿，我会把你的意愿反映给学校领导的，祝你闯出一片新天地！"

顾心怿的内心流动着一团火。火车像一条绿皮长蛇，哼哼唧唧从北京出发一路向西。

这就是玉门？咋与想象的不一样哟？

天被一块硕大的黑布遮了起来，分不清东西南北。地上稀稀疏疏地洒着慵懒的灯光，好像天上散落的星星。他一路打听，终于进了一间挂着"专家工作室"牌子的房间。

性格温和、利索精干的专家室主任朱文科接待了他。再后来，朱主任成为胜利油田会战指挥部的总指挥，给予顾心怿在技术创新上莫大的支持。这是后话。

顾心怿被分配到玉门矿务局专家工作室做翻译工作，专家翻译分了4个组，他被分在3组。

"风吹石头跑，天上没飞鸟，山多不长草，男多女的少。"茫茫戈壁，一派荒凉；环境恶劣，酷夏寒冬，就像西北的妮子爱起来轰轰烈烈，恨起来咬牙切齿。

"一张羊皮随身带，白天穿，晚上盖，天阴下雨毛朝外。"这是新中国成立前玉门人真实生活的写照。

连绵不断的祁连山，就像一条卧龙，凸起的脊背云雾缠绕，顶着湛蓝的天空。踏着荒凉而又沸腾的热土，顾心怿像一台摄像机，移动着镜头仔细录制着祁连山的雄浑与奇美……他第一次感受到了戈壁滩的苍茫与辽阔。

苏联专家还没有到。嗨，这段时间对顾心怿来说是多么好的机会啊！他喜欢到井场，现场才是大学校嘛。

机器轰鸣，井台上的钻井工人穿着黑乎乎的工服，分不清是石油还是泥浆，就像一座座雕塑。他们紧张地忙碌着。他又走进采油队，来到采油机下，采油工正在用抽子提取石油……课本上的原油生产流程现在活生生摆在眼前，既熟悉又陌生。

"小顾啊，其他翻译忙不过来时你当替补吧，你服务的那位专家不来了，其余时间可以自己安排学习和整理资料！"朱文科微笑着说。

顾心怿不喜欢在办公室待着，他往井队跑得更勤了。

老君庙，其实就是一座小庙，坐落在石油河岸，只有几十个平方米，供奉着太上老君。老君庙不远处有个中坪广场，中央矗立着中国石油地质奠基人孙建初的雕像纪念碑。

这座名不见经传的老君庙成为中国最早石油开发的见证者。老1井打出油后，老君庙油田旋即名扬天下。

一位黄头发、蓝眼睛的波兰专家千里迢迢来到玉门矿务局了解柴油机的使用情况，顾心怿跟随来到井队做翻译。在现场，波兰专家了解设备运转的详细情况，有些问题现场工人不清楚，顾心怿帮助解答了专家的质疑。

"喔，中国翻译，了不起！"波兰专家吃惊地看着眼前的年轻翻译，竖起了大拇指。

大漠荒野的粗犷、信天游的酣畅、石油工人的豪爽、塞外汉子的质朴、知识宝库的丰盈、民间智慧的闪耀……像一盆盆神圣净水，洗涤、滋养着这位上海青年。

大西北的天气，有时天蓝气爽，一番浪漫的情调，有时狂风发作，恨不得卷起几层地皮。

三个多月就在一阵急、一阵缓中流走了。

朱文科又找到顾心怿："现在组织需要调你去华北，那里从苏联进口了最先进的气控钻机，来了一批苏联专家，正需要像你们这样的年轻人施展才华……"

铁打的营盘流水的兵哟！

4

新中国成立之初，党中央十分重视石油工业的发展。1949 年 10 月，中央人民政府设燃料工业部；1950 年 4 月，燃料工业部决定成立石油管理总局，负责全国的石油勘探、开发工作。50 年代中期，石油工业部成立后，毛泽东同志又亲自听取了第一任部长李聚奎等人的汇报，并做了重要指示。

哪里有石油，哪里就是石油人的家。

1956 年 11 月，顾心怿来到位于河北省南宫县明化镇的华北石油钻探大队32104 钻井队为苏联专家当翻译，参加华北地区第一口油井——华 1 井的钻探工作。华 1 井是中苏在华北地区合作钻探的一口探井，采用当时苏联最先进的气控钻机。

32104 钻井队除了按照常规配置人员外，还配备了苏联工程、机械专家和几位技师级的司钻、司机。8 个小时轮班倒，有的翻译分配到班内，顾心怿被安排倒小班。他好像放飞到天空的雄鹰、遇到水的鱼儿，场地工、井架工、机械工等，顾心怿抽空到每个岗位学习了解，很快熟悉了井队运行的整个工序流程。

前线热火朝天，那儿的师傅们坦诚实在，有说有笑。顾心怿尤其喜欢钻工们身上那种精神头，在那儿才能淘到"金子"。他像只知了，附在前线的"枝头"，尽情地吮吸着汁液。

"这位首都分来的年轻人，与别人有点不一样哩，戴着一副眼镜，文质彬彬，长得眉目俊朗，说起话来斯斯文文。有文化，人踏实！""是啊，知识分子这么谦虚的不多啊！"慢慢地，顾心怿有了几个工人朋友。

别看这些"大老粗"，文化底子薄，他们当中有许多是从朝鲜战场归来的志愿军，脱下军装穿上工服，身份变了，但那种敢打硬拼的劲头却没有变。顾心怿感受到人民子弟兵严明的纪律、敢于拼搏的工作作风。这些是从书本上见不到、学不来的啊。英雄就在身边，他从心底里敬佩这些平凡的师傅。

钻井平台上，狂风卷着细沙，打在脸上像刀割一样。顾心怿细心观摩着钻井工人的每一个动作，他心头爬着一只蚂蚁，手指头发痒，他特别喜欢亲自操作。征得同意后，在司钻的指导下，他认真地扶着刹把；与柴油司机一起发动机器；同井架工一道爬上钻塔二层平台拖钻杆……井队所有的岗位他几乎摸了一个遍。

嗨，那才叫过瘾哩！

虽然是专家翻译，顾心怿知道自己还是一名学生，苏联专家休息的时候，他要么啃起了书本，要么到井上同工人们一起干活，当助手，向师傅们学习处理机械设备故障。

"顾，得了，你已经很可以啦，没必要这样累自己，要学会享受生活。你瞧瞧我们？"皮肤白得如雪、脸上棕红色的络腮像荒原的野草恣意生长的苏联大鼻子专家坐在椅子上品着咖啡，晃悠着二郎腿，悠然自得。看到自己的翻译满头大汗在井场上问这问那，便想开导开导这位"土老帽"。

可遗憾还是在苏联专家的眼皮底下，"遗憾"地发生了。1957 年 8 月，华1井在钻井中途，发生了严重的井漏，泥浆循环没有了，钻井无法再继续运行，虽然多次组织人员堵漏，但最终无效，被迫结束。

虽然华1井没有见到半点油花，但让人们第一次了解了华北平原的一些地下情况。

有时，苏联专家昂首挺胸，很傲慢，问多了，两手一摊头一摇，无可奉告。顾心怿看出对方的小心思：猫教老鼠留一手，不愿意过多向中方技术人员披露设备方面的技术细节。哈哈，狡猾啊，这一招在我们中国早过时了！猫都用了好几次了呢。顾心怿采用了"攻心为上"的策略，给苏联专家端茶倒水，并给他们讲中国传统故事。苏联专家最终抵不过诚心的利剑和"糖衣炮弹"，最终，毫不保留地把秘密全部抖搂出来。

库茨和伏拉辛格夫是机械工程师和机械技师，顾心怿把他们当作自己的异国兄长。别看俄罗斯人性格粗犷、英勇好战，就像一块坚硬的石头，但内心也会柔情似水。他们经常给顾心怿讲苏联卫国战争的故事。浓浓的家国情怀，让年轻的顾心怿感动得泪流满面。

华1井在苏联专家的主持下，前前后后打了一年多的时间，打得异常艰难。在遭遇井漏最困难的时刻，"屋漏偏逢连夜雨"，"老大哥"突然翻脸，苏联专家奉命提前撤回，工作戛然停止。

世界上没有救世主，中国的事情最终还要依靠中国人来办！

刚从现场回到办公室，顾心怿接到"回北京，另有安排！"的电话通知。他迷茫：这时候怎么能离开呀？所有的说明书和图纸资料，他仔细地看过，对这台进口钻机性能他掌握得比较透彻。

不行，还是要留下来！

他找到大队长提出了自己的想法，大队长给予十分的支持，立即拨通了北京的电话："首长啊，特殊时期需要机械人才嘛……"

过了几分钟，电话又响了，哈，北京很快同意了。大队长一手拍在桌子上，飞起一层层尘灰，立即任命顾心怿为石油机械技术员，按照大学本科学历转正，工资上调一级。

5

战线越拉越长。

1957年，华北石油钻探大队升格为华北石油勘探处，迁址济南。

"顾工啊，井队上的家伙什全指望你了！你在我才放心哩。"新任处长意气风发，诚恳地握着顾心怿的手久久不松开。

"井在我就在，一定打好每一仗！"与这些军人出身的领导相处久了，"学生娃"顾心怿竟也染上了军人那种雷厉风行、敢打敢拼的作风。随后，华北石油勘探处组织勘探华2井到华6井，从河南到河北再打到山东，一路接连打了5口探井下去。每一口探井的现场留下了顾心怿的脚印，如果井队的"五脏六腑"，比如钻机、柴油机、发电机出现问题，他就会像专门为钻井队服务的保健医生一样，迅速出现。

兵马未动，粮草先行。随着华北勘探捷报频传，石油工业部准备打一场大仗。于是，在黄河三角洲的大荒原上成立了石油机械厂，这就相当于部队的兵工厂啊，担子有多重、意义有多大，自不必细说。1959年，顾心怿调至

在钻井平台与工人交流

华北石油勘探处下属的石油机修厂担任技术负责人。

黄河入海口，乍一听，多么神秘而充满诗意的名字！有河有海，肯定四季如春，鱼多米香。但凡到这儿的人，心里无不有巨大的失望：黄土高坡的泥沙淤积而成的荒原，地表是一层白白的盐碱，不长树不长庄稼，就像一个秃头顶，稀疏地长着几根芦苇和红柳。天气也十分怪异，说变就变，冬天冻得人骨头发麻，夏天热得芦苇都能昏死过去，地上直冒白烟。

这是热得叫人难以忘记的一天。

一支钻井队的 B2-300 柴油机突然熄了火，操作工急得浑身是汗，怎么摆弄也发动不着，队上的技术员捣鼓了两天也没有查找到故障原因。队长着急得找顾心怿，电话听筒直冒金星子。恰巧，顾心怿肚子不舒服，接连跑了三次厕所，身体酸软无力。接到通知，他二话没说，抬腿就迈出了门。

"你吃上点药再去啊！"宿舍的同事追出了门，顾心怿摆了摆手，头也没回就急忙赶往井队。

太阳像一个大火球，大地似乎要被烤熟。顾心怿双脚在弯弯曲曲的狭窄小路上擦出了火星子，一路汗流浃背，步行了 20 多里赶到现场。

汗水一滴一滴滚落在平台上。他观察和谛听了一会儿，又前前后后忙活了几个小时，灰色的工服满身油泥，被汗水浸透后紧紧粘在衣服上。汗水还是一个劲地流，他抬起袄袖子擦一把，唉，还是没找到故障，看来这台机器是较上劲了！头顶上几只小燕子也急得一个劲地叽叽喳喳。他的头发像浇了水的韭菜，一根根竖了起来。逐项检测，哈，原来是它捣的鬼呀，是角度对错了！设备重新调试完，一启动，柴油机吐着黑烟，发出了欢快的轰鸣。

"哎呀，简直神了！"

"这顾工看来确实有两把刷子，名不虚传啊……"大伙儿敬佩看着浑身上下热气腾腾的顾心怿，井场上响起一阵欢呼声。

1959年，年仅22岁的顾心怿获得了山东省"青年社会主义建设积极分子"的荣誉称号。

无边的荒原狂风肆虐，冰雪覆盖，路边枯萎的小草瑟瑟发抖。1961年2月26日，天寒地冻，钻机隆隆。在惠民地区广饶县辛店公社的东营村由32120钻井队负责钻探的华8井开钻了，100多名钻井工人顶风冒雪，开足马力，昼夜奋战。

希望的曙光终于来临。好消息接二连三地传来，参战将士们仿佛听到了石油汩汩流动之音，每一张笑脸都是灿烂的。

钻井的泥浆里有油花，有气泡，这是钻到油气层的明显信号。顿时，消息像长了腾飞的翅膀一样迅速传遍华北、华东地区。情况反映到北京，石油工业部派邓礼让处长急急地赶往华8井作战现场。

但是年久失修的钻机开始出难题，三天两头趴窝"罢工"。

"这算怎么回事嘛？"急得井上的职工脚跺得井架子直摇晃。

盼油心切的顾心怿主动要求参战，他同另外四名技工组成机械修理小分队，立即拉上两台机床设备，带着帐篷匆匆从济南赶赴井场。

邓处长急忙找到唯一的一名机械技术员顾心怿，一个劲地嘱咐道："小顾啊，这口井意义非同寻常哩，你要住在井场，24小时随叫随到。要随时巡查设备，确保钻机、柴油机正常运转啊！"

一双大手攥得紧紧的，滚烫滚烫，顾心怿读出了这份责任的重大。

"好，请领导放心吧！"他不是军人，没有向首长敬礼，只有使劲地点头。

钻井和作战一样，现场瞬息万变，又突遇难题！

地质专家需要取出油层的岩芯进行油层的空隙度、渗透力、饱和度的综合分析，可老式的苏制取芯工具无论怎么也取不上来完整的大段岩芯。大家急得像热锅上的蚂蚁，绞尽脑汁，却始终也没有找到好办法。队长李仲田是一位身经百战的老兵，突然被跟前的"拦路虎"挡住，顿时手足无措，心急如焚道："这是老天跟我李仲田过不去哟！"

"啪——"，他把狗皮帽子使劲摔在钻井平台上，技术故障难住了这位硬汉子。

"小顾，你是搞机械的，能否赶快想想办法取出岩芯？"当他见着顾心怿，就像是鱼儿见到水，手心都是汗。

"我试试吧！"顾心怿只是负责地面设备维修，对于地下取芯技术，并没有涉及，是个"外行"。但对技术难题，他从不推诿。

他去找几位老司钻商量。"群众是真正的英雄嘛"，问题还是靠大伙儿解决。

"这里的油层软，苏联制的取芯工具岩芯直径又太细，钻具一震动，泥浆一冲刷就散了。"一位经验丰富的师傅说。

大伙儿你一言我一语，在现场认真分析了出问题的主要原因，达成改进这款取芯工具的共识。

短暂的时光，曾被梦想鼓起，他的思维像锥子一样冒出尖尖来，随时把困难刺破。

于是，他决定在现场设计制作一款取芯工具。

他和机修小分队成员挑灯夜战，设计图纸，就地取材加工，制作出了比原先岩芯管断面面积增大了 4 倍的新取芯工具。

第一筒大直径油砂岩芯终于取出来了！

钻工们围着顾心怿欢呼着、跳跃着。

这套大直径取芯工具对于胜利发现石油起到了相当大的作用，华 8 井成了华北地区第一口出油井，作为胜利油田和华北大油区的发现井，载入新中国石油工业发展的史册。

"你别走了，留在东营吧，这里更需要你哟！"邓礼让处长一脸诚恳。顾心怿想都没想，愉快地答应下来。于是，他把根深深地扎在祖国最年轻的土地上。

6

20 世纪 60 年代初，新中国遇到了前所未有的困难，遭受了三年自然灾害，苏联"老大哥"翻脸要赔偿。人们吃糠咽菜还填不饱肚子，会战的石油工人也不例外。余秋里部长在想方设法为大伙儿改善伙食的同时，也在精神生活上让参战将士"补补脑子"。每个钻井队时常放露天电影。钻工们天天期盼着这"奢侈"享受，一双双眼睛冒着火花。

电影队的卡车终于来了！附近村庄的孩子们像一只只叽叽喳喳的麻雀，兴奋地跑来跑去，早早在银幕前摆满了小马扎，翘首以待。

天渐渐黑了下来，荧幕终于亮了。

咦，这是咋回事啊？荧幕上的汽车和行人倒着走呢！

人们急得直跺脚，孩子们像被捅了窝的马蜂，咋咋呼呼。放映员手忙脚乱，一头汗水。大半个钟头过去了，却还没修好，观众围着里三圈外三圈，一个劲地催促着放映员。

"找小顾看看能不能修好？"这时，围观的群众中有人向放映员建议。

正在钻井队忙活的顾心怿迅即被带到现场。其实他不懂电影机，但没有推辞。人们自觉地让出了一条道。他打开放映机外壳，发现电机小马达一会儿正转，一会儿反转，听声音初步判断应该是电容器出了问题。没有新电容器，顾心怿就找来几只不同型号的电容器，串并联组合替换安装上。

电影终于正常播放，现场爆发出一阵热烈的欢呼。

"这小伙子是谁啊？这么厉害！"

"啧啧，你咋还不知道呢？九二三厂的技术高手，没有他修不好的机器！"……其实，那时候，顾心怿还是一名普通的技术人员。但打这以后，顾心怿的名字在附近传遍了，天井里放爆竹——名声在外！

坨庄会战进入白热化阶段，生活却进入艰难时期，职工们用棉籽饼充饥。咬一口，拉得嗓子疼，两耳发鸣。有的工人因营养不良出现虚脱；有的身体骨瘦如柴，严重贫血；有的得了浮肿病。有个别人实在吃不了这种苦，就当了"逃兵"，擅自脱离岗位跑回老家去了。"黄三角"比不了"北大荒"哩，黑土地肥沃，水分充足，可以向土地要饭吃。这儿却到处是一毛不拔的盐碱地，种啥啥不活。

凌晨时分，顾心怿下班回来，饿得肚子前胸贴后背，食堂的饭却不够吃了。女工李春秀刚刚吃完地瓜，饭桌上放着一堆地瓜皮。她站起来，与顾心怿打了个招呼，站起身向门外走。

顾心怿站起身向外探了探头，像一名盗贼，看四下无人，急不可耐地抓起地瓜皮就往嘴中塞。

"你还没吃饱啊？"没想到，李春秀忘了拿钥匙，杀了个"回马枪"。

"啊，啊！"顾心怿站也不是坐也不是，脸一阵发烧，嘴角的地瓜皮一翘一翘。

场面十分尴尬，空气立马凝固了。

他一动不动，不知道该怎样说什么好，恨不得找个地缝钻进去。李春秀冲他笑笑，把手伸向衣袋，掏出几张饭票："拿着吧！"

"不，不，我不要！你也要吃饭哩。"

"哈哈！我吃不了这么多，你一个大男人也别死要面子活受罪了。"看到顾心怿的窘态，李春秀简直要笑破肚皮。说完，丢下饭票走了。

粮食定量需要按干部、工人分配，工人属于体力劳动者，劳动强度高，每个月配发 41 斤粮的饭票；干部属于脑力劳动者，每月只供应 28 斤粮的饭票，这对于年轻力壮的小伙子来说，怎么够呢？

惊天的好消息又来了！

东营地区打出了第一口千吨井坨 11 井，准备放喷，忽然接到上级的通知，第二天石油工业部领导要带领相关部门负责人到井场参观，准备召开现场庆祝大会。而偏偏在这时候，井上突然遇到了麻烦：井口新安装的流量计找不到合适的配对高压接头。

怎么办？队干部急得团团转，而在这个节骨眼上发生问题，政治责任谁承担得起呀？

千吨井井口压力相当大，安全风险等级高，稍有不慎就容易酿成重大事故。安全经济责任谁又负得了？

嗨，有了！队长一拍脑袋，想起了顾心怿。

顾心怿匆匆赶到井上，斜阳挂在井架上，释放着全身的能量。他一看这个高压接头是必须要有的，但是再买新的来不及了，只能重新制作。天很快黑了下来，大个子队长不停地为顾心怿扇着蒲扇。他小心翼翼地测量完尺寸，连夜现场绘制图纸加工。天快亮的时候，接头终于制作好了，哈，安装后运转正常！

这时，离召开庆祝大会不到 8 个钟头。

7

金秋十月，天高云淡，七仙女织就的红地毯铺在盐碱滩上，那鲜艳的红哟，犹如一块块晚霞飘落在地，只看一眼，顾心怿的心便被震撼了，一股强大的力量拉着他、拽着他。及至"红地毯"中央，一棵棵黄须菜披着嫁妆，心情热烈，透着一股子劲儿，稀疏地站立着，仿佛静等心上人到来，用刚健的臂膀悠然挽起新娘，走向轰轰烈烈的婚姻殿堂。他久久杵在那儿，两只脚像两颗大钉子，与一株株鲜红眼对眼、心贴心，像在听彼此的心跳，又像把心灵嵌入"红地毯"深处，一呼一吸沉浸在浓浓的红里，仿佛品鉴着一杯浓浓的红酒，他的血液像黄河一样奔腾起来。不远处，一棵棵白了头的芦苇站在温柔如少女之手的秋风里，看着这些身着红衣的孩童，频频点头，笑声盈盈，毛茸茸、长长的胡须一摇一曳，苍老而又年轻。极目而望，广袤的原野上，铁塔林立，铁树轰鸣。随处可见的"磕头机"一扬一落，虔诚地叩拜着天地，成为一道亮丽的风景。

胜利油田几乎全是这种"磕头"式的抽油机，分布在各个区块，正是这上万台抽油机不分昼夜，披风裹雨，真诚履职尽责，汩汩油流才得以从几千米的地下喷涌而来，流向共和国的心脏，汇聚成国家的血脉。

能工巧匠大都有一个特点：敢于向现实挑战！采油现场去多了，细心的顾心怿发现，这种"游梁式"抽油机从外形上看貌似简单，但负载变化很大，而行程长度又严格固定。"驴头"上行时载荷很重，而下行时却是负载荷，上下每天需变换万次以上。消耗电能大、负载能力较小以及比较笨重等缺点暴露无遗。

井场的路踏实了许多，顾心怿已经记不清，自己来来回回跑了多少趟。

成就一件事，还得靠天时、地利、人和。

天时来了！主管技术的油田副指挥刘佩荣在一些会上多次要求：目前部分运行的抽油机存在问题依然突出，在一定程度上阻碍了油田的生产发展。技术人员应当广开思路，多做改进游梁抽油机的技术工作，为多产油担负责任。

经过前期到现场反复调研和了解情况，顾心怿基本摸准了磕头机的病根。他认为仅仅靠修修补补、小改小革已经很难从根本上解决问题了。他想重新研制一种新型抽油机，克服这些顽疾。

有了"尚方宝剑"，顾心怿开始忙碌起来，组织攻关队的年轻人设计方案，绘制图纸……一遍遍往返井场，一遍遍核对数据；白天黑夜连轴转，反复修改草图。攻关队那间平房的窗口从此无眠。里面不时传来争吵，哦，那不是吵架，是讨论……

有一次，顾心怿和一群老工人聚在井架搭起的庇荫下一起讨论抽油问题，有位师傅说："俺们农村老家用解放式水车抽水，水车能下到井里抽水，但就是不能下到井里抽油哩。"

说者无意，听者却有心。顾心怿的眼前突然一亮，心里不禁泛起惊喜。

于是，一个"链条抽油机"初期的想法在他脑子中出现了。

有汗水就有收获，功夫不负有心人。顾心怿带领技术人员终于设计完成了第一台由两根链条带动的抽油机。

四月的黄河口平原，还是春寒料峭，风沙漫漫。在营1井场，顾心怿带领攻关队将一台刚刚研制出的链条抽油机七手八脚安装好，开始运行试验。这台抽油机外形壮实，一根销子横跨两根链条，大伙儿戏称为"二牛抬杠"。采油职工兴高采烈地围在井场，迫不及待地一睹这个"新生儿"的本领。

"合闸！"

机器轰鸣，抽油机开始运转，顾心怿的心提到嗓子眼。啊，油井终于缓缓流出了黑色的石油！这哪是油啊，简直是顾心怿的心血！现场的职工沸腾了，整个井场沸腾了！

然而，这台抽油机运行了短短三天的时间，"扑通"一声响，铁家伙突然一下子瘫痪在那里，钢丝绳砰然断裂。等更换钢丝绳后，抽油机苟延残喘运行不到两周，链条和销子又相继发生断脱损坏，设备彻底宣告报废。

一盆凉水浇透了现场职工们滚烫的心。面对接二连三的打击，顾心怿陷入更深的苦恼和反思之中。

"咦？怎么了？"

"哎呀，趴窝了，我就说嘛，凭咱油田这几个不知天高地厚的年轻人能倒腾出新式抽油机？做梦哟！"

竟然有人笑出了声。这些耻笑像一把把利剑扎在顾心怿的心上，疼痛、屈辱，攻关队的队员们更是像扎破的气球，愣在现场，一时不知怎么办才好。

唉，怎么回事呢，问题出在哪儿？

顾心怿脑袋顿时大了。第一次栽跟头，没想到摔得鼻青脸肿，唉，真摔个鼻青脸肿反倒好受些，心里的憋屈真不是个滋味啊！还从来没有在这么多人面前出过这么大的洋相呢，他感到自己从天上重重摔在地下！多日的血汗付之东流。回到实验室，他沮丧地闷在屋里，愁眉苦脸。

"吱哟！"房门被推开了，闪进一块亮光，进来一个身影，哦，好像在哪儿见过。

"小伙子，干事情哪有不出差错的？你干的是大事，没啥哩！我们工人在井上经常磕磕碰碰的呢。怕出事，除非你啥事也别干。"原来，是当时在试验现场的一位老工人。

涓涓溪流荇着真诚和温暖，扑灭了燃烧的情绪，他心里稍许有些安慰。失败是成功之母啊，天无一世晴嘛，总有风霜雪雨的时候。作为项目的发起者和组织者，他明白自己的表现有多么重要！是呢，如果自己先泄气了，其他人会怎样？不能因摔一跤，就不敢爬起来。再说，不能为了虚无的名声、面子而活啊！

阴雨时刻，给你阳光的人就是你的贵人；摔倒了，拉你一把的人就是你的恩人。

"老师傅，您真是难得的好人哩！"

"哈哈，顾工，我相信你能行！"

一双粗糙的大手温暖有力，两人的眼角竟有点润湿。

一棵被吹歪的禾苗重新坚挺起来，顾心怿的心从低谷中爬上来，继续在泥泞坎坷的科研路上迈着坚实的脚步。

没有可怕的深度，就没有美丽的水面。人不缺向外看的眼睛，但缺一双向内看的眼睛，要等到心碎掉之后，才能长出来……

他一点点反思，嗨！怪不得呢，自己把目光全盯在个人的"学问"上，把"宝"全押在这些从学校"温室"里培育出的"豆芽菜"身上。向工人们请教得少哟，那么发明新式抽油机无疑就是"闭门造车"。

"豆芽菜"，多么形象的比喻啊！那些大学毕业生，戴着深度近视镜，身材细长，理论知识丰富，讲得头头是道，但实践经验却不如工人多，鸡，分不清公母；苗，分不清韭菜还是小麦。不是学了毛主席的《实践论》吗？实践出真知啊！这些顶风冒雨、长期工作在一线的老师傅，可能说不出几个"豆豆"来，但技能高着哩！

"啪！"

顾心怿重重地拍了一下额头，他为自己的浅薄感到后悔和自责，路走错了，抓紧调头。他紧紧盯着桌上散乱的图纸，对，召开"诸葛亮会"，三个臭皮匠顶一个诸葛亮嘛。于是，一个由技术人员和采油工人参加的座谈会开始了，主要议题就是查找分析这次失利的原因。

"说老实话，这次试验虽然没有成功，但咱走自己的路，绝对没错，假如老是跟着外国人屁股后面爬，爬得再好，充其量也就是个老二。"这时，一位性格直爽的老师傅亮着嗓门说道。

嗯，有道理！

一句朴实热情的话语，像一把小锤子击打在顾心怿的心灵上。是啊，探索总是要付出代价的。要走创新之路，就不能怕摔跟斗。

驴，在农村肯定不陌生，可以称得上功臣，干起活来很卖力，发起脾气来却惊天动地、软硬不吃。因此，在东营地区，喜欢把那些实干而脾气大的人叫"倔驴"，也不知是褒是贬。顾心怿像一头苏醒过来的"倔驴"，倔劲上来了。

他右手拿着模型，左手时不时扶一下黑框眼镜。他看得出神，像破案的警察，一遍遍查找蛛丝马迹，又拖过图纸翻来覆去修改；跑到施工现场，谁年龄大就找谁，"嘴上有毛办事才牢"嘛，他一个个拜师"取经"，把心拴在新式抽油机上。

一排排红瓦砖墙的平房个头不高，站在初冬里精气神却十足，房前房后，一棵棵柳树大都秃了头，仍有几片树叶挂在枝头，抖擞着膀子，像要与寒风较量几个回合。今天李巧云真勤快哟，洗完衣，拖了地，还炒了几盘青菜，在锅里贴上黄澄澄的玉米饼子，一边干一边嘴里哼着小曲，看出来蛮高兴的。怪不得呢！周末，这当技术干部的老公难得要回家吃顿饭。平时，在家的时间两头不见太阳。知夫莫若妻。他忙啊！

她知道丈夫这两天寝食不安。虽然她不懂技术，不便刨根问底，就力所能及做好"后勤保障"。

墙上的挂钟嘀嗒嘀嗒，时针已指向下午一点钟。饭菜都快凉了。女儿秋红实在饿极了，伸出小手抓了好几次玉米饼子，都被母亲李巧云打了回去。

李巧云出了门，翘首张望。回屋时女儿竟然趴在桌上睡着了，她将孩子抱到床上。这时，顾心怿才一身疲惫地进了门。他坐在饭桌前，却不知道动手吃饭，竟然呆呆地看着玉米饼子，两眼直放光。他用筷子插起一块黄澄澄的饼子，左看右看，转来转去，比比画画，念念叨叨，就是不往嘴里送。

李巧云看一眼睡着的孩子，瞅瞅已经凉了的饭菜，再瞥瞥顾心怿那出神的样儿，又好气又好笑，便劈手夺过顾心怿手中的饼子："你中了什么邪？"说着把饼子往顾心怿的嘴里塞。顾心怿这才回过神来："好吃，好吃。真香呀！"妻子见状，忍不住"扑哧"一声笑了。

他这是把玉米饼当作抽油机的链轮了呢。

生产现场始终是最好的第一试验场。顾心怿一到现场，看到那些设备他就出神，想法、点子就会像菜苗一股脑钻出来。

8

"这儿很少刮风，一年只刮两次，一次刮半年。"其实，这就是东营自然环境的真实写照。

正当顾心怿准备鼓足勇气，打算从"跌倒的地方"爬起来，一场突如其来的政治风暴席卷了中华大地。正在苦思冥想革新项目的顾心怿，无任何缘由地被要求"靠边站"，这个项目也被迫中断。

但他的心并没有靠边站，一直装着难以割舍的抽油机。

他坚持"地下"活动，寻找解决方法和出路。

那是一个周末，妻子李巧云在采油队倒班，早上急匆匆吃完饭，忙完家务，嘱咐顾心怿在家好好照顾孩子，便上班去了。院子中一棵桃树，穿着一身绿装，蛮精神的，枝条上站满了粉红色的花朵，密密麻麻地拥挤在一起，交头接耳，窃窃私语，像一群少女兴高采烈。微风吹来，抖动着身姿，又变成抿唇羞怯的少妇，像一盏盏明晃晃的小灯笼，映照着一片清净和朴素。

可别说，顾心怿是优秀的科技人才，但在做家务、照顾孩子方面却一窍不通。妻子的身影刚刚消失，他内心猛然一顿，一个神圣的使命在召唤。他急忙安顿好小儿子在旁边玩，自己又埋头开始画图纸。一会儿，4岁调皮的儿子感到无聊，就顺手拿起母亲放在盒子里的缝衣针，趴在爸爸身后，将针放在顾心怿嘴边，顾心怿正全神贯注地画着设计图纸。啊！嘴一张，没想到一口将针吞到肚里，等反应过来才感觉不对劲。

"臭小子，瞎捣乱！"他狠狠地瞪了儿子一眼，匆匆忙忙到了医院。拍片子透视，发现肚子里有一根缝衣针，折腾了两天，缝衣针终于顺利排泄出来，一家人悬着的心才落地。

9

1969年4月，春回大地，气温回升。

"我们接到石油工业部军事管制委员会的通知，让你尽快去北京一趟，听说叫你到国外当专家哩！"油田军宣队一位干部找到顾心怿。

他忐忑不安的心终于放了下来。

到了石油工业部才知道，部里决定由顾心怿同另外两位同志组成专家小分队，前去帮助兄弟国家解决技术难题，为他们培养技术力量，增强社会主义国家之间的友谊。

经过为期一个月的外事纪律学习和培训，军管委又专门为他们每人制作了两套卡帆布中山装和的确良衬衫，配置了皮鞋。

一天，北京首都国际机场的候机厅冷冷清清的。在辽河油田担任技术干部的妹夫王国丙恰好在北京出差，特意赶到过来送行。他打量了顾心怿一番，从自己手腕上摘下手表，递给了顾心怿。

顾心怿却一再推辞。

"你这是出国，代表着咱中国人哩。没有手表工作不方便，我这也是为国争光呢!"哈，这妹夫真逗，说话好幽默。大舅哥不再说啥。是呢，代表新中国啊! 顾心怿突然感觉自己越长越高，头顶着天了!

一架法国国际航班像一只大雁迅速冲向蓝天。

飞机落下时，已是异国他乡。开了舱门，下面是举着五星小红旗欢迎的人群。阿尔巴尼亚非常重视这支中方专家团队，安排专人到机场迎接。第一次走出国门，对于三位 30 岁出头的石油机械专家来说，既新鲜，又好奇。

琢磨

他们一行被安排在阿尔巴尼亚的斯大林城。这个城市也是阿尔巴尼亚的石油城，他们入住在阿尔巴尼亚空军飞行员公寓，作为中方的技术专家得到了最好的食宿配备。

我们可是社会主义新中国专家呢。

顾心怿不断提醒着自己，也提醒着两位同伴。时时要为祖国脸上添彩，可别做有损国格的事啊!

阿方为中国专家安排了两名本土专家陪同，一个名叫比洛，另一个叫彼

得拉契，都是毕业于阿尔巴尼亚国内名牌大学的高才生。两国派出的都是石油机械专家，但他们却一时难以读懂对方的内心世界，毕竟中间隔着几卷文明史。

国土面积只有28748平方公里的阿尔巴尼亚，全国有8000多名石油工人，年产石油100万吨，大部分油区都分布在崇山峻岭。顾心怿一行开始调研机械厂加工能力、材料供应等，跑井场、现场实地勘察，了解取芯工具和操作流程，获取绝对真实的第一手资料。没有调查就没有发言权嘛。工作不能眉毛胡子一把抓，先要摸清情况。有一些钻井队坐落在半山腰，上山的公路坑坑洼洼不说，而且像一根弹簧拐了九十九道弯，螺旋式上升呢。外国的月亮不比中国的圆。阿尔及利亚的山峰大都在1000米以上，山高险峻，谷深幽邃，看着叫人头皮发麻、腿发软。三人故作镇静，说笑着，牵着手，串成一条长链，深一脚浅一脚，一步一步挪动着。一次，在上井的路上顾心怿不小心摔倒了，鼻青脸肿，眼镜摔破。回到城里后，才重新修好眼镜。

一个多月后，他们基本摸清了阿尔巴尼亚国内油井的全部"家底"。针对不同的地质结构量身定做，指导设计，加工制作不同的取芯工具。他们把在国内设计制作的取芯工具全部做出来，并设计制作了大直径取芯工具。

真给力！

中国石油专家设计的取芯工具第一次下去，竟然取出百分之百的岩芯。

现场阿方配合的工作人员抱起三位中国专家，蹭起了面颊。这是阿尔巴尼亚人的一项最高礼节，表达对他人的敬佩。

9月底，三位专家来到了阿尔巴尼亚的首都地拉那，按要求到中国驻阿尔巴尼亚大使馆汇报工作。他们很兴奋，见到了中国驻阿大使耿飚将军。

以后，三位专家不负众望，起早贪黑，又研制出适合当地硬地层取芯工具，一举获得成功！

"顾！"有时顾心怿奔波在阿尔巴尼亚崇山峻岭的油井间，阿尔巴尼亚的钻井工人离得大老远就向他打招呼，把他当作朋友。

"中方专家了不起啊！你们精湛的技术水平和吃苦耐劳的奉献精神，为我国解决了大难题，非常令人敬佩！"

阿尔巴尼亚工矿部部长使劲夸赞。

这荣誉，属于祖国！

年轮如涟漪扩展，旅途如蜘蛛盘丝。年轮像毛线团越缠越粗，将往事缠进记忆内圈，每一圈都有石油的光芒。岳母刺字的故事早已储存在他脑海的硬盘里，闲下来，都会打开复制出一幅幅图片。无论千万里的地域距离，无论千百年的时光跨度。

在阿尔巴尼亚原计划工作六个月，但在第五个月的时候，他们已提前完成两套取芯工具的研制工作，在阿方的诚恳请求下，又多待了三个月。顾心怿为他们成功设计出了第三套长筒大直径取芯工具，完成了许多井上设备试验，被阿尔巴尼亚命名为"友谊牌"取芯工具。

终于踏上回国的征途了！顾心怿归心似箭，恨不得再给飞机插上两副翅膀。飞机像一只大鸟，昂首呼啸，穿云驾雾，眨眼的工夫，异国他乡的山川美景被甩成五彩的花瓣，那些巍峨的群山奇峰，缩小成地图上的圆点。

10

乌云已经散去，一条条金色的阳光在春风中舞动，黄河、大海也跟着舞起来，神州大地又是一番春意盎然，勃勃生机。从阿尔巴尼亚归国后，顾心怿的"地下"工作终于可以光明正大地转到地上，继续研制链条抽油机。

顾心怿毕生都在与困难对弈，他始终坚信荒原上有更加明亮的天空，技术创新就是一场棋逢对手的厮杀，胜利绝对属于持之以恒、不断学习自我超越的一方。他继续苦思冥想，动手研制，试制了好几种样机。他设计将两排链条换成单排轨迹链条，制作成滑道机构，将重块平衡改为液封气动平衡。在1973年胜利油田成立研究所，链条抽油机重新立项时，顾心怿对链条抽油机的设计发明已基本完成。失败了再研究、完善，又经过两年苦苦的摸索，在失败了七八次的基础上，链条抽油机在油田上开始试验应用，终于获得成功！

1978年，这项成果获得了全国科学大会奖；1980年，又获得了国家发明二等奖。1984年后，经胜利油田采油工艺研究院进一步的改进和完善，链条抽油机在全国多个油田推广应用2000多台，创经济效益数亿元。

一项技术发明就如艳红鲜活的灯盏，从黄河口照到大洋彼岸，摇撼着岁月静好。美国《世界石油》杂志一篇文章中说："在胜利油田，我们惊奇地看到了中国工程师自主设计的链条抽油机。"后来，美国人也应用改进了这项技术。现在，人们应用它的发明原理，设计出了多种型号的抽油机在全世界应用。

11

胜利油田东临渤海湾，沿海滩涂面积广阔，地下蕴藏着丰富的油气资源。20 世纪 70 年代中期，胜利油田肩负为祖国献石油的使命，就开始逐渐把勘探开发的目光投向广阔的沿海和浅滩，然而，当时的采油设备都是"旱鸭子"，无法涉足大海。

"有条件上，没有条件创造条件也要上！"

随着油田陆上勘探的全面展开，石油战线吹响了向海上进军的冲锋号，钻井设备移位到了贴近大海的地方。大批民工修筑海堤，围海造田，然后再组织队伍打井。

那是一个灰色的日子。波涛汹涌的海水突然淹没了大片井场，到处是一片乳黄色的汪洋，钻井队被迫停止作业。钻井队职工迅速爬上了井架，集体躲避海浪潮的袭击，油田财产遭受了重大损失，石油人也领略到了大海的淫威。

不能向大海低头！我们是胜利人啊，胜利是永远属于我们的。

成千上万的石油职工和当地民工开始了新的抗争，修筑海堤。海堤挡住了潮水，突堤像一条条手臂伸向大海，被油田按序列的方式称为"桩"。

1975 年，石油工人在紧靠海边的地方打出了一口高产油井。从此，海上有油的说法得到印证。

石油就在眼前，但怎样才能从大海捞油呢？这道难题困扰着大油田的决策者和几十万将士。

起初，筑堤打井，移山填海，运用人海战术，组织了大量的民工，用独轮车填土修筑土堤和平台。然而，这种办法只能在潮汐区，不能更进一步深入大海，而且成本太高，收效不大。

创业者的思想和脚步永远冲在时代的前沿。

在新组建不久的油田勘探开发工艺研究所任矿机研究室主任的顾心怿，了解到海边石油勘探的消息后，决定与大海进行一次"对话"。

天不亮，他拿起一块凉玉米窝窝头啃了两口，嗨，太硬！便放到口袋里，火烧屁股似的匆匆出了门，搭上了去海堤工地的汽车。

车子在弯弯曲曲的土路上颠簸。

到了！天地一根心弦，大海日夜喘息，伸手拍打着海岸，大海是时间的仓库、荒原的史书。古老的涛声谱成时代的序曲和前进的旋律。水天一色的浅海边，连成一片的窝棚，杂木杆、苇箔、帆布、塑料布、油毡纸等建筑材料堆得到处都是，好像一个偌大的建筑材料市场。

大海不歇脚，奋斗不停息。百里大堤上演着波澜壮阔的"精卫填海"故事。在一望无际的海滩上，人头攒动，成千上万的民工冒着刺骨的寒风，推着独轮车运土筑堤。

这哪里是工地，简直就是战场！一场人类与大自然的战斗正在激烈地进行着。顾心怿被眼前艰苦壮烈而浩大的场面深深震撼了！

从海上回来后，顾心怿躺在床上，翻来覆去地睡不着。他的心已留在大海。从床上爬起来推开窗，万家灯火便挤了进来。安静地看着人世间的烟火，他的思路清晰得像捋顺了长长的禾苗，肚子里攒下太多的过往，触到一丝火星，就可以将其点亮，燃起一把熊熊烈火。

靠人海战术来拼命搞勘探固然可敬，但血肉之躯终究难以同大自然抗衡。征服大海捞石油，必须依靠科学技术。于是，一个大胆的技术攻关设想在他脑海中已经出现。

科技创新无异于攀登山峰。

他打算设计建造一款钻井船。当时，坐底式石油钻井船的设计在国内还是一张白纸。面对浅海钻井船技术，顾心怿感觉自己犹如一名"盲人"，海洋石油装备他从没有接触过啊。浅海钻井船，除了首先是"船"，还要是"特殊的船"，得适应特殊环境、特殊要求。比如船体自重要轻、吃水要浅、强度要好，在大风大浪中要抗滑、抗淘空，等等。这次油田组建了由顾心怿任组长的项目组，全组三个人，都是"旱鸭子"下海，对海洋学、船舶制造"一窍不通"的"外行"。"外行"成"内行"，需要的不仅是汗水，而还要从头一点点学起。他们不断地查找参考资料，阅读海洋、船舶、平台等方面的书籍。

"取经"，对，"西天取经"去！顾心怿像当年的唐玄奘，师徒三人赶赴海洋勘探指挥部，借来从国外带回来的图片资料，先参照国外坐底式钻井船"照葫芦画瓢"，又加以改进注入"中国元素"。那些日子啊，他们忙得天昏地暗，分不清白天黑夜，饿了就啃口干粮，渴了就喝口水，困了就趴在桌上迷糊一会儿……终于，他们想出了一个吃水特别浅、不用挖沟就能拖近岸边极浅海区打井钻井船的方案。上报到油田，油田又及时向石油工业部做了汇报。

石油工业部组织召开了由海洋勘探指挥部、天津大学、华东石油学院等有关人员一起参加的方案论证会。最终确定由三家单位合作设计浅海作业船。

散会后，石油工业部副部长张文彬又专门留下顾心怿几个人。张副部长眉头锁紧、疑虑重重："顾工，这么重大的项目，你们到底有多大胜算的把握呢？"

顾心怿抬起头望了下窗外，停顿了一会儿，然后目光坚定地盯着张副部长，大山似的承诺："请领导放心，我们前期已经做了大量的调查研究和一系列评估，至少有百分之八十的把握！"顾心怿热血沸腾，字字铿锵。

"那你们所里现在有多少人在搞这项工作？"

"三个人。"顾心怿实事求是地回答。

"那怎么行呢？这么大的工程，人员必须得配足，我马上再给你们充实力量！"

张副部长顺手拿起桌子上的红线电话："人教部吗？今年37名与海洋装备专业相近的应届大学毕业生，尽快把他们全部分配去参与搞钻井船设计项目吧，一个都不能少！"军人出身的张副部长说话干脆利落。

嗨，太棒了！

顾心怿高兴地拍了一下大腿："谢谢张部长！"他想给首长敬礼，右手举起来，又放下，自己不是军人哩，激动的脸上热泪花瓣都要落下来了。

顾心怿的心不再悬吊在空中，而是踏踏实实落了地。

"……我当个石油工人多荣耀……"回来的路上，他哼起了那首熟悉的歌曲。

顾心怿（右一）与科研工作者正在研究创新项目

一到油田，他把这些"新鲜血液"立即输入到紧张的设计工作之中，这也是一个没有硝烟的战场啊！37名大学毕业生摩拳擦掌。

钻井船的设计工作立刻全面启动。船名暂定为"浅海钻井船"（简称"QCC"）。设计组分两地同时开展工作：海洋勘探指挥部和天津大学组成船体和结构部分的设计组，在天津地区工作；胜利油田和华东石油学院组成石油专用设备和生活舾装部分设计组，在山东地区工作。

1975年11月，正当设计工作进入尾声、胜利曙光出现时，乌云却突然不期而遇。多格拱形底的结构重量太大，吃水太深，坐底下沉的冲排泥设备很多，而且与船上石油专用设备布置相互冲突。这个总体设计显然不符合实际。

这就要求必须彻底推倒重来，前面的努力将要付诸东流，自己否定自己，就像自己割自己的肉哩！

再难，也要面对；再痛，也要忍受！科学容不得半点马虎啊！

一波未平，一波又起，这时，QCC的设计遇到了吃水浅沉下来的大问题，同时海洋勘探指挥部接到新的任务，所有QCC的设计工作也只好全部停下来，联合设计组也于无形之中解体了。

战役暂时停了下来，有的人开始打退堂鼓。

"姚指挥来了！"

大伙儿把油田会战指挥部副指挥姚福林迎进屋中，看到四处漏风、堆满资料的简陋办公室，再看满面倦容、瑟瑟发抖的设计人员，姚指挥一阵心酸："同志们，辛苦了！"

"姚指挥，辛苦点不算啥，关键这工作停下来，我这心里上火啊！"

"来，来！大家坐下来。"姚福林一边招呼大家，一边自己先盘腿坐下。大伙儿每人搬一块砖头席"砖"而坐。

"我给大家讲一个部长请客的故事吧。

"那是1964年3月下旬的一天，油田正在坨庄打井，正在东营会战前线视察指导工作的余秋里部长，来到井场看望了正勒紧裤腰带打钻的工人后，又到胜利村看望老乡。余部长问老乡能不能吃饱，老乡都说能吃饱。这个回答出人意料，于是，他就追问人家吃的什么。老乡就拿出一个黄须菜窝窝头，上面还有许多黑籽儿，像是烤焦了的芝麻粒。黄须菜在这儿太普通了，满地遍野，到处生长着，春天来了就返青，秋天到了又发红，同时结出黑米粒似的种子。

"而余秋里却乐呵呵拿出钱和粮票，买了老乡几个黄须菜窝窝头，一尝还行，虽然口味感觉差一点，但可以填肚充饥。几天以后，大队长及以上的油田干部接到通知，要求下午6点半以前赶到基地，余部长要在职工小食堂里请客。

"听说石油工业部部长请客，大家都很高兴，满以为可以犒劳一下。大家更不敢怠慢，准时赶到食堂。余部长仿佛变戏法儿似的，给每人准备了两个黄须菜窝窝头和一碗清水煮白菜帮子，水清得能照出人影来，一点油星都找不到。余部长和大家一起吃，他一边吃着一边问大家，这顿饭好吃不好吃，啥味道？大伙儿面面相觑，不知道部长葫芦里卖的什么药，没人敢接话茬儿。

"余部长语重心长地说：'这次请前线领导干部吃这顿饭有四层意义：一是光荣传统的饭，二是阶级感情的饭，三是劳动人民的饭，四是回忆对比的饭。'他语气深沉地告诫油田干部，'千万不要忘记过去，不能忘记我们是怎样一步步艰苦卓绝打下的江山。'"

讲完故事，姚福林眼睛湿漉漉的。从此，再没有人要求调走。

顾心怿和研究所里的几名技术骨干人员重新出去搞调研，主动向船舶工业战线的师傅们学习，思考新的钻井船方案。

那天黄昏，他们好不容易到了一家船厂，听人家说济南黄河船厂一直造内河船，适应黄河航运船体轻、吃水浅的要求。

有一个叫朱龙田的人，是上海交通大学毕业的，而且还在部队搞过潜艇设计。1957年被错打成"右派"，此时下放到济南黄河船厂劳动，曾设计过浅水船。顾心怿带着几名技术人员马不停蹄地赶到济南，终于打听到朱龙田的下落。

当他们一行风尘仆仆赶到黄河船厂时，刚进厂大门，就见到一位精干的中年男子。

"同志，我们是胜利油田的，要找朱龙田工程师呢！"

"哈哈，阿拉不是什么工程师！"没想到接待他们的中年男子竟是上海人，更没想到他就是厂技术负责人朱龙田！这位50年代大学造船专业的毕业生，有着20年的职业生涯。

老乡见老乡，两眼泪汪汪。相同的出身和对事业的孜孜追求，使顾心怿、朱龙田越谈越投机，聊了整整一个晚上，似乎有聊不完的话题，从平底沉垫，插入泥中的抗滑桩，到多柱支撑的单层甲板……就一些技术细节问题进行了细致探讨、磋商。

　　"柳暗花明又一村"，济南之行带来了新的转机，设计工作重新启动。

　　经过几个月的努力，他们完成了定名为"胜利一号浅海坐底式石油钻井船"（简称"SL-901"）的船舶设计方案，这艘钻井船具有很多自主创新，有别于国外同类船。

　　1977年元月，烟台市造船厂接受了造船任务。5月1日，"胜利一号"开工建造了。设计组的人员搬到烟台造船厂，住在海边两座木板活动房。设计组的人员不仅是监造，而且还全程参加建造，从采购器材到帮助搬运、现场指挥、参加安装……一年后，"胜利一号"的船体成功建成。

　　顾心怿和同事长期驻扎在烟台，他们把心牢牢系在船上，推进建造"胜利一号"整体工程进度。

　　"哎呀，这是咋回事嘛？"顾心怿回东营汇报工作，刚到家的第二天，肚子突然疼得厉害，本来想忍一忍，坚持一阵子就好了。妻子一看他痛得脸色煞白，满头大汗捂着肚子，吓了一跳，赶紧将顾心怿送进了油田中心医院。一检查，是急性阑尾炎，医生建议立即做阑尾切除手术。刚止住疼还没开始手术，顾心怿实在放心不下造船的事。

　　他焦急地问医生："大夫，能不能推迟几天动手术？我回去安排完工作再过来吧。"

　　"不行，必须马上手术！"医生态度很坚决地说。

　　"命都快没了，还想你的船。你以为你是铁做的？"妻子李巧云流着泪埋怨。

　　"嗯嗯，石油人就是铁人嘛！"他还乐哈哈。

　　手术后切口处有点化脓，但船正在建造之中，他这位总设计师躺在这儿算什么？顾心怿急得浑身是汗，坚持要求出院。在医院住了不到七天，他就匆匆回到了烟台造船工地。

　　"唉，真是干起活来不要命啊！"妻子不无担忧，又无可奈何。

　　"胜利一号"这艘全部用中国设备和材料建成的我国第一艘坐底式钻井船，于1979年正式投入勘探工作。全船总造价人民币7000万元。从此，我国拥有了第一艘固定甲板高度带抗滑桩的钢质坐底式石油钻井船，它可于无冰期在水深1.8—6米（含高潮）的浅海中钻井，不仅填补了我国浅海钻井装备空白，还使我国跻身世界极少数能自行设计建造坐底式钻井船的国家之列。

　　这条由中国人自己建造的钻井船，经过检验合格后，终于拿到了驶向大海的通行证。

蓝天当空，白云朵朵，一只只海鸥像跳动的音符，金波荡漾，碧波滚滚。当悬挂着鲜艳五星红旗的"胜利一号"在众多惊叹的目光里被拖出烟台港进入大海怀抱的那一刻，顾心怿禁不住落泪了，酸甜苦辣涌上心头……

大海以博大的胸怀、温暖的怀抱、久违的热情接纳了石油赤子。盈盈碧波泛起动人的涟漪，澎湃的激荡中涌动着蓬勃的生机。

顾心怿向年轻人传授技艺

"胜利一号"于 1986 年获石油工业部科技进步二等奖，于 1987 年获国家科技进步三等奖。1989 年，"胜利一号"光荣退役，总共完成了 20 口井的勘探工作，总进尺 4 万多米，取得了巨大的勘探成果。

1989 年，顾心怿获得"全国劳动模范"的光荣称号，他代表胜利油田 20 万产业工人到北京人民大会堂出席隆重的表彰大会，受到了党和国家领导人的亲切接见。

荣誉和鲜花确实能令人陶醉，毕竟这是心血和智慧换来的啊！

说实话，顾心怿心中的高兴劲儿别人或许不能完全体会到。毕竟这么大的创新项目承受的风险也是巨大的，如果失败了，个人得失是小事，国家会浪费巨大的人力财力，那就是犯罪啊！成功的背后，有组织的关怀指导，有大家的齐心协力，就像禾苗的成长，阳光、水、空气缺一不可！

为油田干些实在事，为国家多出油、出好油，报效国家，这才是自己的追求！顾心怿不但没有沉醉在已有的荣誉中，而是像一名英勇善战的将军，重整戎装继续前行。

"胜利一号"钻井船能拖进水深 2 米的地方打井，但是再浅的地方就进不去了。如果能让钻井船走进 2—0 米的地方那多好啊！可以在浅滩自由自在勘探。

顾心怿提出要研制"胜利二号"的设想在油田不胫而走。有好心人规劝他："老顾，你已经是快 50 岁的人了，见好就收吧，何必再去冒那个险呢？"

50 岁应当是一个人年富力强、经验成熟的黄金时期啊，去开拓未知领域，多产石油，为国分忧，才能无愧于国家的培养。当年上学不但没交钱，国家还发生活费呢。

顾心怿又想到了岳飞。"精忠报国"四个金灿灿的大字，在心底裸露出来，熠熠发光，照耀着灵魂的角角落落。

"胜利二号"需要"张腿走路"，设计要求和难度自然会更高。没有先例可寻，没有资料可查，没有经验可以借鉴。

图纸画了一张又一张，方案设计了一个又一个。材料堆起来一人多高。经过一年多的可行性研究和方案设计，全部设计和技术指标顺利通过了船检。

这种内外脚交替行走的船，巧妙地将整个钻井平台分为内体和外体两部分，采用液压机械在海底自己抬起后再向前交替行走。

1982 年，经过整整一个夏季，流了无数的汗水，忍住蚊虫叮咬的累累伤痛，顾心怿完成了"步行钻井平台"初步设想方案。胜利油田成立了由油田副总工程师叶蜚庭和上海交通大学副校长李润培为组长的领导小组，顾心怿等为项目设计负责人。经过上上下下精挑细选，油田选派了 30 名技术骨干参与，上海交大也召集了近 30 名专家，油田、高校两家携手联合组成了庞大的研究设计团队。

1983 年，胜利油田将设计项目报送石油工业部。

"这个项目成本费用太高了，能不能实现步行，也没有确切的把握，还是先放一放再说吧。"部领导还是心存疑虑。

是啊，项目投资巨大，万一失败了谁承担这个责任？

但不能因此就半途而废呀。

这时，石油工业部科技司负责人找到顾心怿："这个项目我们是支持的，但搞这么大的创新项目论据要充分。这样吧，再给你 30 万研制一个实体模型进行试验，得出结论再汇报吧。"

下半年，联合设计组经过合力攻关，基本完成了在各种工况条件下对整个平台钢结构的力学有限元分析。他们与山东沾化造船厂合作，建造一艘能步行的模拟试验船。

这是一条长 10 米、宽 5 米的"会走路"的船，安装上了各种动力设备和测试仪器。那天，顾心怿领着几名技术人员和几位教授，带上生活必需品，随着试验船开始航行。沿着徒骇河从山东东风港出发，一直到龙口港，在沿海岸 5 个点进行了爬滩步行上岸试验。

试验船在海湾上缓缓行进。海上石油梦在等待，无数双眼睛在等待。海风轻拂，浪花翻卷。进入浅滩后，支援船进不来，补给成了问题。他们不得不啃冷馒头，喝凉开水。乏了，几个人就背靠背迷糊一会儿；困极了，干脆就躺在甲板上过夜。

深夜，冰冷的海风一阵阵吹过来，一直往人的骨缝里钻。有人开始流鼻涕，打喷嚏，体温失常。他们咬牙沿着海岸漂泊了半个多月，累计行程几百海里，在五个典型地段拍摄了许多宝贵的影像资料，收集到了大量翔实的数据、信息，进行了精心的评估试验，为下一步研制"胜利二号"积累了底气和经验。

蓝天白云，海鸥展翅，微波荡漾，帆船点点，夏日的青岛浪漫而又迷人。这里正在进行一场专题论证会，参加会议的有著名的海洋工程专家，有胜利油田有关部门的领导、学者，有项目组的成员。会议开了三天，在取得完全一致意见后，顾心怿再次带人赶到石油工业部，去做了专题情况汇报，终于得到批准。

1985 年，"胜利二号"浅海步行坐底式钻井平台由青岛北海船厂正式承建。

青岛离东营虽然不过 374 公里，但按照当时交通状况和条件，往返一趟需要一整天。有一天，平台上面急等着链轮护罩等钻机配件，而船厂的吊车因故障正赶上维修，真是崴脚又丢鞋。但不能耽误工程进度啊！顾心怿带头当起了"背负工"，几位监造人员沿着陡峭的梯子，将总重量几百公斤的配件一件一件靠肩膀扛到了 10 多米高的平台上。

顾心怿一连几个月盯在施工现场，"胜利二号"制造进入关键收尾时期。

"呕呕！"正在食堂吃午饭，顾心怿刚刚扒了两筷子米饭，突然呕吐不止。

天太热了，他在现场忙碌了一上午，水都没来得及喝一口。可能是劳累过度中暑了。大伙儿扶他到了宿舍躺下歇一会儿。

下午，他却出现在了现场。

在这个关键时刻，他晚上都翻来覆去，这大白天又怎会睡得下？他在太阳穴抹了风油精，喝了口凉开水，打开窗户通了通风，嗯，舒服多了，于是匆匆赶到施工场地。

"胜利二号"浅海步行坐底式钻井平台，顾心怿是总策划和监造者。他与油田钻井院和上海交大等单位组成的 60 多人的联合设计组，完成了平台总体、大直径举升油缸、大行程水平牵引油缸、轻型内外体空间桁架、悬臂支架、大通径的液压平衡系统的设计，完成了每组载重达 1200 吨的大型全浮式轨道车轮组和导向机构等高难度的设计，使平台内外体不靠海水浮力而靠自身的机械动力能交替举起或着地，互为依托牵引前进，从而一举实现了步行动作。

1988 年 9 月 19 日，这是胜利油田一个值得纪念的日子，也是石油战线一个值得庆贺的日子！经过六年艰苦卓绝的奋斗，"胜利二号"这个重达 4000 多吨的庞然大物，终于披红挂彩，一露真容了。

当"胜利二号"威风凛凛地停泊在青岛北海船厂海滩，随着一阵响彻原野的鞭炮声，"胜利二号"带着钻井设备，开始一步一步地"走"向了大海。

明媚的阳光下，一阵阵热烈的掌声在滚动的波涛中涌动着、撞击着、回响着。顾心怿头上的根根白发，仿佛是一根根通电的钨丝，散发出明晃晃的亮光……

在以后的海上石油生产中，"胜利二号"平台累计步行 3000 多米，不仅在浅海海域钻成近百口油井，而且还多次"走"进其他任何钻井设备都无法进入的极浅海潮汐带钻井，实现了钻井作业的陆海连片。

1990 年，"胜利二号"获得中国发明专利；1991 年获得中国专利金奖；1992 年底被评为"年度全国十大科技成就"之一；1996 年 2 月又获国家发明二等奖。"胜利二号"钻井平台属于世界首创，而且性能、作用都达到当代国际先进水平。

在中华人民共和国成立 41 周年前夕，原邮电部决定印发一枚以"胜利二号"为画面的特种邮票作为纪念，并派出了知名邮票设计专家专程赶赴胜利油田，精心设计出了以"胜利二号"的身姿为主画面的胜利油田第一枚特种邮票和原地首日封。

12

人生苦短，转眼间顾心怿的年轮已画了 60 个圆圈，有的圈圈已经黯淡成褐红色。时间弥合了许多伤疤，命运是一叶小舟，在汪洋中漂泊、沉浮，顾心怿曾经用尽全力拼搏。走过的每一段路，他没有一点悔恨。

他的心还在海上。

他登船爬悬梯，可人老了腿脚不灵便，人们劝他不要到平台了。

但他的眼界不老，他说，一个人和一个企业，只有创新才能走在前面。别人走弯路，你要走直路。

他没有以老养"老"，两眼停不下来，像一名爆破手，搜寻需要攻克的碉堡。

修井机是油田开发的主要设备，当时全国共有 5000 多台，每年消耗的柴油约 20 万吨，能源的利用很不合理。顾心怿设想出了一种把动力机空载时没有利用的能量储存起来并加以利用的方案。经过他和技术人员十年四台样机的反复研制与改进，液压蓄能石油修井机终于问世了！装机功率减少三分之二，节约能源 50% 以上。

这是他 60 岁以后的发明。

仅在样机试验期间，提高工作效率和节约柴油所带来的经济效益就达 120 余万元，大量推广应用后每年的效益应数以亿元计。这款设备不但有利于作业安全，还可降低噪声，减少粉尘，是名副其实的"绿色机器"。这项发明于 1995 年获得中国专利金奖，于 2003 年获得国家技术发明二等奖，并获得美国、加拿大等国专利。

2006 年，顾心怿 70 岁了，"人生七十古来稀"，他不但没"稀"，而且还很"稠"，满脑子都是密密麻麻的金点子。他又开始设想和研制长环形齿条抽油机，要超越原来的链条抽油机。链条易折断，而用小齿轮驱动长环形齿条，不仅节能、坚实可靠，而且负荷更大、抽吸更深，特别适合大型抽油机。目前，他还在继续研究齿轮抽油机，虽然已经 80 多岁了，岁月在他的脸上和身上留下了深深的褶痕，精力也差了，但他仍心系石油，不断思考和创新，他雄心不减，我们衷心希望新式抽油机早日研制成功。

"我设想再创新一种海上采油新船，把这个想法给年轻人吧，我当个幕后参谋！"今年 85 岁的顾心怿一说起创新，两眼炯炯有光，像黑夜中两只汽车明灯，照亮了前方的路……

13

顾心怿曾 12 次出国，先后到过阿尔巴尼亚、美国、日本、马耳他、意大利、委内瑞拉、加拿大等国进行技术合作、考察、选购验收设备、联合设计及参加学术会议。

作为技术专家，每次出国时进行的是学术交流，但他把自己当作了"外交官"，代表的是伟大的祖国和十几亿中国人民。走过千山万水，留得坦荡磊落。

有一次，作为技术负责人，他与油田领导来到美国公司采购坐底式钻井船。

"这样的船只有我们伟大的美利坚合众国造得出来！"美方代表晃动着一头卷发，蓝色的眼睛和叼着雪茄的黑嘴唇中流出来的是不屑、傲慢和洋洋得意。

"你看，我们中国也有呢！"顾心怿用流利的英语说道。他从衣兜里掏出"胜利一号"钻井船的照片。

"哇！"美方代表立马从一头趾高气扬的大象变成了一只温顺的小绵羊，蓝色的眼睛里流出的是惊讶、赞美。

哈，这美国佬果真是"纸老虎"哩！遇到了同行，他们那种不可一世的劲头不但没有了，而且在谈判的价格上也做了较大的调整，趋于公道。

当了解到顾心怿曾经发明了海上钻井船，美方代表神秘秘地把顾心怿拉到一旁："顾先生，到我们这边来吧，我保证你的薪水一年不低于 10 万！"

10 万？还是美元哩，这是顾心怿当时工资的几十倍呢。

没想到顾心怿坚定地摇了摇头："谢谢！我还是愿意在我们中国！"顾心怿认真地对拟购船只每一个零部件进行查看验收，不合格的坚决不签字，不放过任何问题。

美方代表还没有死心，与顾心怿套着近乎。

"顾先生，你的孩子上什么学？"

"上高中呢，马上要考大学了。"

"正好来美国上学吧，我们愿意提供担保，帮助找一家合适的学校！"

是的，有了担保，办理出国留学会省去许多麻烦呢，这是许多人梦寐以求的事，且当时正逢出国留学热潮。

顾心怿回答道："我希望我的儿子在国内上大学！"这番话如同钢钎凿石，

火花四射，让老外看到了比山还高的雄心壮志、比钢铁还硬的信心。

62 年的工龄，62 年的奋斗历程，顾心怿为共和国的崛起奋斗了一生，取得了令人瞩目的成果。

说起这些，他说："我非常感谢党和祖国，感谢我的家人，给了我很大的教育和投入，才有我的今天。"

"我还感谢我的外祖父，是他给我播下精忠报国的种子！"

"一个人的生命是有限的，但创新是无限的。我把有限的生命全部奉献给了祖国的石油事业，无怨无悔。为了石油，我真的再想活 100 年！"

追寻王为民

有的人死了，他还活着。

——题记

天阴沉，风儿凉。这个冬天特别有味道，冷得刻骨铭心。腊八节了，我乘着清晨的阳光奔赴卧牛城、有槐乡之称的千年古城——临邑，"西天取经"，追寻"铁人式好工人"王为民的足迹。

"为民，您在哪里？"
"我在铁树旁，在红色的身影里！"

盘河冰封，草木无语。

在"老临盘"沈顺万文友和临盘采油厂宣传干事孙雅慧的陪同下，我走进了静默的临盘 701、702 站大院。

这儿是原来的采油三队，是王为民工作十几年的地方。

院子正前方是一面硕大的文化墙，书写着几个鲜红的大字：敬业、爱民、创造、奉献。这就是"为民精神"。我看到王为民的魂站在墙上，像一面红旗呼啦呼啦地飘动……

我们走进的会议室，简朴而又厚重。墙壁上有王为民的几张照片：在床板上绘图的、井场上生产革新的、与学生们在一起的、与同事们坐着拖拉机的……此景此情，为民音容笑貌就在眼前，然而，两向相望，阴阳相隔，英雄无语，唯有我的一腔热泪和满胸情怀。

铁人，就是钢铁的骨骼和温热的血肉。

一说起王为民，站长胡清河便滔滔不绝。其实，他是后来的，并没有与王为民共过事，但每天他都能听到王为民的故事。

1

1949 年 11 月 15 日，王为民出生在山东省济阳县江店乡红庙村一个普通而又特殊的家庭里。说普通，是因为他父亲是一名农民，干了 30 多年的村支书，他家和别的家庭并无两样。说特殊，是因为他父亲曾是地下党，他从一出生身上就流淌着"红色的基因"。

王为民在井场搞试验

沐浴着崭新的阳光雨露，一簇簇绿色茁壮的小苗拱出头来，被一条条金线牵着不断拔高。而王为民也伴随着共和国一同成长。

20世纪60年代，两位英雄人物在王为民脑海中留下了深深的烙印。一位是做好事不留名的雷锋，一位是"宁肯少活二十年，拼命也要拿下大油田"的"铁人"王进喜。在广播、学校和电影中，他耳濡目染了雷锋和王进喜的故事，于是，两位英雄矗立起两座巨大的丰碑，在他心中熠熠发光。

19岁那年，王为民报名参加了解放军，把父亲起的乳名"庆亮"改为"为民"。

"你到底想干什么哩？祖宗定下的规矩你也敢动？"那次回家探亲，听到他名字改了，父亲火冒三丈，在院子里跳着脚跺出几个坑来，大声训斥。

在农村，尤其孔孟之乡，祖祖辈辈已经筑起牢固的规矩和樊篱，不能突破。起名是非常讲究的，必须按着家谱续下来。按着家谱顺序，王为民应该是"厚"字辈。

"爹，毛主席号召要全心全意为人民服务，我现在参军了，应该像雷锋那样为人民服务啊，这个名字有意义哩！"

大字识不了几个的父亲政治觉悟蛮高，听着儿子说得很在理，老人家转怒为笑，竖起大拇指，一连说了三声"好"。

从部队复员后，王为民转业到济南钢铁厂，1981年又调入胜利油田，成了一名石油工人。

做一名像王进喜那样的"铁人"，为国家多献石油！这就是他的理想。

清晨，大地还在熟睡，星星眨着不知疲倦的眼睛，俯视着盘河大地。

"沙沙——"，一种声音在寂静的临盘采油厂采油三队院子内回响。声音不大，却在沉寂的清晨格外刺耳。

"是谁吃饱了撑的？这么早扫地，还让人睡不睡觉？"年轻职工推开门，破口大骂，蒙眬的眼睛射出一枚枚白箭。

"嘿嘿，不好意思，耽误您休息了！"憨厚的王为民红着脸主动认错。

在部队，王为民就形成了这种习惯，义务打扫公共卫生。第二天，院子还是扫了，只不过那声音压得很低很低，就像一个人捂着嘴咳嗽。自从王为民来到这儿，这扫院子的事儿一年到头几乎没断过。

那还是王为民到油田第一天上班的时候，一条输油管道堵了，他跟着工友们赶到现场，看到一个人躺在泥水之中，手握焊枪正在焊接管缝，他想帮忙却插不上手。这电焊工好神奇，管线疏通了！

"队长，我想报名学习电焊工！"

"这是个苦差事，你可要想好了啊！"

"吃苦我不怕。农村里出来的，啥苦没吃过哩？"

他如愿以偿成了一位电焊工。

隔行如隔山。单位变了，工作性质变了。石油电焊工，技术素质要求并不低。对于从没摸过焊枪的王为民来说，一开始这份工作是一个挑战。要尽快胜任岗位的要求啊，他白天学晚上练，虚心向师父请教，不到三个月就能单独顶岗，五年后便达到了八级焊工的技术水平，而一般人则需要十年以上。

1992年6月，临盘油区发现了临南油田，油田做出决定：会战临南！

听到这一消息后，王为民激动得睡不着觉，连夜给采油厂领导写了申请书："到艰苦的地方去，到油田需要的地方去，这是我作为一名石油工人义不容辞的责任！"字字冒着热气，句句滚烫滚烫。

第二年初，王为民来到会战现场。一座座井架顶天立地，机器轰鸣，大地抖动，盘河沸腾。盘河大地形成一道独特的风景，在猛烈地唤醒着传统的农作意识。他是临南油田第一位焊工，也是唯一的焊工。每一口油井都留下他的汗水，每一块热土都刻下了他的脚印。1993年2月，临南会战前线创造出了两天抢上七台抽油机的纪录，而王为民在井场一直盯了两天两夜，48个小时没打个盹。

专注

2

接着，胡站长笑着讲起了"驴子与铁牛"的故事。

那时，一个采油队管理着上百口井，电焊工每天用地排车拉着 900 多斤的电焊机、氧气瓶和其他工具，费时费力。从农村长大的王为民动起了脑筋。周末，他回老家集市上花了 380 元买来一头驴。

"哈哈，王师傅，亏你想得出来，咱这采油队养驴哟！"

"这农村中长大的，对驴还真有感情哩！"年轻职工们既感到可笑又感到新鲜，毕竟许多人没有近距离接触过毛驴。这个上前摸一下，那个举着鞭子吆喝一声。

这头驴就像投到黄河中的石块，击起的涟漪不断放大。采油工们新鲜得不得了，一有空就围着驴打转转。

让王为民生气的还是那头驴，不分白天黑夜直叫唤，一叫起来院子的树都竖起了耳朵，鸟儿直打哆嗦。不鸣则已，一鸣惊人。一次半夜它还逃走了，全队人马出动，三天后才找了回来。

"你给我把它卖了！"队长哭笑不得，拍得桌子啪啪响，虎着脸向王为民下了命令。

驴是卖了，可怎么减小劳动强度呢？

他又急匆匆地跑回了家，先是找老爹，老人家把 2000 元退休金给了他；又找妻子，妻子把家里卖棉花的钱拿出来，连毛票凑了 3500 元。

"突突——"，一辆拖拉机喘着粗气呼啦啦开到了采油三队院里，王为民笑着走下来，又围上看热闹的职工，里一层外一层。

"哪儿来的？干啥哟？"队长一脸惊奇。

"嘿嘿，我打算用它拉地排车，大伙儿放心，这会儿它不会叫唤了！"为民一边摸着拖拉机，一边憨厚地笑着。

"唉！"队长叹了一口气。他把为民叫到办公室，劝他把拖拉机送到农场去。

"啥？这还没用呢就要送走哩？"说啥王为民心里也舍不得。

"咱这是国有企业啊，有一套严格的生产流程，可不能随心所欲！"通情达理的王为民觉得队长说得在理，虽然十分不情愿，他从头到尾把拖拉机擦了又擦，但他还是挥了挥手让人把拖拉机开走了。那个晚上，有人看到王为民直抹眼泪……

3

抽油机低着脑袋，像个做了错事的孩子。油井的电机坏了，由于长年风吹雨淋，皮带轮锈了在轴承上。撬杠撬、大锤砸，几名壮劳力折腾了整整一个上午，累得筋疲力尽，才把新皮带轮换上。因为拖的时间太长，输油管线的原油凝固了，他们又忙着清理管线，前后忙活了好几天，原油减产了40吨。

这样怎么行，国家要损失多大哩！

夜深了，王为民躺在木板床上，辗转反侧。活人不能被尿憋死哩！他翻来覆去睡不着，思索着怎样设计个新设备解决这个问题。好点子有了，像一颗生来茁壮的种子要撑破土层冒出芽尖，长出粗壮的根茎和密密麻麻的枝叶哩。

但点子变成现实却相当于光脚登山呦！

书到用时方恨少，他深感到知识的缺乏。于是，他披衣下床拿起了书本，要把那些丢失、错过的东西找补回来。他认真研读，犹如在荆棘遍布的荒野上披荆斩棘，开出一条新路来，他要找到那些在脑海中熠熠发光的东西。

临阵磨枪，不快也光嘛！

每天晚上，他挑灯夜战，仿佛又回到童年时的课堂。灯光慵懒，夜色深沉，一切安静下来，只有黑夜沙沙的脚步声。哦，已是凌晨3点多钟了，他伸了伸懒腰，打着哈欠，赶紧熄灯上床眯一会儿。每天晚上的一寸光阴，他都打磨成金，惜时如宝，先后学习了机械制图、采油机械、采油工程等方面的专业书籍。然后一边拿着书本，一边到井场上对比。利用千斤顶的液压传动原理，经

一丝不苟

过反复试验，一台体积小、重量轻的扒轮器终于研制成功！原来几个人半天扒不下来的皮带轮，如今几分钟就能轻松完成，节省了大量的人力物力，"磕头机"高兴得一连给他"磕"了几个响头呢。

哈哈，他没想到成功来得如此之快，"世上无难事，只怕有心人"嘛，这句谚语还真有道理。没有过不去的坎，没有登不上的峰，路再难，只要坚持走下去，就一定能到达目的地。成功的大门向每一个人敞开着，关键是要选对方向，要有信心和毅力！

这对于王为民刚刚在创新路上迈出的步伐，无疑是一股顺风、一次助力！

一股水冒泡泡，迅即一大片泉眼会打开。

王为民脑子中有了一连串关于油井技术革新的想法。

抽油杆脱口，是原油生产中常常遇到的难题。那几年，临盘采油厂600多口油井，每年脱口的油井就达上百口，影响了原油生产，产生了大量的修井作业费用。

王为民开始琢磨研制抽油杆防脱器。

上天如果给你成功的机会，必然先会给你一场风雨。

矿上选了六口经常脱口的油井让他做试验。为了在井上试验方便，他干脆在临58-1油井旁搭建了一个草窝棚，每天从本职岗位下班后就赶到井上，围着抽油机转圈圈，晚上就住在窝棚里。草窝棚也成了蚊虫的临时乐园，熙熙攘攘，乐此不疲。

"老伙计啊，你能不能开口说话哩？告诉我怎么样你才能咬住不松口呢？"抽油机"嗡嗡——"，像在回答，又像让他猜谜语。

起初，附近的村民感到好奇，难道油井上也种起了瓜？淳朴的村民以与石油人打交道为荣。了解到实情后，几位老大哥、大嫂争着为王为民送水送饭。

夕阳向油井洒下一道道深情的眼神。下班了，王为民骑着自行车迎着红红的斜阳，弯腰用力蹬着自行车，急急地向10公里开外的油井赶。走到半路，一张黑色的大幕突然从西北方向迅速扯过来，一会儿的工夫，天拉上了幕布，黑压压的，蒙在头顶。

"轰隆隆——"，天公发威怒吼，地动山摇；一道道闪电像一把把利刃，将天空撕裂，一道道裂缝随即又被缝合，就像毒蛇吐出的毒芯子，让人胆惊心跳。不一会儿，狂风夹着暴雨劈头盖脸地砸了下来，那雨啊，就像天裂开了一条大缝，使劲向下倒水。一根根雨线从天连着大地，在地上激起一个个大泡泡后，迅速结成汩汩黄浊的雨水，像无头的苍蝇四处逃窜。王为民被淋成了落汤鸡，四周一片昏暗，辨不清东西南北，眼前是湍急的水帘，睁不开眼。还有两公里的土路呢，他推着自行车打着趔趄一步步向前挪。一会儿，自行车圈内塞满了泥巴，推不动了，他干脆扛着自行车走。

赶到井上，他急忙把自行车向地上一扔，跑向抽油机。风雨中的抽油机像一位虔诚的老人，朝着西南方向叩拜着，祈求风调雨顺，天下太平。脚下突然一滑，他重重地摔在地上，啃了一嘴泥巴，赶紧爬起来。天哪，他心里比浇了这场雨还要凉：因为皮带打滑，刚研制好的防脱器平面轴承已被摔烂。他顾不得擦一把脸上的雨水，赶紧把防脱器卸下来，又深一脚浅一脚地赶回队部取来新的轴承。这时，大雨像无数只鼓槌敲打着大地，敲得十分起劲，还没有丝毫停歇的趋势，已是凌晨1点钟了。坏了！新的轴承型号与原件不符，根本装不上去。唉！他不停地挥舞着两臂使劲地抽打着抽油机的基座，冲着老天撒气。这时，王为民又累又冷。如果放弃，他将失去防脱器在恶劣天气下试验的好机会。他咬着牙拖着疲惫的身体踏上了返回的路程……

天已放亮。等他换好防脱器回到宿舍，一踏进门他就躺下了，体力已透支到极限。在暴风雨中待了近12个小时，来来回回走6次60多公里的泥路，就是铁打的人也受不了啊！

功夫不负有心人。经过400多个日夜的现场试验，绘出1000多份图纸，三次改进，王为民掉了十几斤肉，抽油杆防脱器终于研制成功，这项成果获得了国家专利。1988年以来，临盘采油厂在115口油井安装了防脱器，没有一口井再发生过脱扣，就这一项每年就节约百万元的修井费用，目前已在全国许多油田推广使用。

抽油机需要经常更换盘根，既耽误生产，还容易造成漏油。王为民又把心思放在研制"永久盘根"上。

鞭炮声声，空气中弥漫着硝烟的香味；彩花绽放，映亮了朵朵祥云。除夕的下午，采油三队大院内一片祥和安静，正在值班的指导员推开了宿舍的门，被吓了一跳：王为民正趴在床板上画着图纸。

"王师傅，你已经好几年没在家过节了，老人刚去世不久，这次该回家过年了吧？"王为民嘴上答应着，眼却始终没离开图纸。按照风俗，王为民应该在家为离世的父亲守夜，可他此时什么也顾不得了，多打油最重要哩！指导员硬把他拖出了门。王为民在外边绕了个圈，看到指导员走了，又溜了回来。

第二天大年初一早上，到处是亲切的问候和喜庆的鞭炮。忙活了整整一夜的王为民还扑在图纸上，门"吱——"的一声被推开了，妻子领着两个儿子走了进来。

"夜里俺把饺子包好了，一大早煮好给你送过来了，俺知道你忙哩……"妻子王玉珍声音哽咽，眼中噙满泪花。

"你受累了，我想趁着过年的时候把图纸赶出来。"王为民嘿嘿地笑着，像个做错事的孩子，手不停地揉着裤子。

是啊，在妻子眼中他就是一个孩子，一个长不大的孩子，不顾家还需要人照顾，但他又是一个干大事的人。唉，干大事的人是不是都这样哩？

别人过年，王为民却在宿舍憋了三天，终于设计出"永久盘根"的样图。

十几年以来，他把心思扑在油井上，围绕原油生产的难点搞革新，先后获得了30多项创新成果，其中5项获得了国家专利。

4

1989年9月28日，是一个让王为民铭记一生的日子。

作为全国劳模代表，王为民受到了党和国家领导人的亲切接见。中央领导殷殷嘱托，要他做安定团结、稳定大局的带头人。他把嘱托记在心里揣着回到油田，找到矿党委书记，要求把采油队年轻的"捣蛋鬼"分配到他的班组，他负责感化他们。这些"刺儿头"可是让干部们"头疼"伤脑筋，别说感化过来，就是少惹点事就烧高香哩！

小周是全厂闻名的"刺儿头"，三天两头不上班，和社会上的"小混混"泡在一起，喝酒打架，惹是生非，谁见了就像见到苍蝇一样躲着走。有一次，他与一个哥们儿拼酒量，灌了三斤老白干，结果醉得像一堆烂泥不省人事，肠胃穿孔。听说这事后，王为民急忙和队里的卫生员一块找车把小周送去了医院。他跑前跑后，陪了一天一夜。

"王叔，您咋在这儿？"醒来后，小周看到大劳模竟然陪着自己，紧紧抓着王为民的双手，流下了激动的泪水……

从善如流，水能穿石。

出院后，小周做的第一件事就是把酒戒了。

王为民看在眼里喜在心里，他决定趁热打铁，为避免小周与社会上不三不四的人来往，他收小王为徒弟。当时，他正在研究一种新型抽油机，还缺一个帮手，便点名小周做他的助手。从此师徒二人每天在一起，一有空，王为民就与小周聊天，敞开心扉，满满善良倾泻而来，绕着那个不安分、挂着灰尘的灵魂慢悠悠地流啊流，冲走了灰尘，滋润着那个渐渐洁白的魂灵，逃走的良知和责任又回来了，那是一颗闪亮的金子，带着温热和千古以来的香味，重新弥漫在曾经空洞的心灵之上。

小周与女朋友闹矛盾，王为民两头跑帮着调解。

"王叔！"见到王为民，小周泪汪汪地喊道。

一句亲切的称呼，凝聚了多少深情和感动啊！

北风似狼，在鲁西平原上吼叫着、肆虐着；滴水成冰，就是在有暖气的屋里也冻得人缩头缩脚。王为民带着小周在空旷的井场上已经忙活了整整三个月了，每天天不亮就起床，拉着电气焊、氧气瓶上井，一直干到中午，然后由小周回队里买饭，在井上吃完接着干，一直干到天昏地暗看不清东西。白皙的脸庞，被寒风涂上了一层墨汁，像一个硕大的煤球。那天，小周终于支撑不住了，累病了。王为民劝他回家休息，小周说啥也不肯。

"师父，您白天上井，晚上还要绘图纸，比我累多了。我这二十来岁的小伙子咋好意思躺下哩？"他硬撑着又干了下去。

王为民就像一盏人生路上的明灯，就像一支熊熊燃烧的火把，就像一个驾驭野马的骑手，让一个迷途的人找准方向，让一块坚硬的冰块融化，让一匹"野马"变为骏马。不久，小周加入了共青团，后来递交了入党申请书，还被评为"油田文明个人"。

播下善良的种子，一定会盛开鲜艳的花朵。在王为民和同事们的热心感化下，先后有七名"掉队"的青年有了可喜的进步：三人入了团，四人当了班长，成为队上的生产骨干。

1991年秋天，临盘地区连降暴雨，给油田生产造成很大影响。小周提议成立了"为民青年突击队"，有23名成员，其中有8名女职工。遇到急、难、险、重任务，突击队冲在最前面。7月10日凌晨，暴风雨夹杂着黄豆般大小的冰雹袭击了临盘油区，采油三队82口油井全部断电停产。早上5点钟，突击队员们没顾得吃早饭就冲进风雨之中。他们逐一检查维修每口井，接连奋战14小时，排除故障25处，所有油井全部恢复了生产。在当年的雨季生产中，突击队开展抢险突击活动41次，累计加班2000多小时。

5

"这支队伍好带，大家都是自觉抢着干不计较，讲奉献不说空话，已经形成一种习惯、一种氛围。这是为民精神根深蒂固的结果。"胡清河深有感触地说。

时代在发展，"为民精神"也在丰富、升华，他们加入了"创造"二字，既要创新又要创效。围绕提升油井原油采收率，倡导由过去的单打独斗转为团队创新，让每一名职工勤思考动脑筋，由苦干、实干到会干、巧干。目前全站已有十几名职工成长为技师、高级技师，有30多项创新成果。采油三队已成为一个优秀团队，成为人才成长的大熔炉、大学校。

说到这里，胡站长脸上荡漾着一层光环。

"王为民师傅我虽然没见过，但我能时刻感受到'为民精神'，那就是教人奉献，为石油为社会要奉献一辈子！"1989年出生的采油管理七区宣传干事蔡天成真诚地说道。

"为民，您在哪里？"
"我在盘河人的泪眼里！"

1

庞艳华是采油17队的技术员，曾经和王为民共事过。听说我来了解王为民的事迹，她抱着个资料盒主动找上门来。里面是一大堆资料，已经被岁月染黄。其中有一张王为民用圆珠笔写的字条，大意是组织上给他评了个先进，他不同意，坚持让给别人。里面还有几张字条，是王为民做试验时在采油队食堂吃饭的欠款，5元的、10元的。可能当时没带现金，他一一记了下来，随后立即还上。还有一大摞是王师傅亲手绘制的机械图，工工整整，一笔一画，像印刷的一般。这些可是只有初中文化的王为民在床板上画的啊，得需要花费多少心血！

睹物思人，50岁的庞师傅流下了滚烫的泪水，讲起了王为民的一个个故事。

作为采油一矿的副矿长，王为民每年大年三十晚上都要到各个采油站给职工送饺子，十几个站挨个送完回家已到下半夜了。1996年除夕，给职工们送完饺子后，王为民却一夜没回来。原来是他听说有不法分子经常到一口高产油井偷油，他想大年夜可能是盗油者的"良好时机"，于是躲在玉米青纱帐中待了一夜。

1989年的春节格外冷。年三十下午，天灰蒙蒙的，突然飘起了雪花，一片一片，似白色的蝴蝶，飞舞着、歌唱着，为大地铺上了一层久违的洁白。看着雪花，躺在病床上的父亲对儿媳妇王玉珍说道："这个年他可能又不回来了，你给他送点饺子去吧，说啥也得过个节啊！"王玉珍用方便袋装了两碗饺子，坐上了班车。下了车还有六里路。雪越下越大，踩上去"吱咯吱咯——"，好像妻子对丈夫的呼唤。王玉珍心里舒坦了许多，她脚步迈得更加有力，那一声声呼唤更加响亮……

终于到了，队长一见到她，急忙说："哎呀，嫂子，王师傅回家了。他好几个年头没在家过节哩，老人身体不好，午饭后我把他撵走了！"

家中，王为民紧握着父亲的手陪伴在病床前，两个儿子闷坐在沙发上，一家人又盼着王玉珍早点回来。

宿舍里，王玉珍急忙收拾着，太脏乱了：满屋子乱七八糟地放着各种机械零部件，到处是方便面盒子，地上一摊摊油迹……

这是一次珍贵的"团圆年"，是王为民十年来唯一一次在家过的节日。

2

王为民不单单是为了石油苦干拼命干的"铁人式好工人"、多出油搞革新的"工匠"，而且还是远近有名的"好人"，在他身上会看到雷锋的影子。

采油三队附近有一所太平中学，不远就是104国道，车流量大，孩子们上学过马路十分危险。王为民每天早上7点准时到路边护送孩子们过马路，如果自己出差，他便委托妻子把任务接过去。后来，他花了2000元为孩子们买了几百顶小黄帽。

文化程度不高的王为民却懂得一个大道理：教育兴则国家兴。为教育做点事，意义非凡。于是，他的心又和太平中学紧紧拴在了一起。

学校的足球门是王为民焊的，体育器材是王为民自掏腰包买的，每个班的蜂窝煤炉都是王为民给亲自送的……自1987年到他离开采油三队的九个年头，王为民每年送给学校 2000 公斤煤。每年中考前夕，他买来西瓜给孩子们解渴……

1995 年作为全国人大代表的王为民到利津县考察，看到水灾后有的家庭困难孩子失学，他掏出了身上仅有的 800 元，后又专门寄去 1000 元，让 10 个孩子重返课堂。一次，他在北京参加全国人民代表大会，听到一个叫杨晓霞的学生身患重病在京治疗，会议间隙，他抽空跑到医院把身上的钱送给病中的孩子……

1994 年 12 月，他被评为中国石油天然气总公司特等劳动模范，奖金 6000 元，他把这笔钱原封不动地捐给太平中学，学校用这笔钱设立了"为民奖学金"，用于奖励品学兼优的学生。

1997 年 7 月 28 日，王为民利用休息时间，背着喷雾器来到临盘镇中学的学生宿舍为孩子们打药灭蚊，他发现有 30 多个孩子竟没有蚊帐，回去后他马上买了 50 顶蚊帐送了过去。

王为民心里始终想着别人。

当地有位 70 多岁的残疾军人，是一位有着 50 多年党龄的老党员，他的腿在战争中负伤致残，生活极不方便。逢年过节，王为民为老大爷买来面粉、鸡蛋、蔬菜等生活必需品，并帮着打水干家务。1992 年 12 月，他随团赴俄罗斯考察回来，为老大爷买了一件黑呢子军大衣，老人颤抖着手接过来，激动得热泪盈眶……

1983 年严冬，一位精神失常的老大娘跌入水中，王为民连衣服没脱就跳了下去，把老人救了上来。

那次，他到深圳出差，住在一所中学附近，他便买来打气筒、气门芯、螺丝刀等修车工具，利用休息时间为师生们义务修车 50 余辆。

春天的脚步刚到，天却飘起了雪花，王为民出差回来，在济南长途车站等车，突然发现不远处围着一帮人叽叽喳喳，好像出了什么事。他挤进去一看，一位 20 多岁的小伙子闭着眼睛，口吐白沫，蜷曲在地上，看样子十分痛苦。王为民赶紧跑到附近饭店里要了一碗鸡汤，可怎么也灌不进去。他又叫来一辆三轮车，把小伙子送到省立第一医院，背进急救室。拿药时，王为民里里外外翻遍了衣兜，身上的钱不够了，他急得出了一身汗。

咦？有了！

他还有 30 斤粮票，于是跑到医院大门口便宜卖了，付了药费。经过抢救，小伙子转危为安，放心之后他悄悄离开了医院……

到北京参加全国人民代表大会时，他在宾馆帮助服务员打扫卫生。在俄罗斯考察时，他帮助服务员洗刷餐具。

……

王为民就像一支笔，走到哪儿就把好事书写在哪儿，哪儿就会刮起一阵清风。

王为民就像一颗星星，俯视着大地，照耀着人间。

王为民就像一股春风，吹走了冷漠和冰凉，吹来了鲜花浪漫的春天。

这么多年，没有人记得清王为民做过多少件好事，但人们知道他有两个特点：一是舍得力气，二是舍得钱财。有人做过统计，十几年来，王为民为社会和困难群众捐款达3万多元。

3

"王师傅对别人很大方，却对自己特别抠。"说到这儿，庞师傅抬起头来，擦了一把眼泪。

为了技术革新，他经常去济南买零件，住的是最便宜的马车店，5元钱一夜的6个人的大通铺。平时，王为民扎着一条8毛钱的帆布腰带，扎了很多年，都开线了，他却舍不得买一条新的。每年夏天他穿着一条破背心，由于经常趴在地上钻研技术创新，背心好像渔网，一个个窟窿紧挨着；冬天穿着一件破毛衣，打着一个个补丁。

"在矿上同龄人当中，他工资应该是最高的，但你想不到他家的样子。"

有一次，庞艳华和同事去他家，一进家门就深感吃惊：没有一件像样的家具，小角橱没玻璃，漆剥落了黑乎乎的；一条长布艺沙发有好几个洞，用棉垫遮挡着的；三只板凳龇牙咧嘴。唯一一件值钱的家当就是一台18英寸的电视机，那还是用父亲的退休金买的。就是农村的普通人家也没有这么寒酸啊！谁能想到这是全国劳模的家？

去北京领奖，翻遍了角角落落，王为民没找到一件像样的衣服，还是厂工会用他的创新奖金为他买了一套西服。

胡站长又告诉我们，王师傅生前经常到附近的太平敬老院帮助孤寡老人叠被子、剪指甲、打扫卫生，送去日常生活用品。

就在这篇文章即将成稿之时，有位文友提出，王为民做好事的故事，好像与石油不沾边，建议删除。我从心底里并不认同，坚持保留下来！雷锋精神始终是中华民族最宝贵的财富和优秀传统之一，永不过时！试想，石油精神是为国献油，那么献石油的根本目的是什么呢？不是为国家富强人民幸福吗？这和雷锋精神应该是一脉相承、一个目标的啊！

因此，我坚信这么一个理儿：雷锋精神为石油精神发展注入新的元素，丰富了石油精神的内涵，石油的光芒更加灿烂，石油精神更加伟大、崇高！

4

人有祸兮旦福，天有不公，人生无常。

1997年9月14日下午，一片大山似的乌云突然遮蔽了秋阳。在临41-274井安装施工现场，由王为民独立承担设计的抽油机节能器技术革新项目正在有条不紊地进入设备调试阶段。下午3时20分，主体工程已安装完毕，在大功即将告成之际，突然，大小1米见方、重量1吨左右的节能器从上空疾速滑落，正在专心调试的王为民躲闪不及，头部被砸中，不幸因公殉职……

还差13天是他48岁的生日。

从此天空多了一颗明星。

天地悲痛，长空鸣咽，铁树流泪，石油沉默。噩耗传来，在盘河两岸，在百里油区，在黄河南北……白花系胸，黑纱缠臂，泪雨涟涟，肝肠寸断。卧牛城的大地上肃立着数不清的月季花，那是铁人双手捧着自己怦怦跳动的心脏，向石油、向盘河奉献最后的忠诚……那是生命的火焰，那是岁月的叹息，那是永远的遗憾和伤痛啊！

9月20日，王为民追悼会在采油厂殡仪馆举行。中国石油天然气总公司、山东省人大常委会、省总工会、济南军区等单位和部门的领导来了，全国人大常委会、全国总工会等300家单位送来了花圈……

一大早，来自四面八方的群众赶来为王为民送行，大人们像孩子一样痛哭流涕，孩子们像大人一样冷峻。天黑魆魆的，受伤的盘河像一条刮去鳞片的鱼儿，撕心裂肺地疼痛，摇头摆尾，翻江倒海……104国道临盘采油厂厂区路段被挤得水泄不通，这是一支3万多人自发组成的送别大军。

"好人，一路走好！"

"王叔叔，我们热爱您！"

……

一幅幅标语，道出了人们的心声。这也是人们对"新铁人"的敬仰，对一名"当代雷锋"的回报！一个人的最后一站，或许就是一面镜子，照着一生的人缘、名声……

这些是权力不能及、金钱买不来的！

如今，这条104国道已被命名为"为民路"。

王为民走了，在他爱着的人们泪眼中，在爱他的盘河群众心头，在他熟悉的抽油机悲切的声音里……

但英魂还在！

他的身影和声音还在大伙儿的心中闪现回荡，在他忠诚的石油事业上，在他挂念的老人、孩子心上……唉，可爱可敬的铁人啊，即使在天国，他会永远牵挂着这片热土，凝视着铁树开花，游龙欢腾……他并没有走远，他会经常来看看职工们的技术创新带来的美丽画卷，看看他守候了大半辈子的油井，看看他牵挂的老人和孩子……

为民精神影响着一代代石油人，胜利油田设立了以王为民的名字命名的"为民技术创新奖"，激励岗位员工学技术、练技能。一个王为民走了，千百个王为民出现了！

仅"十三五"以来，临盘采油厂先后承担国家重大专项科技创新项目6项、集团公司项目21项、油田分公司项目42项；取得国家专利54项、授权专利51项；荣获分公司及以上科技进步奖励与知识产权奖励62项；群众性创新创效成果3127项，累计创效6073万元。

1998年3月5日，临邑县临盘镇中学在该校广场上建起了已故全国劳动模范王为民的雕像。

1998年4月30日，王为民纪念馆落成，占地16800平方米，总建筑面积1854平方米，成为广大石油职工教育基地。

王为民牺牲后，他设计的抽油机节能装置被暂时搁置下来。他生前成立的采油一矿"技师攻关组"的成员程海鹏，沿着师父的足迹，于2002年研制出抽油机节能调速器，圆满解决了降低抽油机能耗的问题，一年仅电费就能为采油厂节省上百万元。该项目取得了国家专利，实现了王为民生前的愿望。

"为民，您在哪里？"
"我在儿子们的心坎里！"

刚见到王传海，我心头一惊：这不是"王铁人"吗？不高不矮，不胖不瘦，棱角分明的小平头，朴素的装扮，尤其一笑，皱纹里凝聚着和善、厚道。轮廓虽然极似，但细看脸面还是有区别。虽然我没有亲眼见过"铁人"王为民，但在报纸上、电视上经常见到，很熟悉那张亲切的面孔。

说起父亲王为民，传海眼睛有些润湿。

1983 年他随父亲从老家来到油田。望子成才的父亲想把他转到教学质量相对较好的油田十七中。起初，学校不同意接收，王为民就拿着孩子的奖状找老师。

最终，王为民的一腔诚恳打动了老师，同意让孩子来测试一下成绩。

孩子的测试成绩证明王为民说的话是真的。这样，作为长子的王传海便跟着父亲住宿舍，多了与父亲相处的机会。

在传海印象中，父亲骑着一辆大金鹿自行车，车架上拴着一个帆布包，里面装着工具和零件，天天往返于宿舍和井场。每天晚上父亲还缠着他问一些物理知识，他答不上来就让他再去问老师。他从没见父亲看过电视、打过牌，每天忙忙碌碌的，在床板上写写画画，有时饭都顾不得吃。传海从食堂打来饭，在电炉子上为父亲热了又热。

家住在农场，离采油三队 50 公里，厂里规定每周三和周六可以回家探亲。母亲白天下田，晚上回家照顾老公公和两个孩子。每逢周三、周六傍晚，母亲都是让传海去班车站等父亲。每次车开来了，传海一阵欣喜，然而眼巴巴地瞅着人从车上下来走光了，却没见父亲的身影。回到家，他哭着向母亲发着脾气："以后别叫我去接了，爸爸不要家了！"

那时父亲每月的工资是 55.5 元，他舍不得吃喝，却舍得买零件和书籍，有时一个月要花 30 多元。

传海师专毕业后，被分配到油田五十二中当了一名教师，一干就是 6 年多。

父亲从不强迫他们干什么，而是耐着性子尽量说服。

"传海，明天就是你大喜的日子，你去把单位的院子和马路扫干净，做个纪念多好呀！"结婚的前天晚上，父亲语重心长地说。

父亲还让他骑自行车接媳妇，婚事新办嘛，不要讲排场。这样，传海张罗着两家人在一起吃了顿饭，就把新娘娶回了家。

"说实话，当时确实感到有点简单，毕竟一生就这一次，但谁让我是王为民的儿子呢？"

随后王传海被调入临盘社区供热大队锅炉队任指导员，他以父亲为榜样，钻进交换器清过树脂，钻进蒸汽炉垒过挡火墙，钻进锅筒冲过炉管，钻进炉膛清过焦……每次都是灰头土面，一身黑。锅炉运行正常，供暖及时保障，居民赞赏。

在他和同事们的努力下，2001年、2003年锅炉队被评为油田行业一强和名牌基层队。

每天，他骑着一辆用了20多年的破自行车上下班，干起活来却毫不含糊。2005年大年三十锅炉抢修，他和同事们从早上7点干到晚上10点，直至锅炉恢复正常，其他人都回家过年了，但他不放心刚修好的锅炉，一直坚持到大年初一凌晨3点，看到确实安全了才回家。

从2009年起，他先后在临盘社区物业公司、供热供水大队担任党委书记，他把良好的家风带到单位，传承着为民精神。

2019年，居民小区水暖改造工作启动，每天天不亮他就赶到现场，与职工们忙得一身灰尘一身汗水，从早干到晚。2020年春节，一场突如其来的疫情降临，他和同事每天站在寒风之中，严把单位入口，认真细致地向大家宣传防疫知识，走进车间与职工们加班加点生产桶装水，保证职工、家属及时喝上纯净水。为避免人群聚集，站里设立了四个发水点，有的老年人运水吃力，他就肩扛几十斤的桶装水，楼上楼下送水入户。这一干就是两个多月，落下了腰疼的病根。

每年春节，王传海把大年三十和初一值班的任务包了下来，让其他干部安心在家过一个团圆年，而自己家中过年总是缺失他的身影，只有妻子天天陪着婆婆。

"传海这孩子跟他爸当年一样不知道顾家，还是孩子小了好啊，能守着妈过个安稳年，按时吃顿年三十的饺子。"母亲感叹道。

为民精神是石油精神的一根血脉，是一笔宝贵的精神财富，也是父亲留下的遗产。

作为石油人，无论干什么都是为国献油，传海想方设法把为民精神发扬光大。他继承了父亲善良、热心为人的理念，带领"阳光义工"服务社成员，专门与困难家庭结对子进行帮扶。几年来，服务社共收集、整理捐赠发放衣物 7000 多件，一对一助学 20 余人，"阳光义工"品牌享誉临盘油区。

下午，我来到油田车管中心临盘服务部，见到了经理、王为民的二儿子王传江。他面容与为民师傅有点像，轮廓却稍显得瘦小。

"您看这反光条，夜晚会发光的！"他指着地面上的减速路障向我介绍道。

原来，单位上几百台车辆，为了提示驾驶员进入大院减速注意安全，他在每一道路障橡胶垫下面装上了一道道自动反光带，每当夜晚有车打灯经过就会反射一道道黄色的灯光。

真是事无巨细哟！

他说，车辆管理部门最大的职责就是安全，最好的服务也是安全。

"王经理这人诚实、朴实、老实、真实、踏实，实实在在为百姓办事，真不愧是王为民的儿子！"职工们这样评价王传江。

传江脑子活，眼光长远。他创立了"车管家"服务室，提供买车、修车、挂牌、买保险、维修、清洁等一条龙全站式服务，给大伙儿带来了很大的便利。细心的传江发现，当群众突发疾病到医院诊疗时，有的有车没人帮着抬，有的无车无人，等 120 急救往往耽误了时间。

时间事关人命哩！

于是，在他的倡议下，车管服务部又成立了"暖阳"服务队，24 小时值班，利用车辆优势打造爱心平台。服务队成立一年来就为群众服务 40 次，使病人及时得到治疗。

心中揣着别人，他人才能装着你。

大伙儿亲切地称赞道："暖阳服务电话像 110 一样灵呢！"

走在服务部的办公楼内，我发现一道亮丽的风景：凡是窗户上、楼道内有玻璃的地方，都贴着花花绿绿的文化理念，既打动人心，又感到特别温馨。

这项"玻璃文化"是王传江的发明创造。

企业管理大都要走人管人、制度管人和文化管人的阶段，文化管理是最高的管理方式，它的主要作用是引导激励员工向着团队共同愿景自觉地做出自己的贡献。文化管理的核心是人心管理，人心顺，事业顺。

我心中暗暗赞叹，这是一位了不起的基层管理者，善学习、动脑筋。如果说王为民是一位能干加巧干的石油好职工，那么王传江则是一位懂管理、善管理的好干部！

传江说，主业不兴，辅业不存。弘扬为民精神，不分一线后勤，不分岗位工种，哪个岗位也能创新，任何人都能学雷锋！

他率先提出应用北斗导航技术，建立起汽车驾驶比赛系统，单位的司机驾驶水平提升到一个新层次。他还利用业余时间发明了节能抽油机、节能抽油泵。2019年由他主导的创新成果4项获得国家专利，正在申报的成果有14项。

半天的采访匆匆结束了，我早已抚摸到了灵魂中的金子。无须找太多的人，我已经找到了为民，读懂了为民，触摸了为民精神的根，我的灵魂被彻头彻尾清洗了一遍！

远处，几只雏燕从盘河岸边抽油机旁飞起，追赶着天边那朵白云……

孤东记忆

大红门

一大早，被称为"石油大王"的石油工业部部长王涛就来到国务委员康世恩的办公室。

"康老，这是胜利油田报上来的孤东会战方案，您过目一下吧！"康世恩示意他在沙发上坐下。

"酝酿和决策两年多了，时机已经成熟。一定要打一次成果显著的大战役哟！"

王涛深深地点了点头。

康世恩奋笔疾书，唰唰唰签下意见和名字。

1

孤岛，东北背靠大海、西面黄河，周围是一望无际的盐碱滩，是一个前不着村、后不着店的荒凉小镇，却有一个非常好听的名字——东方红。

"人过不停步，鸟过不搭窝，荒草连成片，蚊虻结成群。"

1960年1月，共青团山东省委动员七个地市3507名共青团员和青年，开展植树造林大会战，朝气蓬勃的青年人播种下绿色的希望。3月9日，团中央领导来到植树造林工地，亲切看望团员青年们，与他们共同植树，并挥笔写下了"青年干得欢，大战渤海滩。造起万顷林，木材堆成山""黄河万里送沃土，渤海健儿奋双手。劈开荆棘建新舍，定教荒岛变绿洲"两首脍炙人口的诗句。

有了槐花，荒原就有了灵气。每当五月，密密麻麻的白花儿不声不响地绽放着，像一枚枚小喇叭，散发着浓郁的芬芳，那是一种直击灵魂的清香，蝴蝶飞舞，蜜蜂繁忙，搬运着芳香。一段短暂的时光走过，清风吹过，浩浩荡荡的槐林便飘起一阵洁白的花瓣雨，一片片飘落在黄河古道明净温润的镜面上，在悠悠的晚风之中，泛起细密的波纹，闪动着白亮亮的粼粼之光，像一双双期待的眼睛，在眨动，在期待。

期待着黑黑的石油，期待着高高的铁树。有了石油便有孤岛。

1972年，孤岛会战拉开了序幕。5000多人的会战大军来到这荒芜的沼泽地上安营扎寨、住窝棚、吃粗粮、喝咸水，以"脚踏大庆路，肩挑千斤担，踢开万重难，拿下孤岛大油田"的英雄气概，人拉肩扛，爬冰卧雪，吞风饮沙，顶风冒雨建井站、废寝忘食保投产。1968年5月17日，第一口探井——渤2井喷出13.2吨的工业油流，标志着孤岛油田诞生。

会战将士集聚在小镇，生活在小镇，从此，小镇成为石油人的家园，被一些文化名士称为孤东。

孤东，顾名思义，孤岛的东部，是一片茫茫的渤海滩涂，随着黄河携带的大量黄沙淤积而成的新生地。天连着海，海连着天，但天与海相交的边缘并没有缝起来，敞着大口子，风倒了下来，横冲直撞，肆无忌惮。茫茫大荒原，没有树，没有庄稼。让人越看心越凉，好像步入外星球。

"孤东累，孤东苦，四两馒头二两土""人无歇脚处，鸟无树做窝""孤东一阵风，从春刮到冬""无风三尺土，张口一嘴沙"……这些来自民间的顺口溜是对孤东自然环境的生动写照。

也许远古时期，哪一位神仙故意把这些黑色的金子藏在这荒野深腹之中，为后人出了一份考验智慧和能力的答卷。

早在1969年的勘探结果就表明，孤东是油气较好的地方，地质专家估算石油储量达3亿吨左右。

1986年3月21日，声势浩大的孤东会战全面打响！

这是胜利油田历史上规模最大的一次会战，集中55台钻机、15000名职工和18000名民工参战。一夜之间，蹿出棵棵铁树，撑着天踏着地。偏僻荒凉、沉睡多年的胜利"北大荒"不仅有风声雨声，还有了惊天的号子、金属的碰撞声、发动机的轰鸣声……从此，现代文明随着开拓者的脚步踏入大荒原，顿时这片处女地热闹非凡：车龙涌动，人流如潮，红旗招展，那场面只能用宏伟壮观来形容。孤东荒原在沉睡中被惊起，张着蒙眬的睡眼打量着来来往往的车辆、林立的撑天支柱和精神抖擞的人群。

一望无际的荒原，没有地标，没有映衬，总让人感到一种无以言状的空寂，没有血肉，没有温度，没有灵魂。而且，从四面八方汇聚而来的参战将士很可能走弯路，找不到目的地。

怎么办呢？

"哦，有了！"

时任山东省副省长、油田会战指挥部党委书记李晔想出了一个妙招："建一个大红门！当年拿破仑为了迎接远征的将士修建了一个凯旋门，我们就建一个大红门，为参战职工们立一个向标！"

"嗯，这个主意好哩，今天是大红门，明天也是迎接胜利的凯旋门嘛！"时任石油工业部副部长、油田会战指挥部指挥李敬赞叹道。

于是，以防潮坝为城墙，在孤东战区连接外部的主路路口修建起了一个钢铁构架的大红门，门柱以红、黄为主色，寓意着石油事业红红火火、蒸蒸日上。

当年的大红门

孤东荒原有了骨骼，天被支撑起来。

大红门就是一面旗帜，招引着参加会战的将士们直奔主战场而来！

大红门就是一把火炬，将不毛之地的孤东盐碱滩点燃，人声鼎沸，热火朝天！

大红门就是一座雕塑，钢铁的骨骼，钢铁的意志，钢铁的精神，激励着每一名参战将士怀揣石油梦，砥砺前行！

打这以后，孤东人将大红门内称为"圈内"，门外称为"圈外"。"进了大红门，就是孤东人。到了孤东坝，就说孤东话。"放眼望去，茫茫海滩，迅速钻出了一片钢铁森林，道路纵横，板房错落有致。白天，铁树耸立，车来车往，热闹非凡；夜晚，铁树开花，钻塔隆隆，惊得天上的星星远远眨着眼睛。

前段时间，我看到一张孤东会战时期的黑白照片，11名戴着铝盔的钻井工人像11棵树笔直地站立着，与井架比着高低，石油是黑的，铁树是黑的，他们的脸庞也是黑的。一顶铝盔是一个人的命运，千万顶铝盔是一个国家的命运。肩上的绳索拴住的，不只是一颗心的跳动，还有一首石油之歌的豪迈。手中的管钳拧紧的不仅仅是梦想和誓言，还有石油人的根和魂。这片荒原啊，只长芦苇不长花儿，但花朵开在他们圆圆的脸上。花朵笑出了泪水，连同青春的汁液，一同流下。如今，隔着32年看着这些钢铁的身影，像那朵好看的花儿已被岁月染黄，一根根头发毅然倔强，我仿佛听到那从没生锈的骨骼咯咯作响……

沿着大红门继续东行，映入眼帘的是一条"卧龙"，这是一条会战将士们用独轮车推、用肩扛、用手搬，一块一块，用石头和水泥工字桩垒起的一条"海上长城"，硬是让大海后退了2千米，改变了潮来是海、潮去是滩的现象。

有些人，有些事，会永远雕刻在历史的丰碑！

2

胡庆文是孤东会战时期的"童子军"，每每想起那段激情燃烧的岁月，他心潮澎湃，激动不已。

那是30多年前一个夏天的早上，天空湛蓝，好像一面镜子，朵朵白云像一块块擦拭镜子的白毛巾。叽叽喳喳的麻雀在一棵棵梳头的柳枝上跳来跳去。正在河口技校学习的胡庆文和同学们被通知去开大会。校办公楼前的广场早已搭起了主席台，红旗招展，歌曲嘹亮，气势壮观。

"哟，看来今天的会议很重要呢。"

"就是，上了两年多学，这场面还是头一次哩……"

同学们边说边排队站好。

"下面，请油田副指挥姚福林同志讲话！"

"天哪，油田副指挥亲临我们这偏远的学校，有啥重要的事啊！"

"别喳喳了，还是仔细听听吧……"

同学们像被惊扰的兔子，耳朵竖得直直的。

"同学们，孤东石油会战已经打响，这是石油发展史上具有里程碑意义的一次大会战！前线需要你们，祖国需要你们，为了建设大油田，多为共和国献石油，油田决定你们提前毕业，投入到大会战之中……"

"什么？提前毕业？到孤东参加会战？"

"真是太好了！"

会场立时响起一阵热烈的掌声，像一排排波浪经久不息。对于"笼中鸟儿"，意味着开"笼"放飞，这是多么高兴的事啊！他们恨不得插上翅膀，一下飞到那如火如荼的战场呢。

说走就走。欢送的场面不亚于当年送子参军，锣鼓声声，鞭炮齐鸣，教职工列队欢送，挥手道别。134 名技校生踏上了崭新的大客车，姚福林亲自引路。

修筑海堤

一路奔波，大家火热的心情慢慢被一团团风沙刮凉。这就是孤东啊？天苍苍，野茫茫，白花花的盐碱滩上找不到一棵树，有气无力的芦苇、红柳星星点点，散落在大荒原。再往前，终于见到大红门，大客车内顿时一阵欢呼，同学们挤到车窗旁争先恐后一睹为快。

几辆大客车在几排低矮的干打垒前停了下来，墙上竖着一块白底黑字的大牌子："胜利油田孤东前线会战领导小组"。简短的欢迎仪式后，到了吃饭时间。每人端着一个大白碗，拿着两个馒头蹲在板房外面，一阵野风刮来，菜碗、嘴中吹进了尘沙，嚼起来咯吱咯吱作响。

"哈哈，年轻人，不习惯吧！时间一长适应了就会好些哩。"看到初来乍到的学生们吃着饭皱起的眉头，老师傅们笑哈哈宽慰着。

哟，这些年长的师傅们，别看都是"大老粗"，嘴上却是一套一套的。学生们像听评书，忘记了吞沙吃土的苦处，跟着笑起来……

狭窄的宿舍黑魆魆的，一间房里摆着6张床，连工衣都没处放。白天，大地滚火，小铁床烫得肉发痛；夜晚，房里像灭了火还在闷着的大蒸笼，热得心脏快要跳出来。浑身黏糊糊的，一搓，大把大把的黑泥卷掉了下来。白天乱舞瞎撞的风，此刻不知躲在哪儿，找不到一点踪迹。嗡嗡乱叫的蚊虫像敌人的轰炸机，一拨拨轮番轰炸。钻进宿舍，一会儿的工夫就汗水如浇，身下一摊热水。实在不能入睡，胡庆文邀上几个同学到外面一直溜达到大半夜，直到脑袋沉得像一块大石头向下耷拉，才不得不钻进"蒸笼"。躺在90厘米宽的小床上，胡庆文贴着蚊帐的脊背让蚊子大饱口福，他感到大腿上疼痛难忍，一摸黏糊糊的，借着外面的灯光一看，竟是一手鲜血。第二天早上，他发现蚊帐里外趴着密密麻麻的蚊子，个个肚大腰圆，一副胜利者的姿态。最要命的是牛虻，吸多少血且不说，关键是疼痛难忍。打那以后，他晚上穿起了长筒雨靴以抵挡蚊子的进攻。

"孤东一大怪，三个蚊子一盘菜"，绝非空穴来风。

第二天，胡庆文和同学们被分到各个采油队、计量站，学生正式转为采油工。雨季到来，暴风骤雨接二连三，井场积水严重。采油工"三件宝"——管钳、扳手、压力表，一刻不离手。一天巡视几次井，他们只有光着脚丫，挽起裤腿，深一脚浅一脚，跋涉在淤泥能淹没膝盖的路上，累得气喘吁吁。每天一身油泥，工衣湿了干，干了湿，清晨，每个人背后挂着一道道白碱绘制的地图。

现场午饭

　　条件差、生活苦、压力大成为"三座大山"，压得这些细皮嫩肉的"童子军""学生工"喘不过气来，有的女生哭鼻子闹着要回家，师傅们一方面像老鸡一样展开翅膀呵护着这些"小鸡"，给她们无微不至的关怀，另一方面以身示范做表率，脏活儿累活儿抢着干，慢慢感染着她们。在宽大温暖的翅翼呵护之下，女生们像荒原上播种的禾苗，越来越老练成熟。半个月后，人晒黑了，干活摸到门路，蚊子也能对付了，再没人提起要走。一到夜晚，他们就集聚在大红门下，看星星、赏月亮，听大海吟唱……大红门像两根支柱，矗立在他们心里。

　　春天，黄沙漫天，狂风日出而起、日落而息；夏季，烈日炎炎，蚊虫铺天盖地；秋天，绵绵细雨，道路泥泞；冬日，寒风凛冽，冰雪盖地……孤东恶劣的自然环境造就了一批钢铁的队伍，几年后，这批"童子军"都成了技术精湛、业务过硬的石油尖兵。

　　在孤东祝捷大会上，胡庆文代表参战将士发言。第一次站在这么大的会场前台，他有点激动和紧张："……孤东会战锤炼了我们，培养了我们，今后我们一定要发扬孤东精神，为这片热土贡献青春和力量！"洪亮的声音在广阔的盐碱滩上、在滚动的波浪中、在摇摆晃动的芦苇丛中滚动、碰撞！大红门荡漾着满意的微笑。

这是一份承诺，掷地有声！

这是一份答卷，需要青春年华书写！

这是一份忠诚，需要荒原和石油检验！

岁月从脸上划过，留下了一道道痕迹，皮肤因经年暴晒在阳光下满是褶子，一种不可逆转的老去，让他们在个性里添上了一层倔强。几十年来，他们在大红门的感召下，深深扎根在孤东，与海相依，与风为伴，把青春播撒在盐碱滩上，书写了"我为祖国献石油"的人生华章！

3

大红门就像延安的宝塔，吸引着有志于石油事业的儿女会聚而来，投奔到火热的石油战役之中。

郭子政是地质院一名地质技术员，1961年毕业于北京石油学院地质系，被分配到北京石油科学院。1964年他来到胜利油田参加了早期的坨庄石油会战，1978年又参加了中原油田会战。干起活来不要命，是远近闻名的"拼命三郎"。时间长了，积劳成疾，先后得了两种病，一是腰椎间盘突出，不得不拄起拐杖，第二种是冠心病。1981年初，他的心脏病突然发作，医院两次下达了病危通知单。

他的爱人刘雅光远在河北一家医院上班。地质院工会便主动承担了在医院照顾郭子政的任务，派出专人护理。当他挣脱了死神魔掌之后，紧握着陪护同事的双手激动得说不出话来……

出院后，看到大家争先恐后报名去孤东，他待不住了。"院长，我想参加孤东会战哩，让我报名吧！"

"你呀，不行不行，好好养身体哟！"院长一个劲地摇头，态度十分坚决。

也难怪呢，郭子政刚从死神怀抱中被拽回来啊。

灯下，他含着热泪写了一份"生死状"：

> 今有胜利油田地质院开发一室郭子政主动要求到会战前线去，因身体有病，领导多次劝阻无效，本人坚持要去，一切后果由自己承担，单位不负任何责任，为避免家属纠葛，特立此状。
>
> 立状人：郭子政
>
> 1985年1月2日

"我已经死过一回了，剩下的时间已经赚了。"

情真真意切切，领导感动得眼圈红了。实在拗不过，不得不答应了他的请求。在孤东会战前线待了一年多，郭子政工作非常出色，以实际行动获得了"铁人式职工"的称号。

他说，我爱大红门，舍不得离开孤东！

孤东 3 井，是孤东油田的发现井。1984 年 6 月，孤东 3 井喜获工业油流后，陆森和其他 6 名采油工组成试采班，来到孤东 3 井安营扎寨，这儿离队部 40 多里远。

孤东 3 井三面环海，进出只有一条弯弯曲曲的羊肠小道，到处是白花花的盐碱滩和一团团野草。海风嗓门高，力气大，刮得人站不住脚。没有电，只能用蜡烛照明；没有天然气，做饭时只能捡点野草。每天保证 20 个车次的正常拉油。

1984 年冬天的一个夜晚，黄河突发凌汛。洪水冲垮了唯一一条出入的道路，值班人员被洪水围困在值班室内，通讯联系也中断了。他们把一顿饭分成两顿吃，化冰取水解渴。夜晚，7 个人挤在 4 张床上相依取暖，7 斤面条，坚持了三天三夜。后来直升机送来了食品，按照上级要求，还要把值班人员接走。

"如果人都走了，这口井就废了，油田就损失大了！我还是留下吧。"陆森要求留了下来，一个人在一座十几平方米的孤岛上，孤零零地守住一口孤井。风大浪急，海水托起冰块堵住值班室的门口，大海随时可能把这座孤岛吞下去。孤独的时候，他就望一望大红门，与它拉拉呱，感受到力量和勇气。缺吃少喝，在最后一周，他靠 6 个馒头坚持了 7 天，孤身一人冒着生命危险在井上待了近一个月，使孤东 3 井始终保持连续生产。

在孤东会战百日祝捷大会上，在受到表彰的 15 名会战标兵中，就有这位当年只有 24 岁的石油工人——陆森。

还有号称孤东会战时期的"五朵金花"，这"五朵金花"平凡得就像荒原上不知名的小黄花儿，同样也如那些花儿一样坚韧灿烂。她们是油建一公司 5 名翻斗车司机，正值青春妙龄，主动要求来到孤东会战前线。住处紧张，她们两人挤一张小床；路途遥远不能回家吃饭，5 个人轮流用一只碗。她们的主要任务是拉土垫井场，担心被男同志落下，她们每天早上 5 点钟出发，晚上 9 点收工，一天到晚闲不下来。

孤东会战的"五朵金花"

那天，骄阳似火，有朵"金花"渴了，拿着一个搪瓷缸舀一杯凉水咕咚咕咚——灌进肚里。

"女人喝凉水会得病的！"一位年轻的男采油工笑着劝道。

"小屁孩，懂得还很多，我又不跟你，担心啥？哈哈——"

翻斗车扬长而去，甩下一阵爽朗的笑声和一缕缕黑烟……

4

整个孤东会战分为两个阶段。第一战役从 1986 年 3 月 21 日至 6 月底，目标是"大干 100 天，打井 300 口，原油产量上 1 万"。

7 月 1 日上午，防潮大坝红旗招展，歌声飘扬，大海屏住呼吸，翘首张望。这里正在召开孤东会战第一战役祝捷大会。5000 多名参战将士面海而立，大会宣读了石油工业部发来的贺电，会场掌声如雷，惊得海浪滚滚。9 点钟，15 名会战标兵披红戴花，骑着 15 匹高头大马缓步进入会场，李敬、李晔等领导亲自牵马坠镫。

这又是何等熟悉的场面啊！在松辽平原大会战的祝捷大会上，有着同样的程序和画面。这份杰作出自"独臂将军"余秋里之手，而作为将军秘书的李晔，如今又把大庆的经典翻版到胜利，这又是一次石油精神的赓续和传播！

这是何等的荣耀啊！ 15 名标兵面带红云，热血涌动！

这是多大的鼓励啊！领导干部给英模人物牵马。只有共产党的干部才能做得到，真正体现了人民公仆的意识！

孤东会战从 1986 年 3 月 21 日到 9 月 20 日，历时 180 天，钻井 794 口，投产新井 783 口，建成当时全国最大的滩海整装大油田。

如今，孤东油田已累计生产原油超 1 亿吨。

大红门就是一座丰碑，见证了胜利石油人战天斗地的岁月，见证了共和国一个大油田诞生的历程，见证了石油人高唱"我为祖国献石油"的豪迈！如今，大红门钢铁支柱上镶嵌着岁月的足迹和辉煌，它就像一位"老石油"，虽然老了，但骨骼依旧硬朗，高举着孤东精神在渤海耳旁、黄河唇边屹立着……

张富新的"四件宝"

1

摩托车、油棉袄、安全帽、指挥哨，这是孤东会战时期张富新的"四件宝"。

声势浩大、规模空前的孤东会战打响之后，胜利"新铁人"、钻井四分公司生产办副主任张富新坐不住了，接连三次找领导要求参加会战。3 月 20 日，钻井四公司决定由副经理赵建华任会战领导小组组长，张富新为副组长，带领 7 支钻井队开赴前线。

天已黑了下来，夜色沉重如墨。张富新戴上安全帽，穿着那件杠杠服破棉袄，脖子上挂着指挥哨，骑着自己组装的摩托车，连夜向孤东前线赶。当时，黄河上还没有桥，只有一艘摆渡船。船老大死活不肯让他的摩托车上船，张富新又是递烟又是说着好话，感动了老大爷，最后好不容易把摩托车推了上来。过了罗镇，向孤岛去的路上，没有人家，四周一片漆黑，狂风卷着草枝来回扫荡。张富新咬着牙裹了裹棉袄，伏在车把上逆风而行。夜里 11 点钟，他终于到了前线会战领导小组的干打垒办公室。他没来得及歇一会儿，拿过地图接受了任务。这时，已是凌晨4点钟，天已经开始放亮。

到现场看井位去！

他戴上安全帽，裹了裹破棉袄出了门。远处民工住的帐篷里已经有了明火，那是在做饭哩。这时，张富新的肚子里一阵咕咕叫，四肢软弱无力，身上直冒虚汗。

"师傅，有吃的吗？我饿了。"

"你是干啥的？"

"我是钻井队的，刚到哩，还没生火呢。"

民工队厨师拿来一个凉馒头，黑黑的，里面掺了地瓜面，比石头还硬，还有一块咸菜。张富新狼吞虎咽，一会儿工夫馒头下了肚。咸菜太咸了，再讨水喝，人家说没有，他跑到野地里找到一个水洼子，摘下安全帽撇了撇漂着的小黑虫和青苔，舀了一下凉水咕咚咕咚喝了个痛快。

阵阵冷风吹来，张富新冻得直打哆嗦。他实在太困了！两条腿好像是木头，不听使唤，头疼欲裂。他悄悄地走进附近民工住的地窝子，拉了几个草袋子，套在腿上，盖在身上，头枕安全帽迅速进入了梦乡。

"哎哎，起来，起来！"

张富新在沉梦中被人踢醒。

"你是干什么的？"

"哦，我是钻井队的，在这儿歇会儿。"

民工头看着他穿着的破棉袄，认为他是要饭的。

他只得拿出了报话机："不信你和调度确认一下？"

天太早，调度没开机，张富新被赶了出来。

当太阳爬起一丈高的时候，七个钻井队的设备陆陆续续到达了指定位置。张富新这时浑身来劲，站在现场显眼的位置，吹着指挥哨，摇摆着左右手指挥着吊车的起起落落。破棉袄袖口的线头，像一缕头发被风吹得摇摇摆摆……这座井场安装完毕，他骑上摩托车一溜青烟又赶往下座井场，车把上插着的"钻井四公司"三角小旗呼啦啦响……

七个钻井队在24小时内全部开钻，这在钻井历史上，还是第一次。

2

"张主任，换一下你那破棉工服吧，烂成那个样子能不冷吗？"

张富新笑着摇了摇头，他低头用手仔细地抚摸着这件杠杠服，心里有许多爱恋和不舍……

初冬的鲁西南一个小村子，寒风瑟瑟，尘土飞扬。

油田来招工人哩！

一个突然而至的消息迅速传遍村子的角角落落，一时间人们从蜷伏的土屋中蹿出来，小伙子迈开大腿一路狂奔，大姑娘小媳妇奚落着跑在前面的小伙子，也使出吃奶的力气呼啦啦跑向村头的生产队场院。

其实，这场院也就只有几匹马、几间仓库和一位看守的老头。收获季节，生产队所有收获的庄稼都堆成几座小山，社员们打完粮食，然后按照工分分配到各户，剩余的种子就入了库房。老头住的那间破旧房子里坐着三位身穿蓝灰杠杠棉工服的人，老村长陪着一个劲地递烟。门前排起了长长的队伍，堵得外面的风一丝也刮不进来，几只麻雀飞来飞去凑热闹。

"让让！我说老少爷们儿，小伙子有力气愿意吃石油饭的向前站！"老村长唾沫四飞，喊得嗓子哑了。

"当石油工人又脏又累，还不如锄大地呢！"

"壮劳力走了，谁挣工分哩，喝西北风啊！"

……

人们议论纷纷。来的人不少，向前站的小伙子却寥寥无几。

17岁的张富新排在最后面，前面是三位高中毕业生，是全村喝过墨水的人，有见识。负责招工的"杠杠服大哥"问了问每个人的基本情况，然后朝小伙子的胸前"咚——"就是一拳，嗯，是块好料！过关了。轮到张富新，一看这家伙个头这么矮，"杠杠服大哥"摇了摇头。

"别看俺个头小，饭量可大哩！一顿能吃6个窝窝头呢。"

人们一阵哄笑，张富新脸上竟涂了两朵紫云，额头上滚动着几粒汗珠儿。

"说说看，你为啥要当石油工人？"

"为了填饱肚子呗，家里实在太穷了！"

几个人笑出了声，然后迅速把笑憋回去，一脸的凝重，好像戳到每个人的伤口。

"俺还知道有一个王铁人呢，石油工人一声吼，地球也要抖三抖！"

"乖乖！这小子不简单呢，还知道王铁人！"

"杠杠服大哥"拍了拍张富新的肩膀："回家准备一下，一会儿就走！"

"嗨！"张富新一蹦三丈高，像只兔子飞快跑回了家。

"娘，娘，俺要当石油工人哩。"他把经过说了一遍，一家人自是欢喜。张富新是老大，姊妹五人，张口吃饭的多，送走一个饭量大的，家里的负担就会轻一些。

傍晚的时候，四位小伙子爬上了解放牌大卡车的车槽子，带着乡亲们温暖的叮嘱和一缕缕凉风，离开了熟悉的村庄。后面扬起一团团黄云与村口的乡亲告别……

夜深了，大卡车颠簸了许久，终于在一个大礼堂前停了下来。他们住的是十几个人挤在一起的大通铺。第二天，每人发了一套杠杠服棉工衣、一顶棉帽和一双翻毛皮大头鞋。哈，这衣服一换，身份就变了！

嘿，我成了一名石油工人了！张富新穿戴整齐，在一块玻璃面前照了又照，随后跑了十几公里，专门找人照了一张相寄回老家，让爹娘看看。

经过几天的学习培训，他被分配到正在渤南打井的一支钻井队。

一望无际的大荒原，寒风吹透了杠杠服棉工衣，冻得人浑身打哆嗦，吃的是野菜窝窝，而且还吃不饱；喝的是地沟的咸水，睡的是狭窄的板房。有的人受不了这个苦头，当了"逃兵"。张富新的师父是一名转战玉门、大庆的"老石油"，对他像对待自己的孩子一样，宁可自己啃一口窝窝头就着一把辣椒面，也要把剩下来的咸菜和窝窝头留给他。张富新热泪盈眶，身上涌动着一股股暖流，决心要干出个样来报答师父的恩情。

他从小受的苦多，工作干得很起劲，苦活儿累活儿抢着干，好像浑身有使不完的劲。到了夏天，烈日炎炎，没处庇荫，晒得皮肤干裂；蚊子多个头大，一拍就是一摊血；工衣一会儿就脏了，到处是油泥。井队是个大舞台，他踏着台阶，一步一步不断走向高处。第一年加入共青团，第二年入了党，第三年当了副队长。

干一行爱一行是出路，一看就懂一学就会是本事。当一名钻井工人就要一专多能，干了三年钻井工，司钻、柴油机工、泥浆工……张富新样样精通。和他一起来的同村三位年轻人，因文化程度高先后被提拔重用去了机关。而张富新一直在井队，他羡慕而不嫉妒：我文化程度低，就要多干点体力活儿。人啊，要有自己的目标，一步步踏实走下去才会有奔头哩！

1974年，他担任了32540钻井队队长，当年井队进尺就突破2万米，荣获石油工业部授予的"翻番钻井队"称号，张富新光荣地出席了全国石油系统的"群英会"。

3

历史竟是这样巧合，当年王进喜遇到的挑战，张富新也同样遇到了，难道"铁人"就是这样炼成的？

那是 1981 年正月十三，寒风嗖嗖，滴水成冰，钻机轰鸣，大地颤抖。井队正在河 11-1 井施工。当钻探到 2000 米时，突然发生井漏，泥浆只进不出，两个小时漏失泥浆 60 多立方米。如不采取紧急措施，钻具就会卡在井下，甚至会发生井喷的恶劣事故，将会给国家造成不可估量的损失。现场配置泥浆已经来不及了，怎么办？

时间就是希望，井场就是战场。

张富新立即跑进值班室，迅速脱掉工衣，只穿着一条裤衩。为防备意外脱落"曝光"，他又在腰上系了一条麻绳。推开值班室的门，一阵寒风吹来，他忍不住地打了一个趔趄。这时候，他什么也不顾了，"咚——"的一声纵身跳入泥浆池。

泥浆已经静放了多日，烧碱、腐蚀剂、水泥混在一起，臭味难闻。冰火两重天。上面是冰碴子，下面却烫得两腿难受，好像有人拿着钝锉一下一下划着他的腿脚、脊背、肚子一样。泥浆齐腰深，他手脚并用，不停地挥舞着，像只被捏在手中的螃蟹，不断搅动着泥浆。

"咚——咚——"又是两声响，管理员李胜才、女工林永娥奋不顾身跳了下来了！高高在上的太阳瞪大了眼睛，不断地挥动着衣袖，洒下更多的光芒；风儿停下了脚步，呆呆地站在岸边打量着……

两个多小时后，经过他们搅拌的泥浆带着激情和信念的温度，稀稠适度。当灌入井下后，井漏终于被制服了！油井和钻机保住了。

当人们把精疲力尽的张富新拖上来时，他浑身红肿，一道道红色的伤疤，好像被皮鞭抽过，身上许多地方被烧起了白色的泡泡。直到现在，张富新的身上还留着一块块褐色的疤痕呢。

靠着铁人精神，张富新带领的钻井队用老式钻机，创造了年进尺 3 万米的纪录。

1981 年 12 月 28 日凌晨一点，狂风怒号，天旋地转。32620 钻井队正在

· 101 ·

钻探重点探井永 7 井。钻台上,灯火通明,机器隆隆。张富新亲自当司钻扶
刹把,他心里着急啊:还有两天就到新年了,还差 1000 米呢。他已经两天两
夜没顾得上吃东西了。夜色如铁,冷月如水。拖着疲惫麻木的身躯,背负着
山似的压力,他像一名无所畏惧的英雄,高擎着自己的信念之火,透支着生
命的能量,义无反顾地绑在井架上,一步步向上攀登着,追寻着那个揣在心
中的梦想,那是一个大油田的梦想,是共和国的梦想!

张富新在井队工作现场

快完钻时,猛然间他头一阵发晕,嗓子一股腥味涌了上来,"哗哗——"
吐了几口,天哪,竟是鲜血!他眼前一黑倒在了钻台上。

工友们抬着他要送去医院,没想到,张富新苏醒过来,喝了几口温水后
挣脱着站了起来:"我又不是水泡泥捏的,只要还有一口气,也要把这口井拿
下来!"

就是这口永 7 井,为油田取得了 20 多项第一手准确的资料。然而,从此
张富新却患上了严重的胃病,四次因劳累吐血……

张富新的"军功章"

4

1986 年 7 月，会战到了关键时刻，为进一步扩大孤东油田的作业区域，会战指挥部决定组织"特别突击队"抢上垦东 6 重点井。这口井位于黄河南岸 40 米，东距大海 80 米，真正处于"黄河之口""大海之滨"。在这儿打井，犹如虎口拔牙，但这口井意义重大，事关全局，如探明地层情况，油田可扩展 200 多平方公里。

时值雨季，汛期将至，黄河水急浪高，险情随时都有可能发生。张富新主动请缨，并向指挥部递交了军令状。

8月20日，乌云翻卷，雷电轰鸣，一场暴风骤雨不期而至。密集的雨点打在河面，就像热锅中的爆米花，噼里啪啦，一朵朵乳黄色的花朵次第开放，沿着河流排着长长的队伍向东急赶……

河岸是几十米宽的淤泥，渡船靠不上去啊。

黄河啊，把你的万丈涛声拍在我的身上，你会听到骨头里发出坚强的声响！

"共产党员给我站出来！"随着张富新一声令下，32302钻井队的37名共产党员紧跟着张富新蹚着齐腰深的泥水，上边雨水浇，下面河水泡。肩抬人扛，将设备用推土机一趟趟搬运到船上，船到南岸，再用同样的方法搬下来。老天爷好像故意考验他们，倾盆大雨仍下个不停，身上的雨衣早已是"瞎子戴眼镜——白多那一层"，每个人淋成了落汤鸡，冻得浑身颤抖不停。9个多小时过去了，设备全部就位。这时，雨也停了下来，天边架起了一道彩虹。河风从上游吹来，夹带着黄土高坡的喘息。

第二天凌晨4点，当张富新用报话机请求开钻时，指挥部的人面面相觑：怎么可能？

李敬亲自坐船查看，当他举起望远镜看到黄河南岸巍然屹立的钻塔时，这位南征北战、踏遍祖国角落的石油老将眼眶情不自禁湿润了："真是强将手下无弱兵哟！这是一支飞虎钻井队嘛。"

孤东会战180个日日夜夜，张富新骑着摩托车行程3万多里，每天指挥哨不离口，他没有休过一个节假日，没有请过一次假，没有按时吃过一顿饭，没有睡过一次囫囵觉，每天工作都是十几个小时，人黑了、瘦了，掉了14斤肉，但他率领7个参战钻井队，敢打敢拼，奋勇争先，先后交井119口，进尺17万米，口口井质量全优，创造出20多项会战高指标，创造了石油开发史上的奇迹。

7月1日，孤东会战第一战役祝捷大会隆重举行，张富新名列十大标兵榜首，石油工业部副部长李敬亲自为他披红戴花、牵马坠镫。

5

1997年8月12日，一个给胜利油田历史留下伤疤的日子。

一场几十年不遇的特大风暴潮袭击了河口油区，海浪跨过海堤犹如脱缰的野马,迅速冲上陆地,顷刻之间百里油田已是一片汪洋。渤海钻井总公司的 13 支钻井队被汹涌的洪水包围,职工的生命安全和国家的财产受到严重威胁。作为主管生产的副经理,张富新担任了前线领导小组组长,在生与死的考验面前,他做了最坏的打算,向司机交代:"我宿舍桌子抽屉里还有一些钱,请给我母亲寄些去,其余的全交党费吧!"

他坐着那辆绿色的吉普车,犹如一匹绿色的快马,第一个冲向现场。

昔日铁树林立,游龙欢唱的滩海油区此刻一片狼藉,水面上漂着鸡、狗、羊的尸体,几只小燕子舍命地扑扇着翅膀,大喊着"救命",分不清天地。位于大海边缘的 32482 钻井队井架已发生倾斜,随时会倒塌,海水已经冲上井台,100 多名职工被困在里面,情况万分危急!

指挥哨又响起来,张富新站在推土机的侧翼,涉水 6 公里来到井场。看到了亲人,职工们高兴地流出了热泪。他临危不乱,一声声清脆的哨声和有力的手势,指挥着抢险队将井队的职工全部运到安全地带。这时候,张富新又接到报告:利津县一千二林场还有 100 多人被困在里面。

"救人要紧!"他吹起了指挥哨,挥动着右臂,指挥冲锋舟赶赴救人。

一声声清脆的哨声,吹起的是生命的号子,是石油人的号角,是共产党人的胸怀哟!

在这场与海潮的较量中,因为指挥得力,决策正确,700 多名被围困的职工无一人伤亡,谱写了一首可歌可泣的凯歌!

洪水过后,张富新迅速组织恢复生产,12 台钻机当月全部恢复正常生产。

如今,68 岁的张富新虽然退休在家,但他每时每刻都关心着井队,关注着石油。他拿出了那件穿了近 20 年的破棉袄和那只指挥哨。棉工衣已经被岁月洗白,袄领里面缝着好几个补丁;哨子一吹,清脆响亮,久久回荡。他眼含热泪,仿佛又回到了那激情燃烧的岁月……

一棵树

"康平桥,S 路,孤苦伶仃一棵树。"

由孤岛镇向东 10 公里,拐过一道弯,路边直立着一棵碗口粗的大榆树,绿意葱葱,生机盎然,不断向路人招手。放眼望去,茫茫几十公里盐碱滩,除了这一棵树，再也看不到其他大树。

孤东会战时期，一棵树旁边坐落着一座座干打垒、一排排板房，参加会战的许多将士住在周围。每当夜晚，人们脱下油乎乎的工衣，端着水杯，围着"一棵树"席地而坐，看星星赏月亮，遥望家乡，想老婆聊孩子……"一棵树"也成了他们的精神之树，于是，名声大振，"一棵树"成为孤东油田的代名词。

有了绿色便有了生机。孤东的盐碱滩不长树，但为什么独独生长了一棵大树呢？而且枝繁叶茂，翠绿盎然。人们追溯渊源，刨根问底，因而也就有了"一棵树"的传说。

清末年间，山东惠民有一书生叫张文才，不但长得眉清目秀，而且满腹经纶，博学多才。经媒婆介绍，与本村姑娘吴彩霞定了终身。怎奈张文才因家庭贫穷无钱进京赶考，多年来一直功名未就。原指望他能考个一官半职，一家人跟着光宗耀祖，没想到张文才却是泥土中的金子发不了光。于是，彩霞父母反悔逼着她退婚。张文才与彩霞姑娘小时候也是玩伴，虽说不上青梅竹马，但也是两小无猜，彼此牵挂。没想到，晴天一道霹雳，两人要被拆散。那天早上，有人发现村头一棵歪脖子柳树上吊着个人，原来，张文才上吊自杀了。张家塌了半边天，哭声震天，泪水成河。下葬那天，乌云密布，雷声阵阵。突然，一道闪电劈开了天，映亮了大地，人们惊奇地发现，棺材内飞出一只大雁，朝东北方向"嘎嘎——"飞去。彩霞听说后，悲痛欲绝，以泪洗面，半月后暴病身亡，化作一只天鹅追寻着大雁的踪迹……

再说那只大雁一直飞越孤岛，再往东是一片汪洋，发现水面上有一圆圆土台，便落了下来，整日朝家乡的方向"嘎嘎——"哀鸣，惊得波涛汹涌，云飞风起。大雁叼来一粒种子埋在土堆之上，不几日长出一棵枝繁叶茂的榆树。天鹅飞来时发现水面上的大树，迅速降落，终于，他们相亲相爱相依相偎成为眷属，从此，孤东有了大雁和天鹅……

这个美丽的传说令人无不动容。孤东会战则演绎了一个真实的爱情故事。

石油工业部决定在全国石油战线调兵遣将，支援孤东会战，驻地在新疆乌鲁木齐的石油工业部运输二公司奉命选派精兵强将赶赴山东。有一位叫扎西的藏族小伙子是石油司机，他第一个报名参加会战。结婚前一天，他却突然接到了动身的命令。军令如山。离开之前，他到岳母家道别，姑娘听说后直掉眼泪。

"放心去吧，小伙子！好男儿志在四方，一定要干出个样来！这边有我哩。"作为党的高级干部的岳父非常开明，给予他莫大的支持和鼓励。

扎西来到河口刚刚组建的运输分公司，不几天就驾驶铁骑奔赴会战前线。超出想象的荒凉和繁忙，他白天黑夜车轮连轴转。一个月下来，姑娘李影没有扎西的一点音信，她十分忧虑，吃不下饭睡不着觉：莫不是他变心了？

不行，找他去！

李影请了假，辞别父母踏上了东去的列车。经过三天三夜的颠簸，她终于来到了济南，又踏上了去河口的长途客车。又是一天的奔波。天擦黑的时候，她来到正在建设中的运输分公司，只见几排低矮的板房，四周杂草丛生，随风摇摆，进进出出的车辆像一只只繁忙的蜜蜂。

得知是扎西的女朋友，值班调度安排她住下，第二天早上给她搭了一辆去孤岛的生产车。荒凉、偏僻的大荒原让李影的心紧紧揪起，天哪，咋还有这样的荒原哩？真是不可思议！她心中的怨气慢慢转化为对扎西的担心。

"顺着这条路一直向东，见到一棵树就到了！"

热心的司机师傅把她放在了孤岛东面的十字路口。

这是一条什么路嘛，两旁是一人多高的野草，好像寂寞久了，见了人伸着枝丫生拉硬拽。路面坑坑洼洼，铺着一根根杂木杆，到处是泥水。走了几百米，她的裤脚上满是泥巴。

"哎呀！"

她突然一阵大叫，吓得魂要丢了。原来草丛中突然钻出一只黄色的动物，噌地一下消失在芦苇丛中。原来是一只野兔。她定了定神，继续向前。

"师傅，一棵树还有多远？"

她拦下一辆车打听道。

"还远着哩，再往前走吧！"

"唉，什么鬼地方呀？"她两腿发软，一身热汗。

咬着牙走了两个多小时，她终于看到"一棵树"的身影。

在前线指挥部安顿下以后，晚上 10 点钟才见到执行任务归来的扎西。

老天！这就是日思夜想的白马王子吗？黝黑的皮肤好像是涂了一层石油，一头卷卷的黑发裹满了尘土，只有那一双黑亮的大眼睛水汪汪的，荡漾着深情的涟漪……

经层层请示批准，他们要在前线举行婚礼了！

那天，队上腾出一间板房，门上贴了一个大红"囍"字。吃晚饭的时候，在"一棵树"举行了简单的婚礼。没有酒，以水当酒；没有锣鼓，碗筷当锣

孤东"一棵树"旧貌

鼓；没有宴席，白菜汤就是美味佳肴。

"一拜天地！"一对新人怀着虔诚的心向"一棵树"拜了三拜，翠叶鼓掌，枝条舞动。无数颗闪亮的星星赶来祝贺，不停地眨着眼睛，织女含情脉脉，牛郎不停作揖，他们演唱着《天仙配》，头顶上的弯月洒下一地银水……

婚礼只用了15分钟就进行完了，每一个观众眼圈发胀，胸口怦怦怦跳个不停……

事后，有人写了一篇报道《前线的婚礼》，在全油田引起很大的反响，这个浪漫的故事被传为佳话，后续还有记者找扎西、李影采访哩。

会战结束后，李影也从新疆调到了河口运输分公司工作，两个人的日子过得甜甜美美。

后来，听说"一棵树"死了，李影内心十分难受：这可是自己爱情的见证哩！那天，她叫上扎西，拿着铁锨，又来到孤东，两人栽上一棵洋槐树，洋槐不怕碱。浇下一桶桶水，许下一个金子般的祝愿。

于是，"一棵树"又生机盎然地矗立在孤东大油田。

"滨海第一吊"

孤东会战的那段时间，整个前线只有一辆16吨吊车，只有一名吊车司机，叫尹光富。

吊车司机，不仅要有驾照，而且还要考取操作证，属于特种操作人员，自然也就辛苦得多。钻井队搬家、设备吊卸安装离不开吊车，大型设备运输、安装离不开吊车，战井喷、安装控制阀离不开吊车……会战各个现场几乎都需要吊车，尹光富成了大忙人，忙得天昏地转，不分白黑，没有节假日。他曾创造了一天吊装13套抽油机、6部大油罐的纪录。

吊车在挥舞着吊装臂起重的时候，也是最危险的时候，重心稍微偏离，就会发生翻车、货物坠落的事故。因此，吊车司机也被人比喻为踏着"鬼门关"干活的人。有一次，在安装一台8吨重的抽油机时，货物刚刚离开地面，"啪——"一声脆响，钢丝绳突然断裂。尹光富眼疾手快，迅速从驾驶楼跳了下来，"嗵——"抽油机重重地砸了下来，驾驶楼成了一张铁饼。他侥幸地捡了一条命，吓得出了一身冷汗。

"每天一嘴沙土，浑身是泥水，就是裤头里面都是沙子、泥浆和原油。那时候，就是一心为了会战，多干活多出油，没有第二个想法。"回忆起那惊心动魄的一幕，尹光富非常平静。

有一次，尹光富患了重感冒，被同事们送到孤岛医院住院治疗，打了几瓶药液，他感觉舒坦多了，一想到前线繁重的生产任务，他躺不住了，闹着要出院。

"你不要命了？还发着高烧哩！"医生坚决不答应。

尹光富找到一名医院副院长，是他的同乡，偷偷地"走后门"从医院逃了出来，急忙奔赴前线。

今年74岁的尹师傅满头白发，好像一朵芦苇花。他的耳朵不好使，得大声喊叫才能听清。他说，这是当年战井喷时留下的病根。

1992年9月11日上午11时许，即将投产的26-121气井突然发生井喷，一道白色的气柱呼啸着冲向天空，达30多米高，白色的气流在天空中吼叫着，与云朵碰撞着，浓雾弥漫，铮铮作响。那惊天动地的声响方圆十几公里之内听得真真切切。空气中的每一丝颤动，都有可能引爆一场火与血的特大事故啊！

井喷就是命令，井场就是战场！

管理局领导来了，采油厂领导来了，机关干部来了，医护人员来了，消防队员来了，水泥车来了，尹光富开着吊车来了。

危急时刻就有不怕死的人！

作业大队组织了 50 人的抢险队与"白龙"展开殊死搏斗，先后组织了 10 次冲锋，但都因井口压力太大没有成功。9 月 14 日专门定做的重达两吨多的大型法兰盘和井阀运了过来。30 名党员组织的抢险队分成 3 个小组，说是抢险队，其实就是战场上的"敢死队"。白色气流一个劲地发着淫威，吼叫着，地动山摇。现场只看到人张嘴却听不到人说话，人们耳朵塞上了棉花，却抵挡不住巨响。消防队员迅速接好水龙头，随时准备冲上去，这时如果有一点火星，那么就会发生一场火与血的特大事故啊！

空气凝固，时间驻足。现场的每一个人头发竖着，汗水躺着，每一根汗毛也跟着直立起来，把生命交给了老天。指挥人员挥动着红、绿小旗，尹光富坐在操作台关紧门窗，认真操作，一举一动配合默契。法兰盘和井阀被吊到气井"嘴边"，因压力过大被吹得东倒西歪。第一批抢险队员冲上去，跳到井口下 2 米深、3 米宽的水坑里，他们紧紧抓着法兰盘向井口拽。强大的天然气流夹杂着轻质油，呛得人睁不开眼、喘不上气，几次努力都没成功。他们被外围的人用绳子拉上岸。

第二批又上来！

12 时 25 分，经过 74 小时的紧张奋战，装置终于套上，发疯的"白龙"终于被制服了！

"哦——"终于长长地舒了一口气，刚才铁人般的勇士此刻瘫软在井场，像一堆堆稀泥……

打这以后，尹光富耳边始终有一种山呼海啸的声响。

战海潮

1992 年 9 月 1 日，乌云当空，狂风大作，是孤东人永远难以忘怀的一天。

蜿蜒十几公里的孤东海堤，狂涛拍岸，大海沸腾，一场 50 年未遇的特大风暴潮突然袭击孤东油田"生命线"。

　　凌晨4点，由于受当年16号热带风暴的影响，孤东油区刮起了6—7级的东北风，并夹着瓢泼大雨。风愈刮愈急，雨越下越大，阵风风力增强到11级，水借风势，风助水威，汹涌的海潮呼啸着卷起千层冲天大浪，以排山倒海之势扑向孤东海堤，无情地吞噬着大坝。

　　险情就是命令！

　　清晨6时许，在漆黑的夜色之中，一盏盏手电的灯光像一粒粒下凡的星辰在大坝上翻飞着、滚动着。孤东采油厂紧急组织200多人的巡堤队开始沿孤东海堤进行巡堤查险。队员们排着密集的行阵在大堤上一遍遍地进行地毯式搜索，对每一寸大堤仔细检查，不放过任何蛛丝马迹。

　　上午9时，时任孤东采油厂厂长的吕连海和副厂长姜毓敏带领有关人员驻守海堤，严密注视着天气和海潮变化。午饭过后，乌云压顶，狂风撒野，浪越来越大，像一枚枚巨掌拍打着坝体。17.6公里海堤全线受损，宽50厘米、高1米多的水泥和石块组成的挡浪墙被狂风和巨浪撕成碎片！

　　在这危急时刻，吕连海紧急向管理局总调度室进行汇报，并立即成立了抢险领导小组，在抗击风暴潮的最前沿成立了抢险临时指挥部。

战井喷

　　针对险情，抢险领导小组制定决策：死守东大堤，坚守北大堤！同时，下达紧急命令，立即组织精干力量奔赴指定抢险堤段，抛石护堤！

　　危难时刻方显英雄本色。孤东海堤的紧急险情时刻牵动着全厂干部、职工的心，一封封请战书飞向抢险现场的临时指挥部。机关干部主动请缨，来到抗击风暴潮的第一线，各基层单位的青壮年职工也迅速集结到抢险堤段。仅仅20分钟，一支由各条战线党员、领导干部、青年骨干组成的抢险突击队，几千名身着雨衣的"黑衣战士"迅速在孤东海堤上摆开战场，准备迎接随时可能发生的险情。运输总公司先后动用500多台车辆将3100多方石料及时运到抢险现场。油建一公司、油建三公司的100多名工程技术人员也赶到抢险现场，给抢险工作提供了宝贵的技术指导。

　　下午1点多钟，孤东海堤北大堤出现重大险情！巡堤队员发现北大堤防涝墙出现管涌，多处冒水，10公里的挡浪墙全面坍塌，二层平台被海水冲垮，大堤多处出现塌陷和暗沟，整个北大堤海堤岌岌可危！

战海潮

狂风发疯地吼叫着，撩起雨衣，啃着温热的肌肉，捶打着坚硬的骨骼，吹得人站立不稳。大家迅速用绳索把身体拴在一起，心也拴在了一起。一排排巨浪像一只只凶猛的野兽冲击着堤坝。裤子湿透了，腿上套上了编织袋。一辆辆抢险的卡车卸下石块，人们深一脚浅一脚搬着石头，大的搬不动就一点点滚动，抛向护堤塌陷的洞坑里。然而，抛下去的石头像树叶一样被海浪瞬间抛卷得无影无踪。塌陷缺口不但没有变小，反而明沟暗穴有增无减，大堤局部还出现渗水。此时此刻，之前准备的200多方石料已经全部抛完，车辆已经无法在大堤上通行，继续守堤很有可能出现堤毁人亡的情况。

在充分考虑北大堤南面还有第二道防潮堤坝的情况下，确保人员安全是关键，时刻盯在现场的抢险指挥部领导果断做出决定：撤出北大堤，死守东大堤！东大堤是孤东油田东部的唯一一道拦海屏障，假如东大堤出现垮塌，孤东油田主力区块将会是一片汪洋……

这是一场人和大海胶着的拉锯战！

在生与死的考验面前，孤东采油厂领导干部始终坚守在抢险第一线，哪里最困难，哪里最危险，他们就出现在哪里。在漆黑的夜晚，年过半百的采油厂副厂长赖志荣、纪委书记杨继才仍然顶着八九级的狂风，和小伙子们并肩战斗，搬起一块块几十斤重的毛石抛向水里，筑堤护坝。副厂长姜毓敏从9月1日上了海堤之后，三天三夜没有回家，指挥抢险战斗……抢险队员有的被狂风刮倒了，艰难地爬起来继续投入战斗；有的被毛石磨破了双手，依然奔波在抛石现场。在这样一个伸手不见指的夜晚，他们冒着随时都有陷进缺口或被海浪卷走的危险，心里只有一个念头，死守东大堤！激情的火焰映照着生死防线，喷薄喷溅，烈烈如火，高昂的头颅，向祖国、石油表达着无限的忠诚。

1100余名职工奋战十几小时，抛石3600多方。

也许风暴潮在坚强的石油人面前畏惧了、退缩了。凌晨4时，风小了，雨停了，肆虐了24小时的风暴潮逐渐减退，波浪翻卷的大海终于平静了下来。

人声鼎沸的长堤上响起了一片胜利的欢呼，奋战了18个小时的抢险勇士们望着依然坚挺的东大堤和一扬一落、轻声吟唱的抽油机，脸上露出了欣慰的笑容。此刻，他们筋疲力尽，头枕石块、裹着雨衣就地躺下，安详地进入了梦乡……

把生命根植于荒原

根植于荒原的花朵是美丽的，根植于石油的生命是多彩的。

——题记

雕　塑

1

夕阳的光线透过芦苇泥墙与屋顶的缝隙钻进来，跟着一缕强劲的秋风，打着尖厉的哨子。鲁善江正在主持召开每天的生产会。

这是 1973 年 9 月 21 日的下午。

"指导员，泥浆发生异常，直冒气泡哩，像臭屁一样难闻呢。"地质工王崇辉闯进了会议室，跑得上气不接下气。

不好！鲁善江心里咯噔一下：这可能要发生井喷啊！

他赶紧给"三配一调"打电话，急忙调来 5 吨重晶石。挂了电话，鲁善江披上工衣就向井场跑。

正在打钻的罗 5 井位于利津县罗镇北、河口基地南 2 公里处。当天下午，司钻吴玉田来到井场。这时候，井已打到 2700 多米，三号车正在检修。按常

· 114 ·

规，一部车停开，只能停钻循环泥浆。但正逢"抓革命、促生产"的热潮，32192钻井队的职工们工作热情高涨，争分夺秒地干，一边用一挡坚持打钻，一边迅速抢修好三号车，改用二挡快速钻进。钻头以每四分钟一米的速度快速钻向地层。突然，意外情况发生了：泥浆液面上涨，一个个气泡咕嘟咕嘟冒起又破裂，好像正在熬制的米粥。王崇辉急忙把情况报告给正在吃晚饭的司钻吴玉田，吴玉田撂下饭碗，迅速跑到泵房，指挥用二号泵循环泥浆，用一号泵向泥浆储备罐打泥浆，进行排气。随即他跑到架空槽观察泥浆性能，发现液面像米粥一样正在沸腾，继续上涨，泥浆气侵严重。

他安排王崇辉立即到队上汇报，自己急忙往气测车跑。当他了解到气测数据急剧上升，立即意识到："这是井喷的显示！"吴玉田转身跑回来，对值班的工友们说："可能要井喷！大家特别注意防喷、防卡、防火、防毒呀！"

井队的司钻相当于班长。接着他采取紧急措施，布置工作：让发电工把井场周围的火灭掉。安排场地工到下风口去，让队上来的人绕道过来，以防中毒。让司机鸣喇叭示警；叮嘱架工敲钻杆，引起大家注意，叫发电工发信号灯报警。

手中的烟火熄灭了，燃烧的茶炉关掉了，黄色灯闪烁，汽车喇叭长鸣，钻杆发出清脆的声音。空气骤然紧张。大家坚守岗位，高度警惕。

这时，太阳已经坠下，黑暗怀揣着阴谋悄悄降临，井场的灯光像一只只警惕的大眼四处搜寻着。井下压力已超过400多个大气压。19点45分，"嘭——"，随着一声巨响，一股强大的泥石流像一条巨龙吼啸着从井口喷薄而出，冲向天空，泥浆、沙石、硫化氢吞没了整个井场。

让人担心的井喷果然发生了！

站在钻台下，吴玉田又一次检查了各个岗位。他附在代理司机范文华耳边大声地嘱托："现在，钻台上很危险，我得上去。你千万要守住岗位，和我配合好啊！"

"好！"范文华坚定地回答。

说时迟那时快，吴玉田像一头雄狮，箭一样地冲上钻台，几步跨到副司钻李新田身旁："我来，你赶快下去！"李新田手握刹把，不肯松开。司钻担子重，谁坚守意味着谁牺牲的危险越大啊。他毅然对吴玉田说："不行！你赶快下去！"

生死关头，方显英雄本色。这两个朝夕相处、并肩战斗的亲密战友谁也不愿后退半步。气浪越来越猛，泥沙冲上了天车，把他们浑身上下浇透。吴玉田不由分说抢上一步，从李新田手中夺过刹把。井场弥漫着硫化氢的臭气，令人恶心、窒息。这时，电也停了，井场一片漆黑，只有泥浆伴着气流呼啸。

一场生死较量正在激烈进行。

2

因为硫化氢浓度高，此刻稍有不慎，一点火星就会引起爆炸和火灾，后果不堪设想。现场每一个人早把生命置之度外，一心想着战胜井喷。作为现场指挥员，鲁善江沉着冷静，没有立刻启动柴油机。他来到压力表旁，脱下工衣把上面的泥浆擦了擦，观察了参数后，果断命令开启柴油机。

这时，吴玉田趔趄了一下，又死死握住刹把，顶着气浪的冲击，他巍然屹立，坚持活动钻具。1米、2米、3米……在临危时刻，他以惊人的毅力，硬是坚持提出了半根方钻杆，为抢关封井器创造了有利条件。这时，一股强大的气浪接连袭来，他的手仍然紧紧地握着刹把，整个身体紧紧压着，一动不动，像一座钢铸的雕塑。站在身后的李新田想把他挪开，突然，又一股猛烈的气流冲出来，把李新田推下了钻台，一头扎在下面的泥浆里，昏迷过去。

"赶快救人！"

鲁善江带着几名职工冲上钻台把吴玉田抬了下来，另有几名职工从井架下的泥浆中找到李新田。两人被抬到空气较为通畅的地方，战友们眼含热泪，用清水把他们的脸清洗干净。吴玉田已经没了心跳，李新田还有脉搏。

"赶快送医院！"

鲁善江大声命令道。一会儿值班车开了过来，大家把两位倒下的战友迅速抬了上去，值班车一溜烟急切地赶往河口医院。

天上的星星瞪着惊奇的眼睛，俯视着井场；风儿停住了脚步，为将士们呐喊助威。在场的每个人都感受到夜的心脏怦怦直跳，周围到处都是悲壮的诗句。

战井喷就是一场生死较量的激烈战役！一个战友倒下了，更多不怕死的"铁人"冲上来！

"赢得时间就是胜利！"

一班司钻范凤章、炊事员薛高庆冲上钻台，被强大的气浪推了回来，又上去，又被推回来……

险情传到了河口会战指挥部，指挥部的领导立即组织抢险队奔赴井场。

钻井大队的领导和工程技术人员赶到了，工程师陈志强即刻组织 32192 钻井队的职工进行井场巡逻，清理泥浆，活动钻具。医护人员赶来了，兄弟单位赶来了，附近村子的群众也赶来了。通往井场的公路上，车辆如龙，一辆接着一辆，飞奔疾驰……

险情牵动着整个油田的将士。油田会战指挥部派专人专车携带防毒面具、防毒口罩和急救药品，踏着星光急速赶来。

3

在临时抢险指挥部的统一指挥下，抢开四通闸门的战斗打响了。指导员鲁善江带领共产党员、二班副司钻石守成，钻工李树明、李树桥组成了抢开四通闸门的第一批突击队。炊事员薛高庆一听突击队员没有他，与鲁善江急了："凭什么没有我？我也是井队一员哩！"

实在拗不过他，鲁善江同意了他的要求。

"如果我倒下了，你代理我指挥战斗，再组织力量冲上去！"上阵前，鲁善江向老工人满明福交代。

满明福立时眼含热泪，重重地点了点头。

四通闸门安装在钻台下面。"气老虎"卷起井底的泥浆、沙石冲天而起，又倾泻下来。钻台下，淤积着没膝深的泥浆，滚烫滚烫的，踩在上面打滑，稍一不小心，就会摔倒。中秋的夜晚天气已微凉，但此时的 32192 井队现场却像一个大蒸笼，每前进一步都很艰难。

泥石流喷一段时间，可能累了，暂时停了下来。突击队抓住有利时机，急忙冲上去，刚到钻台上，恶魔又疯狂起来，强烈的气浪把他们打了回来。第一次抢开没有成功。待到这轮井喷刚过，鲁善江又带着 4 名同志冲了上去，终于摸到了四通闸门的手轮。10 只大手像 10 把钢钳用力地拧着。

"井又要喷了，赶快撤离！"正在这时，外面有人大喊。突击队的将士们却浑然不顾，继续战斗。

在另一个战场上，钻井大队技术员王亮生带领前线队员正在进行抢关封井器的战斗。由于方钻杆靠近井壁，封井器无法上紧，井口仍然喷射不停。这时，刚从抢开四通闸门上回来的李树明立即和工程师蔡达昌、二班架工常建尧迅速爬上了钻台，决定用棕绳拉开方钻杆。

"快把方钻杆套上！"常建尧大声吩咐战友，棕绳迅速拴到了方钻杆上。

"同志们哪，加把劲啊……"奋战的号子，把几十个人的心拴在了一起、将所有的力气拧在了一起，方钻杆拉正了，封井器终于关上，恶魔被卡住"脖子"。

夜里10点多，一场恶性井喷被顽强的钻井工人战胜了！

谈起当年战井喷的情景，鲁善江老人异常激动

4

两道雪白的光柱，穿过浓重的黑夜，颠簸着急匆匆赶到32192井场。油田副指挥姚福林带领机关的有关领导来了。正在值班室板房喘着粗气的鲁善江，突然身体软得像一团棉花，昏倒在地。

"抓紧用我的车送医院！"姚福林着急地吩咐。

三天后，鲁善江在医院才慢慢地苏醒过来，脑袋昏沉，医生诊断为硫化氢慢性中毒。他住了16天才出院。

李新田从生死线上被拉了回来，然而，吴玉田却永远停止了心跳……

上天悲切，大地痛心。开追悼会那天，身穿油乎乎工衣的钻井队工友们都来了，脸淌热泪，胸佩白花。香堂上蓝烟袅袅，白雾漫漫。一座魁梧的雕塑从烟雾中飘然而至，一身泥浆早已锤炼成红晕闪光的红铜，两只大拳紧紧攥着，刚毅的目光盯着前方……"玉田，玉田，我的好战友……"他们情不自禁叫出声来。云朵慢慢融入烟雾之中，一道阳光射下来，天地之间一片殷红……

第二年，李新田因患绝症，永远离开了他钟爱的钻井队。

48 年已经过去了，那场激情燃烧的战斗岁月，已经封存在石油开发史的长河中。

2021 年的冬至，经多方打听，我来到河口区河通小区鲁善江的家。已经77 岁的鲁善江曾经患过脑血栓，有时说话不清，高耸的颧骨堆积着寂寞，披着苍老的厚重，缕缕白发覆盖住发直的眼神，犹如家乡覆着冰霜的草垛。他走起路来虽然脊背有点弯曲，却还是一副军人的气派。

岁月带走许多许多，却把最纯净、最珍贵的留了下来。

一提起 32192 钻井队战井喷的场景，老人立马精神抖擞，眼神也灵动起来，记忆犹新，能说出很多战友的名字。一刹那，额头上的沟壑仿佛抚平，头顶上的积雪几欲融化。此刻，我在默默祈祷：让他回到峥嵘岁月，把骄傲和精神归还给他吧……

一提起吴玉田，他眼泪汪汪，沉浸在深深的悲伤中。那副井台上的雕塑，永远雕刻在他心里。

"咱石油人个个都是好样的，那时候，为了制服井喷，全队职工都能把命豁出去了！"老人的话铿锵有力，字字如钉，在凛凛寒风中擦出火花……

一双伤痕累累的大手

选择了石油／就把生命交给荒原吧／风一吹，太阳歪了／风一吹，头发白了／风一吹，容颜皱了／风一吹，骨骼像钢铁一样咯咯作响……

这是一双让人不忍心看下去的双手：一层层白皮在手心里翻卷着，一条条裂纹沟横交错，指环节间的裂缝长达 1 厘米左右；左手食指少了指甲一节，

10个黄褐色的指甲或已钙化，或已裸露着硬化的肉皮……这双手握过硝烟，捧过泪水，浸过变压器油，捏碎一个又一个苦难！

一双沧桑而又伤痕累累的手，纹理中埋藏着岁月的苦难和悲伤、激情和执着。打开这双手，就打开了一部传奇的故事，打开了一个平凡而又崇高的魂灵之门……

1

"我的左手食指是被绞轮机切了去的！"

陈仁贤含泪讲述了一段难忘的历史。

他的祖父陈瑞南是广东梅县（今梅州市）丙村镇联合村的一位裁缝。由于早年受革命思想的影响，二儿子陈佛生参加了革命，成为中共地下党员。在陈佛生的影响下，陈瑞南以做生意为掩护干起了地下交通员。由于叛徒出卖，陈瑞南带领大儿子、儿媳连夜逃出，几经周折，逃亡到马来半岛吉隆坡附近的一个小镇根登埠，在同乡会的帮助下安了家。在吉隆坡开了一家商店作掩护，继续为党工作。太平洋战争爆发后，日本侵略者把魔爪伸向了东南亚，陈瑞南一家在党的领导下继续进行抗日救亡斗争。

1940年3月，陈仁贤诞生在硝烟弥漫的马来半岛。

天还黑压压的，一阵鸡犬不宁，十几名端着明晃晃刺刀的日本鬼子包围了陈瑞南的商店。他们遭到叛徒出卖，一家三代不幸被捕。

鬼子分了两路，一路押着陈仁贤的爷爷和父亲，从此不知到了何处。一路押着陈仁贤怀有身孕的母亲、陈仁贤和弟弟以及两岁的妹妹，被赶到一辆火车上。

后经调查证实，他的祖父、父母均被杀害。陈仁贤被卖到没有儿女的华人张运生家中，弟弟也被一户人家收养，妹妹从此却再也没见过面。

刚刚起床的太阳懒洋洋地挂在高大的芭蕉树上，散落的阳光照耀着贫穷的华人村。张运生脚踏木薯机，7岁的陈仁贤抱着大大的木薯向绞轮中填送。看到养子懂事了，张运生脸上荡漾着微笑。

"啊——"一声凄惨的大叫，张运生看到养子倒下了，他不顾一切地扑过去。

"阿仁，阿仁——"孩子已晕了过去，左手血肉模糊。张运生一边淌着热泪，一边为养子敷上了草药。

"苦命的孩子啊！——"张运生夫妇抱着孩子老泪纵横。

抗日战争胜利后，陈仁贤与弟弟回国。1958年7月，青海石油会战招工，18岁的陈仁贤报名参加了石油大军，当上了青海油田运输处党办通讯员。一年后，根红苗正的陈仁贤被组织上推荐到青海石油中专学校采注专业学习深造。此时，正逢松辽石油会战，1960年12月他来到了大庆油田任水电指挥部生产办干事。

2

有人发现小陈身穿工服出现在电修厂车间里，干起了继电保护工。

"这么年轻多有前途啊！为啥干部不干当工人哩？"

"啧啧，许多人攀都攀不到的岗位，他却自己放弃了，唉！也不知图的啥哟？"

当得知是他三番五次地找领导主动要求下车间时，许多人不理解。陈仁贤笑了笑没有回答，因为他认为，只有当一名石油工人，才能直接为祖国建设出力流汗，才能对得起父母，心里才最踏实呢。

1965年"9·23"工厂石油大会战时，他又调入胜利油田。

因受海外关系的影响，陈仁贤被派往"攻关队"进行水库清淤。"攻关队"全是清一色的"黑五类分子"，吃的是糠窝窝，住的是草棚，劳动量非常大。伏暑盛夏，骄阳似火，蚊虫作伴；寒冬腊月，风雪交加，手裂脚冻，他的双手裂开了一道道血口子。

在难熬的岁月里，有一束灯开在他心里，锃亮锃亮……

3

20世纪60年代的香港，高楼林立，车水马龙，霓虹闪烁，熙熙攘攘。在一栋高耸入云的大厦豪华办公室内，一位戴着金边眼镜、身穿旗袍、宝光四射的中年妇女右手夹着一支细烟，在宽敞的室内踱来踱去，一个个圆圈从浓浓的红唇中喷出，像一个个飞碟旋转着腾空而起。她双眉紧皱，额头横着三道深纹。

"唉——"她长舒了一口气，眉头上的横纹始终没有解开。得知了陈仁贤的情况后，当姑姑的心里非常难过。已经寄出三封信了，她只收到一封回信。

没想到，真没想到，侄子竟回绝了她的好意！

他到底图的是什么？她确实想不通。

其实，姑姑经营的几家大公司在香港小有名气，自己年龄大了，她本来打算叫侄子过来继承家业。

灯红酒绿的香港在世界上就是一颗璀璨的明珠，多少人梦寐以求，那可是人间天堂哟！

"姑姑，我还是留在油田吧，因为只有这样我才

陈仁贤一家四口

能对得起爷爷，对得起爹娘……"这番话如同钢与火，姑姑心中明了，她知道侄儿有着比花岗岩还硬的犟劲、比天还高的理想，她只有默默地祝愿，为侄儿送来一缕顺风！

乌云终究散去了，太阳又露出慈祥的笑容。

1968年他又回到了钟爱的变电技术岗位上。1972年4月参加完江汉油田会战后，陈仁贤回到胜利油田河口采油指挥部水电讯大队检修队任保护班副班长。

每天早晨，陈仁贤第一个来到队上，打扫公共卫生、淘厕所、摆放工具，为大家做些力所能及的事，这样一做就是40多年。

40年来他几乎没请过一天假。

作为一名石油变电检修工，陈仁贤的一双手几乎天天与变压器油打交道。经酸性很强的变压器油长时间浸泡，日积月累，双手被腐蚀坏了。有时遇到点外伤，会钻心般地疼痛。

"爸爸！——妈妈！——"

那是一个北风怒吼的深夜，河口一排居民平房中传出一个女孩凄厉的哭声，惊得树上夜宿的鸟儿扑棱棱——飞来飞去。

原来，正在睡梦中的陈仁贤突然接到义一联合站跳闸的故障通知。跳闸就意味着停电，停电抽油机就会停摆。他二话没说，立即叫起老伴，没来得

及扣扣子，怀里揣上两个干馒头，把睡梦中3岁多的女儿锁在家里就出了门。

夜像一块大黑布，掩盖着狂风干着见不得人的勾当：捶打着树木，击打着门窗，吹灭了天上的星星……刚一出门，陈仁贤的脸蛋儿冻得有点麻木。他提醒着老伴裹紧衣服，两口子手牵着手顶风而上，每走一步都与野风较量，费很大力气。冰凉伏在他的身上，妻子就在身边，内心最简单、执着的人，最能享受到爱的温暖。

猛烈的寒风吼叫着、肆虐着，夜在颤抖。夫妻俩偎缩在解放大卡车的车厢角落里，脸上、耳朵都好像被刀子割一样，雪花打在脸上疼痛难忍，里一层外一层的棉衣竟像纸似的失去了作用，冻得浑身发抖。经过半夜仔细的巡查，终于找到了故障原因。待送上电后，天已放亮。夫妻俩又乘车回到队上，屋中暖煦煦的，冻僵了的耳朵、双脚暖过来后，一阵阵奇痒，像千万只虫子在蠕动。他在暖气片上烤了烤馒头，老两口一人一个吃了后，靠在墙上打了个盹，哎哟，那个香啊！不知不觉到了上班时间，夫妻俩揉了揉深重的黑眼

在电网检修现场

123

圈，打了哈欠，又在岗位上忙碌起来。

寒冷的白天被狂风刮着一个劲地向前跑，不知不觉天又黑了。回到家里，看到拉尿在裤子里、哭干眼泪睡着的孩子，陈仁贤的心里就像刀割一样疼痛难忍……亲情永远抚慰着人心最柔软的部分，在最不起眼的角落里，亲情如影相随，时刻放不下。

河口电网运行已达20多年，老化严重，一遇到恶劣天气，电网事故时有发生，而每一次故障就是命令，必须以最快的速度恢复供电。

多停一分钟的电，就多一些原油损失啊！

每次排险的活儿陈仁贤几乎全部包了，为的是让同事们多休息。人手不够，就拖上也干继电保护工的老伴。每次出门，他都挎着一个掉了颜色的帆布包。对他来说这可是一个"百宝包"，里面装着他平时在施工现场捡的废旧料。别看就一根螺丝、一个线头，关键时刻能派上大用场呢。

4

鞭炮稀稀拉拉地响起，年的脚步越来越近了。

"喂，是大哥吗？阿力病了，他很想你，能回来看看吗？"

电话是弟媳隔着千山万水打来的。兄弟俩分别几十年了，人在难处最想见的是亲人哟！

陈仁贤好几夜没睡好觉，既担心又想念，弟弟从小受尽了苦头，在异国他乡与自己患难与共，现在病魔缠身，骨肉相连的手足之情，使他恨不得马上插上翅膀飞到弟弟的身旁。可一想到工作，他那澎湃的心潮一下风停浪静：单位上人员紧张，一个萝卜一个坑，何况自己是一名班长哩！他仿佛听到了抽油机停电后无奈的长叹，看到了一双双因停电而在黑暗中焦急的眼睛……于是，他毫不犹豫地铺开信纸，奋笔疾书，然而，写着写着，眼泪不时地敲打着那秀美的字迹，最后，他竟趴着失声恸哭起来……

"孩子，记着那红旗是你爷爷、爸妈的血染成的啊。"伯父说过的那句话深深地在他心里激荡、冲撞。

从小一看到那镶嵌着斧头和镰刀的红旗，陈仁贤就有说不出的激动。

有多少个夜晚，在梦中他站在火红的党旗下，举起拳头庄严地宣誓……因此，他每年都向党组织递交一份情真意切的入党申请书。然而，由于身份特殊，他的申请却迟迟未得到批准。他没有懈怠，而是像一头拉犁的老黄牛，干活更卖力了。

组织的眼睛是雪亮的。光荣的时刻终于到来。对于陈仁贤说来得晚了些，他苦苦追求了 8 年啊！他说，这辈子入不了党，就是在死后也要向党旗靠拢。

1983 年 7 月 5 日，43 岁的陈仁贤终于如愿以偿加入了中国共产党！当他真的站在那面熟悉的红旗下，竟激动得说不出话来，两眼淌着热泪……从此，陈仁贤的人生就有了如大山般的信仰支撑，有了方向和追求，生命更有了七彩的光芒。昨天远在天边的梦想，今日终于抱在怀中。迟来的荣耀更加珍惜哟！

5

"爸爸，你忙活了大半辈子，现在可该歇歇了！" 1998 年，陈仁贤退休了。女儿陈芳给父亲买来了健身操书籍，儿子陈松要带着父亲出去转转、见见世面。

那天，有家油田三产单位的领导敲开了陈仁贤家的门，早就听说陈仁贤 "技术大拿" 的名气，想高薪聘请他当技术顾问，陈仁贤摆了摆手，婉言谢绝了。

陈仁贤敲开了队部办公室的门，向队长提出了参加工作以来的第一个要求：退休之后，能够回到单位上做些力所能及的工作，帮忙不添乱。

他又回到了原岗位，成为公司唯一的一名在岗的退休职工。虽然退休了，但他还和以前一样，不论刮风下雨，按时正点上下班，主动打扫好楼上楼下卫生，及时清理厕所，使职工们上班有一个好环境，有一份好心情。

世间最珍贵的是金子，比金子珍贵的是高尚的人格。

陈仁贤目睹了 "电老虎" 伤害人的场面，那瞬间被夺走的一个个鲜活的生命，那一场场妻离子散的悲剧，那一声声凄惨而又无助的哭喊……深深地揪着他的心。

"多一双眼睛就会多一分安全。" 这也是他退休后再上班的主要原因。能为大伙儿做点有意义的事，他非常开心。

每当脚踏到电网检修现场时，陈仁贤的心就被吊起来：同 "电老虎" 打交道可马虎不得呀！作为现场安全监督员，他感到肩上沉甸甸的，把眼睛睁得大大的，一点不敢马虎。一站就是大半天，腰酸腿痛得难受。午饭常常在下午两三点钟才能吃上。

每年检修期50天左右，他一天也不落。

平时，一旦有电网抢修任务时，他立即跟着上了车。在现场戴着"安全监督员"的红袖标，站在安全幔旁，像一位哨兵，紧紧盯着职工们的一举一动。有他在现场，职工们的心里踏实了许多，一面"安全防护墙"嘛。

那年河口电网春检刚刚开始，陈仁贤老伴的腰疼病又犯了，疼得直不起身来，需要每天两趟到几公里之外的医务所进行按摩治疗，家里还有一个一岁多的小孙女需要照看。

但检修可不能落下！

他托邻居接送老伴去看病，把小孙女丢给老伴，每天第一个出现在检修现场。

茫茫盐碱滩的春天，红柳浩荡，野风撒欢。走到深处，不时有几只大雁扑棱棱地飞向蓝天；一株株芦苇的幼苗像幼儿园高高低低、蹦来蹦去的孩童，在无忧无虑地歌唱着，成长着；脚下的水洼，好像被春天遗忘在大地上大小不一的镜子，一会儿被蓝天染蓝，一会儿又被愣头愣脑的芦苇苗儿染绿，在阳光下变换着不同颜色，蕴含着刚毅与坚韧。直立的电杆支撑着笔直的银线，像架设着一条条天路，伸向远方。

打量着熟悉的荒原春色，目光轻轻地触碰，立即敲击出岁月的声响。陈仁贤的心又插上了翅膀，呼啦啦飞起来……

晚上，当陈仁贤拖着快要散架的身子回到家时，看到老伴躺在床上一直呻吟。

"爷爷，爷爷！"一见到他，满脸血迹的孙女一下扑过来，委屈地号啕大哭。

原来，老伴看完病后，怀抱着小孙女上楼，一不小心，被楼梯绊倒，在楼梯上打了好几个滚，胳膊、腿肌肉拉伤，小孙女脸上也蹭去了一大块皮。

陈仁贤的心被锥子扎了一下，鲜血滴答滴答……

2001年11月，金秋的北京。人民大会堂内"共和国的脊梁"大型报告文学征文颁奖大会正在举行。

这是一次高层次的会议。

在主席台就座的有全国人大常委会副委员长，有文化部、财政部等部门和全国文联的领导。台下坐的是获奖作者和主人公，有全国劳模、人大代表申纪兰，"大胡子师长"吴长富，中组部、中宣部推出的典型、电影《真情》的原型吴登云……陈仁贤穿着一身洗得发白的工服，异常激动，眼圈里闪烁着泪花。

深夜里，他在床上翻来覆去，嘴里喃喃自语："我做得还不够，我做得还不够……"

回到单位，他像刚刚加满油的汽车，劲头更足了。

"您老人家已经 75 岁了，再到现场身体吃不消了……"时任公司副经理的韩忠顺找到了陈师傅，他也是陈仁贤最满意的弟子。师徒俩商量了大半天，最后陈仁贤答应不去现场了，但他提出一个建议：成立一个资料室，他负责把变电检修的资料整理好，如果有需要，可以随时拿得出。

每天，他又出现在队上，扫地、打扫厕所。天边，一轮夕阳笑声频频，温和地挥洒着红红的丝线，牵挂着一棵棵铁树、一条条银线……

魂铸小站

1998 年 4 月 18 日，一个阴雨飘飘的日子，一个鲜花流泪的日子，一个乌云压顶的日子……

渤南油区，铁树低垂，红柳呜咽。黄河故道，河水沉默，胸前系着一朵朵白色的花朵。岸边，是一座荒原变电站。几百名职工、家属默默肃立，热泪盈眶。既有认识的，也有不认识的……雨水湿透了他们的衣服，也湿透了他们的心。

淅淅沥沥的小雨，是天公滚烫的泪滴，为一位普通的石油工人飘落……

1

天有不测风云，人有旦夕祸福。

1991 年，在变电站工作了 18 个年头的于文学患上了胃癌，胃被切除了三分之二。

晴天一个霹雳！好像一把黑色铁锤将一个美丽的瓷盘打得粉碎，一个美满幸福的家庭被魔鬼的阴掌击得摇摇欲坠。妻子整日唉声叹气，魂不守舍，两个女儿以泪洗面，吃不下睡不着。医院的夜，有一种望不到的深黑。外面的喧嚣，早已簌簌落在窗前，生命与灵魂在交织、在碰撞。于文学被信念和执着捆绑，黑夜围着他，他却注视着那片微光。面对病魔纠缠的他表现得十分顽强和理智，一脸平和，笑嘻嘻地劝了妻子劝女儿："没什么，一个人的寿命长短是不可抗拒的，只要活一天我也要活得有意义，咱石油人面前从不怕啥哩！"

好像病的不是他。

手术后不久，他来到了队上非要工作。看到他面如白纸、皮包骨头，风一吹就要倒的样子，但实在拗不过他，队上安排他到变压器修理班。

"于师傅，根据你的身体状况，能干就干，不能干就歇着！"队长十分关切。

干活儿时需要长时间蹲着，时间一长，胃像只秤砣坠得难受，疼痛迅速爬遍全身。他拿着从家里带的两个凉馒头顶在胃部，滚大的汗珠子慢慢地浸透了衣裳，浑身像散了骨架，实在撑不下去了，他悄悄地躲在一边坐着歇一会儿。

"于师傅，您还是在家养养吧！"看到他被病痛折磨的痛苦状，同事们规劝道。

"不要紧，我能坚持哩！"一张扭曲痛苦的苍脸上挤出几缕笑容，他摆了摆手。

"老于啊，你不要命了，还是多歇会儿养养身体吧！"老伴心疼得眼泪扑簌簌。

"没啥哩，我是一名石油工人，咱不能白拿工资不干活儿哟！单位上很忙呢，我能干点就干点，多出一分力就多产一滴油哩！"他首先想到的是石油，是岗位。

他面如核桃，一头秋草，绿色的春风吹着他的乱发，吹不开他身体内的冰块，燃不起那堆生命的火苗，那副干枯的身躯在一天天衰败下去，像一株初冬的芦苇，但他心中忠诚的信念却如日中天，烈烈如火。只要不住院，他就坚持上班，只要上班他就遵守纪律，从未迟到早退过。

没有豪言壮语，没有惊天动地，他的一举一动、一点一滴，在平凡之中书写着一名共产党员、一名普通石油人的大爱和情怀！他像一块将要燃尽的煤，在石油的火炉里挥发着自己最后的能量和光芒！

1995年冬天，大王北的一台变压器急需抢修，正赶上班上人手不够，于文学二话没说，带上工具和另一名职工赶到现场。荒无人烟的大王北油田，寒风像饿狼一样吼叫着、肆虐着，大地发抖，铁树打战。他们从中午 12 点一直干到晚上 7 点。由于时间紧、任务重，没有来得及准备晚饭，胃痛折磨得他全身一阵阵冒虚汗。那位同事实在看不下去了，几次劝他和司机回去，他故作轻松："多个帮手咱这活也干得快，耽误线路送电可是件大事哟……"

后来，由于癌细胞大面积转移扩散，于文学每隔几天就到油田中心医院做化疗，每次做完后他就把床位退了，再来时挨不上号，他就搬个躺椅躺在病房门口。有人劝他，不要退房了，反正是公家报销。没想到于文学生气了："公家的钱也是钱啊！让我浪费公家钱图自己方便，那样我于心不忍啊！"

他做了 6 年的化疗，没有额外多花一分钱。

2

春季电网检修开始了。

1997 年 3 月 25 日，是河口电网检修第一天，渤南变电站是检修第一站。而这一天，恰是于文学 50 岁生日。儿女们一大早就开始忙活，妻子也准备了一桌丰盛的宴席。更没想到的是，于文学 72 岁的老父亲在女儿的陪同下赶来了。老人家虽然患有严重的风湿病，一想起儿子可能过不了几个生日了，从 300 公里开外的胶东老家一路颠簸赶到河口。

因为站上要检修，准备工作头绪多，于文学就住到了站上。过生日的事，还是一大早小女儿通知他的，一直忙到晚上 7 点多他才赶回家里。

老人看到 6 年未见面的儿子时愣住了：这就是日思夜想的文学吗？满面灰尘，胡子拉碴，皮肤蜡黄，颧骨高突……老人家颤巍巍地拄着拐杖站起来，哽咽了半天才说出第一句话："儿呀，你咋这么瘦呢？这么显老呢……"

于文学看到父亲老泪纵横，鼻子一酸："爹，你咋来哩……"他心里有愧呀，天天忙工作，而今身体又患了病，让年迈的老父亲和亲人跟着担惊受怕。白发人看黑发人，这心里不是滋味呀……

1998 年初，于文学的病情恶化，人瘦得仅剩下 70 来斤。

3 月 22 日，天灰蒙蒙的，刚刚离去的寒冬又杀了个"回马枪"，含苞欲放的花蕾在枝头瑟瑟发抖。公司领导专程来医院看望他。于文学闭着眼睛吃力地说："我的日子已不多了，我还有一个心愿……我想去渤三变看看。"

领导含泪答应了他的要求。第二天，单位派出了最好的车辆，把于文学从医院接到渤三变。看到亲手种的菜地、巡视的设备和填写的记录，于文学熟悉得像自己的眼睛，他一一抚摸着，久久不肯离去……离开的时候，他坚持着要站起来，在女儿的搀扶下，他面朝变电站，朝着远处的铁树，朝着挺拔的电杆和银线，深深地鞠了三个躬……

于文学在变电站检查设备

4月8日，正午的阳光从楼顶的青瓦上倾泻下来，伸出柔手爱恋地抚摸着白色的病床。一连几天昏迷的于文学苏醒过来，他对病床前的大女儿说："记住把我的党费缴上……"

女儿含泪点了点头，于文学脸上露出了欣慰的笑容。接着他又用眼神示意妻子把耳朵贴了过去，吃力地说："我死后骨灰要撒到变电站上……别向单位提任何照顾条件……"

3

泪眼望着泪眼，泪花连着泪花。简单的追悼会开完了，在同事们的搀扶下，于文学的大女儿抱着骨灰盒走进变电站东边的一片槐树林。躺在槐树林，望着古老的黄河，坚守着变电站，对于文学来说可是最满意的归宿。妻子伸出干枯的手，颤抖着，慢慢地抓起一把灰白相间的骨灰轻轻一扬，一阵沙沙的声音，她仿佛听到一个灵魂在轻轻地叹息……

于文学（右四）与变电站的同事们在一起

爱的温度

他走了，走得那么从容而又遗憾、安详而又悲伤。他是一名烈士的后代，一名从大上海来到荒原的石油战士，也是一名胜利油田为数不多的男家属。

每一个人的人生经历都是一部厚厚的书，有风雨冰霜，有乌云也有阳光，更有酸甜苦辣咸的味道。

1

七月的荒原骄阳似火。

在一条坑坑洼洼的土路上，一辆军绿色的解放牌卡车像老牛似的喘着粗气颠簸着，车后尘土飞扬。车子在一排白色的干打垒旁边停了下来，门口挂着白底黑字的牌子："线路公司线路一队"。

车上一前一后下来两个人，后面那位小伙子白衬衣扎领带，鼻梁上架着一副眼镜，斯斯文文。

"哈哈，咋来了一个小白脸？像个白面馒头哩！"一位五大三粗、满脸络腮胡子的汉子一阵大笑，铜锣似的声音在毒辣辣的光线上跳跃。

前面那人与大胡子咬了一会儿耳朵，胡子队长立时收起笑容，一脸的敬重。

"哦，烈士后代啊，了不起，了不起啊！"他把白面书生让到座位上，倒了一杯开水。杯子是白搪瓷的，上面印着"九二三厂水电会战指挥部"几个红字。

白面书生叫姜祖童，是一位来报到的知青。胡子队长派人帮他安放好行李，接着去了食堂。灶台是在盐碱地上挖出的地灶，一截铁皮烟筒一个劲地吐着浓浓的黑烟。

"小伙子啊，不好意思，前几天下雨没买到菜，只能吃面疙瘩了哟！"几个汉子围在大锅旁，用手搓着面团团，不时向锅中投放。

一袋烟的工夫，每人盛满一碗面疙瘩，分得一块咸菜。大家吃得有滋有味，嘴巴吧唧吧唧……哦，那是香甜的回响！

宿舍是两间干打垒，地面上铺了两排稻草和一层油毡纸，这就是床铺。难怪石油工人们戏说"上盖着天，下铺着地"呢。上面吊着蚊帐，一个紧挨一个。第一天晚上，姜祖童有点兴奋，翻来覆去睡不着。

"嗡嗡——"蚊帐内传来蚊子的声音，一声高过一声，像战斗机来回穿梭着。脸上、四肢突然一阵痒痛，蚊子开始扫荡了。他用手拍打着，一会儿蚊子飞起，又落下。夜已经深了，蚊子却没有一点疲劳的意思，与他打着游击战。他的头沉沉的，欲裂般地疼。响雷般的呼噜、梦中的呐喊、憋足劲的响屁……此起彼伏，接连不断。那初来乍到的新鲜感早已飞到九霄云外。这时，他突然感到一阵清凉，原来是胡子队长的右手握着蒲扇伸了进来。他心里静了许多，慢慢睡了过去。

"……咱们工人有力量……"高音喇叭将大伙儿从睡梦中揪起。姜祖童在灯光下一看，胳膊、腿上密密麻麻的都是蚊子留下的痕迹。蚊帐角落里伏着几只肚大腰圆的蚊子。

"哈哈，没见过吧？上海没有这么大个的蚊子吧？没事的，小伙子，适应了就好哩！""胡子队长"一脸的轻松。

吃完早饭，他穿上灰色的工服，头戴铝盔跟着同事们上了一辆解放牌卡车。

茫茫荒原，一望无际，芦苇浩荡，红柳遍野，野草丛生。九曲黄河带着嫁妆——黄土高原的滚滚泥沙，投入大海的怀抱，造就了这片祖国最年轻的土地。新中国在这儿勘探开发建设了第二个大油田。铁树林立，游龙欢畅，电塔擎天，银线纵横……线路工就是负责这些银线的"医生"，确保这些"神经线"稳定运行，为原油生产提供动力。

师父是一名一米八个头的黑汉子，古铜色的脸上一笑就露出一轮月牙儿，牙齿很白很白，好像镶在铜面上的一朵白花儿。他走在前面，不时提醒着姜祖童：

"前面有坑，小心哟！"

"这儿有水，迈过来！"

……

像大人呵护着孩子。在一人多高的草地里，沿着一条线路的轨迹深一脚浅一脚地步行了好几公里。鞋子踩在泥水里，裤子湿了一大半。姜祖童气喘吁吁，汗流浃背。师父和几个工友忙碌着，一会儿的工夫爬上了十几米高的电杆，在上面一待就是两个多小时，汗水浇透了工衣，没人喊一声累。太阳已经西下，下午一点半了。他们在电杆下面围了一个圆圈，吃一口带来的炒面，咕咚咕咚喝一口凉水，喘一口粗气。

姜祖童心里波涛汹涌，升腾着一股崇敬，如一场大雾弥漫整个胸膛。

过了几天，在师父的帮助下，他爬起了电杆。看着别人像猴子一样在上面爬来爬去，自己学起来却好难，爬不到两米，浑身打哆嗦，两腿像棉花糖。但他不服输，在师父的鼓励下，一次次爬上又下来，再上去，一次比一次高出一截。一个月之后，他已经能爬上爬下、熟练自如了。他像换了一个人，又黑又瘦，人却结实了许多，大城市的光环已经褪去，披上了荒原的色调，成为地地道道的石油人。

"大上海你不待，为啥跑到荒原来呢？"休息的时候，师父认真地问道。

为什么呢？

这时，姜祖童抬起头来，两眼涨红。一群大雁嘎嘎叫着穿云驾雾，将他的思绪扯回那个风雨岁月。

2

20世纪30年代的中国，乌云密布，硝烟四起。

在"江海门户"江苏海门的坝头镇新玉村，天还没有放亮，一弯月牙似镰刀，时阴时晴。一座低矮的破土房窗口明亮，突然传来一阵婴儿的啼哭，划破了寂静的夜空，昏睡的树木睁开蒙眬的眼睛翘首张望。

这天是 1935 年 10 月 3 日，小祖童诞生了。

母亲叫查惠英，留着齐耳中发，穿着干净利索，是一名中共地下工作者。日寇的魔爪伸向海门后，查惠英在家乡秘密建立了抗日学校，组建了抗日青年读书会，积极开展抗日救亡斗争。

小祖童的父亲姜同志是一名老红军，被组织安排在济南一家银行做地下工作，父亲在那儿建立了情报站。一天深夜，几名土匪持枪血洗了银行，姜同志当场被打死。

1949 年 2 月，南通地区全境解放。查惠英随军进入南通城，被分配在南通专署文教处。她在长期艰苦的环境中坚持工作，积劳成疾，病情恶化。

一天，躺在病床上的查惠英把姜祖童叫到身边。看到儿子已经长成大小伙子，她脸上露出了好看的笑容，但一想到这么多年没精心照顾他，让孩子吃了不少苦头，她又十分愧疚："童儿，妈妈要走了，你就孤单一人，党就是你的父母！你要爱共产党、爱社会主义，记着别给组织添麻烦，长大后要报效新中国……" 15 岁的姜祖童眼含热泪使劲地点着头。

32 岁的查惠英脸上面带微笑，永远地闭上了眼睛……

这天是 1950 年 5 月 17 日。不久，人民政府追认她为革命烈士。

3

"锦绣河山美如画，祖国建设跨骏马，我当个石油工人多荣耀，头戴铝盔走天涯……"半导体收音机传来嘹亮的歌声。听着听着，姜祖童热血沸腾，突然萌生了一个念头：到祖国最需要的地方去！于是，他找到厂领导提出了自己的要求。

"那个地方很艰苦，你可做好思想准备哟。"领导好心地规劝。

"不怕，我要像父母那样，为国家多出一分力气哩。"姜祖童拍着胸脯说道。

就这样，姜祖童离开了工作 8 年的上海油嘴厂，1966 年来到荒原参加"九二三厂"大会战，分配到水电厂。

当得知他是烈士子女，同事们感到十分惊讶，把他当作"宝贝"，一有空缠着他讲革命故事，并且重活不让他干。姜祖童不乐意了："不让干就不讲。"

大伙儿没办法只得退让。

听着姜祖童父母的革命故事，铁打的汉子们禁不住流下了滚烫的泪水……

"文革"期间，姜祖童受到不公待遇，由职工转为胜利油田为数不多的男性劳动家属，当了一名焊工。妻子带着儿子愤然离他而去，他又成为一名无牵无挂的"孤家寡人"，心中压着一座大山，无数条毒蛇吞噬着他纯洁的心灵。

那天深夜，他从床上爬起来，拿出早买好的一瓶"敌敌畏"，想一口吞下追寻自己的父母而去。这时，他耳边忽然响起了亲切的声音："儿啊，你要挺住！要相信共产党，你是革命的种子啊！"母亲慈祥的面容浮现在他面前。

"对，一定要活下去，不能给父母丢人！"他把药瓶摔在地上。

心情一转天地宽。

每天，他第一个赶到家属队，打扫卫生准备工具。焊工是一个技术要求高又辛苦的活儿，转行的姜祖童认真地拜师学艺，白天黑夜缠着师父问这问那。几个月下来，他单独顶岗了。

石油事业的发展是中国创造的奇迹，成千上万的石油工人吃冰雪、住干打垒，锻造成"铁人"，为共和国献石油，甩掉了"中国贫油"的帽子，谱写了可歌可泣的石油之歌！

如果说石油工人是"正规军"，家属工就是"游击队"！她们不仅支持丈夫的工作，默默地挑起家的重担，而且她们下水田、搞建设，成为油田建设重要的辅助队伍。

供电农副业公司工业队承担着电力辅助设备的制造、安装任务。听说他是革命后代，朴实的"油大嫂"们看他的眼神发亮。百十来号人里姜祖童是唯一的男性，因此他自然成了顶梁柱，脏活儿累活儿落在他的肩上。1988年的盛夏，天气变化多端，时而暴风骤雨，时而雷电交加。老化严重的油田电网受到很大的破坏，有的电杆歪倒，有的导线断裂，严重影响了原油生产。农副业公司接到赶制2000个地锚、150件开关柜的任务。时间紧、任务重。焊制是整个工序的关键一环。身为焊工，每天早上6点，姜祖童就开工。焊花朵朵，烟雾袅袅。中午时分，气温高达35℃以上，汗水顺着衣服滴答滴答……累得他腰酸腿痛，长时间直不起腰来。趁吃午饭的时候，姜祖童脱下湿透的工衣，擦一把脸上的汗水，喘口气。为了赶时间，他常常啃凉馒头就着咸菜。连续一个多月，他中午从未休息过。毒辣辣的太阳加上电焊的烘烤，他的脸上背上爆起一层层皮。每天加班到晚上12点钟，工作达16小时。深夜，当他拖着疲惫的身躯回到家里，一头扎在床上就熟睡过去。一连两个多月下来，终于提前完成了任务。而姜祖童因为劳累过度，加班吃凉饭患了慢性肠炎。

翻看姜师傅的档案，有几张《家属劳动登记表》，从 1983 年到 1986 年他每年出工 360 天；1985 年到 1991 年每年出工 365 天。也就是说 8 年来他几乎没休息一天，每年节约钢材 1 吨多，创造价值 30 多万元，而他的工资是每月 2 元。红色基因在他的血管里汩汩流动，他用实际行动践行了母亲的嘱托。

4

"不用再找了，组织这么关心我，身边有这么多好人，我很知足哩。不要给组织添麻烦嘛！"姜祖童动情地对组织部门的负责人说。为了给姜师傅翻案，组织上跑前跑后做了许多工作。然而，在他的一再要求下，这事就搁置了下来。

1991 年 12 月，按照政策，姜祖童退养了，每月享受 17 元退养补贴。

由于长时间超负荷的体力劳动，姜祖童的身体严重透支，股骨头坏死导致三级肢体残疾，并伴有糖尿病、高血压、心脏病等，长期靠药物维持，负担较重，生活不能自理。

单位成立了"心连心"服务队，没有亲人的孤寡老人从此有了儿女。

"不让一个人掉队。"这是胜利人的"传家宝"，也是播在每一名职工心田的一粒火种，点燃的一盏明灯。

灯光互相照耀着才会更加明亮、温暖。

姜祖童的人生是不幸的，但他也是幸运的。

随着年龄的增长，姜师傅的身体出现更多异常。宋仁奇、张虎林、曹淑静、黄玉花等先后 10 多次陪老人到医院检查。

爱的温度是永恒的。

2018 年 1 月 6 日，老人还是走了。在整理老人遗物时，大家发现他留下的存折、现金共计 16.7 万元。平时买菜、买药有人出钱，过年过节组织上送的慰问金，还有好心人时常给的零花钱，老人舍不得花，而且也根本不用花，他一点点积攒下来。

"把我剩余的积蓄捐献给国家，帮助困难的人解燃眉之急……"一张圆珠笔书写的遗嘱，是老人最后的心愿。

第二章

从华八井再出发

大海与钢铁

　　脚踏千顷浪／头顶万里天／胜利海洋采油人奋战在美丽的埕岛油田／辽阔的渤海湾，劈波斩魔永向前／惊涛骇浪只等闲／众志成城牵油龙／持续发展齐争先／抢风头，战浪尾／重任担在肩／海为家，苦为乐／抢海交油田／为了胜利石油人的明天／我们把青春贡献！

　　钢铁的誓言，钢铁的梦想，钢铁的脚印，钢铁的骨骼……

　　这是胜利海洋采油厂的厂歌，也是一曲胜利的精神之歌。

　　早在1974年，胜利人肩负为国找油、献油的使命，把眼光瞄准了大海。在海上打油，对于胜利人来说就是一场白纸。浅海地质构造复杂、运输难度大、自然条件恶劣、人员无海上作业经验等，"吃饭无锅，住宿无窝，出海无船，修路无车"，一个个大山似的困难横在面前。

　　"有条件要上，没条件创造条件也要上！"胜利人又将陆上开发的会战精神带到了海上。

　　经过论证，专家否定了建造人工岛打油的方案。

　　胜利人会聚渤海湾，脚踏海浪，头顶苍天，一场史无前例的浅海石油战役打响了。

　　于是，大海与石油结缘，就有了海浪与钢铁、骨骼的碰撞。大海与钢铁碰撞，也许钢铁是脆弱的，大海与骨骼碰撞，肯定骨骼是坚硬的，不仅有浪花，而且还会产生火花。

"老海油"刘学智

自从选择了大海
就把骨骼锤炼成钢铁
自从把命运根植大海
我的魂灵纯净如雪

中等的个儿，结实的身板，圆圆的脸上写满自信，头顶上或许是撒下一层白霜，或许是顶着一朵浪花。当年的"海油娃"如今也成了一名"老海油"。今年48岁的刘学智提起海上开采初期的岁月，眼角竟闪动着泪花儿。

油井周围立几根粗粗的铁柱，上面焊一层钢板，油井的井口装上闸门，然后再接上油管。这就是当时的海上平台，简陋得找不出多余的一颗螺丝钉。海上打出油来，只能靠油轮运上岸。人跟着油轮靠近平台，顺着缆绳爬上去，打开阀门把油输到油轮上。

海上运油，并非随心所欲，要看大海的"脸色"，要抢风头、战浪尾。

"抢风头"就是抢在大风到来之前，把油拉出来；"战浪尾"就是一旦发现大浪开始消退，赶紧追着浪头的"尾巴"出海拉油。

那是1994年冬天，刘学智和两位同事被派到CBIIA平台上作业。古老的涛声谱写成奔涌的序曲，阳光打在水面上，溅起碎银子起起落落，一只水鸟斜着从水面掠过。海面像缀满金色鳞片的深蓝色长绸，被强劲的野风鼓动着，脚步急急地向着岸上的目标追赶。苍茫壮阔，气势如斯。

大海之大，不仅在于水，更在她的力量、胸怀和气势，古老的涛声一直弹奏着前进的序曲，大海是时间的刻痕、人类的"史记"。辽阔一下打开了人的胸膛，烦恼、忧愁统统倒了出来，一身的轻松和惬意。

这笑意盈盈的阳光，一副可爱的模样，哟！可别相信阳光，这大海的天气有时在你粗心大意的时候，就要给你一巴掌，让你认识到真正的权威是老天！

刚才还风和日丽的天突然变了脸，气象预报显示，大风就要到来！

天迅速黑下来，乌云像黑山似的压了下来。浑浊的大海此时冷漠无情，无视人间温暖，湍急在湍急中赶路，澎湃在澎湃中跳跃。浑浊的波浪卷成团，在水面上拉帮结伙，堆叠在一起，吼叫着、弹跳着，使出浑身的力气击打着油轮，"嘭——"一道水柱竖起，又落下，琐碎的水珠，像饿狼口中丢下的碎屑，沸沸扬扬飘起，又簌簌跌落，铺在滚动起伏的脏毛毯上。浪头从30厘米涨到四五十厘米，最后到了1米多高。"呜——呜——"海风横扫着，吹到脸上像刀割一样。几十米长的游轮随着浪头起起伏伏，旋转的漩涡飞速在船边飞转着、引诱着；一排排大浪张着大嘴，露出锋利的白色牙齿，随时要撕碎、吞噬着即将入嘴的食物。

大海的坏脾气确实让钢铁的平台欲哭无泪，突然一股妖风、一排巨浪、一道闪电就会让你手足无措、刻骨铭心。

第一次出海就遇到这样恶劣的天气，刚才的新鲜和浪漫被狂风刮到了天边。海浪颠簸得要把他们的五脏六腑吐出来。油轮像摇曳的一片树叶，随时要被风浪吞没。虽说初生牛犊不怕虎，但面对凶猛的海浪，他们的心提到了嗓子眼，身体不由自主打战。颠簸了四个多小时，游轮终于靠近平台。他们用绳子拴在腰上，三个人相互搀扶着爬上船舷。当海浪把船托起最高点的瞬间，船身基本与平台面持平。

"跳！"

迅速飞身跃起，"啪——"重重地摔在平台上。刘学智爬起来，又扶起两个同伴，迅速奔向闸门。

"弟兄们，麻利点！多生产一小时就会抢回百吨原油哩。"刘学智命令道。

可不，这座平台日产2000吨原油，刘学智的账算得很清楚。

这时，拴在平台上胳膊般粗的缆绳与海浪较着劲儿，紧紧绷着"咯咯——"作响。每多坚持一分钟就会增加一分缆绳崩断的危险。一旦缆绳崩断，船舶就会脱离平台，人不但会困在平台，而且还会发生溢油事故。后果不堪设想啊！

此刻，一分一秒都弥足珍贵，时间就是原油，就是责任，就是生命！

为了石油，革命加拼命。这是当时每一名海上石油人的信念。

刘学智决定坚守平台，与时间赛跑。他们明确了分工，一人紧盯着输油管线，防止溢油；一人盯着缆绳，及时发出撤离的命令；一人盯着油井，做好随时关闭闸门的准备。

"砰！"第一根缆绳断了。

"再坚持一分钟！"

"砰！"第二根缆绳断了。

刘学智与同事们在平台上

"关井！收管线！马上撤离！"负责看护缆绳的职工果断地下达命令。

刘学智以最快的速度关上闸门。两名同事已经跳上游轮。这时，游轮与平台脱离了四五米的缝隙。

"学智，快呀，快呀！"两名同事急得心快跳出来。刘学智舒了口长气，抓紧缆绳，向后退了一步，憋住气闭上双眼，向后一退，噌地一跃而起。

刚到甲板上方，脚还没落地，"砰！"最后一根缆绳也断了！

哎呀，谢天谢地！老天保佑哟。

看着油轮离平台越来越远，望着缆绳的"伤口"，三个人心有余悸，紧紧抱在了一起。

大海就像一面镜子，照着海油人的前世、今生。

1995 年 11 月，海上第一座带有海底管线的卫星平台 CBIIE 投产运行。投产第一天，作为"第一个吃螃蟹的人"，刘学智以技术员的身份带领赵峰、来永明两位同事住上了平台，他们青春洋溢的脸上写满激动和兴奋。

那时候，职工们上下班雇的是渔民的小木船。无风三尺浪，何况天不好风浪大的时候，小船就不能出海。按规定，平台采油工半月一倒班，但能不能及时回到家，还要看大海的"心情"。这儿一年里有一半的时间见不到太阳，三天两头都是大风大浪。

平台就是海油人的家。

然而，这家也太不像"家"的样子了！平台设计时根本没考虑人的吃住，会战时期嘛，这是些小事儿，不讲条件。平台很小，非常简陋。6口油井，一根管线，一座配电间。

这座三面透风、狭小的配电间就成了他们的家。钢板上铺着一床薄褥子，盖上一床小被子，就是睡觉的窝。大海就是天公的忠实臣子，风和日丽的时候，天空湛蓝，海天一色，海鸟一会儿贴着海面咬着耳朵喃喃私语，一会儿又飞起向天公报告着消息。老天发怒的时候，大海跟着兴风作浪，大发淫威，惊心动魄。

"真没想到啊，在岸上看到的海都是灿烂、美丽的，现在住到海上才看清大海的真实面目。"

"就是哩，变天的时候，大海就像发疯的魔鬼！"

"唉，在海上上班，比在陆上辛苦不知多少倍呢！"……

三个人交流起在大海上的体会。

风大浪起，平台也跟着"摇头晃脑"。一个浪头打来，"嘭——"，浪花在铁柱上飞起、散落，"哗——"，海水打湿了平台。三个人躲闪不及，棉工服被打湿了，冰冷的海水从脖子灌进来，沿着肉体侵入骨骼。

海浪好像是索命"杀手"。

海风吼叫，巨浪疯狂，他们从心底里感到恐惧。天哪，这该死的大海！

"技术员，咱们的平台会不会被海浪打翻哩？"来永明带着哭腔，浑身上下打着哆嗦。

"不会的！一定要镇静。"刘学智装着一副冷静的神情，其实，他心里一点没底，只有勇气与热血激荡。

当沉重的夜幕落下，四周漆黑一团，好像陷入地狱一般，只听到大海吼叫着，撞击着平台。深夜的大海，仿佛要把整个世界都拖入黑暗，覆盖上厚厚的沉默携带着强大的力量，不可抗拒地向着前方流去，流向凌晨、流向黎明。

初冬的海风像一枚枚刺骨的针，薄薄的被子这时就是一层纸，身下冷冷铁板透心凉。

"穿上救生衣吧"。刘学智作了最坏的打算。

起初，他们不敢休息，三人紧靠在一起坐着，畏缩在角落。天快亮的时候，实在困得睁不开眼睛。这头枕波涛、在冰冷中入睡的滋味可不好受哩。

当把生死扔到一边的时候，紧张的神经便会放了下来，倒头便睡。没什么嘛。时间一长，风声、浪声成为催眠曲，晃动的平台成了摇篮，没有风浪，睡觉更不踏实呢。

大海淹没了尘世的窗口，平台成为一座孤零零的小岛。大海与钢铁的碰撞，钢铁是脆弱的。海底管线电缆位移、扭曲，甚至断裂的现象时有发生。刘学智不敢怠慢，他们把心思全用在油井上。平时，每两小时巡一次井，每一小时记录一次压力。风起浪涌的时候，他们主动加密巡视次数，一天来回跑 20 多遍。

海还是那片海，每天都是一副面孔、一种声音。新鲜感早已过去，三个人你看我，我看你，下半辈子的话也已说完，再也找不到一点话题。裹着腥咸黏稠的海风好像黏合剂，将三张嘴封上。

接下来是令人惧怕的沉默。闲下来的时候，刘学智靠着栏杆面对大海出神。海腥味让他反胃，海风把眼睛打痛。他盯着一片灰云，灰云望着他，谁也不说一句话，平台像一叶方舟，他驾驶着在浪花上翻滚，天空像默片一样移动；一只海鸟从海面上飞起来，画了个圆圈又落下。

唉，我要是能长出翅膀多好啊！

从未有过的寂寞、孤独。往日平庸温暖的日子，此刻回想起来是那么弥足珍贵。人世把自己抛弃了。想喊，喊不出；想哭，流不出眼泪。刘学智开始想家，想爹娘，想曾经遇到的每一个人。早知道这样，宁愿在陆上当"白天一身泥、夜晚一身油"的钻井工，也不来受这个罪呢！

来海上之前，他去向父母道别。那晚，母亲拿出自己最好的手艺，做了八菜一汤。

"来，喝一杯吧！到海上当石油工人肯定很苦，别人能干的活儿你要干好，千万别当逃兵哟！"作为"老石油"的父亲端起了酒杯，一口干了下去，微微发红的额头，青筋暴突，吐出的每一个字像石子，在刘学智心中落了地。

"不能当逃兵啊！"

一想起这句话，他苦笑了笑，摇了摇头。承诺容易，做起来真是难哩！

"倒班时快回去吧，我要发疯了，一刻也受不了！"赵峰抱怨着。

"就是回老家修理地球也比这强多哩，这哪是平台，简直就是没有围墙的监狱！"作为一名农民雇佣工，来永明感觉到当一名海上石油工人要比当农民苦多、累多了呢。他像一只狂躁的狮子，一边抹着眼泪，一边发着牢骚，不停地在甲板上踱来踱去。

今夜星光灿烂。一轮圆月挂在头顶，大海屏住了呼吸，一层层波浪泛着银光，在柔弱的清风里，切割出明夜里一组又一组的几何碎片。月光和海水一同在眼里打转，闪亮得让人鼻子发酸、眼睛发胀。

这时，刘学智不能焦躁，他是带班生产管理者啊，只能把委屈和怨言瞒在心里。他安慰着两位患难兄弟，给他们鼓劲。他非常清楚，不能有丝毫的泄气。如果他稍一泄气，那么两位同事就会像戳破的皮球，彻底瘫软了。

流云寒星，来去无踪。10 天、11 天、12 天……三个人数着指头过日子。

太阳从东方渐渐露出了脑袋，整个大海再次醒来，激流奔腾，永不停息地奔向远方。霎时，朝阳升起，无边无际的海面鎏金辉煌，闪耀的海水激荡回旋，直抵胸膛，不知歇息，哟，没有什么比大海醒来更让人惊心与激动呢！

好像老天故意又给他们出了个难题。

因为走得急，忘记带食油和盐，方便面实在吃够了，一闻到那味道就想吐。他们嘴唇起了火，烧了个红泡，好像镶嵌着一枚杨梅，有的横着摆，有的竖着放。

"用火腿肠炼油试试？"

赵峰"鬼点子"真多！刘学智把火腿肠切成片，酒精锅点着了，"吱吱——"冒着一束束浅蓝色的火苗。

"刺——"，火腿片倒入锅内发出一阵清脆的响声。嗨，还别说，锅内竟然有了一层油花。刘学智撒上方便面调料，搞了一盘土豆炒火腿。哟，平台上飘荡着一阵香气，嗯，比山珍海味强多了。馋得浪花儿踮着脚儿向平台上看直了眼，哗哗地流着口水。

这人间的味道让他们熨帖了许多。

好不容易熬到第 14 天，天却又拉下了脸，海浪又起。

"这该死的天！"来永明一边骂道，一边飘起脚伸出胳膊，他恨不得把一片片乌云扯下来撕个粉碎！最后他像被扎破的皮球，蹲在甲板呜呜直哭。

"你还算什么男子汉？别给咱石油人丢脸！"刘学智火了。他的话在寒风中擦出火星子。

来永明立即闭上了嘴，眼泪却一个劲地淌。赵峰使出浑身解数劝解、宽慰。

一分一秒坚持着，牙齿咬得咯咯响，日子慢得好像被捆着了手脚，慢吞吞地从期盼的眼神中穿过，燃起一簇簇火苗，越燃越烈。

终于 22 个日日夜夜过去了！这 22 天的坚守，油井没出过一次重大问题，6 口油井每天 600 吨原油顺利运转。

来永明还是走了，回老家当了农民。刘学智心中留下一份遗憾。

流泪的老队长

那是 2020 年 7 月的一天，53 岁的李世强从平台一号的舷梯上慢慢地走下来，看上去他的腿有点沉重。

拖船启动了，平台慢慢向后走。李世强站在船尾的露台上，眼睛一眨不眨地盯着后退的平台，眼泪夺眶而出，泪珠子顺着海风扑簌簌跌落在大海里……

按照组织规定，担任基层队干部的李世强该退居二线了，他被安排到后勤单位。他已在海上待了整整 27 个年头，亲历了海上石油城从无到有，从小到大。回想起在海上的日子，他说："我有点自豪！"

来海上之前，李世强是一名钻井工人。

1994 年 5 月，由于海上石油生产的需要，桩西采油厂试采大队整体剥离，从油田八家二级单位分出 500 多名职工，组建了海洋石油开发公司，"旱鸭子"下海，胜利"海军"正式成立。李世强转战成为一名海洋采油工。

从此，海油人高唱着大海的号子，迈开了海上创业的步伐。

当时中心一号平台刚开始建设，生产生活设施非常简陋。没有食堂，大伙儿就吃馒头、啃咸菜、喝白开水，时间一长，嘴唇泛起了碱；没有吊机，几百公斤重的设备、配件、管线、阀门全靠人抬肩扛，一天下来，腰酸背痛，李世强的手上磨起了血泡，钻心般疼痛；没有宿舍，他们就在甲板上搭的临时板房里或施工船上凑合着过夜，第二天铺盖一卷接着干。靠这种精神和干劲，保证了中心一号平台按时投产。

夏天，平台甲板温度高达近 50℃，厚厚的工鞋被烫得发软，汗珠子掉下来就变成了一溜白烟。冬天，零下 20℃，滴水成冰，厚厚的棉工服像纸一样一下被寒风吹透。

李世强和平常人不大一样，不爱说话，一有空爱看书，喜欢钻研。

当时的中心一号没有使用岸电，主要靠平台上的两台进口燃气轮发电机供电。跟这两台洋设备打交道，可没少让海油工们吃苦头！操作界面、电路图、说明书全是英文，一出问题让人就头疼，如果指望厂家来修，至少半个月。

李世强在巡查设备

"我就不信这个邪，别人能修我也能修！"李世强的犟脾气上来了。

英文说明书看不懂，李世强就向英语基础较好的职工求教，抱着辞典花了三个月的时间把说明书一一翻译出来，然后拿着说明书对着零部件一件件捋。端着饭碗的时候，他的手里还拿着说明书。一有空，他在设备上下钻来钻去。厂家来人了，他缠着刨根问底，最后，竟让厂家工程师直挠头。

嗨，没想到这"闷葫芦"还真行！

慢慢地，李世强不但摸清了发电机的脾气，而且一般的小毛病自己能修好，成了名副其实的"土专家"。打这以后，李世强就成了平台上的"赤脚医生"，油井出了问题，都是找他处理。

"李师傅，马上过年了，我担心设备出故障，您技术好，能留下来吗？"老队长找到李世强，一脸诚恳。

李世强连想也没想，痛快地答应了。于是，他在大海上过了第一个春节。

除夕之夜，平台上机器轰鸣，灯光下波涛滚滚。粗壮的铁柱之间，海水激情地撞击着，好像调皮的孩子闹出点动静来，给大年添点喜气。站在甲板上，迎着刺骨的寒风，李世强遥望着家的方向。此时的仙河镇上空烟花腾空，此起彼伏，花起花落，与远方的亲人招手致意。灯火阑珊，情暖处处，那儿有柔眼和轻唤在等待，有软软的风、暖暖的灯、幽幽的眼神在等待……

他心中一阵暖流在激荡，脸上露出了少有的笑容……

以后成了惯例，一到过年的时候，李世强坚守在平台。

几年之后，李世强担任了队长。过年值班，一般都是全队职工"推磨"倒替，今年你值，明年他值。知冷知热、善解人意的李世强这时候主动留下来，让新婚不久或父母身体不好的职工回家过年。

当干部就要善于吃亏哩！

有一个回家过年的机会，他却放弃了。

那是 2001 年大年三十的下午，狂风肆虐，涌上平台立柱上的浪头有 3 米多高。一台海水提升泵发生故障，必须立即修复！作为队长，李世强第一个冲上来。水裹着冰碴子从管线中流出来，浸湿了棉手套，扳手、手套和手竟被冻得黏在一起。李世强站在风口上观察了两个多小时，终于查明了原因并处理好故障。

"队长，您这嘴咋歪了？"大年初一一大早，有个职工见到李世强有点吃惊。

"去，去，滚蛋。这大过年的咋不说点吉利的？"李世强以为人家与他开玩笑呢。

哎呀，天哪！

镜子中的李世强嘴歪眼斜，整个脸变了形。原来是真的面瘫了。大伙儿一个劲地劝他赶快去医院看看，正好回家过个节。李世强摇了摇头，他对油井不放心呢，越是过节越不能出纰漏哟。

直到轮休时，他才去了医院。

海上平台不同于陆地，春战严寒，夏斗酷暑，秋搏台风，冬除冰凌，每天都是忙忙碌碌。家是挡风避雨的港湾，但对于海上职工来说，说起家只有亏欠。半个月回一次家也是不能固定的。

2018 年底，李世强的岳母突然生病，两只眼睛什么也看不清。当时正值中心一号生产平台投产，妻子一个人将老人送到医院，检查、住院、手术、陪床，忙活了一周。直到李世强下了平台才得知这件事。

"为啥不早点告诉我哩？"他埋怨妻子。

"就算和你说了又有什么用呢？"李世强一时语塞。

时间过得很快，眨眼的工夫，27年过去了。掐指一算，李世强竟在海上过了22个春节。

相见时难别亦难，真正离开平台的时候他心里像刀割一样。滚滚波涛泛起动人的涟漪，眨着灵秀的眼睛，隐隐碧波说着不舍和爱恋。欢欣与痛楚，皆因水而生，交织在一起，难舍难分，犹如精神和血脉不可分离。中心一号平台越来越远了，这时，几只海鸥围着他乘坐的船上下翻飞着，"嘎嘎——"叫个不停，说着动情的话，好像舍不得他走。李世强举起了右手，一个劲地朝平台挥舞着……他悄悄地把水做的第二个故乡珍藏在心底，连同那一片梦一样的蔚蓝……

"最美青工"

华灯绽放，海风徐徐。

看到夜幕下的一草一木，亢嘉颖感到特别亲切，27天了，他好像离开了27年。

刚进家门，鞋子来不及脱，他急忙跑到卧室，见到宝贝女儿一把搂在怀里。然而，一岁多的女儿却使劲向外推他，陌生地望着他。

"叔叔好！"

"涵涵！我是爸爸呀！"

他一遍遍地向孩子解释，可是涵涵还是钻进母亲的怀抱，生生地望着他。

他悻悻地回到客厅，坐在沙发上发愣出神。

"我把热水器打开了，快冲个澡吧。"妻子姗姗温柔地催促道。亢嘉颖却像一截木头，好像没听进去。女儿的反应让他的心有点痛，勾起了大海上的烦心事。

钟表嘀嗒嘀嗒，不知不觉，大半个小时过去了。

"几点了？你咋还不去哩？"妻子的声音高了几度，明显有了不满。

"哦，哦！"他慌慌地应了两声。

又过了一个时辰，看到亢嘉颖还是没动，妻子有了气，"啪！"把灯关了。

"你到底干什么呢？"没想到亢嘉颖怒了，像发疯的海浪。窗外，树上的鸟儿扑棱扑棱飞走了。相识5年多，姗姗还是第一次见他发这么大的火。

"你还回来干啥？家里顾不上，整天还为你担惊受怕……"姗姗委屈得呜呜大哭，女儿涵涵号啕叫着妈妈。

亢嘉颖揣着一肚子火，一摔门走了出去。

已经 10 点半了，路灯有了倦意，深秋的夜有点凉。他走了十几分钟来到管理区的办公室。

与姗姗相识是 2008 年，那时他参加工作已两年。从成都理工大学采油工程专业毕业后，亢嘉颖被分配到胜利油田。初来乍到，看到一望无际的大荒原和黄色的大海时，他失落很多。

在大海上班的日子像海水一样苦涩，不仅生活条件差、危险大，而且单调枯燥。一起分来的同学有的辞职，有的调走。父母也挂念着他的安全，劝他回四川工作。

他有些犹豫、彷徨。

是一张照片留下了他。那是在采油厂培训的时候，他发现了一张黑白照片，是在船上照的，里面有八九个人，通过文字说明才知道，其中一人是山东省原副省长兼胜利油田党委书记李晔。他们乘坐的是渔民出海打鱼的小木船。

他瞪得眼睛睁得好大：这么大的"官儿"都坐这么破的小船，自己就是一名山里娃，这点苦就受不了？

他摒弃了离开的念头，坚定地在大海上扎下根！所有的风雨，所有的风霜雨雪，所有的阳光月光，只为孕育钢铁般的精神，书写大海峥嵘的岁月，锤炼坚强不屈的骨骼，这是大海的信念和理想。大海是包容的标签、博大的象征。在奔腾中生活、工作，亢嘉颖感到自己就是一滴涌动的海水、一朵跳跃的浪花、一只腾飞的海鸥。

其实，在亢嘉颖来到时，海上油田已从创业期走进科学发展期，工作生活条件好了许多：设备先进，平台大了，分为工作区、生活区、储油区等。宿舍宽敞明亮，会议室设备齐全，食堂干净整洁，饭菜花样多，卫生间、淋浴间设施先进……上下班坐的船都是几十米长的大拖轮，舒适敞亮……

但大海的脾气没变，大海与家的距离没变，半月倒班的周期没变。

大海铺长卷，时代挥巨笔。

亢嘉颖应该算作第二代"海油人"了，作为大学毕业生，懂专业、文化底子厚，油田很是看重这些"时代骄子"，见习期满，他们就是技术干部，坐机关。那时候，亢嘉颖的岗位还在陆上，能够按时上下班。

亢嘉颖在维修海底电缆

海上与陆上虽然只隔了一层海水，但是石油勘探开发难度却是打着滚地翻倍——周期长、投入高，新区产能建设难度加大，主力区块出的油含水量较高，等等。"瓶颈"越来越狭窄，路子越来越坎坷。

面对严峻的形势和困难，海洋采油厂抡起改革的"斧头"进行思想"破冰"，及时调整发展思路。由"抢风头、战浪尾"变"避风头、去浪尾"，敬畏自然，顺应大海，与大海和谐共处，把科学发展作为"引路灯"。亢嘉颖和其他基层管理、技术干部被派出学习，远赴中海油、埕岛西、赵东、康菲等企业"取经寻宝"，开阔眼界。

不久，亢嘉颖所在的管理区机关全部被"赶到"海上，与平台上的职工一起倒班。这是采油厂的一项重要改革措施，采用国外先进的"油公司"模式，机构优化，责权匹配。在管理层级上，取消基层队一级，由"管理区—队—班"三级压减为"区—站"两级。管理区成为甲方，一切围着基层转。岗位设置实行一专多能，"一根萝卜"多个"坑"，一人既是采油工，又是吊机指挥、设备操作工、配电工、油气集输工、安全监督等，最多的一人有5个职业资格证。

管理区干部直接在平台上带班，"听到炮火的人"在前线直接"指挥炮火"，改变过去"海上—陆上—海上"的"圈圈"管理模式。

山村里走出的小伙子踏实能干，再加他虚心好学，很快得到组织的赏识，从技术员到副队长再到队长，一步一个台阶。

带兵打仗可不容易哩！60多名职工年龄大都比亢嘉颖大，资历比他老。虽然人年轻，但摸爬滚打了几年，亢嘉颖老练了许多，管理经验积累了一些，然而川娃性子直，办事认真，难免和职工发生磕磕碰碰的事，这不，今天上午一名年轻职工因为被扣了奖金与亢嘉颖吵了几句。因为倒班，没来得及做思想工作，但他心里一直惦念着。

在办公室待了一会儿，亢嘉颖的火气慢慢消了，并且开始后悔，他觉得对不起妻子。想想走过的日子，确实亏欠妻子很多。

他和姗姗的相遇非常传统。

队上的一位老同事看到小伙子不错，就为他张罗对象。姑娘叫侯姗姗，是一名幼儿园的教师，美丽端庄、落落大方。见到姗姗的第一眼，亢嘉颖心里颤动了一下：就是她了！

接下来是聚少离多，鸿雁传书，海鸟搭桥，爱情的禾苗茁壮成长，花开孕果。

结婚日子快到了，恰逢埕岛油田开始大规模上产，他所在的采油队当年要投产两座采修一体化的采油平台。作为队长，要处理的事情太多，亢嘉颖实在抽不出身。

"咱把日子向后推推吧，这时候你不能离开哟！"姗姗表示理解。

"啥？哪有定了日子还改的嘛！"丈母娘不干了，按照老辈的传统，这是不吉利的。

于是，妻子作为"外交官"专门回到老家寿光和娘"谈判"。

当娘的还是心疼姑娘，长叹了一声，不再吭声。

从"五一"推到"十一"，眼看国庆节又快到了，亢嘉颖所在的基层队要创中石化"金牌队"，迎接验收，作为队长不能不在。

他只能再给姗姗做思想工作，但没想到这次姗姗不愿意了，不是不支持他，而是她已怀孕两个多月了。虽然从法律上两人早已是合法夫妻，只缺一个"形式"罢了，但在人们的传统观念中，只有举办了婚礼才算正式结婚，尤其在儒家思想根深蒂固的齐鲁大地，未婚先孕不是什么光彩的事儿，哪怕已经领证。

"这不是丢人现眼吗？"丈母娘急得直跺脚，恨不得在地上跺一条缝钻进去，一天给女儿打好几个电话。

"证都领了，我跑不掉的，再给两个月的时间吧！"亢嘉颖又赔不是又甜言蜜语。

姗姗知道这时候说什么也没用，只是一个劲地流泪。

那是婚礼举行后不久，正在平台上值班的亢嘉颖突然接到妻子的电话："你快回来看看吧，咱家被盗了！"姗姗哭得很伤心。

亢嘉颖一阵心急，额头上出了汗。但他迅速冷静下来，还是原油生产重要，不能随便离开。他让在家休息的一名同事去看看，打了报警电话。

直到第三天，倒班休息时他才回到家。屋内一片狼藉，家里刚买的笔记本电脑不见了，更让姗姗心痛的是她的结婚钻戒也被偷走了，这可是他们爱情的见证呢！

亢嘉颖的新房是一楼，他只要出海或者值班，担心怀孕的妻子出意外，就把姗姗送到相隔不远的姑姑家。没想到竟会发生这样的事情！

"没啥，破财免灾嘛，我再给你买只好的。"他安慰着泪流满面的妻子。

父母不在身边，离得远，没法帮衬，亢嘉颖家里也照顾不上，侯姗姗一跺脚辞掉了工作，全身心照顾孩子。

亢嘉颖没了后顾之忧，一心扑在工作上，当队长7年，他带出了一个好集体，他所在的海上采油队连续4年产量过百万吨，被授予中央企业"青年文明号"、中石化金牌采油队。他本人获得"最美职工"称号。

"军功章也有你的一半啊！"获奖当天，他激动地对妻子说道。

"瞧你那傻样，只要你平平安安的，我就安心哩！"

想到这些，亢嘉颖为自己的冲动自责内疚。他抬手看了一下手表，已经凌晨2点多了，他离开了办公室。

回到家的时候，他轻手轻脚，连灯也没开。

他抱着妻子的后背，没想到姗姗竟没睡着。

"亲爱的，我错了！"妻子转过身来，抱着他又低低地抽泣……

27年了，海洋采油厂为国奉献了6000多万吨原油，现在已冲上每年500万吨大关，占整个油田的五分之一多，人均贡献率在油田首屈一指。

旭升荒原

　　庚子年尾，顶着隆隆寒风、踏着旭日的阳光，我终于见到了闻名油田、妇幼皆知的"一代宗师"代旭升。

　　干练中等的个儿，消瘦的脸上架着一副眼镜，斯斯文文，写满谦和。看上去 50 岁出头的样子。

　　"啊？ 66 了，真看不出来哟！"

　　当他报上实际年龄，我感到十分惊讶。

　　这是一个人生奇迹！

　　这是一座人生巅峰！

　　作为一名普通石油职工，他先后自主完成获奖技术革新成果 107 项，其中移动式套管气回收装置获 2008 年度国家科学技术进步二等奖，5 项获国家发明专利，43 项获国家实用新型专利，解决生产难题和设备故障 2000 多个，有 30 多项成果在胜利油田、东辛采油厂甚至全国推广应用，累计为企业创经济效益 2.8 亿余元。

　　作为一名技术能手，他几乎获取了创新领域内所有的桂冠："全国技术能手""中华技能大奖""中国高技能人才十大楷模"……

　　作为一名产业工人，他身披令人羡慕的光环："全国五一劳动奖章获得者""全国劳动模范"，享受国务院政府特殊津贴，2009 年、2019 年分别受邀参加新中国成立 60 周年、70 周年国庆观礼，参加了在人民大会堂举行的新中国成立 70 周年庆祝宴会……

代旭升（左）与职工在井场

然而，谁能想到这样一颗璀璨的明星，竟来自偏僻荒凉的黄河入海口大荒原？

又有谁能想到这样一位大国工匠竟是一名初中毕业的普通石油工人？

人生的高度不在起点，而在于方向，走什么样的路，每一步都要规规矩矩、踏踏实实、认认真真！忠诚架起独木桥，汗水铺就成功路。

不凡之人必有不凡之处。有志者，事竟成！

1

寒冬腊月，北风呼啸，冷如刀刃。

最偏远的永12-2井发生蜡堵，班长李友森带着职工一起去清蜡，站在井场上一干就是5个多小时。因站立的时间太长，清蜡完成后，李友森竟一下子跪倒在地。

这件看似平常的小事，却像一块巨石在代旭升心中的湖泊激起了阵阵涟漪：石油工人真是铁打的啊！

1972 年的冬天，17 岁的代旭升离开浪漫多情的海滨名城青岛，只身来到"没有花香，没有树高，只有浩瀚无际的野草"的大荒原，成为一名采油工。

环境的反差造成了心理的反差。

他迷茫、后悔、低沉，甚至有打"退堂鼓"的念头。

是李友森改变了他。

思想是方向盘，是"引路灯"。思想的转变，心中的风景也进行了大反转：原先荒凉冷漠的芦苇、干打垒、小野花……此刻看上去竟美丽动人、风情万种。

人的一生总要遇到几位"贵人"，他们或许给你思想的指引，或许给你物质的馈赠，或许给你精神的鼓励……

"别人会的，你一定要学会；别人不会的，你想方设法也要学会。"代旭升所在的采油队指导员就是他遇到的第一位"贵人"。既是要求和希望，又是鞭策和鼓励。

他暗下决心：一定做一名合格的石油人！

2

"要想采石油必须先采知识。"

书到用时方恨少。只有初中学历的代旭升，文化基础差、底子薄，感觉脑子就像挤完的牙膏，一片空白。

怎么办？

把缺的补回来，从书本上汲取营养。

看准了的路一定要走下去，即使荆棘满布、坎坷崎岖，这就是代旭升！他随身带着业务书籍，开始从地质名词入手进行学习。一段时间下来，光读书笔记就记了一大摞，硬是靠着搞不明白誓不罢休的拼劲，啃透了《采油工十懂十会》《采油工技术手册》《采油地质》等十几本采油及地质学书籍，并在油田组织的"百问不倒"活动中获得了他人生的第一个荣誉称号"技术能手"。

20 世纪 90 年代初，电脑刚刚兴起，整个东辛采油二矿也没有几台。为了掌握电脑知识，助力革新设计，代旭升每月从工资中拿出一部分作为柴米油盐生活必需的费用，其他的节省下来攒了大半年，买来电脑和实用操作书籍，一有时间就钻研，连刚分来的大学生都成了他请教的老师。

短短几年，代旭升像一只蜕壳的蝉，经过日夜的洗礼、风雨的锤炼，蜕变成了一名有技术、业务精的采油工。

代旭升在现场做试验

1987年，他在采油队负责链条式抽油机管理工作，看到工友们提着10多公斤的机油桶，爬到4米多高的机顶给平衡缸加油，既费时费力又危险。

"能否改进一下呢?"代旭升第一次产生了这样的想法。他白天在井上观察，晚上在家里翻阅资料，后来干脆自费购买了工具、器材，动手干了起来。忙活了100多个日日夜夜，最后却还是失败了。

"一个小小的初中生，不知天高地厚，还想搞革新，真是癞蛤蟆想吃天鹅肉。"看着代旭升"不切实际"的想法，有人泼了一盆凉水，将他浇了个透心凉。

心急如焚的他病倒了:"唉!看来我不是那块料呢。"他心中燃起的火苗，被浇灭了，升腾起一团烟雾，沮丧、消沉，他打起了"退堂鼓"。但一闭上眼，同事们提着油桶颤颤悠悠地爬上抽油机的情景又浮现在他的脑海里。

"不能放弃！"代旭升耳边又想起了指导员的话，他心中死灰复燃，一颗幼小的火苗又重新燃起，越燃越烈。他重新振作起来。

也许你失败了99次，第100次就成功了！成功是在失败的基础上实现的。

他调整思路，经过多次修改和试验，"气压式加油包"终于研制成功。

这项成果解决了困扰职工多年的难题，很快便在全油田推广使用。

一次成功比一万次失败更有意义。它像一盏灯，让黑暗中的眼睛看到了光明；它像一只翅膀，使鸟儿翱翔长空搏击风雨；它是一本"真经"：只要有目标有毅力一定能获得成功！

成功的滋味，宛如星火燎原一般点燃了代旭升的创新热情，技术创新之旅也由此开始。

3

井喷了！

1998年7月的一天，代旭升和同事正在辛3-1井处理问题，电泵井辛151-平2井喷的消息震惊了在场的每个人。

赶紧制服井喷，减少原油损失！

代旭升和其他人一起，急速赶往现场。骄阳当空，大地滚火。十几米的油柱像匹惊厥的野马呼啸着冲天而起，遮天蔽日，井口周围下起了"油雨"，井场一片狼藉，会战的职工们都成了石油涂染移动的雕塑，每座雕塑只露着眼白，脚下打滑，视线模糊，油流、天然气流等混合成一条飞舞的"黑龙"，漫天飞舞，张牙舞爪，呛得人嗓子冒火，鼻子堵塞，随时要窒息。大伙儿冒着生命危险苦苦奋战了27个小时。

"野龙"终于被制服了！

接下来是更艰巨的任务，回收落地油。每一滴石油都是"黑黄金"哟，是国家的宝贵资源，绝不能白白浪费。大面积的用泵车抽，小油坑的用塑料盆舀，星星点点的用木板刮，把损失降到最低。整整15个日日夜夜，没有一个人睡过囫囵觉，没有一个人喊过一声累，几十个人的心像紧紧拧在一起的麻绳，围着一个想法，一点一点收集、一滴一滴积攒，回收了2000多吨原油，挽回了经济损失100余万元。

这时，一座座黑色的雕塑瘫坐在地上，喘着粗气。代旭升身披一身油污，抹了一把脸，这一抹不要紧，汗水和油渍交融成了大花脸，同事们朝他大笑，他却顾不得，围着卸下来的井口转悠。

"代师傅，看啥哩，歇会儿吧。"他的眼睛像扎了根的钉子长在井口。

"这次井喷是井口压盘被盗造成的，不想办法解决，以后还会发生这样的事哟。"随后的几天，代旭升始终心事重重，心头压着块石头，虽然战井喷他荣立了个人三等功，这也没能让他高兴起来。

有一天，他从维修班的废料堆里找来不少铁疙瘩，简单加工后，再焊接到电泵井压盘上，还真能防盗了。但由于是在井口进行焊接，不符合安全规程，这个方案很快就被代旭升自己否定了。

怎样才能既安全又防盗？怎样才能便于操作效果好？那些日子里，代旭升的心思都拴在同一根"稻草"上，一边思索着，一边来回在井场里转悠。抽油机哼哼唧唧，不停地磕着头。哎，这老伙计能说话多好啊！他一会儿摸摸井口，一会儿看看电机，一会儿踮起脚往上看，一会儿又俯下身子看压盘，一边转悠一边在本子上记录着。

"不许动！"

"啊，代师傅，怎么是你哩？"

"差点把你当偷油的给抓了哟，哈哈——"几个巡逻队员笑着说。

功夫不负有心人，经过不懈努力，既好用又安全的"卡扣式防盗压盘"终于研制成功！这既能防盗又有效防止井喷，成了电泵井的"把门神"。

目前，东辛采油厂400口电泵井都装上了这种压盘，因井口压盘被盗引起的井喷再也没有发生过。2000年，这项成果荣获胜利油田技术革新一等奖。

4

2000年春节前一个星期，代旭升就迫不及待地给家住辛店的姐姐打了电话，相邀一起回青岛老家过年。

"代师傅，我们的油井连着好几天被偷油了，快过年了哟，您给想个办法呗！"晚上9点多，代旭升接到单位职工的电话。

他陷入了沉思，要把防盗房做得更结实点才行呢，得让油井值班职工过个安稳年。

本来说好第二天要和家人一起购置年货，这时的代旭升却像丢了魂似的，整晚都没睡好，一大早就赶往井场。

"这防盗房根本就挡不住不法分子，我看还是把油井锁在保险柜里好了。"

值班员的一句玩笑，为一筹莫展的代旭升带来了灵感。

"对！就把它锁到保险柜里。"代旭升高兴地回到办公室，铺开图纸，开始设计油井防盗设备。

"年根了，不好坐车呢，你也得早点动身哩！"看着代旭升忙得脱不开身，妻子和姐姐带着孩子提前回青岛了。

送走了家人，代旭升像卸了车厢的火车头，无牵无挂，一头扎进试验之中。窗外，夕阳飘来关切的眼神，一阵紧似一阵的鞭炮声敲打着门窗。哦，原来已是大年三十哩。

他才回过神来。

"你到青岛了吗？咱爹在楼下已经等了一个多小时哩！"电话那头的姐姐有点着急。

代旭升带着愧疚告诉姐姐，可能回不了家了。

噼里啪啦的鞭炮声，在窗前闪着电光，就像他年轻时的梦在一节节脆响。他几乎忘记了白天黑夜，饿了泡包方便面，这大年底下，一个饺子也没吃上。

大年初六，装有四盘密码锁的井口防盗房成功问世！当年获得技术革新成果二等奖，现在已经有 4000 多套在油田范围内安装使用。

一个个创新成果，减小了劳动强度，提高了工作效率，取得巨大的经济效益和社会效益。

创新转换了企业的工作思路：科技就是生产力，创新就是效益，必须大力培养技能人才！

创新让职工们找准了成才的新路、看到了崭新的明天：不但要苦干、实干，而且还要会干、巧干，人人都是人才！

代旭升像一盏明灯，照亮了荒原。

代旭升像一面旗帜，引领了一支队伍，引领了一个单位的时代潮流。

代旭升像一排巨浪，推动着滚滚波涛勇往直前。

东辛采油厂刮起了一股"春风"：业余时间拿着书本、坐在课桌旁"充电补脑"的人多了起来，围着油井搞创新成为一种热潮。

5

创新者的眼光满眼都是台阶，到处都是金子。

长期以来，由于油井套管气压力低，套管气都直接排入大气中，既污染环境，又浪费资源。针对这一难题，代旭升反复试验，刻苦攻关，自己搞设计。如何阻止套管气白白跑到空气中？这成了代旭升一个心结。他在野外转悠，瞅着油井口出神。

"把套管气变成节能增效的'钱袋子'，简直是吹破天哟！"干了几十年的老采油工摇着倔强的头，打死也不会相信，可代旭升却坚信不疑。

最初，代旭升采用空气压缩机抽汲套管气，可活塞隔几天就产生积炭，积炭一多，压缩机容易发热，稍有不慎就会发生爆炸。为避免发生事故，他连续几天盯在试验现场。

荒原的脾性是野，野花、野草、野风……北风撒野，像陀螺似的打着圈儿乱窜，一团团沙尘腾起，直往袄领子、张着的大嘴、鼻孔里钻，刚劲的寒风打着口哨从耳边擦过，也吹皱了他的心，吹透了棉衣，吹疼了血肉，吹得骨骼咯吱咯吱作响，唯一吹不透的是坚强的信念。他感觉厚厚的工衣一下子变得单薄了。脚蹲麻了，就站起来跺跺；手冻僵了，就哈口热气暖和暖和；实在撑不住了，就围着设备跑几圈，仔细观察设备运行状态和变化。

用空气压缩机不行，代旭升便改用冰箱上的压缩机，可又因为冷却问题，再次"流产"了。

因为油气硫含量超标，对活塞腐蚀严重。听说江苏泰州有生产空气压缩机的厂家，他设计出图案后，准备联系厂家制作样品。那天他起了个大早，在浓浓的夜幕中走了 5 公里赶到长途汽车站，上了去江苏的长途客车。饿了啃口妻子给烙的发面饼，渴了喝口冰凉的瓶装水。一路颠簸一路风尘，800 公里的路程走了 12 多个小时。到了泰州已是华灯初放，为了省钱，他住进路边一个马车店里。一张大通铺，铺了些稻草和一床黑乎乎的褥子，睡着十几个天南海北的陌生人，刺鼻的臭脚丫子味道搅得他一夜没睡好。

"师傅，您这儿加工活塞吗？"一大早，他进了一个院落较大的器械加工厂。

门卫老头看他的一身行头，以为是捡破烂的，一个劲地向外赶。最后，他掏出了图纸，老头一看人虽穿的破烂，图纸却画得像模像样，把他领进厂长办公室。对方答应加工样品，代旭升带着一脸"鲜花"踏上了回程。等到了交样品的日子，他又一路尘土出现在那家厂子里。然而，装到压缩机上试验，活塞还不过关。

"去蚌埠吧，听说那儿能加工耐腐蚀新型材料的活塞呢！"实在没办法，厂长把他支走了。

啃了个泡泡，空欢喜一场。

代旭升又从泰州乘长途车来到了安徽蚌埠，来回跑了八趟，行程上万公里，终于加工出合格的天然气压缩机活塞。

这时，代旭升又遇到了第二个"贵人"，时任新大公司经理李庆泉。作为改制企业的负责人，他独具慧眼，看好这件产品的前景。这件"移动式套管气回收装置"重900多斤，需要来回到井场做试验，每次，李庆泉派人派车，全力支持。

有时，当试验遇到问题，代旭升不免有些心灰意冷。

"相信自己，一定会成功哩！"李庆泉给予代旭升莫大的鼓励。

一个人最大的恩情，不在锦上添花，而在于雪中送炭，在于寒冷时的一丝温暖，黑暗时的一丝亮光！

胜利属于锲而不舍、艰难跋涉的人！

经过上百次试验，终于在2004年研制成功，填补了国内技术空白，并在油田广泛推广，每年创经济效益2000余万元，该项成果荣获国家科技进步二等奖。

2009年1月9日，作为山东省第一位获得国家科技进步奖的工人，代旭升走上了人民大会堂的领奖台。这是令人终生难忘的一幕：国家领导人紧紧地握住他的手，向这位普通的一线工人表示热烈祝贺。

6

鲜花的艳丽，背后是辛勤地付出；硕果的飘香，里面凝结着鲜血与汗水。

创新既要能吃苦，又要经得住失败的捶打和时间的煎熬。

泡在井场，风吹日晒蚊虫叮咬自不细说，更糟的还是身体。为了搞创新，代旭升落下一身病。

创新成果就像埋在地下深处的金矿，需要付出的不仅是汗水，而且还会透支着生命。每当有了创新的念头，他的心思全部系在项目上，就连吃饭、睡觉都在琢磨。常常每天清晨四五点钟才能迷糊一会儿，天长日久心脏受不了，那年，他在北京做了心脏射频手术。因为经常早饭顾不得吃、午饭耽误吃、晚饭忘了吃，他还患了胆结石。

"你的手腕咋肿得那么高哩？"那天早上刚起床，老伴两眼瞪得大大的，一阵惊呼。

代旭升这才发现右手腕肿得又红又亮，跑到医院一检查，原来他的手髌骨已经断裂。

"其实，这没啥，有付出才有回报嘛！"他轻松地笑笑，脸上涌动着刚毅的红晕……

吃苦是人生储存的宝贵财富啊！

7

"每一口油井都有魂灵，都会说话。只要你和他对话，就能轻松地找准焦点。所谓的创新成果无非就是发明一些解决问题的工具罢了。"

成功需要汗水和毅力，需要有一双慧眼发现魂灵，与它对话！

与油井打交道多了，代旭升终于发现了门道，他得"道"成"仙"了！

于是，再大的难题他都会攻破。

如何提高采收率一直是油田开发单位决策层关心、关注的焦点。进入开发后期，许多油井受地质、井筒等因素的影响，有的无法正常生产，有的濒临报废。

看着不少油井被废弃在荒郊野外，代旭升感到心痛。

"把这些井里的原油捞上来，就是效益，就能提高采收率呀！"一有空，他会不由自主地沿着荒原上的巡井小路，查看废弃油井的状况。

"人总不能钻到井筒里去捞油吧？"

他成了图书馆的常客，在书本中探寻捞油的路子。他专程到胜利油田采油工艺研究院、勘察设计研究院拜访专家，寻找井筒捞油的措施。

多方求证让代旭升对捞油加深了认识。随着能量恢复，地层的原油渗到井筒，就会顺着油管上升到一定高度。此时一般会采用下抽子到井筒、用提捞的方法采油。可是，一旦抽子不慎下井过深，负荷就会急剧增加，要么卡死在井筒，要么拔断钢丝绳，不但捞不到油，还可能造成事故。

那段时间，代旭升一闭上眼睛，闲置的油井就浮现脑海。他再也待不住了，急得嘴上起了血泡，像颗干瘪的小枣挂在嘴边；熬得眼睛布满血丝，有时候连饭也顾不上吃，到井场做试验。

那天夜里，代旭升梦到油井开口说话：设计一个泄油孔啊，抽子上部的负荷不就降下来了吗？

他赶紧披衣下床，麻利地画了起来，一张"自动泄压式凡尔抽子"的图纸很快展现在眼前。"自动泄压式凡尔抽子"很快研制成功，每年就能捞到原油 500 多吨。

<h1 style="text-align:center">8</h1>

有时，一件小事可能改变有心人思想的方向。

一天，代旭升到采油队搞试验，发现一架抽油机的"驴头"销子几近脱落，如不及时整改，可能会发生安全事故。

当他指出存在的安全隐患时，一名刚转岗来的女工竟找不到驴头销子在哪儿……很长时间，那名女工满脸通红、手足无措的样子，深深地刻在代旭升的脑海深处。

一双脚无论多大也走不出一条路，只有脚步多了才能踏成路。自己技术再高明，也有退休的时候哩，只有让更多的"代旭升"成长起来才能发挥好技术的作用啊。

于是他主编了《采油工实际操作读本》等技术书籍，从而提高了油田采油工全员技术水平。

在油田团委的帮助下，1997 年他正式招收第一批 10 位徒弟。

于是，代旭升开始带徒弟。

然而，要成为他的徒弟却有点难，他提出的条件甚至有点苛刻：人品要好，技术要精湛，工作要精益求精，敬业奉献，传承创新。

他说，天下的道理一大堆，第一条就是做人，人做好了，才能取得成功！

这个社会就是不缺好人！油田工会牵线搭桥，代旭升又签约了 13 名高徒，其中，不乏功成名就的"大师""能手"。

代旭升把自己几十年来所学所悟毫不保留地传授给徒弟，让更多的人才参与到创新队伍中来。他牵头创办了"代旭升创新工作室"，当起了技术顾问，随时随地指导年轻人，带领大家一起解决技术难题，成为技术攻关的"前沿阵地"、技术人才成长的"孵化器"，经过 15 年的发展，该工作室成为国家级技能大师工作室、全国示范性劳模创新工作室。

9

人的一生就像一天中的太阳，从清晨旭日东升，到午后日渐西斜，也就那么短暂的一段时光。

2015年，按照规定代旭升退休了。妻子劝他该好好歇歇了，治治病，调理一下身体。但代旭升一刻也没有闲下来，天天泡在创新工作室里，或是与工作室成员在油井现场。

人生无非两件事，一件是走路，一件是感恩。

他说，我有现在的成绩，得益于油田尊重知识、尊重人才的机制和土壤哩。咱们工人有技术才更有力量，这是当代中国工人的新使命哟。

他以实际行动感恩组织，感恩油田，感恩国家。

代旭升探索新的带徒方式，拉长人才链条，构筑起油田"人才高原"，建立了"油田技能大师网"助学助教。现在，协会的1000多名会员都能直接向他请教，每天他还要浏览和回答网上几十甚至上百条网友的提问。

"油田技能大师网"的一名网友，曾经在网上向代旭升讨教分离器的内部结构及原理。代旭升当时接连回了4个帖子，还是没能把这名网友教会。后来，他打听到纯梁采油一矿练兵场有台解剖过的分离器，于是便专门利用休息时间赶过去，拍好照片发到网上。几天后，这名网友回帖写道："第一次这么清楚地看清分离器的内部结构，可以和所学的结合起来理解，记忆更深刻了。谢谢您，代大师！"

徒弟孟向明深有感触地说："师父教我的时候，从来不说该干什么，而是启发我们怎样思考。"杜国栋说："师父思考问题的缜密，技术作风的扎实，事业追求的执着，值得我永远学习和传承。"

2006年从中国石油大学毕业的研究生马珍福，在2008年1月与代旭升签订了培养合同，正式成为代旭升的徒弟。此后，他的技术水平好像坐上了直升机，事业蒸蒸日上，他从胜利油田工程研究院副院长到胜利油田河口采油厂常务副厂长，成长为领导埕东油田开发建设的新生力量。代旭升累计签约徒弟有69人快速成长成才：10人在全国技能竞赛中获奖，69人全部晋升为高级工程师或高级技师。

薪火相传，桃李满园。

在代旭升的带动下，"创新工作室"相继有799项创新成果获局级以上奖励。其中"移动式套管气回收装置"获2008年度国家科学技术进步二等奖，

31 项获国家发明专利，364 项获实用新型专利，48 项获全国职工技术创新优秀成果奖，36 项获山东省职工技术创新成果奖，320 项获管理局创新成果奖。

"现在我的徒弟少说也有 2000 多名。"代旭升自豪地说。

接着，他又欣喜地告诉我，他的徒弟中有 3 人成了全国劳动模范、2 人享受国务院政府特殊津贴、3 人获得全国五一劳动奖章、1 人获得全国"最美职工"称号、1 人获得国家人才培养贡献奖、5 人获得山东省五一劳动奖章、1 人被评为"泰山产业领军人才"、1 人被评为"齐鲁大工匠"、1 人被评为"齐鲁工匠"、4 人被评为"胜利工匠"，2 人被聘任为中石化集团公司技能大师，2 人被聘为胜利油田首席技师，3 人被聘为胜利油田技能大师。

"这不，唐守忠评为全国劳模，刚到北京受奖回来哩！"

"今天又得知唐守忠工作室被评为全国劳模工匠创新示范工作室呢。"

说到这些，代旭升脸上的笑容一直荡漾着，滚动着亮光，久久未失。那是从灵魂深处流出来的甜蜜汁液哟！

真正的快乐是你撒下的种子长成了庄稼、收获了果实的甜蜜！

10

创新的路终点在远方，脚下的路很长很长。

时代在发展，知识在更新。为了跟上时代的步伐，代旭升又像一名小学生抓住一切时机学习新知识、钻研新技术、掌握新本领。他先后邀请中国工程院院士顾心怿、大国工匠许振超到工作室传经送宝；带领徒弟们到大国工匠许振超、高凤林及高压带电作业世界第一人王进劳模创新工作室参观学习；参加全国石油石化设备、海峡两岸创新成果等技术交流展；在大国工匠论坛做主题发言；在全国首届新时代劳动模范座谈会暨中国劳模工匠联盟日照峰会上与焊接火箭心脏的专家、中华全国总工会兼职副主席高凤林深入交流。

学习的最大收获是观念的更新。作为一名"老石油"，不断提升"胜利智造"水平，为祖国石油事业再立新功、再做新贡献，是新时期代旭升的奋斗目标。

2018 年 11 月，在一次职工优秀创新成果展示推介会上，油田主要领导向代旭升提出一个新课题："想想办法如何解决油田采油井口等设备的冬季保温，眼下这方面存在效果差、重复操作等问题，占用很大的人力物力呢。"

代旭升默默记在心里，回来后组织成立了项目组，带领工友调查论证，开展攻关。历经一年的努力，成功研发出"油井长效保温防腐技术"，他们发明的新型保温防腐涂料经油田检测中心鉴定得到认可，已在东辛、桩西、滨南、孤岛、河口等5个采油厂40多口油井应用，实现长效保温、防腐一体化，降低了职工们的劳动强度，延长了油井保温时效，避免了油井每年重复保温。

根据党中央的要求，油田提出了绿色低碳发展战略，建设生态智慧油田是企业发展的方向。

结合长停井等没有视频装置、油井"四化"有死角的状况，代旭升提出研发油水井站智能巡检系统——"空中综合采油工"，让无人机巡视油井，更好发挥机动性能，使每一口油水井站做到全方位、实时监控，准确测量、精确诊断、精准调整，实现智慧采油，降低"三高"，更好地补位油田"四化"建设。

代旭升的想法得到了全国总工会、油田工会的大力支持，成立了"油水井站智能巡检系统技术研究与应用"项目组，唐守忠主动请缨担当项目组组长，跨界联合了7个不同工种的工作室，2位油田专家、8位集团公司和油田技能大师参与，经过3年努力，该项目通过在胜利油田孤岛采油厂注采201站8口油井、现河采油厂郝现管理区河31注采站56口油水井站30多次试验巡检，录取数据获得成功！通过了油田专家组的阶段验收，对于动态目标实时监测、实时报警，抽油机的轴承产生磨损、断裂、松动等故障，可在第一时间将险情消灭于萌芽状态，达到传统巡检方式的5倍以上效率，年可节省油水井站巡检与设备维护费用55万元。

11

甘为"人梯"和"铺路石"，是代旭升退休后的角色定位。

他把年轻的技术能手推到舞台中央，而自己默默地在后台做一盏"追光灯"。

作为新时代的石油工人，不仅要能干、苦干，而且还要会干、巧干，做智慧型职工。代旭升牵头跨界成立由8位技能大师加盟、10个工作室组成的创新联盟，打造了"胜利号"创新航母。目前，他们联合研发的新型密封技术，稠油掺水井井下、地面双向提效装置等多项技术在生产应用中都见到了实效。

退休 5 年多来，他带领徒弟已完成并获得局级以上奖励技术革新和发明创造成果 170 项，其中有 7 项成果获国家发明专利、66 项成果获国家实用新型专利、42 项成果获省级奖励、55 项成果获局级奖励，有 51 项成果在中国石化集团公司、胜利油田推广应用或进行了成果转化，累计创造经济效益上亿元。2020 年工作室被评为全国石油石化系统"三创突出劳模工匠工作室"。

夕阳西下，余热生辉。代旭升带我来到位于东辛采油管理二区大院内的创新工作室。这是一个小四合院。

走进荣誉室，南墙整个墙面上是获得的各种荣誉证书，西墙上是与领导的合影，有党和国家领导人，也有国家部委、省、中国石化、油田的领导。北墙上是国家各大媒体头版头条对于代旭升创新事迹的报道，《人民日报》《光明日报》《科技日报》《中国青年报》《农民日报》《工人日报》……浏览着每一篇文章，我在敬佩的同时，心中涌上一股暖流：共和国需要创新人才，人才的成长需要组织的"阳光"、尊重人才的"空气"和关心人才的"土壤"啊！

接着走进成果展示厅，里面整齐地摆放着代旭升和徒弟们发明的各种创新成果实物。它们好像舞台上的靓丽模特，展示着各自的魅力，令我目不暇接，唯有静默。面对这些闪烁着智慧光芒的心血结晶，脑海中一时云雾蒸腾，万念潮涌，荒原上的平凡，比如一棵芦苇、一棵红柳，此刻就像一支支巨笔，书写着伟大和崇高，心中油然而生的唯有震撼！

跟着代旭升来到室外的培训场地，一台台抽油机昂首挺胸，笑声频频。

"您看，这就是用油井长效保温防腐技术包的油井井口哩！"一个个阀门上涂染着一层洁白的保护层，就像穿上了白白的铠甲，既干净利落又得体保暖。

"这种材料前景无限哟，能否推广应用在建材方面的保温呢？"我问道。

代旭升轻轻地点了点头。

这时，正在回家路上的太阳露出了温和的面容，光芒四射，霞光万里，披着金色霓裳的铁树挂着朵朵白云，一只只大雁排成大大的"人"字，翱翔在蓝色的天空……

哦，那是《我为祖国献石油》的音符。

泪 别

金秋时节，流金淌银，那是收获和欢笑。

芦苇舞动，红柳花开，这些上苍的馈赠，无一不是从大地的筋骨中喷发而来，从血液里渗透而出，从性灵里跳动而出的。向前，是一片盐碱地，红柳沉默不语，芦苇弯腰又挺起；向前，海滩裸露肌肤，现出一片伤疤；三三两两的天鹅，以天堂使者的身份，昂首挺胸地走来走去；向前，一只只海鸟站在护堤桩上，守护着一条弯曲的天路。

是谁的一条手臂触摸大海的腹腰？

这是一条执着和担当织就的绳索啊，连着天边与家乡，系着铁树、诗和远方。

1

蔚蓝蔚蓝的大海，好像一幅硕大无比的丝绸，系着一条黑底碎白小花的领带，那是漂泊在海上的一条小路。挑眉遥望，尽头系着一座孤岛，像一座孤船等待着漂洋过海的乘客。

这是一座现代"石油巨轮"哟！

67口抽油机排成笔直的两行，身着火红的服装，虔诚的头颅面朝大海一扬一合，抬起，叼起一轮朝阳；低下，送走一轮月亮。

开发初期的老 168 井

这个井组，被桩西人亲切地称为：老 168！

这是一方风景迷人的孤岛，一只只海鸟，像跳动的音符，飞起，又落下，串联成一个词语，组成一首诗篇；海风像母亲的手轻轻抚摸着面颊，轻绕着肩腰；滚滚波涛拍打着海岸，那是大海的号子哟，其实还是那首石油之歌。远离城市的喧闹，与天籁相交相融，真乃世外桃源、魂灵栖息之地！

其实，大海和人一样，也有"双面"，我们看到的只是美丽的一面，另一面可能令人生畏：这是一块环境恶劣、荒凉寂寞的原油生产基地。

偏僻遥远，渺无人烟；天气变幻无常，夏日风大浪急，冬时冰凌拥挤，大自然喜怒无常，突发情况层出不穷。海水常常淹没唯一的小路，值班人员时常被困在孤岛。无法回家，老 168 便成了家。在这长约 250 米、宽 120 米的狭窄岛屿上，远离亲人，油井便成了亲人。18 道橘红色的身影与 67 口油井朝夕相伴、运转不息，把每一缕苦涩的海风嚼成香甜，把每一声大海的喘息写成诗篇，把每一个平凡书写在石油的"史记"。

这儿诞生和培育了石油特色的"老 168 精神"，创造了石油史上的奇迹。

2

　　一谈起井组，方海军神色飞扬，异常激动，脸颊上涂着一道道红云。他是老 168 的建设者、见证者、领导者。

　　针对渤海湾浅海油区"路上够不着，海上上不来"，中国石化集团决定投资 10.6 亿元在桩西海滩地区填海建设亚洲最大的人工岛打井钻探。2008 年 3 月开工建设，打出 67 口井，每 5 米一口，其中包括多口水平位移超过 2000 米的水平井，从地下数千米深度水平伸向周围 10 多平方公里的区域。

　　奇迹源于坚定不移的信心。

采油工正在检查油井运行情况

　　一年后，4 台钻机开钻作业，2010 年 7 月第一期 58 口油井投产，2012 年全部收回投资。2014 年二期 9 口油井全部投产，比计划提前一年。

　　自开工建设，方海军就被安排负责工程监督，一天来回跑好几趟。老 168 投产后，成立采油班，他作为副队长承包这个班，于是，便与老 168 有了朝夕相处的机会。

3

水连着天，天连着水。没有花香，没有绿树，只有大海与钢铁。

18 人的班组，其中有 10 位女性。

那是班组刚刚组建的时候，初来乍到，大伙儿的心如掉入大海般迅即凉了。偏僻荒凉自不细说，孤独寂寞却难熬。涌动的大海，好像千万匹骏马，无不按着上苍的旨意奔腾，有时丝丝长鸣，马蹄哒哒，声似滚雷走鼓，大海一生气，面目亦非，浑黄的海水，张着食人的血口冷冷地旋转。张香玉是油田二小的一名教师，丈夫是孤东采油厂一名职工。2009 年底她从繁华的油城基地来到老 168。孤零零的小岛，只有抽油机单调的轰鸣和大海的喘息，连一个人影也见不到，好像一座没有围墙的监狱。她仿佛从风景瑰丽的秀峰一下跌入幽暗冷寂的峡谷，泪水流入大海，波涛沸腾。

今年 33 岁的刘旋是一位油田子女，2009 年 11 月从山东女子学院毕业后，招工来到老 168 平台。虽然从小经常跟着父亲出没在大荒原，但海上的荒凉寂寞还是出乎她的预料。有时晚上实在寂寞，她就数天上的星星。她说，平台上空的星星一共有 168 颗。

如果想让一个人发疯，就给他孤独吧；如果想让一颗魂灵修炼，就让他失去世界！

"既然来了，就要干好，多向大海捞油！"虽说当时不情愿，为了石油，18 位兄弟姊妹穿上了红色的工衣，就像荒原上的芦苇，飘落下种子就会不挑不拣地扎根、发芽。

4

"手牵着手、肩并着肩 / 尽管骨骼已经变形，也要书写大大的工字 / 把生命交给大海 / 以誓言和忠诚，守护着油井 / 每天，经受海水的千万次拍打 / 纵然粉身碎骨也不喊一句痛 / 让一只只海鸟，托起明天的梦！"平台周围是密密麻麻的工字桩，像忠诚的士兵捍卫着这座孤岛。

老 168 工作量大、面临的困难多。3 万平方米的工作区域天天清理，60 余口油水井日日维护，烦琐的资料、量油测气，调不完的水表参数、倒不完的阀门、擦不完的井口、刷不完的油漆、4 小时一次的巡检……无论朝夕，风雨无阻，雷打不动，每天熬到凌晨 2 点。

作为一张"名片"，老168迎接检查、参观次数多，有时一天三四次。每个班一男两女值班。为了使现场达到标准化，他们每天对外输管线加两次破乳剂，一次4桶，一桶50斤。有的女工自己根本连桶都提不起来，只能两个人抬。慢慢地练习，胳膊粗了，手上有劲了，现在每名女工练得一只手就能提起来。

每天都是新的！让每一台抽油机保持"衣衫洁净"，60多口井他们逐一用砂轮打磨、刷漆，为管线及时更换锡箔纸。

更换皮带是一项基本技能，一有空他们就训练，每个人都掌握了技巧。有时油井电机的皮带老化破股，打得啪啪直响，停下井后他们以最快的速度更换新皮带，将停井时间缩短到最低。最头疼的是倒阀门，一天需要倒100多个。由于海风吹、骄阳晒、狂雨打，时间稍长，油井上的阀门锈蚀严重。好钢用在刀刃，让当班的男同事多休息，女值班员主动担起这些"小事"。阀门通常一米七八高，柔弱的女采油工踮起脚尖开关阀门十分吃力，不甘示弱的"娘子军"踩着石头举着双手，使出浑身的力气转动阀门。有时，阀门纹丝不动，她们就拿来扳手一点点撬动。天长日久，胳膊粗壮有力，她们骄傲地宣称："老168让我们变成汉子喽！"

每天，值班员像一台连轴转的机器闲不下来。

李晓琴是班上的"老小"，那一天潮水早已淹没出行的路，她第一次被困在岛上。

"丁零零……"她正在巡视油井，电话响了，是3岁的儿子打来的。

"祝妈妈生日快乐！"哦，今天是自己的生日呢，一忙起来都忘了，本来说好回家晚上一起吃个团圆饭的呢。

同事李秀兰听说后，给她煮了一碗重庆小面。面对大海，她们端着长寿面，看着一排排海浪在工字桩上激起的浪花儿，听着波涛的祝福歌声，咀嚼着苦涩的海风竟有一丝淡淡的甜。

"这个生日让我难以忘记！"她依然感到温暖。

2010年2月27日晚，天黑压压的，乌云与大海脸贴着脸，策划着一场阴谋。一会儿，狂风大作，岸边掀起四五米高的浪花。第二天早上，通向井场的唯一之路竟然堆起了一道2米多高的冰墙！有的冰块厚达40厘米。一辆作业车辆被冰埋在里面。大自然真是伟大的建筑师，那场面十分令人震撼！

当时正值油井投产初期，最忙碌的时候。接班的人焦急地站在163平台上，望着3公里之外老168白色的"长城"，此刻却是遥不可及。这时，方海军看到油管下的地膜，他亲手为年轻员工用塑料地膜包住双腿，然后再用透明胶带一圈圈缠住，以防海水灌进去。每人挂着一根木棒，蹚着没过膝盖的海水，仿佛当年长征途中的红军，相互搀扶着、提醒着，深一脚浅一脚一点点向老168井组进发。

一双双大脚走过，足迹闪光，连同拐棍踏过的地方，烙下不可磨灭的印记；海水涌起，复印下一个个刚毅的身影，雕刻在一块硕大的石英岩上。从此，一双双明亮的眼睛瞭望前方。

这个珍贵的镜头被刻录在平台正前方一块硕大的花岗岩石上，成为永恒的符号！

2.8公里的路程走了整整两个小时，终于进入平台。他们相互拥抱着，此刻更加珍惜与168的缘分！

今年37岁的王强是2009年底来到这儿的。从湖南工业大学毕业后，他曾先后在上海浦东新区实习，又在济南工作了一段时间。作为长子，为照顾退休在油田的父母，他毅然放弃了大都市的生活，回到大荒原。从灯红酒绿、热闹非凡到单调重复、荒凉寂寞，他心里有说不出的滋味。他说，起初的那些日子，他天天朝大海大喊几声。实在难受了，他学着海鸟忽闪着两只手要飞起来。投产的那段时间，他每天早起，晚上10点左右才能回到家里，两头不见太阳，感到身心疲惫。

其实，世上没有孤独，关键看你把魂灵放在哪儿；世上没有苦，主要是你是否品尝过甜的滋味！

那年，父亲因车祸在东营动手术，王强把母亲送到医院里陪护，自己悄悄回到单位上班，对谁也没吭一声。2014年父亲癌症晚期，在济南住院治疗，下身瘫痪，不能翻身，长了褥疮。王强为了不影响上班，他从老家请堂弟照顾父亲。

当有人问他为啥不请假，他说："我是老168的人啊！"然后，两行热泪悄悄滑落……

10年的日子，凝成一缕海风，从每一名老168石油人坚硬的额头上、狭窄的指缝间悄悄划过，把荒凉寂寞嚼碎。吐出的爱恋，化作一粒粒盐；一排排纽扣，系在大海的衣衫。

风霜吹白了秀发，岁月吹老了容颜，但他们脸上的鲜花荡漾着自豪和骄傲：67口油井年产原油10多万吨，从2010年7月全部投产以来，原油生产130万吨，年利润1个多亿。

5

老 168 要退出了！

听说这个消息，刘旋一时蒙了：简直不可思议！老 168 倾注了他们太多太多的情感哟！朝夕相伴，魂灵相牵，老 168 已融入他们的生命哩。

"是真的吗？"

她问站长。站长一脸深沉，一句话没说悄悄扭过头去。

她托人找厂领导打听，得到的回复是领导直叹气。正在值班的她怔住了，缓过劲来立即跑到井场，抱着一棵铁树热泪盈眶。此刻，67 棵采油树好像已经得到消息，嗡嗡作响，拼命地喊着："加油！"

老 168 啊，就像自己亲生的孩子亲手慢慢抚养长大，而今却要……这当"爹妈"的心能好受吗？

管理区、采油厂领导来得更勤了，重要是来"解疙瘩"。

随着时代的发展，黄河三角洲自然管理区的位置和作用不断凸显，包括 168 井组在内的 300 处生产设施被划入环境保护核心区和缓冲区。

"我们要石油，更要蓝天碧水！"为国献油的胜利人，只能把痛埋在心里，把泪憋在肚里，关键时刻，以国为重，站得高、看得远，旗帜鲜明地决定：采油树要为海鸟、鱼儿让路。

退出，意味着桩西采油厂将减少年产原油近七分之一；退出，意味着胜利油田将要放弃已累计探明石油地质 6.53 亿吨的重要储量、产量接替阵地。

为了大局，才叫格局；把痛留给自己，才叫胸怀！

对于领导们讲的大道理，老 168 采油人很快就明白，他们含着热泪频频点头。

近段时间以来，方海军爱在井场溜达，围着一口口油井转圈圈，摸了铁树一下又一下，滚烫的泪滴流满面颊……

没有了欢笑，没有了歌声，只有 18 张忧伤的面孔。没有一个人请假，相反大伙儿来得更早、走得更晚。

"唉，我没走，你倒走了！"

方海军深深地叹了口气，眼圈迅即红了，把头埋在胸前。

6

"你现在是什么心情？"

"说实话，现在我的心里空落落的……"说着，刘旋竟号啕大哭。她说想起了郝伟波，那个因病离去的年轻同事。

哭吧，你大声哭吧！也许哭出来心里才能好受些。

2020年9月28日下午，大海蔚蓝，天挂白云。老168平台彩旗飘扬，300多名身着红工衣的桩西人济济一堂。这儿正在举行老168告别仪式，一个个桩西人讲述了与168有关的故事，更有几名职工现场朗诵了自己有感而发创作的诗篇。

讲不完的故事，道不完的情感。

11月30日，18名采油工自发地来到老168，目送最后一辆土方拉运车驶离老168平台，带走了石油的痕迹，却带不走石油的根基。他们默默地站立，像一棵棵铁树；他们默默无语，像一朵朵悲伤的白云……

爱和痛已把大海涂染成蓝黄。一排排海浪不顾一切地奔来，撞得粉身碎骨、泪流满面。

别了，我的老168！

轻轻地，我走了，把魂留下来！

或许，明天这儿将成为一个鸟儿的国度，一只只鸟儿在呼唤：老168！

勇立潮头

　　"说实话，当时我们压力很大，心里没底。"说起 3 年前的那场改革，胜利采油厂管理五区党支部书记于洋还是很激动，那段短暂的岁月，在他的回忆中激起无数的浪花，激荡而又悠然。他说，一生难以忘怀。

1

　　这是一条不能回头的路！

　　这是一条布满荆棘的路！

　　这是一条不能绕不能躲，还要昂首挺胸前行的路！

　　2017 年 3 月，胜利采油厂管理五区被定为胜利油田油公司体制改革的试点单位，是第一个"吃螃蟹"的。

　　接到"打前战"的任务之后，油田组织胜利采油厂、管理五区及有关部门的领导到中原油田学习取经，回来后迅即抡起了改革的"板斧"，在荆棘遍布、坑坑洼洼的荒原上，要重新开辟一条新路来！

　　"不养懒人，没有闲人，管理层级扁平化"是公司管理模式的特点。

　　那么，首先的任务是要把富余人员显现出来。一片密集的"萝卜地"，一个"萝卜"一个"坑"，要让"萝卜"长得好，就要"薅苗"，"萝卜"之间要有充分的距离，否则一片"萝卜"全部长不起来。然而，拔除哪些留下哪些？是让人头痛的问题。

任何时候，公平才最有说服力。把"萝卜"全部拔出来，填"坑"重栽。从管理区机关三室一中心到班站全部进行专业化整合，重新设置机构、定员定编。撤销基层队编制，管理区直接管到班站，一竿子插到底。对于每个岗位进行工作写实，重新核定工作量，"挖坑"定员。

梳理了"三室一中心"的 44 项岗位职责，修订岗位责任和工作流程，技术管理职能更加清晰。三室一中心由原来的 83 人压缩到 46 人。

注采站职能定位是"现场的油水井日常管理、现场标准化管理"，将辅助工作全部剥离至其他专业化班站，移交维修、夜间巡线、资料、测试等工作，内容由 270 项减至 64 项。突出一岗多能、一人多岗，进行梳理和重整，人员由 210 人减到 48 人。

注水站负责注水泵站的日常巡护检查和维修保养，通过信息化建设，原先两个注水站合并为一个注水站，取消 24 小时驻岗，改为流动巡岗，人员由 63 人减到 12 人。

资料化验站负责含水化验等一些资料的录入和上报，移交会计、材料等后勤职能，通过创新化验方法，提高工作效率、减少人员配置，工作内容由 14 项增加到 23 项，人员由 26 人减到 21 人。

监控站负责生产数据、视频监控等生产信息化管理，负责生产信息的上传下达，人员由 37 人减到 28 人。

主业用工由 454 人要缩减到 155 人。

维修站以管网流程维修、用电操作、高空作业等维修、重体力或特种操作为主，原注采站剥离的维修人员和原维修站人员组成两个维修班，移交后勤、食堂等两项职能，增加大、小型维修、特种操作等三项职能，操作项目由 29 项增加到 75 项。整合后形成的注采站、资料化验站和维修站，将专业操作分解落实到相应专业化班站，让专业的人干专业的事，责任更加清晰，运行更加高效。

经过数个日日夜夜的争论、研究、调整、修改，一套周密的改革方案悄然出炉！

2

这不是一阵风、一场雨，而是一场持续性的改革！
这是一场真刀实枪的改革！

这是一场没有鲜血，但有热泪的改革！

一石激起千层浪。

这场史无前例的改革，动了几十年的"奶酪"，无疑在风平浪静的管理五区扔下了一颗"原子弹"！

"真是瞎折腾！好好的改什么啊？"

"又不是不上班，没事就是折腾老百姓嘛！"

"干了几十年的石油工人了，快退休了也不让人安稳哩！"

"又是一阵风啊，下来这么多人到哪儿去？肯定搞不成！"

"咱们还要养家糊口哩，谁让咱吃不上饭，就让他日子不好过！"

……

抱了几十年"油饭碗"、爱岗敬业、勤勤恳恳的采油人一下炸开了锅，议论纷纷。等待观望的有之，疑虑彷徨的有之，牢骚满腹、怨天尤人的有之，消极对抗、破口大骂甚至要集体上访的有之……

砍倒的荆棘被清理，裸露出一片新土地，鲜亮亮地敞着怀，仿佛是盐碱滩对蓝天发出的宣言。清理完"路障"，接下来是修筑"路基"。

思想是瓶颈。思想通了，情绪才能顺，情绪顺则一顺百顺。

干旱期盼甘露雨。

那就打"雷"下"雨"、吹"风"化"冰"！班子成员统一了认识。

"你们的成败关系到全油田改革发展的大局啊！"油田领导的期望、稳定的责任像座大山，压在管理五区每一位班子成员肩上，举步维艰，大汗淋漓。

担子再重也要挑起来，路再难走也要闯出去！

他们分层次召开宣讲会，印发宣传材料，制作视频短片，把公司改革的观念讲给每一位干部、员工。每位班子成员当起了"老中医"，每天跑班站，与职工面对面，为每一名职工把脉会诊，及时化解"疙瘩"，把矛盾和问题化解在基层、消除在一线。

"那段时间，我们常常几天回不了一次家。有时到凌晨一两点钟，还有职工打电话、发短信，这时你必须耐着性子给人家解疑释惑。"每一名职工就是一枚爆竹，稍有一点火星就会引燃、爆炸，职工急你不能急，必须沉下心来和颜悦色。说到这儿，于书记的声音低了下来，陷入了回忆。那肯定是刻骨铭心的酸楚。

他说，政策宣贯那一阵，办公室里几乎天天挤满了人，每天累得口干舌燥，有时候泡包方便面的工夫都没有呢！

"但是每次看到经过自己做思想工作，许多对改革有抵制情绪的职工慢慢想通了，心里着实还是挺激动哩！"

改革就是革命啊！是要付出代价的。枪打出头鸟嘛！

"天将降大任于斯人也，必先苦其心志，劳其筋骨，饿其体肤……"

"你这个出头鸟没有挨枪子儿，已经属于幸运者喽！"我与于书记开起了玩笑。

"其实不是没有打枪，我们只是让子弹飞一会儿，让它打空了！"于书记打趣道。

3

思想统一了，路自然走得顺畅了。紧接着，他们建立内部市场运行机制，用市场的指挥棒调动资源流向。

首先把"萝卜"重新栽进"坑"。按照三室一中心和操作岗位的职能定位，确定岗位人员素质要求，量化竞聘岗位打分细则，让员工对号入座，明确个人去向，在阳光下自主选择，通过公平竞争留下精英、留住骨干，让合适的人到合适的岗位。

实行"双选"。岗位选人，每一个岗位都明确职责。明确工作职责和胜任的基本条件、资格条件，从政治素质、业务经历、年龄、学历、考核结果等方面做了具体要求。人选岗位，根据岗位条件和自己的实际情况，按照自愿原则报名，公布竞聘流程和办法。

干部竞聘，对于每一名参聘者的任职年限、职称等级、工作资历、创新成果、年度考核、荣誉得分等进行量化打分。设置《干部竞聘打分表》，分职责履行、业务能力、工作创新、工作业绩四个部分，各占25分，根据竞聘者答辩情况打分，两项分数相加为最终得分，按照分数高低依次录用。

班站员工竞聘，基本条件为职业技能鉴定为中级工或中级工以上等级，年度测评为称职；熟悉业务情况；具有1年以上的工作经验；年度未发生杜绝类和A类安全问题。量化打分表分为技能等级、工作经验、工作测评和荣誉称号等方面，两项分数高者录用。

自2017年6月19日启动，到7月5日所有人员全部竞聘上岗。这样，经过几个轮回的竞聘155人全部重新上岗。

血脉
XUE MAI

4

改革的目的不是减人，而是建立现代化的管理机制，提高生产率，多出油、出好油。

那么现代管理机制是什么？

生产运行"智能化"。构建"生产指挥平台＋微信移动客户端"的管控模式，以平台为核心，以微信群为纽带，生产、技术一体决策，机关、班组一体运行，中心值守、信息共享、联合决策和协同实施。

技术决策"一体化"。"先干后算"变"先算后干"。发挥厂里地质、工艺专家分析优化作用，厂区两级共同会诊，让每一项决策都体现最高集体智慧。以"三线四区"为核心，开展单井投入效益评价，进行作业效益分级。

运行管理"市场化"。"能干的孩子有奶吃。"以管理区为甲方，专业化班站为乙方，建立内部市场价格体系，乙方为甲方提供维修等专业化服务。"一山养二虎"，服务类型相同的专业化班站设置两个，优先录用工作质量高、服务好的班组。

激励约束"价值化"。以效益为"尺子"，实施以利润为中心的成本倒逼运行。按时间进度根据利润超缴目标，倒算出各月新井产量、措施产量、老

新的党组织成立

· 180 ·

井产量完成目标，倒算操作成本、人工成本、固定成本控制目标，通过规划、控制、评价等五个环节运行管理。

党建管理"统领化"。坚持"三同步"原则，做到"新建行政单位与建立党组织同步设置，调整行政单位与调整党组织同步进行，党务政工干部与行政干部同步配备"，确保基层党组织和党的工作全覆盖。按照"宜兼则兼、宜专则专、专兼结合"的原则，每个班站配备一名专职政治班长。

绩效考核分配"效益化"。过去按岗位和系数考核，员工的收益主要取决于单位的工作性质。而现在绩效考核彻底打破系数和人均概念，还原绩效工资本来属性。"不挣钱的和尚无水吃。"过去"论资排辈"发奖金，现在"创效挣绩效"。主业完成增油效益的，按净利润的10‰进行奖励；未完成效益的，按净亏损的2‰进行扣罚，考核周期为1年。对基层班站干部的考核由管理区直接考核，基本绩效工作量化成分值，根据分值发放当月的绩效工资。

通过一系列的改革措施，主干力量做精做专，实现管理区内部扁平化、信息化、专业化。通过建立配套运行机制和绩效考核机制，运转更加顺畅，衔接更加高效。人员由原来的454人减少到155人，优化人员299人，劳动生产率由420吨/人提高到1252吨/人，节约人工成本3389万元，人均管井数由0.99口/人提高到2.95口/人。

5

人是创造财富的主体，同时也是稳定的关键。

被拔出的"萝卜"是从未有过的阵痛。因此，妥善安置被优化下来的300人，是一个敏感而又关注的焦点，也是令人最挠头的问题。

其实，在改革启动之前，党支部就考虑好了。

修渠才能放水，否则水满则溢。

起初，这些人每天到管理区报到，三个一起两个一堆开小会。有的虽然对政策了解掌握，却疑虑重重，瞻前顾后，患得患失，一天往领导办公室跑几次；有的麻木不仁，以为又是一阵风；有的牢骚满腹，消极抵抗。大多数则等待观望。

"对于职工们的反应，我们也表示理解。毕竟几十年过来了，打破已有的惯例肯定有一个不适应的阶段呢。"于书记动情地说。

"人不是包袱是财富。当年会战时期石油人舍家忘我，住地窝吃白雪，为石油奉献了一辈子。咱们的石油职工都是油田建设的功臣啊！"说到这儿，这位坚强的汉子眼圈红了。

"我们的出发点就是不让一个兄弟、姐妹掉队，人人有饭碗哟！"

修好路搭好桥，各有所为，各尽所能，各司其职，充分利用好人才，让每一个人创造最大的价值。

他们及时为剥离人员建立"新家"，成立专业化维修站和项目部，让"离家的孩子找到娘"。同时，为他们找"路子"、竖"梯子"、搭"台子"。人人是人才，人人能创造价值。按照个人自愿、单位选择的原则，让部分职工流动到采油厂其他三级单位，岗变薪不变。出台了绩效考核办法，鼓励大家走出去创业创效。对于油田外闯市场项目，遵循不同项目不同规则的原则，一事一议。遵从个人自愿、单位选择、用工单位选择的原则，按照报名的先后次序，选满为止。外闯市场人员，需遵循用工单位的管理和奖惩考核。每个人的绩效根据创收多少发放。

起初，外闯项目迟迟没人报名，大家你看我、我看你。

"任何时候不能站在职工的对立面。我们没有采取简单粗暴的处理方式，

于洋进行政策解读

而是冷静地分析原因、研究对策。"

原来，职工们不愿报名的原因，一是时间长了对岗位有了感情，舍不得离开；二是"面子"问题，作为央企职工，从事着令人羡慕的石油事业，而如今却要低下头来放下身段，干些打扫卫生、站岗放哨"伺候"人的职业，思想难免会堵得慌。

找到了"症结"，他们开出了"处方"，对"症"下药。讲形势摆任务。从国际方面来说，目前油价跌落到低谷，我国70%石油靠进口；从保障国家能源安全方面来说，油田要体现央企担当，原油产量不能降。大家走出去、动起来也是为国分忧做贡献。社会分工有不同，没有高低贵贱之分。能挣钱就是为油田增效益，为国家担当啊。

和风细雨，慢慢融化了思想的冰霜。

"我们动员党员带头，其他职工紧跟着纷纷报了名！最后竟然报多了，还得往下减呢。"

这样，第一批闯市场的人员走出去了，第二批、第三批更加顺畅。他们向胜利佳苑物业公司输送了34人，其中小区保洁18人，保安16人；向和利时安装公司项目输送安装工25人；向中石化财务共享中心输送20人。

6

胜利石油人是"国"字号的正规军，无论再大的困难、再苦的条件，凭借着"胜利精神"一路披荆斩浪，所向无敌，谱写了新时代传承石油精神的新篇章。

春节疫情防控期间，采油管理五区收到了东胜无棣采油管理区写来的一封感谢信，对车272注采站站长伊丕林大加赞赏。

2018年7月，胜采厂采油管理五区与东胜无棣采油管理区签订业务承揽合同。伊丕林与23名员工告别"娘家"，来到百公里之外的东胜公司无棣采油管理区，整建制承揽车272注采站141口油水井的拉油、巡护和维护保养工作。

"在2018年、2019年油田三标井场验收中，车272注采站141口油水井连续两年'三标'全部达标，这与伊丕林过硬的业务技能、严谨的工作作风密不可分，是他帮我们提高了精细化管理水平和创效能力。"无棣采油管理区经理马骁对伊丕林给予高度评价。

"在外闯市场，我们代表的是胜采人，要把最好的经验和作风一起带到甲方。"伊丕林感慨地说。

借助胜采厂油井井口防偏磨管理经验，他为无棣车272注采站节省材料成本2万多元，赢得无棣采油管理区领导和员工们的一致好评。

2018年11月，车古1-1井注氮气开采，施注50万方氮气，注气过程有高压危险，稍有疏忽就会发生重特大安全事故。在施工的40多天里，伊丕林坚持吃住在井场，从注气到焖井再到放喷，每一个环节都亲自操作，出色地完成了保井任务。

"不逼自己一下，就不知道自己有多大潜力。"伊丕林的这句"名言"，成为注采站每名员工的座右铭。

针对单井拉油加热时间长、耗电量大的实际，伊丕林积极探索妙法实招，创新改进拉油加热方式，通过先切水后加温的方式来减少油水混合液量，不仅缩短了时间，还有效节省了电费。推广应用后，全站的11口电加热井，一个月就能节省20400度电，节省电费1.6万元。外闯2年，伊丕林先后提出合理化建议32条，金点子实施11条，为东胜无棣采油管理区累计创造效益100余万元。

赵国辉与宿梅是在管理区注采502站工作了20多年的夫妻，目前一位是胜利佳苑小区的保洁员，一位是和利时的天然气管线安装工。当时夫妻俩报名时，充满了忐忑和不安，怕离开了"铁饭碗"，到时候生活没着落。经过政策宣贯，他们思想转变了，夫妻携手来到外闯项目部。

初到新岗位，还真有些不适应，尤其是在管线施工时，因为怕机械挖掘碰破其他管线，所以一般先用机械挖出部分泥土，然后改成人工挖掘。就这样，赵国辉和同事们用铁锹一点点地挖下去，一般达好几米深。每天累得筋疲力尽，到家倒头便睡。

隔行如隔山，各行各业都有门道和学问。赵国辉认真学习管道安装知识，不到3个月就掌握了管线安装的各项技能要领。

宿梅说："其实看似简单的事并不简单，但只要用心做再难的事就简单了！"

原先以为保洁工作就是扫扫地、擦擦灰，但实际上却不是这么简单。在新岗位上，她要负责12个楼道的卫生清扫，4天干一遍，每天要来回走600多级台阶。清广告、扫灰尘、擦扶手、擦玻璃，每一处都要清理到位，干完一个楼道至少要2小时。同时，楼外的地面也要清扫，不仅要打扫尘土、纸屑，还有天天割不完的杂草。随着对新岗位由陌生到熟悉，由不适应到应对自如，现在她越干越轻松，下班回家后，也一改之前的没精打采。看着小区内的花坛个个焕然一新，楼道一尘不染，她很欣慰，满心都是成就感。

采油工到了新岗位

2018年11月，在完成了阶段外闯任务后，赵国辉又回到了注采502站，这时，两口子心里的一块大石头落了地，领导说话是算数的！当初不敢外闯就是因为害怕出去后不能回到原岗位。当他又回到了熟悉的注采站，拿起管钳当起了采油工时，站上的花草树木、井上的设备设施都让他感到特别亲切。

"每一种工作都蕴藏着无穷的乐趣！有机会我们还要再外闯！"这是夫妻俩外闯市场一年后的感受。回主业工作了一段时间之后，赵国辉又赴无棣外部市场。

7

"在改革的过程中遇到最大的难题是什么？"

"当然还是人哟！"

有三四个职工明知自身条件不过硬，竞聘上岗不报名，外闯市场不想去，扎堆闹情绪，经常到管理区领导办公室"泡"，要么威逼耍横，要么哭哭啼啼一把鼻涕一把泪打"煽情牌"，就是想得到照顾吃"大锅饭"。你走到哪儿他跟到哪儿，缠着你。当时，于洋头都大了，任凭磨破了嘴皮子，但他们的脑袋却像顽石，风吹不进雨流不下。他就像一块被吞进火炉中锤炼的钢铁，被"高温烘烤"着、被"铁锤敲打"着，大半个月的工夫，体重掉了12斤。那天，他头痛如裂，额头发烫，脊背上却一阵阴冷，嗓子里好像塞着一颗鸡蛋，说不出话来。

不能让自己倒下去！

他吃了一片药，利用难得的闲暇时间，在办公室的沙发上躺两分钟，有人找，马上爬起来。心疼得妻子直埋怨道："和领导说说咱不干了，得罪了人，自己还遭罪哩！"

是啊，如果站在自己的角度上，这是何苦呢？自己辛辛苦苦、苦口婆心、舍家忘我，让家里人跟着担惊受怕，还落得在他人嘴中嚼来嚼去，贬褒不一。夜深人静的时候，他流泪了，滚烫滚烫的……站在窗前，他望着窗外一片芦苇，狂风吹来，它们摇摆着身躯坚强地抗争着，无论再大的风雨，也从没折过腰。他想写一首诗，把芦苇写进诗句，虽然有些长短不齐，彼此隔着月亮相望，脸色都很苍白，却无法躲避铁树的凝视。荒原每一条小路哟，都争着挤进他的诗篇，一如石油湿漉漉的微笑……

芦苇给了他勇气，铁树给了他力量！自己是一名共产党员哩，宁可"杀身成仁"，也绝不服输，不会乖乖"举手投降"！

就这样折腾了一个多月，看到大伙儿要么闯市场走出去，要么在主业岗位上尽职尽责干得起劲，拿到了丰厚的绩效笑逐颜开。大气候已形成，他们的侥幸心理就像缺氧的灯慢慢熄灭了，最终选择去了外闯市场。

"说实在的，当时头都要炸了！又烦又恼，但为了工作，为了职工切身利益，你还得笑脸相迎，耐心细致。"

是啊，当一名干部不容易，当一名负责任的基层干部更不容易！

第一个吃螃蟹的滋味是酸咸苦辣甜。

"现在回过头来看，这条路走对了！"说到这儿，于洋脸上荡起了微笑的花儿，那是风雨过后开放的一朵花儿，带着泪滴，清新艳丽。

作为全油田油公司改革的"先锋兵""试验田"，胜利采油厂管理五区成功了！为油田一场声势浩大的改革积累了经验，为油田登山爬坡、扭亏为盈打好了基础。

孤岛"鲁班"

2020年11月24日，北京。雄伟的人民大会堂沐浴在金色的阳光里。尽管已进入寒冷的冬季，但万人礼堂内暖意融融，歌声雄壮。中共中央总书记、国家主席、中央军委主席习近平，国务院总理李克强等党和国家领导人出席会议。

劳动模范是民族的精英、人民的楷模，是共和国的功臣。

在来自全国各条战线1689名劳动模范中，有一位50岁的汉子，一直眼噙泪水，心潮澎湃。他叫唐守忠，是来自黄河入海口大荒原的一名普通石油职工。

是啊，来到共和国最高规格的会场、得到崇高的荣誉，5年来，在胜利油田普通石油工人中就这一位幸运者，您说，他能不激动吗？

1

1989年9月6日，金秋送爽，天高云淡。刚刚走出河口技校大门的唐守忠心口怦怦直跳，脸上挂着金色的阳光。

昨晚，他激动得一晚上没有睡好。天不亮就爬了起来，摸摸这个，动动那个，高兴地走来走去。

是啊，今天是一个特殊的日子，是他人生的转折点。孤岛的清晨是绚丽的，一缕霞光染红了天边的白云，云霞之下，荒原之上，一片片芦苇披上了一件红色的霓裳……他揣着一腔喜悦和期盼，哼着小曲儿，骑着一辆"大金鹿"，在孤岛的晨曦中穿行。偶尔，路旁水草之中飞起一只小鸟，在半空中划出一道美丽的弧线。

他推着自行车走进滨海指挥部孤岛采油矿采油一大队的大门。

从此，他脱下了学生的外衣，穿上了灰色的油工衣，成为一名普通的采油工。

孤岛，顾名思义，偏僻荒凉，前不着村后不着店的一叶方舟。当时却有一个红色而有诗意的名字——"东方红"。这儿是胜利油田每天最早看到太阳的地方。

其实，最早这儿是孤岛石油会战时，将士们聚集在一块的生活基地。

孤岛很孤。

四周是一眼望不到边的盐碱地，红柳丛丛，芦苇浩荡，蚊虫肆虐，野兔撒欢。基地里只有几条歪歪扭扭的羊肠土路和一家小百货商店。

那天傍晚，作为"老石油"的父亲把骑了几年的一辆"大金鹿"，擦得锃明瓦亮，老人家一直把它当作"宝贝"，平时不让人动一根指头。儿子就要上班了，他把"宝贝"当作"接力棒"交付给唐守忠，嘱咐道："无论干啥，都要干好，懂技术有本事，这样才能对得起这身工服哩！"

守望油井，忠诚孤岛。这是他名字的含义。

他的心里像揣着一只不安的兔子，忐忑地跳着，骨子里的血液和基因在翻腾。人啊，就像韭菜，割完一茬又一茬，光阴似水，时光更替，推陈出新，历史的脚步无人能够阻挡。但石油人的精气神，却是割不断的，一代代赓续着、前行着。

蛇腰般的土路坑坑洼洼，肚子里的饭菜颠簸得咣当咣当。路旁，一人多高的密不通风、身着"迷彩服"的芦苇，一个劲点头哈腰，捧出十二分的热情。一只蚊子落到脸上，给他一个深情的"热吻"。走了十几公里，好不容易才发现那间孤零零的板房。

天哪，这就是要天天工作的小站？这就是自己的"家"？这就是恢宏的大油田？

几十平方米的小天地，简陋的值班室内就一张破桌子和一条长凳。除去一间板房，就是一台台一扬一合、哼哼唧唧的抽油机。一群俏皮的鸟儿从芦苇深处旋起，呼啦啦飞起，又呼啦啦落下，隐于狂野之中。乱无次序的芦苇绿衣白头，冷冷地看着他，令人心凉、浮躁。唐守忠刚参加工作的热情和激动像一缕青烟瞬间无影无踪。

"一年一场风，从春刮到冬。"风像一只野狼在茫茫荒野里肆虐着、吼叫着，沙尘四起，黄土飞扬。一天下来满嘴泥沙。他一个人负责 28 口油井，每 4 个小时就要巡一次井，一次就要走 20 多公里，几乎一天闲不下来，累得腰酸背痛、筋疲力尽。日复一日穿行在荒草沙尘之中，重复地抄录数据、巡护油井，唐守忠感到自己就像一台机器。他深深地陷入苦闷和绝望之中：当一名工人真没出息，难道我的青春就这样白白流逝了？

也许荒原上没有一棵树的支撑，孤岛的夜一下就沉重地砸在大地上，耳边只有咋咋呼呼的野风，稀疏的星星像微弱的油灯，被吹得忽明忽灭，厚重的黑幕让人有一种窒息感。一次，师父带着唐守忠夜班巡井，突然，师父止住了脚步，竖起耳朵。

"不好，管线有泄漏！"师父带着他跑向一条污水沟。随着手电筒雪亮的眼睛一看，泡在水里的一条单井管线发出"吱吱——"的响声，喷出雾化状的油流有一人多高。

原来管线因腐蚀而产生刺漏！

师父二话没说，拿起工具，"砰——"径直跳了进去。混浊的积水在手电的灯光下像熬好的米粥，表面已结起一层层薄薄的冰，漫过师父的腰部。清理完淤泥后，接着就给管线打卡子堵漏，师父身子骨好像是铁打的，不知道寒冷，干起活儿来什么也不顾了。

唐守忠被震撼了！那是来自灵魂深处的震撼。

他只能站在沟边打着手电、递送着工具。整整两个小时，处理完故障，他把师父拉了上来，师父厚重的棉裤被冻成了"冰坨子"，两条腿像两根弹簧瑟瑟发抖。

"师父，赶紧到值班室换了衣服，暖和暖和吧！"

"没事，这样的事经常会遇到哩，太平常了！"师父轻描淡写地笑了笑。

但这件事却在唐守忠心中深深地烙上了印记。

还有一次，唐守忠发现一口油井出现问题，需要倒流程排除故障。面对错综复杂的管线流程，他根本无从下手。但队长一听井号，马上找准了管线，几分钟就倒完了流程。

"您这透视眼的功夫是怎么练出来的哩？"他惊奇地问。

"哈哈，哪有什么透视眼，活儿干多了自然就有了眼力呗！"

师父就是那钻天如云的井架，自己就是那棵芦苇。唐守忠坚信在人迹罕至的荒原,是生产"铁人"的车间,是锤造生命精彩的天堂。他感觉到自己的渺小,为以前想当逃兵的想法感到羞愧。他像一块璞玉,要不断地经受敲打、凿磨、雕刻,发誓要做一名真正的采油人,像队长和师父那样的石油人!

2

唐守忠又成为"学生",只不过"班主任"就是自己。

他走到哪儿他就把书带到哪儿,看不懂的就向老师傅们请教,也经常缠着队上的技术员给自己"开小灶"。他给自己布置"作业":每周掌握一项操作技能,每月学习一本技术书籍,每季接受一次业务考核。他的目标是成为像师父那样的"技术大拿"。

虽然在技校学了3年采油专业理论,但到了岗位上仍是一个"门外汉"。20世纪90年代初,油田使用的油气计量分离器和升温加热水套炉都是用玻璃管量油或显示水位,割玻璃管成为采油工必备的技能。割玻璃管用的是锉刀,因此对锉磨力度和锉痕精度要求很高。

起初,唐守忠不服气:"这还不简单嘛?"拿过玻璃管就锉。

"啪!"没想到玻璃管竟然破碎了。是用力太猛!他又拿过一支,这次小心翼翼,沿着锉痕轻轻掰,没动静,一用力,"啊!"玻璃管又破了,碎玻璃划破左手食指。一连破了5根玻璃管,伤了两根手指头。

"真没用!"他气得打了自己一拳。冷静下来后,他主动找师父请教窍门。师父一句话没说,只是伸出布满老茧的双手。他心里"咯噔"一下:干任何工作都要脚踏实地,只有艰辛的付出才能成功啊!

他收集废料拿回家练习。一只只玻璃管碎了,手指再次流淌着鲜血。待锉到第6只时,竟然成功了!他掌握了割玻璃管的技能,手上却磨出了血泡和老茧。唐守忠仔细琢磨动作要领、反复操作对比试验,总结出了"三快两慢一打磨"技巧,称为"哆来咪"操作法,终于练就了"百做不误"的割玻璃管"一磨准"技法。

一项技能的掌握,也磨炼了他下苦功、不懈怠的意志。

"如果有天堂,该是图书馆的模样。"一个人脚下书本的厚度,就是他人生的高度。

在刚参加工作的几年里,唐守忠整天啃书本、查资料,自学了《采油工

艺》《采油地质》等专业书籍。看一本书容易，读多卷书却很难，必须有一股
韧劲。5 年下来，他读的书摞起来有 2 米多高，每月工资有一半他用来买了书
籍。一次，当他自学单井动态分析时，有的地方百思不得其解。怎么办？已
是晚上 11 点多，深冬的寒夜刮着刀子一般的风。他裹着棉大衣敲开了技术员
的门。这样的事一个月好几次。为了报答"恩师"情，那次买书时他也为技
术员买了几本喜欢的专业书，他知道"恩师"也嗜书如命。

技能的提升就像爬山，一方面需要目标的引领，另一方面需要锲而不舍
的努力。唐守忠一步一个台阶，每个台阶上洒下了辛勤的汗水，他朝着"玉
皇顶"攀登着。

不久，他担任了班长。

抽油机倒电机调参是一项繁重的工作，电机型号多、轴轮种类多、零件
样式多的"三多"问题让大伙儿头疼不已，只找到合适的配件就要耗费大量
时间和精力。作为"兵头将尾"的唐守忠连续几天几夜盯在站上，白天晚上
连轴转，把所有电机和配件型号逐一登记，再到井场上逐个对照。一个月下
来，他能把全站 28 口油井上千个配件张口说出来，练成了"配件一口清"的
绝活。一旦油井发生故障，他就能判断出哪个零部件出了问题，缩短了停井
时间，提高了工作效率。师傅们竖起了大拇指："小唐简直成了咱油井的活字
典了！"

一朵鲜花给些阳光会更灿烂呢。

看他爱学肯钻，队领导格外关注，帮他借技术书籍，送他外出培训，尽
可能为他创造学习的条件。

好钢更需要锤炼嘛！

3

有志者事竟成。

唐守忠终于实现了自己的目标，成为队上的"技术大拿"了！

然而，他并没有沾沾自喜、陶醉在成绩的光环里。人外有人，天外有天。
他说，最多自己也就算是一棵小树，参天大树多着呢！

谦逊是人生宝贵的修养。

"多采知识才能多采油。"他的每一秒钟都珍贵如金，就是会议休息、在
学校门口等孩子放学，甚至陪妻子买菜时的短短几分钟，他都会掏出随身携

带的小本子给自己"充电"。工作之余，他还通过自学考试，拿到了石油工程、经济管理两个大专文凭。

唐守忠（左二）指导技术革新

1991年，唐守忠第一次参加采油厂技能竞赛，没想到崭露头角，获得第三名的好成绩。工作仅4年，他就破格晋升为工人技师。

作为技术工人，不仅要扑下身子"苦干实干"，更要多动脑子巧干。

1996年唐守忠担任副队长，经常到技术检测站送修仪器。井场道路坑洼不平，抽油机测试用的回声仪、示功仪等精密仪器在他的"大金鹿"上颠来颠去，时常被颠坏。看在眼里急在心里，经过一段时间琢磨，根据摩托车减震器原理，他做了一个带有减震装置的工具箱，大大减少了仪器损坏概率。这次不起眼的小创新，让他眼睛一亮：每一道生产难题背后，或许存在着一个"秘密"，等待有心人发现、利用。

一个人的才华，就像一粒饱满的种子，钻出土层冒出芽尖，长出一片繁茂来。那分明是一座金矿，只要掌握了那把钥匙，就会打开沉重的红漆大门，开采出熠熠发光的宝藏。

更换抽油机"驴头"销子是采油系统公认的"老大难"。传统方法不仅费时费力，还容易发生安全事故。那几天，唐守忠像着了魔似的天天围着一台抽油机转圈圈。欢快有节奏的电机，好像与唐守忠诉说着那个秘密，他眼睛一眨不眨，竖着耳朵破解着"密码"。有时，他端着饭碗也在思索。数十次试验，效果却不理想。有人劝他放弃，但唐守忠的"驴脾气"也上来了：不能遇到难题就绕道走、半途而废，一定要"钻"到底！

那天晚上，正在苦思冥想的唐守忠想泡杯茶提提神，当他在饮水机前接水时，突然惊叫起来："哎呀，有了！"如果把饮水机挤压式水嘴开关和弹簧复位装置的原理借鉴到取销子上，不好吗？他兴奋地连夜画好设计图，第二天加工制作出"驴头销子取出器"样品，现场试验一炮成功。

有些东西不需要答案，态度就是答案。

新销子使单井停井时间一下缩短了10个小时。在200多口井上推广应用后，累计年创经济效益113万元。这项成果获得了国家优秀质量管理成果一等奖。

成功对于有的人来说，可能是"独木桥"，但对于找到窍门的人来说，却是路越走越宽广！

随着这项创新的成功，他眼中满是"金星"。作为一名采油工，其实就是"油井大夫"，像医生呵护病人一样精心照料着每一口油井。每当看到由于一些关键技术难题没有解决而带来事故、造成巨大的经济损失时，唐守忠感到好像是自己的错，心中好像压上一块巨石，难受、自责。

凡是有油井的地方就要使用油气计量分离器，将油气分离开再进行计量，但原油从地下携带大量泥沙出来，非常容易堵塞量油通道。过去，油田尝试过很多方法进行分离器冲沙，但都难以达到彻底清理的效果，成了多年无法解决的"老大难"。唐守忠盯上了这道难题，然而，好像进入"死胡同"，一时找不到突破口。

一次妻子值班，唐守忠在家用高压锅做饭，等待的时候他手拿图纸陷入了沉思，"呜呜——"，高压锅刺耳的哨声他没有听到。

"爸爸，气阀都要冲上天哩！"儿子着急地喊道。他这才从图纸中移开目光，跑到厨房。高压锅的安全阀一边高速旋转，一边喷出白色的热气流。

"嗨，好了！"

唐守忠一拍大腿，像个孩子似的跳起来。如果借鉴这个原理在分离器底部进行反复喷射冲洗，岂不达到冲沙的目的？

他迅即设计制作了"分离器底部沉沙冲刷工具"，现场应用比预想的效果还要好，不仅有效减少了清沙次数，提高了量油准确性，延长了设备寿命，还使冲沙后油井工况合格率大幅提升。目前这套工具已经在孤岛采油厂全面推广应用，年创经济效益100余万元，并被评为胜利油田首届采油系统创新成果展优秀推广项目、技能人才创新成果一等奖。

工作、生活中遇到的难题，也许是机遇故意出的考题，答案就在眼前，但是只会留给有心人的！

随着项目革新越来越多、应用越来越广，"孤岛鲁班"的称号越叫越响亮，唐守忠的名声像荒原的大雁扇动着翅膀，迅速传遍大河南北。油田兄弟采油厂，甚至其他油田的员工碰到技术难题，也要大老远跑到孤岛找他。

自2014年起，唐守忠担负起了研发油田"卸游梁式抽油机曲柄销子专用工具"集成优化的重任。油田在用的游梁式抽油机有1万余台，是原油生产的主要设备。传统卸游梁式抽油机曲柄销子的方法，是采用上平备帽或垫上大锤后进行锤击，费时费力，两人配合存有安全隐患，而且经常存在有销子取不出来的现象，有的能取出来也容易伤害丝扣，造成销子报废，致使停井时间过长，影响原油产量。

必须攻克这座"碉堡"！

唐守忠收集整理了油田9项同类成果，在现场依次试验，记录下每一项的优缺点，再反复琢磨取舍。历经半年多的时间，先后经过9次大的改进、数百次小的修正，一种新型的"卸游梁式抽油机曲柄销子专用工具"终于诞生了！

在最后一次试验中，4个小伙子先是用传统方法，轮番用大锤锤击上千下，才将销子从曲柄孔中砸出。而换用新工具，一人操作仅用滑锤锤击50余下便将销子顺利取出。

在场的员工爆发出了热烈的掌声。

随后，在120多台8-14型抽油机上试用都获得了成功。

时代垂青有技能的人才。

唐守忠先后被评为中石化技术能手、胜利油田劳动模范。2003年晋升高级技师，2006年取得国家职业技能鉴定高级考评员资格。2008年，在油田"名师带高徒"活动中，唐守忠有幸成为全国劳动模范、集团公司技能大师代旭升的徒弟。代大师耐心地启发引导，毫无保留地传授经验，对唐守忠的技能进行全方位精雕细刻、精心打磨，使他在创新的路上有了很大的突破。

创新无止境。

作为油田的技能大师，唐守忠"不用扬鞭自奋蹄"，凭着勇于担当的责任感、不服输的钻劲，在创新路上顽强跋涉。抽油机是从千米地下开采石油的主要设备，而光杆就是抽油机的"主心骨"。他潜心研究，创新实施了"唐守忠工作法——延长抽油井光杆使用寿命法"，在油田 200 多口抽油井上实施后，再没有出现光杆断的现象，有效延长了油井光杆的使用寿命，年创经济效益 300 万元。这项工作法被中华全国总工会命名为"唐守忠工作法"，作为6 个"大国工匠工作法"之一在全国推广。

多年来，油田地下电缆精准定位技术被国外公司垄断，唐守忠勇于挑战"不可能"，苦心钻研三年多，成功发明"埋地电缆精准定位机器人"，一举突破"技术禁区"，在 300 余个井场投放应用，有效根除了机械损坏油井电缆这个"安全杀手"，避免了油井产量损失，年创经济效益 140 万元，获中国设备管理成果技术创新奖。为实现采油技术从追赶到领先的"弯道超车"，唐守忠以建设"智能油田"为目标，将人工智能前沿技术应用于生产实践，探索研发"无人采油智能巡航机"，取代传统的地面人工巡检，大幅提升了管理精度和工作效率。

时代在发展，石油精神被赋予新的内涵，由"苦干拼命干"变为"苦干实干加巧干"。

工作 32 年来，唐守忠弘扬新时代石油精神，先后出版《唐守忠工作法》等 3 部技术专著，发表专业技术论文 62 篇；取得各类创新成果 152 项，其中省部级以上成果 16 项，全国优秀质量管理创新成果一等奖 3 项；获得国家专利 60 项，其中国家发明专利 3 项、国家实用新型专利 57 项，累计创造经济效益 1.7 亿元，成为石油行业的"发明大王"，被广大职工赞誉为"石油鲁班"。他荣获"全国五一劳动奖章""首届齐鲁大工匠""山东省突出贡献技师""中石化集团公司技术能手"等称号，被推荐为山东省"泰山产业领军人才"。2017 年参加全国五一劳动奖表彰大会，受到党和国家领导人的亲切接见，并代表亿万产业工人在人民大会堂发言。

4

孤岛因槐花而负盛名。有了槐树林，孤岛增添了许多灵气。

孤岛成了绿色的孤岛，芬芳的孤岛，文化的孤岛。

一朵鲜花再美，也酿不出一桶蜜，千万朵槐花盛开，才能引得蜂飞蝶舞、成就美丽的诗篇。无论个人取得多少成果、获得多少荣誉都是沧海一粟。新时代不仅需要爱岗敬业、忠于职守的职工，更需要创新创效的技术能手。新时期的石油职工要会干有绝活、能干有奉献。

因此，让更多的职工有绝活、会革新、多创效，成为创新能手，是唐守忠新的目标和愿望。

他多次找领导要求建立培训基地。

在孤岛培训中心，有一个阔大的院落：储油罐、抽油机、纵横交错的管线、配电箱……油田有的在这儿都能找到，简直就是一个小油田！储油罐、管线都是斜剖面，更直观。

这是实打实的练兵场啊！

培训场地南端是一座二层楼，上面一行红底白色大字：唐守忠创新工作室。走进来，走廊上挂着十几张图片，上面是头像，下面是简介。

"这都是获得国家级发明专利的工作室成员！"唐守忠指着一张张照片介绍。看得出他有些激动，笑得很灿烂。

走进成果展览厅，琳琅满目的创新成果让人目不暇接，显得屋子有些拥挤。谁能想到这些闪烁着科技之光的成果都出自平凡的孤岛采油工粗糙之手？

这些成绩唐守忠功不可没！

2004年，他受聘担任孤岛采油厂兼职培训教师，承担起建立全厂采油工种第一培训基地的任务。当好老师既能"文"又能"武"。结合自身实践积累，他编写了《采油工实际操作读本》《埋地电缆精准定位操作法》《配方调制润滑脂保养毛辫绳操作法》等技术书籍和先进操作法。那段时间，他每天早上四五点钟赶到队上，为培训工具除锈、打磨、刷漆，还要见缝插针，自学编制培训课件。当时，单位电脑少，一台电脑好几人用。唐守忠的电脑操作底子薄，面对几万字的培训内容，他等晚上微机空闲的时候加班加点，一个字一个字地往上敲。课件采用多媒体形式，做PPT、配照片、插视频，这些对于没有经过专门电脑专业培训的人来说，无异于赶鸭子上架。他说，我就是"唐老鸭"，既当师父又做徒弟。一有空，他就缠着技术人员教他做多媒体、摄录像等知识，逮住谁就问谁，能学一点是一点。培训基地投产时，已有各种工具298件，标准化课件84套，可完成118项培训项目，成为孤岛采油厂的"技能人才生产线"。

二楼是宽敞明亮的培训室。这是一座现代化的教室，投影仪等电教设备一应俱全，可容纳100多人。担任采油厂"总教头"之后，唐守忠全力以赴，尽心尽力教好每一堂课。无论是周末还是假期，只要有一名学员需要，他也盯在现场。

干啥像啥，干啥吆喝啥。

2016 年，"唐守忠创新工作室"正式成立。他牵头组建 15 个创新工作室的"创新联盟"、160 余名高技能人才组成的创新团队，组织开展"创新工友"技术论坛，他当起了"媒婆"，为工作室成员"牵线搭桥"结对子，跨地域、跨单位实施任务带徒、革新带徒和项目带徒，导入传承、传技、传业、传道"4G"路径，将技术和经验毫无保留地传授给青工。由单兵作战转为集团攻坚，形成聚众创新的强大合力。近年来，培训基地和工作室就像"孵化器"，研发了"游梁式抽油机毛辫绳举升装置""纵横向电机滑轨调整装置"等 40 多项成果、专利技术，完成 4 项技能创新成果的集成优化工作，在油田现场应用后创造经济效益 4000 万元；先后对 4600 名员工进行采油技能培训，涌现出 212 名技术能手，唐守忠所带徒弟有 36 人在中石化、油田职业技能竞赛中获奖，有 2 人晋升为采油厂首席技师，4 人晋升为主任技师，62 人晋升为技师、高级技师。

进入 2015 年以来，低油价给石油行业带来巨大冲击，也给广大石油职工带来沉重的精神压力。形势如山，胜利人没有止步，而是站在保卫国家能源安全的高度，爬坡登山，高举石油精神的大旗昂首向前。

唐守忠给员工们上技术课的同时，又增添了政治课、历史课，给年轻人讲老一辈石油人的创业故事和自己的成长经历，让石油精神的种子在每一个年轻人心中扎根、发芽。因为他姓唐，时间一长，有的调皮徒弟双手合十：

"师父！"喊得特别有味道。

"哈哈！徒儿，咱们西天取经去吧！"他大笑着，一部"新西游记"演得有滋有味。这位"唐僧"带领徒弟们走进基层班站，面向一线"取经"，广泛征集低油价下节本降耗、保效创效的技术难题，开展针对性的领题攻关活动。"西天取经"获得圆满成功，先后创新了"多功能井口连接器""稠油井射流加药装置"等 20 多项成果，应用到生产创效 160 余万元。

省一分钱比挣一分钱容易，节约成本就是创效增效！

近年来，唐守忠带领工作室成员利用三线四区模型对所辖油井进行效益分析，对低效井立足于采油工艺方面寻找增效良方，进一步增强了大家的效益意识。部分低效井由于原油黏度大，总会出现负荷大、光杆缓下的问题，不仅经常要更换皮带、频繁热洗、加降黏剂等，造成成本消耗，还因停井影响油井产量。工作室成员苗一青根据区块特点，制定了利用示功图法确定掺水量、实施泵下掺水的办法，在 D7-5 等三口井进行现场试验后，有效地解决了问题，目前三口井从低效井变为了高效井，累计增油 1 万余吨，年节约维修成本 3 万元。

5

一提到家，唐守忠就低下头，眼睛鼓胀，他感到愧疚，因为他平时不是泡在井场就是盯在训练场，家庭的重担全部压在了妻子柔弱的双肩上。

2000 年，妻子刚刚分娩，他就接到任务外出培训，未满月的儿子腹泻不止，而多年辛劳的父亲也在那时查出了喉癌。培训一结束，唐守忠顾不上回家，跑进医院……

2004 年油区治安形势不太好，犯罪分子非常猖獗，在油管线打卡子盗油，造成了原油生产的损失。当时，担任采油队队长的唐守忠白天黑夜地泡在队上。因为他不仅负责整个队上的原油生产任务，而且还要带领职工们同盗油分子斗智斗勇。

"喂，你干吗呢？"是妻子的哭声。

"怎么了？"他有点吃惊，一定是出事了！

"快回来吧！咱家的窗户玻璃被打碎了，你这个队长别干了，一家人一天到晚担惊受怕的！"妻子哭着埋怨。

唐守忠猜到是谁干的，他绝不向邪恶屈服：只要我干一天队长，别从这儿偷走一滴油！

从出生一直到上小学，儿子一直体弱多病。平时一次轻微的感冒都会引起扁桃体发炎，住院成了家常便饭，而他却从来没陪过。

"爸爸，我知道您忙，参加中考的时候能不能陪着我？"2005 年 6 月儿子将要参加中考，向他提出了一个请求。

望着儿子期待的眼神，唐守忠眼红着眼圈点了点头。

然而，他食言了。

正在忙于成果集成优化的唐守忠却在工作现场一直没有脱开身。儿子只有孤独地走进了考场。

那天，他深夜回家，儿子已经熟睡。餐桌上摊着一篇孩子写的作文。题目是《我的爸爸》：

爸爸是我知道的最没有时间的人，每天晚上我睡着了他都没回来，早上一睁眼他却早已经出门了。有的同学问我是不是没有爸爸，因为学校开家长会、组织出去玩，从来都看不到他。爸爸，我想让大家知道我也有一个爱我的爸爸，多希望你能分出一点点时间陪陪我！

读着读着，唐守忠泪眼蒙眬……

唐守忠钻研业务的劲头传染给了妻子，她不仅在技能竞赛中多次获奖，还考上了采油高级技师，夫唱妇随，夫妻俩成了技能革新的好搭档。儿子像一棵禾苗慢慢长大，对爸爸渐渐多了一份理解和支持。父子俩共同完成的成果，先后获得国家实用新型专利、胜利油田技能创新成果特别奖。

唐守忠当"官"了，而且是不小的"官"哩。

2018 年 7 月，他当选为油田管理局工会兼职副主席。唐守忠既感到荣光，又感到肩上沉甸甸的：这是一种信任哟！信任是一种力量。他要为全油田 8.3 万名职工当好"领头雁""引路灯""铺路石"。

路漫漫其修远兮。

面对"三大目标""五大战略"，"唐僧"带着越来越庞大的"取经"队伍走基层、进一线摸排问题，开展领题攻关活动，在两年的时间里研发应用了"闸板阀高效橡胶密封填料治渗漏""抽油井安全快速卸载工具"等 10 余项成果，累创经济效益 100 多万元。

阳光铺满了孤岛的路。

他带着激动的心情，从北京归来。路上，满头白发的芦苇互相搀扶着弯腰致敬；一棵棵沧桑的槐树枯叶哗啦啦，拍掌欢迎；一群小鸟飞起通报着消息……

"完善技能人才激励政策，激励更多劳动者特别是青年人走技能成才、技能报国之路，培养更多高技能人才和大国工匠。"习近平总书记的讲话还在耳边回响。

唐守忠心中阳光满照，他迈出的步伐铿铿作响，在荒原上久久回荡……

胜利新"长征"

作为世界 500 强企业——中国石化上游最大的石油开发企业，胜利油田的历史写满了荣光和辉煌，一路阳光，一路高歌！

然而，天气突变，风起云涌。

"山雨欲来风满楼。"

一场史无前例的寒流，将石油开发企业从流金淌银、欢歌笑语、硕果累累的收获之季一下推入冰冻严寒的冬天。

自进入 2016 年下半年以来，国际油价断崖式下跌，给石油开发企业当头一棒，胜利油田更是雪上加霜！

近年来，胜利油田面临勘探难度大，油藏含水量高，井网、井筒、地面老化，东部老区弱小、分散、隐蔽等困境的挑战，本身做到稳产 2300 万吨已经竭尽全力，而现在"屋漏偏逢连阴雨"！

2015 年、2016 年，国际油价分别为 50 美元、40 美元，原油产量分别是 2710 万吨、2390 万吨，分别亏损 100 亿、229 亿元。

这对于勇扛"胜利"大旗的油田来说，无异于九死一生，徘徊在"失败"的边缘！

这对于永不言败的胜利人来说，着实是冷水当头、重重一击！

眼下，油田面临的资源有效接替难度增大、盈利创效能力降低等矛盾和问题更加凸显，单纯依靠工作量和投资拉动的传统发展方式，已经难以为继。

怎样爬出危机重重的黑色"旋涡"？

怎样摆脱困境、寻求重生？

这令决策者愁眉不展、寝食难安！

这令十几万石油大军情绪难稳、忧心忡忡！

怨天天不听，尤人也没人同情。

站在保障国家能源安全的角度，井不能关，油不能停，产量不能降低。

怎么办？

世上没有救世主，真正的救世主是自己！登高才能望远，识变才能应变。

风雨面前方显英雄本色。逢山开路，遇水架桥。胜利人忍受着"割肉放血"的疼痛，牢记"我为祖国献石油"的初心，勇于挑起维护国家能源安全的担子，毅然大步向前，穿行在风起云涌的石油保卫之战中。

人是企业的主体，也是提升效益的根本因素。

油田党委一班人审时度势，拨雾寻路。瞄准"三大目标"，出台了"五大战略"。眼睛向内，进行了一场胜利"新长征"，打响了一场人力资源优化之战！

"一线多、二线肿、三线胀"是原先油田队伍用工情况的写照。"十个和尚抬水吃"，一人能干的活儿多个人干，分工明细。再者随着科学技术的发展，信息化、自动化设施的应用，工作量大大减少了，劳动强度减弱，工作条件改善，肩上的担子轻了，而"蛋糕"却要等均分配，人人有"奶"吃，捧着油碗吃着肉的"油哥""油姐"日子过得很优越。

2019 年油田人工成本达 206 亿元，占油田整个成本的 30% 左右。

"和尚"多了"庙"自然就会大，一些负面影响在生产实际中凸显。运行机制和管理体制存在着大而全、小而全、层次多等问题，从而造成"隔房下雨"、扯皮推诿、好事抢难事推、工作效率低下等状况。

改革势在必行！

思想是行动的指南。首先，清除"血栓"疏通"血管"。广泛开展"三转三创"活动，讲形势摆任务，由"怎么看""怎么想"到"怎么办"，统一思想，凝聚共识。宣传材料、宣传片等密密麻麻、金属般的文字在油区的天空，像春雷般炸响，电光闪闪，浓雾弥漫，细雨连连，渗入抖动的心田。

改革的目标就是构建现代管理体系，建设油公司管理模式，激发全员活力，促进管理区由"车间"向"公司"转变。

2017 年 6 月 6 日这一天，对于开发建设了 50 年的胜利采油厂来说具有里程碑意义。就在这一天，这个厂隆重举行了油公司建设暨专业化重组授牌仪式。7 个管理区和 12 支专业化队伍负责人从厂党委书记手中接过标牌的那一刻，沿用几十年的"采油矿""采油队"这些让干部职工家属倍感亲切、饱含深情的名称将封存在历史的"仓库"中。

这标志着油田油公司模式改革正式启动！

通过全面推进油公司体制改革，撤销采油矿，将原来的 484 个基层单位整合为 130 个采油管理区，机构精简达到 73.1%。通过油公司模式改革、优化追标对标、推行专业化管理等措施，全油田优化用工 50%。

油公司模式初步形成。

那么，人优化到哪儿去？

人不是"包袱"，而是财富。人既是资源，又是资本。"动起来、走出去"要两条"腿"走路。

"动起来"，对内大力推进油田内部业务承揽。坚持"自己的活儿自己干"，清退外雇临时用工。通过业务承揽、劳务输出、人员借聘等方式，激活人员内部流动，实现"他有我用""自有他养"。油田各行各业在稳定主业的同时，积极动起来，盘活人力资源内部市场。过去，保洁、保安等艰苦岗位没人干，现在各单位抢着干，清退外包用工 13000 人，仅此一项节约资金近 10 亿元。

"能创效益就是好岗位"，这些新鲜的理念犹如一盘鲜亮的水果般诱人，又如一块石头投入大海，激起一圈一圈放大的涟漪，一潭"死水"变"活水"，激活了观念，观念一转天地宽。这个观念转变的过程，犹如金蝉脱壳，是一个痛后重生的过程。由不愿走、不敢走，到争着走、抢着走。2017 年全油田人力资源优化达 1.85 万人；2018 年达 2.81 万人；2019 年达到 3.02 万人；到 2020 年 6 月底达 2.96 万人。

"走出去"，闯市场。组建外部市场项目部，走出胜利发展胜利，跳出石油为了石油。根据业务能力，积极承揽外部市场项目，打造服务品牌。"闯市场才能有出路！""挣一分钱比花一分钱更有价值！"充分利用"胜利"这块金字招牌和央企形象，实施"走出去"战略，通过多种路径积极寻求市场，与石化系统单位、地方政府、社会企业等建立业务合作，加大人力资源输出力度，做大做强经济效益增量。

改变"蛋糕分配模式"，能挣钱的才是"好孩子"，挣得多得到的多。给只会哭的孩子"断奶"，让不出力的"孩子"没"奶"吃。出台"1+2+2"等配套激励政策，实施油田绩效考核办法，让广大员工思想上经历了嬗变、蜕变的过程，由观望迟疑、不愿走不敢走，到认同、争着走、抢着走，获得"优化一人、激活一片、带动一方"的效果。

这是一场深度、广度史无前例的改革，需要比天大的勇气、比地博的魄力！

压力转化为动力，激励转化为努力。

让我们走进这些生动的故事之中，亲身感受一下吧！

大漠飘歌

1

从会议室出来，李军便朝父母家走去。他的大脑像一台高速运转的发动机"嗡嗡"作响。

深秋的风像一头跑出栏的羔羊，东走走西撞撞。太阳却一脸温和，洒下一地温柔。然而，他内心中却是另一个世界：乌云密布，恶风怒号，天寒地冻。外面的阳光无论怎样拼命挤却始终挤不进他的心中。李军的腿像灌了铅，每迈出一步都费很大力气。

"儿啊，回来了？"娘一脸温和，像外面的太阳。

"嗯嗯！"他心里涌入一股暖流。

"娘，和您商量一个事儿，我……我……要去新疆了！"

"啥？去新疆？待多少日子啊？"娘一脸惊讶，一屁股坐在沙发上。她不知道新疆在哪儿，但知道那是远在天边的地方。

"你走了你爸怎么办哩？他身子骨那么重，我一个人咋拖得起来嘛？"娘一脸愁容，竟抹起了眼泪。

李军看了一眼坐在沙发上的父亲，他的两眼射出两道直线，脖子上挂着一枚红底白字的铜章，像一座被时光冲刷的石雕。

这枚油田会战勋章，父亲挂了已经40多年了。

1964年初，父亲从老家被招工到华北参加石油勘探会战，来到黄河口大荒原，成为一名钻井工人，参加了华8井的钻探。听娘说，那时候父亲一年回不了一次家，在井队住的是地窝子，吃的是炒面加白雪。再后来一家人迁

203

到了油田，母亲成为一名劳动家属。父亲退休后，一提到华8井就激动得头发一根根都竖了起来，像打了鸡血似的一下来了精神。每次唠嗑都是会战的故事。娘说，耳朵的茧子老厚哩。

岁月是一名常胜将军，打败了所有的对手。被授予"铁人式好职工"的父亲，笔直的身板已被岁月折成一个大大的问号。父亲痴呆了，每天喊着"华8井"，曾走失了两次。他知道，父亲那是去找华8井。

如今，父亲已经站不起来，拉尿全靠娘伺候。平时，李军是娘离不开的帮手。每天早上上班前他帮着娘把父亲扶起来，隔两天给父亲洗一次澡。

"爸，我要去新疆了！"李军紧紧攥着父亲的手，差点儿落下泪来。

没想到，那张面如石头的脸上，竟一脸微笑，像盐碱地突然盛开了一地的野花儿。

"呀！你爸咋笑哩？笑得这么好看！"娘像个小孩子似的拍起了手。

李军读懂了父亲的笑，更加坚定了决心。

2

那天晚上，李军请姐姐和外甥女吃了一顿饭。饭桌上，他向姐姐摊了牌。他有点不忍心，但实在没有别的办法。

面对"鸿门宴"，姐姐一脸沉重。

"姐，我要到沙漠井队当保安哩！我岳父患了癌症，你弟妹实在抽不出身来照顾咱爸妈呀！"

"非你去不可吗？"姐姐的话震得耳朵发抖，带着一根根刺儿。

"我是党员，也是队长，必须带好这个头哩！现在职工们都是这个年龄段，上有老下有小的，大家走出去都有顾虑呢！"

"唉！"姐姐长叹了口了气。她坐了一个多小时，没动筷子。李军滔滔不绝讲着"大道理"。眼下，油田正在实行人力资源优化政策，"走出去""动起来"，闯市场创效益就是为油田做贡献哩。

最后，姐姐微微地点了点头，抹了一下眼，带着孩子走了。

李军似乎没有吃惊，更没生气，而是像个做错事的孩子呆呆地杵着。姐姐撑着一个家，当司机早出晚归，现在却把这个担子甩给她，换做谁也难以接受啊！

姐姐眼神的刺儿，扎进他心里。

3

火车像一条哼哼唧唧的长蛇，爬行在西去的旅途中。两旁的树木庄稼撒开脚丫向回奔跑。坐在绿皮车厢内，他内心波涛汹涌，一股说不出的滋味。白杨啊，我的好兄弟！快快回到家中照顾好我的爹娘！

李军终于尝到了忠孝不能双全的味道。

列车已经行驶了三天三夜。听说凌晨3点钟将要到达吐鲁番。他心中有点激动，这是第一次出远门。李军的目光从车窗内飞出去。啊，好像快到天上了！星星举手可得，天空瓦蓝瓦蓝。他好像摸到了上天的血脉。这时，听得出火车跑得吃力，"突突——"憋着劲向上爬，像头埋首奋蹄的老牛。

天宫在哪儿？嫦娥在哪儿？他像一个懵懵懂懂的孩子，一脸好奇。

到吐鲁番了！

"吐鲁番的葡萄熟了，阿纳尔罕的心而醉了！"不知谁唱了起来，车厢内气氛一下活跃起来了。对于初来乍到的人来说，能不激动吗？

在南站下了火车后，大家好像一下掉进冰窟窿，冻得人打哆嗦。他们扛着、托着大包小包又急匆匆地上了从吐鲁番开往库车的火车。多亏在火车上早换了厚衣裳。天哪，这竟是闻名天下的吐鲁番？高高低低的楼房稀稀疏疏错落着，一轮弯月在一座楼顶打着瞌睡。还没数过几栋楼房几条街道，火车已经载着弯月行驶在茫茫荒野，穿行在厚重无边的黑幕中。密密麻麻的星星不知疲倦，笑脸恭迎着远方的来客，大概寂寞了很久。车内很快又恢复了寂静，那种初来乍到的兴奋很快被扔到了车外。同行的十几人有的耷拉着脑袋随着车辆晃来晃去，有的打起了呼噜沉入梦乡。

太阳已经爬得老高。

真是不到新疆不知中国多大、什么叫地大物博。窗外，一望无际的戈壁滩。人于宏阔天地、自然山水间，万籁俱寂、空明澄澈时，邈远苍凉之感漫溢而出，将他紧紧包裹，使他忽然想起那些关于"小"的片段。远处偶尔看到黑黢黢的山丘，像跋涉的骆驼；天边飘着几朵白云，像一朵朵大大的棉花堆儿。傍晚，终于到达库车，上了前来接站的中巴。

"咋还不到啊？身子都快散架了！"

"我的屁股都颠成两半了！"

……

中巴像头年迈的老牛，气喘吁吁卖着力气跳动着躬身向前。

醒了又睡、睡了又醒的人们你一言我一句地发着牢骚。

到了沙雅镇之后，一行人在接待站睡了一夜大通铺，第二天又颠簸了半天，像一粒粒种子，分撒在大沙漠的井队上。

李军与另外三人分在7669钻井队。

4

塔克拉玛干，"进不去出不来"的死亡之海。一座座沙丘手拉着手肩并着肩。到处是泛着土白色的细沙。堆起时光的尸体，茫茫沙海，揪着云朵的衣衫。李军一下看到了死亡的颜色，难道这就是西边的天国？

几十米高的井架曾以伟岸著称，而此时却像一枚钢针、一棵光秃秃的树深深扎在大漠的心窝。李军曾就幻想找到一棵小树，然而走到目之所及的天边，也没寻到一片树叶的影子。井架举着天，天不过是一片蓝布，绣着一朵朵白色的花朵。

李军有点失落。这与他想象中的画面有一面断崖。然而，当穿上厚厚的保安制服、拿着执勤器械在井场上巡视时，他又有些自豪，肩上担子沉甸甸的。

没有电视，没有网络，休班的时候只能躺在铁皮房子的上下铺上，望着房顶发呆。时间好像停止了脚步，落在颗颗沙粒之间，相互嬉戏打闹，忘记了赶路。哎，这些贪玩的孩子哟！那天，他像发现新大陆，房顶上竟然趴着一只壁虎，李军目不转睛地盯着，甚至他听到壁虎的微笑声和自言自语。

那天他感到时间过得飞快。

沙漠就是一个调皮的孩子，一不高兴就发起了脾气。沙尘暴来了，满天白沙在飞，风醉了，发着酒疯卷起一层层沙，赶跑了天。沙，迷了眼，侵入他的嘴、鼻子、耳朵，钻入他的血脉、骨髓。李军甚至听不到自己的心跳。

"你说，咱们吃下沙子后是不是补钙哩？"小丁端着饭碗打趣道。

"反正也是绿色食品，没污染嘛！"说话的时候，李军正嚼着馒头，牙齿咯吱咯吱响。

大沙漠与人世隔绝了。网上不去，手机成了摆设。临来的时候，知冷知热的领导给每人给配了一个手机卡，但信号断断续续的。

收到父亲住院的消息已经是三天之后了。姐姐发来信息说，父亲这几天吃不下饭去，在医院做检查，血小板达到一千多，没找到具体病症。每一个字都像一支箭扎在李军的心上，鲜血四溢。

那天晚上，铁皮房突然传来一名男子汉哇哇的哭声。滴酒不沾的他休班的时候，醉得如一摊烂泥。打那之后，李军床底下放了两箱天山牌高度白酒。

同宿舍的其他三人纷纷效仿，休班的时候把自己灌醉。

终于不想家了！

5

一连三天又没收到家里的信息了。李军手机不离手，平均一分钟看一下屏幕。

那天，刚交完班，李军飞也似的跑出井场，朝一座沙丘奔去。站在顶端，竟出现两道手机信号竖线。嘿！他一高兴，右脚一跺，周围升起一股黄黄的云烟。

"弟弟！快回来吧，爸爸快不行了，在重症监护室呢！"李军怔住了，像根木头扎在沙丘头顶。过了一会儿，泪水从两眼中喷了出来。

还差一天就三个月了，该到轮休的时候。李军想找伙伴替一下班提前一天回去。当看到宿舍墙壁上最后一道竖杠时，他把嘴边的话又咽了回去。

李军又跑回沙丘的头顶，拿起手机录着视频，朝着东北方向，把嗓子音量调到最高，唱了起来："说句心里话，我也想家，家中的老爸爸已是满头白发……"歌声跳跃着，被一缕缕寒风带着踏上了远程……

第二天，他们终于走出了沙漠。一到沙雅镇，车还没停稳，四个人疯了一般跑下来，抱着一棵松树号啕大哭。

终于见到生命的绿色、看到人间烟火了！

又是几天几夜的路程，李军一路沉默，几乎没有合眼。

6

下了车，大荒原的风像野狼般吼叫着。他急急忙忙赶到油田中心医院。

"你是老人的儿子？老人家已经走了好几天哩！"护士替他惋惜。

娘捂着被子躺在床上，一见到李军立马爬了起来，娘俩抱头痛哭。姐姐却装作没听到躺在另一间卧室。家中冷冷清清，塞满纸钱的味道。

家的内脏被掏空了。

顺着家乡那条坑坑洼洼的土路，李军走进一片田野。稀稀疏疏的棉花棵子像一个个风烛残年的老人，在寒风中瑟瑟发抖，他呜呜咽咽地落起热泪。一座新坟孤零零地站在中间等待着、期盼着。李军趴在坟堆大声呼叫着：

"爸爸——"

滚烫的泪水一滴一滴钻入冰冷的泥土……

窗外，一棵白蜡树站立在阴霾之下，瑟瑟发抖。老气横秋的模样，多像父亲啊！寒风和时光，穿梭来去。突然，那摇摆的枝丫让他心痛，沙发上的父亲曾以同样的姿势，向他招手。

他泪流满面，怕见到姐姐。她像一块化不开的冰，眼神冰冷、锋利。回家的十几天，每次看到他，姐姐都如同陌路人。

年的脚步越来越近了，却到了回去的时候。李军辞别了娘，心中多了一道伤口，鲜血沿着铁轨洒了一路。

7

还是那片沙漠，还是那座井场，还是那座山丘，既熟悉又陌生。没有四季颜色更替，没有诗，只有远方。

每天李军还是爬一次山丘，掏出手机看一看。半月过去了，一个字没有见到。

他仍旧坚持爬山，胸中燃烧着一簇不息的火苗。

"啊——"李军内心一阵激动，终于显示一条未读信息。

"弟弟！我想再听听你的那首歌——"

"说句心里话，我也不傻，我懂得外闯的路上风吹雨打……"两行泪水吹成一朵朵小白花，像一个个沉重的词语飘落在沙坡……一棵沙棘，闪动着泪花。歌飘起，挂在沉默的井架。

他闻到春天的味道。

这天，当李军再次站在山尖上的时候，又收到了妻子的信息："我父亲于八月二十五日走了……"

再闯关东

时代的一朵彩云落下，就是一座神圣的大山，落在孤东人肩上就是一种责任，一种担当。

面对油田"走出去、动起来、强起来"的浪潮，他们站在风口浪尖上，谱写了一曲"再闯关东"的石油之歌。

1

2019 年 3 月 5 日，初春犹寒，冷风瑟瑟。仙河镇上的孤东采油厂机关大院却是一派热闹，红旗飘扬，锣鼓声声。

这儿正在举行赴东北松原外闯将士的欢送仪式。

"这次 120 名员工分批次远赴千里之外的吉林松原油田开展业务承揽，这是采油厂外闯市场由小而散向成规模、成建制迈出的关键一步。"厂长尚朝辉动情地说。

车抛锚了，清理积雪

"每位将士要展示良好的精神风貌、过硬的技术本领、良好的作风形象、温暖的亲情友情。立足岗位，创新创效，为孤东、松原两家采油厂的合作双赢做出自己的努力！"

既是希望和要求，也是关爱和勉励。

一个个神采飞扬、身披红花的汉子，与送行的亲人、领导一一握手道别，踏上两辆大客车。

这是一场当年送子参军的场面！

这是一场当今壮士出征的序曲！

油田爬坡登峰、走出寒冬的号角已经吹响。为了响应"两个市场"战略的号召，孤东采油厂与中国石化东北油气分公司松原采油厂签订了承包项目，主要负责松原采油厂54口生产气井、集气站、联合站的运行管理，以及597口停产油水井的巡检维护等工作。

这一情景让人不禁想起昔日山东人为了生存闯关东。

在清朝建立后的200多年里，一直严禁关内的人迁往关外，东北地区人烟稀少。清朝末年，严重的自然灾害已经把关内的人逼得没有了活路，朝廷的禁令在人们的强烈求生欲面前已经失去了作用，后来朝廷也就顺应民意，干脆开放了限制。

东北是一望无际的黑土地，有着无数的耕地，所以对于关内的人来讲，"棒打狍子瓢舀鱼，野鸡飞到饭锅里"的东北大地简直就是天堂。闯关东为东北带来千万以上的人口，开发了百万平方公里的土地。

带着对美好生活的憧憬和向往，成千上万的人们头顶骄阳和星月，沐浴清风，携老带幼，一路血汗一路辛酸，谱写了中国历史上一场伟大的民族史诗。

如今，胜利石油人挑起为国担当的重担，高唱《我为祖国献石油》的豪迈之歌，再闯关东！

2

带着黄河入海口的春意，带着神圣的职责，带着领导的希望，带着亲人的嘱托，怀揣着对外面世界新鲜的企盼，乘火车、倒汽车，奔波24个小时，跨越近1500公里，第一批将士终于来到松原这片陌生的黑土地。

然而，刚一落脚，他们的心就凉透了。并不是因为这儿较低的温度，物理的温度凉了身却凉不透心。而是因为现实与心中的梦想差太远，无论多高的温度，心照样拔凉拔凉的。

这儿的老天好像有点不欢迎他们的到来，一脸阴沉；一望无际的大荒原，死一般地沉寂，野草丛生，土路泥泞，比胜利"北大荒"的孤东还要荒凉好多倍哩！

孤零零的铁皮房像上天撒下的一块砖，卑微地畏缩在寒风之中，是这寂寞天地的寂寞伴侣，让人生出些许同情和怜悯。

钻进熟悉的铁皮房，又闻到了石油的味道，心中温暖了许多。

开弓没有回头箭，既然来到这儿，就得稳下心、铆足劲，干出名堂来！

120名职工像洒下的星星分布在方圆100百公里的荒郊野地；他们又像120粒种子，播撒在陌生的黑土地上，很快扎根发芽，钻出昂扬向上、气贯云霄的孤东精神，像一棵棵神奇的果树，在贫瘠的土地上开花、结果。

这花儿是分外娇艳、格外清香的"胜利花"！

这果是红彤彤、甜蜜蜜的"石油果"！

清理设备冰块

采油厂人力资源服务中心成立了东北油气项目部党支部，在 4 个工作区块分别成立了龙凤山、腰英台、二氧化碳、厂机关 4 个党小组。组长由支委兼任，每名党员定向联系 2—3 名职工，健全党组织承包网络。按照专兼结合原则，建好"龙头"配齐班子。

站得高，方能看得远。

一方直爽狭义，一方厚道实诚，而且同属于中石化一个大家庭。因此，孤东人秉持"一家人、一股劲、一条心"的理念，尽心尽力从东北油气的角度思考、处理问题。

进了东北门，就是东北人嘛！

从"大孤东"到"大东北"，从采油到采气，工作地点换了，角色变化了，党支部及时做好价值创造的"驱动器"，引导职工转变观念和工作方式，尽快适应新环境，及早成为"东北油气人"。

油井、气井一字之差，管理标准完全不同。

来松原之前，尽管他们进行了培训，但现场陌生的设备、复杂的流程，让这些干了半辈子的采油人一开始还是有些不适应。

接收一座集气站、28 口气井，甲方只给 7 天时间。这是一次考验，也是第一个战役，关系到甲方对于整支队伍的认识和评价，关系到能否打开局面、站稳市场。面对堆积如山的交接资料，他们一口井接着一口井，一个数据接着一个数据整理，困了就趴着打个盹，连续三天三夜，终于梳理清楚了每口井的井况、参数、标准等资料。支委唐吉勇带领两名职工冒着零下 20 多摄氏度的严寒，用两天时间摸清了站上每个流程、每条管线的走向。就这样，短短 5 天顺利完成交接。他们还利用两个月的时间，对松原采油厂腰英台管理区的 1000 多项资产和物资，重新进行统计，建档归类，帮助甲方摸清了自己的家当。

甲方负责人竖起了大拇指：胜利人创造了新的"松原速度"！

3

正当大家陶醉在初战告捷的喜悦之中，但谁承想项目部却接到甲方"一张罚单"！

大伙儿你望望我，我望望你，有点想不通。

原来在一次巡井中，有职工发现气井北 201-26HF 压力异常、管线冻堵。

干部、职工齐上阵，奋战三天两夜，终于成功解堵，把损失降到最低。本来还希望得到甲方的表扬，却没有想到，一场辛劳换来的是一张因"监控不到位造成管线冻堵"的 5000 元罚单。甲方的解释是"虽然按点巡井了，但是造成了停井损失，就要受到处罚"！

有的职工感到委屈，发牢骚，骂对方欺负人；有的甚至打起了"退堂鼓"……

支部一班人冷静地反思：既然甲方把气井交给我们，就必须摸清每口井的脾性，精细管理、精准施策，为甲方创造更大价值，而不是因管理不到位而出现故障造成损失。

要强化"乙方"意识啊！

市场不相信眼泪，也不相信精彩，只相信效益和结果。

"一张罚款单"上了一堂市场经济课。于是，他们迅速转变观念，强化结果导向和过程管控，主动制作了涵盖巡检维护、安全井控等 5 大类 13 项内容的岗位操作手册，推行预见性管理，把工作做得更超前、更精细。龙凤山集气站站长刘斌带领团队实施早发现、早预警、早解决，特别对待、特殊处置"三早两特"气井管理法，尤其是针对冻堵、析蜡等制约气井稳产的突出问题，创新甲醇"三个一"对比加注法，保障了管理区日产气量始终稳定在 40 万立方米以上。

4

"80 后"的石念军可谓功成名就。作为"闯关东总司令"，他事业可谓蒸蒸日上；在家庭中，他年龄虽然不大，却是两个孩子的爸爸，女儿 13 岁已上初中，儿子刚刚两岁。

事业家庭双双开花，令人羡慕不已。

当他报名赴东北时，妻子和他大吵了一架。上初中的女儿需要照顾，另一个不谙世事、两岁多的"淘气王"儿子更需人照看，自己还上班，真是分身乏术哩。

"我是一名党员干部，是听党的还是听你的？"一句话噎得妻子哑口无言，好像被点了穴一般，脸红红的，张着嘴说不出话来。

两人从此进入"冷战"阶段。石念军临走时两人一句话没说。

时间过去了一周，身心交瘁的妻子有苦没处诉，有泪没处流，又牵挂着远在千里之外的丈夫，她开始拨通老公的电话，然而要么占线，要么没人接。

"死鬼！心眼这么小，还在生气吗？"一连几天电话打不通。她心开始不安起来，便给一个熟悉的老公同事打了电话。

"他啊，忙得顾不过来哟！"

那天晚上，终于静一会儿的石念军突然想起了什么，急忙翻手机。没想到怎么也找不到妻子的微信。

原来他被妻子"拉黑"了。

在松原项目部，你会看到大多数男职工都是清一色的"光头"，像一群穿着石油工作服的"和尚"。

这还是项目副经理蔺荣山的"创举"。

一米八的个头、220斤的体重，坐如钟、走如风、响咚咚，典型的彪形大汉，剃着光头，人送外号"光头经理"。因为当地地下水含氟高，不达标，日常生活用水仅靠半月来一次的水车送，这水珍贵哩，滴滴如油，点点似金，平时淘米洗菜他们都舍不得用。蔺荣山带头剃了光头，既省水又省事。

于是党员们纷纷响应，接着大多数男职工也"削发为僧"。

刚来到时，这儿的井场杂草丛生，坑坑洼洼，油迹遍布，道路歪歪扭扭，闸门锈迹斑斑，很不规范。"光头经理"决定从井场的"三标"管理抓起。他带领穿红工服的"和尚"们握起铁锨，推起了独轮车，又拿出当年孤东会战的劲头，白天顶着时阴时暗的太阳，晚上举着一轮残月，铲草、挖沟、清理油渣……休息的时候，他们砸冰洗洗脸，坐在地上喘口气接着干。棉工衣湿了，干脆光着膀子。这时，天气接近零度，他们浑身上下罩着一团雾气。

送走月亮，迎来朝阳。

5月16日，天灰沉沉的，突然，狂风大作，卷着黑土粒铺天盖地。

沙尘暴来了！

四周一片黑暗，看不清你我。龙凤山管理区两条供电线路跳闸，一座集气站、13口气井停产。

"光头经理"带领5名党员冲进沙尘暴中，风沙迷住了眼睛，行走十分困难，大家互相挽着胳膊，一步一步往前挪，一个点一个点查故障，协助整改线路问题。4公里的路，硬是走了6个多小时，最终换来送电一次成功。

肆虐的沙尘暴慢慢退去，天又慢慢露出了委屈的面孔。这时，地上一片灰尘，6位职工互相看着面前一个个泥人……

两个多月，他们先后处理污染 28 次、井口渗漏 300 余处，油水井三标治理 150 井次，更换闸门 105 个，回收电机 170 台。还为腰英台所有用电设备重新刷上了警示语，安装地线桩 85 根，反复除草 80 多井次。井场焕然一新，井井有条，集气站和单井三标工作由差变好，受到甲方好评。

5

松辽平原就像敢爱敢恨的姑娘，爱起来热烈奔放，倾尽全心；恨起来咬牙切齿，痛彻心扉。

转眼进入夏季，骄阳烈日，热浪翻滚。连日来，气温最高攀升到 39℃，持续的高温天气让经过大风大浪的孤东采油人着实"烤"验了一下。白天，工衣湿了又干，干了又湿，挂着一幅自带的白色描绘的地图。晚上，值班的铁皮板房经过一天的烤晒，像一个大蒸笼，虽然开着空调，但"蒸"意犹浓，尤其是飞来飞去的蚊虫无孔不入，斩不尽杀不绝，一晚下来身上要添十几个红包。

值夜班的女工

按人员标准，在油田应该是巡井 40 口的工作量，而在这儿却是负责 70 口井。工作量大，条件恶劣。每周至少两场雨，更是为巡井"雨中送泥"。黑土黏性强，走在井场泥泞的土路上，雨鞋常常被扒了下来。职工们只好光着脚丫子深一脚浅一脚艰难前行，一不小心摔倒在地，浑身上下成了泥人。每人一天步行十几公里，按时巡井，一天倒闸操作 100 多次，每一小时一抄表。他们从没出现一次差错。

北 201-4 井开井，压力高，产液多，作业队外排经常冻堵流程，影响进站进度，造成产量损失。项目部主动联系龙凤山采气管理区上甲醇泵、利用现场两台加热撬加热等措施提前进站生产，有效减少了气量损失。同时加装缓冲罐，减缓了压裂砂对设备的损伤。

北风吹，雪花飘。

但并非鹅毛大雪，每朵雪花像射下的利剑。这东北的滋味真是让人痛彻心扉哩。一个板房值班室内，放置着上下 6 张床，狭窄的过道只有侧着身才能进去。6 个人倒着班，3 人上班 3 人休息。而在冬天下铺却是没人敢睡的，虽然空调使劲地排放着热能，身下冷飕飕，寒风似老鼠一样在铁皮房下面钻来钻去，躺在下铺就像躺在冰块上。最让人头疼的是上厕所。在距离值班房 20 多米远的旱厕里，撒的尿随着结冰长着个儿，最后竟高过头顶。如果晚上出来解一次手，浑身里外透心凉，一晚上也暖不过来。

随着单井拉油数量的增多，龙凤山采气管理区北 201-7 驻点的工作量越来越大。项目部北 201-7 驻点员工克服各种困难，多次顾不上吃饭，连续工作 10 多个小时，出色完成卸液、付油、付水等工作，确保了龙凤山采气管理区生产平稳运行。

一心扑岗位，情系松原厂。

联合站工作的孙江滨看到站上的调压阀出现故障，而新买的自用气调压阀难以到位。这条自用气管线是联合站锅炉用气的专线，一旦出现问题，厂部的所有保温将全部停止。孙江滨动脑筋想办法，从库房翻找到相近型号的螺丝，巧妙加工改造后，成功解决了调压阀导压管与阀盖的连接处漏气的难题。

瞄准释放气藏潜能，充分发挥技术优势，与松原采油厂技术部门一起，携手找准龙凤山管理区新区带、新层系等突破点、潜力点，摸排优选北 210 井等 13 口气井，积极推广储层压裂改造技术，努力减缓产量递减。面对腰英台管理区因气层薄、储量小、地层岩性致密所带来的稳产难题，逐井完善增压方案，逐项优化配套措施，全面推进地面增压工作，取得了明显的增气增产效果，松原采油厂日产气量冲上了 50 万立方米。

6

自从有了管线和井场，荒凉的黑土地不再寂寞。

每当夏季，骄阳似火，没有一点树荫，于是就有了"玉米地的故事"。

腰英台项目组管理的油水井，大部分都在老百姓的玉米地里，巡检工作变得困难重重。

玉米地里的气温能到 40 多度，两米多高的玉米地里密不透风，闷热难耐，走进去就像走进蒸笼，汗流如注，任其把上衣浇透。玉米叶子像锋利的刀刃，划到脸上留下道道红印，被汗水一浸又痒又疼。当地有一种"触点虫"，荒郊野外的夏日里到处飞来飞去，叮在身上比孤东的牛虻还要凶猛，叮咬过的地方不但有一摊血，而且会立即鼓起一个大包，好几天又疼又痒。四周寂静得仿佛身处另外一个世界，只听得光线扎地的噗噗声。在这样恶劣的环境里，"油井卫士"仍然坚持步行巡井 10 多公里，每天走路 6 个多小时，至少需要完成 30 口井的任务。

7 月 18 日，还是一个地上滚火的日子。龙凤山采气管理区排 7 驻点两个密闭罐需要有防泄漏安全防护堤，项目组迅速组织精干力量，进行突击筑堤。尽量避开骄阳，只能早起来干。21 日凌晨 4 点 30 分就开始工作，到 8 点钟时，完成一道长 50 米的安全护堤。此时，已是烈日当空，气温达到 35 度左右，突击队员们早已浑身湿透，像从水中爬出来一样。

这些清脆的玉米呀，就像一个个穿着绿衣、胸系红花、风姿婀娜、身怀六甲的少妇，笑声频频，羞羞答答。她吐出的一根根粉色期盼，惹得蝴蝶和一些不知名字的昆虫飞来飞去；伸了一下懒腰，绿了一块地，洒下一点庇荫……虽然玉米地里闷热难耐，毕竟有玉米遮挡的荫凉。他们钻进去，坐在玉米叶下，摸一把脸喘口气。短暂的休息，笑声不断。原来大家在讲孤东会战的故事，每当讲到精彩处，哈哈大笑，就连一排排玉米也欢快地鼓起了掌。

随着欢歌笑语，他们又站起，戴上头盔，朝下一个工作目标走去。

这时，太阳已经爬到头顶来，炙烤得脚下的黑土吱吱作响。

将士们走过的地方滚落下一滴滴汗珠……

7

来到黑土地，就是一家人。

把每项工作都锻造成"精品"，是松原"孤东人"的追求。把气井管理到极致，让每口井都成为标杆井、长寿井，他们成立了 5 个攻关团队，运用氮气气举、天然气气举等方式，释放低压积液井产能，实施 180 井次，增气 200 多万立方米。

低油价让腰英台管理区 597 口油水井处于停产状态，但巡护管理标准不能降。党员柴延福主动请缨，带领 10 名职工承担起管护任务。大家拿出"绣花"功夫，清理井口、平整井场，反复校准压力，逐井建立台账，经过 30 天连续奋战，标准的井场、崭新的井口、翔实的数据，让甲方负责人连称："真是没想到哟！"

今年年初，松原采油厂以信函的方式表示感谢，项目部被东北油气分公司授予 2019 年度唯一的油气开发管理"优秀服务承包商"。

2019 年是松原采油厂发展关键的一年。全年天然气销量任务 1.64 亿立方米，凝析油 2.5 万吨，经济指标实现盈利 5726 万元。

松原采油厂主力区块为凝析气藏，产量递减快，地面配套设施、开发维护手段不足，低压低效气井管理难度大。孤东采油厂东北油气项目部要充分发挥技术优势和管理优势，以创新创效的实际行动和工作业绩，来赢得甲方的认可和肯定。

于是，他们以项目部党支部的名义向甲方递交了一份热情洋溢、决心饱满的"请战书"。

说到就要做到！

他们瞄准释放气藏潜能，充分发挥技术优势，与松原采油厂技术部门一起，携手找准龙凤山管理区新区带、新层系等突破点、潜力点，摸排优选北210 井等 13 口气井，积极推广储层压裂改造技术，努力减缓产量递减趋势，充分发挥管理优势，重点紧盯凝析气藏积液、冻堵、析蜡等突出问题，推行现场巡检和定期测量制度，坚持每天巡检四次，每天测量一次瞬时气量，精准把握单井生产动态，确保高产井正常生产。探索创新"调、解、稳"气井维护法，即从严监控、适时调整生产参数；超前预判、及时解除冻堵现象；密切关注、保持气井稳定生产，扭转了天然气生产的被动局面，为完成天然气和凝析油销量任务做出重要贡献。

季节变换，时光前行。转眼已至深秋，为了扎实做好冬防保温工作，他们组织水井注甲醇 85 井次，对高压井放压 50 井次，并对井场散落的管排回收，统一存放，组织气井机抽排液 3 井次，取得了较好的经济效益。

在松原采油厂组织的"60 天冲刺上产攻坚"工作中，项目部员工加班加点、保质保量地完成各项工作。11 月 24 日凌晨，集气站内计量发现北 213-2HF 井瞬时流量大幅下降，孤东采油厂东北油气项目部巡井班人员上井查看，发现该井严重积液至无法正常生产。经静压测试，发现油管积液 1700 余米。在管理区负责人的带领下，采取放喷排液、气举排液等措施，历时 14 个日夜，最终将该井成功复活，至 2.6 万方/日产能。

进入 12 月份，随着单井拉油数量的增多，龙凤山采气管理区北 201-7 驻点的工作量越来越大。孤东采油厂东北油气项目部北 201-7 驻点员工克服各种困难，经常顾不上吃饭，卸液、付油、付水，每天连续工作 10 多个小时，确保了龙凤山采气管理区生产平稳运行。

"不好了，有人晕倒了！"

一天下午，项目部接到职工的紧急报告。几名班子成员带着有关工作人员急忙赶往现场。

阳光慵懒地照在地广人稀的松江平原上，一朵轻云挂在一棵白杨的树梢上。在一条弯弯曲曲的土路旁，几名穿着红工衣的职工正围在一起。

地上躺着一名中年女职工。

"赶快送医院！"项目部党支部书记张元朋果断地下达命令。

皮卡车在坑坑洼洼的土路上颠簸着，油箱内咣当咣当。车子七拐八拐走了几十公里，好不容易找到一个村子。村医只给开了几片药，打发到镇医院就诊。

等赶到镇医院，天已擦黑。

经诊断，病人患的是高血压，医生建议住院。这位女职工却死活不肯，她说，还要值班哩！人员紧张，一个萝卜一个坑，不能因为我耽误了工作呀！

她叫丁晓静，今年 44 岁，是赴松原作战为数不多的女性。东北外闯项目的通知刚下发不久，她就报了名。

谁说女子不如男？不能小瞧了女同志，更不能轻视孤东的"半边天"哩！

于是，她成为第一批出征的 11 名女同志之一。

变幻无常的天气、荒凉寂寞的工作环境、艰苦的生活条件、远在家乡的牵挂，造成了大多数人的血压升高。

领导和同事们轮番给丁晓静做思想工作，动员她回去养病。但倔强的丁晓静死活不肯，她知道这时候离开再从家安排人过来，不但影响正常的值班秩序，而且会给单位造成不必要的损失。直到两个月轮休的时间到了，她才与换班的兄弟姐妹一起踏上返家的列车。

2019年12月17日，寒风裹着雪花，翩翩起舞，飘过了山这边，飘过了山那边，飘得整个大地成了琼瑶世界。雪花飘了整整一天，龙凤山采气管理区银装素裹，分外妖娆。夜幕虽然拉开，但大地的雪白映亮了苍天，几只残星躲在远处闪烁着好奇的眼睛，向下搜寻着，好像寻找丢失的东西。

"北201-6HF井燃烧器故障停炉，请马上派人维修！"接到命令，维修班5名人员立即钻出板房。此刻，寒风凛冽，吹打在脸上像刀割一般。厚厚的积雪已淹没膝盖，每走一步，积雪"咯吱咯吱"痛苦地呻吟一声，留下一个深深的脚印。他们相互搀扶着，走得气喘吁吁。到达井场，一连工作5个多小时。

灯光辉映，皑皑白雪散发着惊奇的光芒。时间沙沙行走在雪面上没留下一丝痕迹，却在抢修人员的额头上留下了滚烫的汗滴。凌晨时分，终于处理完故障。0:15，又接到北201-5井故障停炉需紧急处理的通知。他们擦了一把汗水，急忙赶到现场进行处理，回到驻点宿舍时已是凌晨2点多。干起活儿来不知累不知困，一挨床边头又沉又痛，浑身像散了架。刚躺下喘了半口气，突然电话响起，又接到北210井燃烧器故障。他们支撑起疲软的身体，又消失在白黑之间。月落日出，一个不眠之夜又过去了。现场却还是一派紧张的忙碌景象，一直到第二天上午11:00顺利解除故障，保障了气井及早恢复生产。

望着一连忙了15多个小时的参与维修的孤东职工，松原采油厂一位现场工作负责人紧握着盯在现场的项目部副经理蔺荣山的手说："真是铁打的汉子硬骨头兵哟！"

"我们也是血肉之躯呀，但精神是铁打的哩！"蔺经理爽朗地笑着说。那笑声，好像是从洪钟中敲出来的，像涟漪般在空旷的黑土地上回荡……

这几天王利新有点奇怪，大伙儿发现平时爱说爱笑的他突然像换了个人似的，沉默不语，脸不洗，胡子拉碴，每天一副愁容，有人甚至发现他偷偷地抹泪。细心的同事观察到这一反常的情况，赶紧向领导做了汇报。

原来，前几天王利新接到一个晴天霹雳的消息：父亲突然去世了！

今年70岁的父亲身体一向很好呀！临来的时候，父亲还亲自给他做了一顿丰盛的晚餐哩。

"你要出去好好干啊！千万别给咱孤东人丢脸，无论到了哪里，石油人没有一个孬种！"作为第一代石油人的父亲端着酒杯，郑重其事地向他敬了一杯酒。

王利新热血沸腾，他沉重地点了点头。

接到消息时，父亲已经入土为安。远在千里之外，同样是石油职工的哥哥怕影响他工作，直到把父亲的后事处理完了才把消息告诉了他。

石油人最理解石油人啊！

领导动员他赶快回家看看，王利新摇了摇头，抹了一把眼泪："现在回去也没啥用了，还是等到换班时再说吧！"

一个多月之后，王利新和倒班的同事们一起回了家。家门没进，他直接跑到父亲的坟前，号啕大哭了一个多小时，天也跟着扑簌簌落了泪……

8

2020年8月，胜利油田分公司收到了一封来自东北油气分公司的感谢信。

> 胜利油田分公司：
>
> 作为同属中国石化的兄弟单位，我们非常感谢贵公司孤东厂东北油气项目部二氧化碳项目组以党支部书记杨少伟、经理王新亮为代表的一批优秀外闯员工，感谢他们在我公司松原采油厂技术处理装置停产检修中付出的努力和做出的贡献，也非常感谢贵公司为我们东北油气技术事业输送了一支优秀的业务承揽员工队伍……

在社会上许多运行的合作项目中，许多甲乙双方磕磕碰碰，甚至闹出纠纷。然而，孤东采油厂闯关东的将士们却赢得了甲方如此高度的评价！

他们靠的是什么？

我认为，靠的是孤东精神、石油魂和"我为祖国献石油"的胜利梦！

"那苦是原先从没想到的！这么大的困难我们闯过来了，说实在的我们心里特别有成就感哩！"孤东采油厂松原项目部副经理、龙凤山项目组经理蔺荣山深有感触地说。

到2020年10月底，全油田签订外部市场合同额20.7亿元，为胜利油田扭亏为盈奠定了基础。

永远在飞翔

1

"中国机械设备工程股份有限公司承包巴基斯坦电厂承建项目工程……"在公司办公平台看到这则消息后，许永祥心中热流涌动，他坐不住了。作为电力技术方面的专家，他不但有20多年的发电厂工作经验，而且还有5年的外部市场经历。

那是2005年中石化青岛炼化项目投产之际，他作为技术骨干与胜利油田20多名电力职工一起奔赴青岛，支援项目建设。

"你咋在家待不住呢？咱就一个女孩不缺吃不缺喝遭那个罪干啥啊？再说孩子就要高考了，父母年龄大了也需要照顾哩！"一听他又要外出，妻子一肚子怨言。

"咱不能光考虑自己啊！我是一名党员干部，这时候需要带个头。如果都不出去，你的绩效工资哪儿来？"倔强的西北汉子"驴脾气"上来了，脸涨得绯红，额头上的青筋一条条暴起。

妻子知道，许永祥一旦认准的事就是八匹马也拉不回来。她扭过头去，眼泪哗哗地流出来。

于是，许永祥第一个报了名。

2

2017年10月5日，许永祥头顶一朵荒原白云，坐着一辆绿色列车风尘仆仆来到"人间天堂"的杭州。作为巴基斯坦JHANG1263兆瓦燃气联合循环电站建设BOP专业工程师和专业经理，他被派遣到该项目的设计单位浙江电力设计院参加项目设计和设备采购、监造、发运等，负责42个标段的全套工作。每标段接收到的技术标书少则3份，多则8份，按平均5份计算，足有210份，摞起来1米多高。

这个项目是由巴基斯坦旁遮普热能有限公司出资，由中国机械设备工程股份有限公司（简称CMEC）EPC总承包的项目。浙江电力设计院和巴基斯坦西门子设计院分区域设计，江苏能建一公司、河北电建一公司、川铁国际集团公司承担安装工作。JHANG 项目实行"2+2+1"构架模式，两台西门子生产的单机 420 兆瓦的燃气（油）轮发电机组，两台西门子生产的无补燃自然循环余热锅炉，一台西门子生产的 423.2 兆瓦蒸汽轮机，出线电压等级为 220 千伏，全厂采用西门子 DCS 集中控制系统。

JHANG 项目拥有世界多个第一：最大的燃气轮机、最先进的燃机进气冷却技术、最先进的燃油低氮燃烧技术。所有设计和生产均采用国际标准。

该配置的电站对于所有参加项目的人员来说都是第一次，是世界最顶端的燃气发电技术，也是世界上最大的燃气轮机组。一般按照正常建设速度至少需要 5 年，而甲方要求 26 个月完工。

时间紧，任务重，标准高。

过去，石油人喊出了惊天动地的口号："天大困难也不怕！"如今胜利人直面困难，敢于迎接任何挑战。

项目合同刚签订，许永祥手中只有 500 多页的全英文版合同文本，没有其他任何资料。他心里直发毛，神经陡然紧张起来。和他同时到设计院参加项目的有 7 位专业工程师，年龄大约 30 岁，却是负责过多个国外项目的"老手"了。许永祥背上有一块"巨石"，感受到巨大的压力。面对高手，他甘当小学生，从熟悉合同做起，一步一步随设计进程逐步开展工作。

"我认为用水系统的不连续性会造成局部压力波动过大，甚至会发生超压问题，不利于系统的稳定运行！"磕磕巴巴的英语掺杂着浓浓的西北风味。

许永祥是一个"不安分的学生"，他尊师不唯师，敢于向权威挑战。在设计完成第一版初稿后，许永祥站起来向设计师提出了质疑。

"解决这一问题需要增加一套辅助小参数泵，单独运行，降低大泵设计参数，在成本核算不增加的情况下，可以提高系统运行的可靠性……"他一股脑地说出自己的想法。

会议室一阵寂静，鸦雀无声。接着，是交头接耳的窃窃私语。

"Very good！"最后，巴方项目经理伸出大拇指，采纳了许永祥的建议。

"中国的工程师了不起！"听到外方专家的赞誉，许永祥有一种莫大的成就感：为祖国争光哩！

每天，他像一只蚂蚁，不停地忙碌，翻阅资料、审核图纸……晚上工作大都到 12 点，"5+2"连轴转。

上有天堂，下有苏杭。杭州秀丽的环境他不熟悉，只有杭州的月亮和星星熟悉他的身影。

2017 年 9 月，女儿许佳文考入浙江农林大学，侄女也在杭州工作，相隔几公里，而许永祥在杭州待了整整一年却没能抽出空看望女儿和侄女一次。

经过 11 个月的辛勤努力，施工图的设计终于完成了，施工方案敲定了。

3

2019 年 4 月 16 日晚上 11 时 30 分，一架飞机从首都国际机场起飞，满载姹紫嫣红、鸟语花香的祖国春色一路飞向西北。

机舱内的许永祥竟有些激动，这是第一次走出国门。他透过舷窗努力向下张望，外国的山山水水究竟是怎样的呢？都说外面的世界很精彩嘛！

临行之前，甲方再三通知，目前巴基斯坦局势不稳，恐怖袭击时有发生，下飞机后会由安保人员护送，让他一定要注意人身安全。

经过 10 小时的空中旅行，加上 6 小时的转机，下午 5 点 30 分他终于到达拉合尔机场。接机的轿车司机是一名皮肤黝黑、一头自然卷发、留着浓密的八字胡、瞪着一双白眼的本地人。上车后，司机用并不流利的英语警告许永祥趴在驾驶室后座下面，抓好把手。天色已暗，恐怖慢慢爬上他的心头。或许司机也有些心虚，为防劫匪的袭击，他加大油门，车子像没有翅膀的野兽一路狂奔。半个小时的紧张路程，车子终于停了下来。

这就是巴基斯坦？这就是 JHANG 项目工地？

微弱的星光之下，依稀看到低矮松散的村舍，四周是一片黑黢黢的田野，狭窄如蛇的乡间小路上偶尔有浑黄无力的灯光穿过……

哪有中国精彩啊！许永祥有一种莫名的失落。

4

这是一片长 1.2 公里、宽 0.5 公里用高墙围起的院落，围墙上端架设着铁丝网，门口是两名身着迷彩服荷枪实弹的巴基斯坦士兵。

一般人可能想，这是不是一座监狱？

这儿就是目的地——巴基斯坦 JHANG 电站工地现场，紧邻着一个乡村小镇。

许永祥这一走进来，直到 285 天后才出去。

巴基斯坦属于热带气候，常年有 8 个月高温天气，每年进入 4 月份，施工现场红色高温警报连发，白天最高空气温度能够达到 50℃，而工地的安装检查不能停息。一出装有空调的宿舍，一会儿汗水淋漓，浑身湿透。

许永祥管理着上千台设备，仅数个数也得半天的时间。他要逐台核对设备参数、安装是否正确、备件是否齐全、供货是否完整。加上设备存放不集中，料场、货场、库房、车间，到处都是，他每天需要像数天上的星星一般，围着现场逐一寻找、落实。

骄阳高挂，天空湛蓝，连白云都躲得无影无踪，知了的鸣叫也很揪心，用地方语言声嘶力竭喊叫着：

"热死哩！热死哩！"

每天爬上爬下几十次

地面覆着厚厚一层浮土，好像跌落的乌云，一脚落下就看不到脚面，如同扔下一颗炸弹，尘土飞扬，久久徘徊在头顶，攀附在汗涔涔的工服上，一会儿工夫俨然成为一个泥人，眉毛上是泥土，嘴巴中还是泥土。

外国的天气有点任性，不讲规矩。刚才还是艳阳高照，一会儿却乌云压顶，狂风大作，垃圾飞舞，铺天盖地，尘土翻滚，天地之间只是一片黄沙，能见度几乎为零。

沙尘暴来了！

每年 3 到 5 月份，沙尘暴三天两头来袭，手头的活儿被迫停下来。工人们戏称"吃沙不吃饭，干活团团转"。沙尘中偶尔还夹杂着雨点，现场工作人员工衣糊上了黄泥巴。

5

JHANG 电站主要设备全盘西门子化，安装标准全部国际标准化。

"许三郎"是大家为许永祥起的绰号，意思是"拼命三郎""爱较真"。

他的工作范围涉及全厂的各个角落，最高的五层集控中心，每天要来回爬五六趟。

当锅炉水处理系统进入调试阶段时，许永祥来到炽热如蒸笼的水泵间，查看 20 多台水泵电机的运行情况。水泵运行半小时后，他发现电机温度高达 96℃，直逼润滑脂的上限，随时有可能发生事故。按照专业分工，这并不属于他的工作范围。厂家不能前来处理，并答复：电机出厂前均做过试验，一切正常。出现高温现象，是由于当地环境温度过高造成的。

厂家不派人，系统调试一直僵持不下，而且一拖就是一个多月，影响到了锅炉水工系统调试工期。许永祥主动与同行的电气工程师于俊生通过对电机运行参数进行全面测试后，电流、电压、直阻、绝缘值均正常。

又陷入了僵局！

办法总比困难多嘛！他们提出机泵联试、机泵分试的办法寻找症结。通过试运行，排除了"小马拉大车"的设计配置问题，将范围缩小到了电机轴承。通过对电机轴承的进一步分析，将问题锁定在骨架油封上。许永祥提出骨架油封过紧，需要对骨架油封的密封面进行细砂研磨的方案。

于俊生主动当起了钳工，自制工具，对油封进行在线处理。前后仅仅用了不到两天的工夫，电机温度直线下降，并达到了合格标准，为安装单位节省了 7000 元差旅费、20 多台电机拆装人工费，为系统调试节约了宝贵的时间。

由于暖通系统的供货商对项目的熟悉程度不够，供应的设备电源接入方式受限，安装无法继续进行。按照职责范围，这个属于设计方和供货商接口的问题。但供货商与设计方来回"踢皮球"，影响了工程进度。许永祥和于俊生看不下去了，报请项目部批准后，当即决定自行设计、现场采购。从负荷设计、开关选择、厂家联系、到最终柜体安装，全部由两人完成。

"勇于担当石油人，默默奉献好伙伴。"事后，中国机械设备工程股份有限公司专门给电力分公司发来了热情洋溢的感谢信。

6

"你在那儿怎么样？千万注意安全啊！"

那天，许永祥突然接到了妻子的信息，他流下了泪水，既有感动，也有愧疚。从杭州到巴基斯坦的前夜，妻子考虑到他的个人安危劝他把工作辞了，人的生命宝贵哩！而倔强如钢的许永祥却与妻子隔空吵了整整一晚上，不欢而散。

妻子一气之下"拉黑"了他。

巴基斯坦政局不稳，厂区周边恐怖袭击随时可能发生。天上战机纷飞，各种消息铺天盖地。这儿距印巴交战区仅有 300 公里，现场经常接到有恐怖组织要袭击中国企业和公民的警告。随着印巴小规模冲突不断，加上内部派

在现场进行技术指导

系的争权夺利，巴基斯坦安全形势十分严峻。距离项目工地 96 公里处的费萨拉巴德、37 公里处的多巴代格辛格都曾发生过恐怖袭击事件。

阳光下每一个安静的日子潜藏着危机，每一个时辰都有可能是生命的句号。

每个人心理上都有莫大的压力。

现场工作人员只有固守在宿舍区和工地，由 150 名巴基斯坦武装警察 24 小时值班，院墙上设置 14 个岗楼和电子监控系统。除去自由进出宿舍、食堂、工地外，和关在监狱中的犯人没什么两样。

这儿还是登革热疫情高发区，厂区周围几百米的地方出现过登革热患者，4 米高的围墙和武装护卫却抵挡不住蚊虫侵袭。因此，无论再热的天，他们也得把自己捂得像只铁桶。

"你们回去吧，万一被传染了就来不及了！不能把命搭在这儿啊。"甲方负责人劝道。

许永祥心中不是滋味，他知道眼下的处境。这时，他听到手机有动静。原来是单位又发来信息。每隔几天，他们会收到组织的关怀和问候。

相隔千万里，亲人温暖情。

"不！不行啊，这时候决不能当逃兵，会给胜利人、给中国人丢脸呢！"

为了胜利、为了祖国，他豁出去了！

7

亲情是一把无形的刀，隔远了就会宰割心头的肉。最让许永祥牵挂着的是亲人的担忧。

手机开通了国际漫游，但当地网络信号不稳、不通畅。

庚子年的脚步越来越近了，一场史无前例的病毒迅速在全世界蔓延。

山雨欲来风满楼。

征得承建方项目管理人员的同意，30 名中方技术人员中 18 名回了国，许永祥却主动要求留了下来。

他不能走！因为他是现场项目部机务总工和计划工程师，他一离开项目会受到很大影响。这项工程往小处说，关系到中国人的技术服务水平；往大处说，事关"一带一路"建设和中巴之间的传统友谊哩！

他把另三位伙伴的活儿承揽了下来，一人担起原来四个人的工作量。

那夜来得早了些。

温柔的灯光，扯不断的情谊。还是那间十几平方的宿舍，桌上摆着从食堂打来的四个菜。送别宴正式开始。四名汉子端起了酒杯，酒未饮，泪先流。

"祥子哥，你也一块回去吧！这次是大疫情暴发，万一有个意外连家人也见不到了啊！"

"是啊！咱一块走吧，单位也同意了哟！"

……

兄弟们情真意切，许永祥泪流满面，他端起酒杯一连喝了三口。

"是啊，我走了谁也说不出啥来，但咱是胜利人，是代表着国家形象啊！我也不想死，更想念家里人，但这时候我就是要让他们看看咱中国石油工人是什么样的！"

他哭了，哭得好伤心。一会儿，他又笑了，笑得好开心……

8

大年夜。许永祥草草吃了晚饭，自己在院子内溜达。工地上明亮的探照灯将他的影子拉得好长好长；地上的浮土闭着懒洋洋的眼睛在打瞌睡。此刻的工地现场，冷冷清清，寂静得竟能听到时光脚步的沙沙之声……

转一圈正好380步，他几乎天天丈量。同事们走了以后，他进出孤身一人，影子就是他的伴侣。

天空中挂着几颗稀疏的星星，风儿也屏住呼吸。这时，他顺着陡峭的阶梯，爬上了十几米高的集控中心平台。这儿离天空近哩，可以够星星，可以望家乡！

面朝东南方向，他默默唱起了一首歌：

　　十五的月亮，照在家乡，照在边关
　　宁静的夜晚，你也思念，我也思念……

起初是轻轻吟唱，渐渐越唱越高、越唱越响亮……引来十几名巴方工作人员站在下面围观。他仿佛看到了祖国大地上色彩斑斓、耀眼夺目的烟花，听到了此起彼伏的爆竹声声。

"Mr Xu，what are you doing？"

"Happy New Year！"

巴方人员耸耸肩，一脸茫然。

外面的世界并不精彩，外国的月亮不比中国的圆……这是他回去后要和每一个人说的第一句话。

回到宿舍，他端起了酒杯。这是一副"灵丹妙药"哩！喝到飘飘欲仙，再不想家，不恐惧，不知道孤独。

9

巴基斯坦疫情迅速增长到 30 万人，飞机停航，阻断了回国的路。他心里压着一座大山，压得他喘不过气来；他像一只热锅上的蚂蚁，焦躁、恐惧。他躺在床上辗转反侧，难以入眠。

有时，一夜只能睡两三个小时。

那晚 12 点钟，手机信号稍好，他接到了姐姐的视频电话。

"永祥，你还好吗？那边是否有病毒传染？"

"很好呀！这边还没有发现病例，放心吧！"对着手机屏幕是一副笑脸，背过身去泪流满面。

"祥娃儿，你好吗？啥时候回来哩？"是娘沧桑的面容，挂着厚厚的担忧。

听姐姐说，娘得了一种肝胆疾病，浑身发绿，在县医院住了几十天，医院曾下了病危通知。娘每天都问姐姐：永祥的活儿干完了吗？啥时候回家？

他知道，娘是担心怕再也见不到儿子了呢！

挂了电话，许永祥把头钻进铺盖里号啕大哭。哭完了就喝酒，喝醉了，仰天大睡。

他扳着指头数着日子，一天天煎熬着。实在是憋急了，钻进漆黑的夜中找没人的地方大声吼叫：

"嗨嗨——""嗨嗨——"

憋闷、委屈从心底喷发而出，呐喊在小镇的夜空游荡，惊得小鸟扑棱棱地飞起，吓得点点灯光摇摇晃晃……

由于疫情，JHANG 电站项目完成了 85% 后不得不全面停工。

许永祥等四人为单位创下了 390 万元的效益。

开拓外部市场是新时代胜利油田进行的一次新长征，取得了良好的经济效益。勘探开发研究院 33 名技术人员为中石化国际石油勘探开发有限公司尼日利亚、喀麦隆研究区块提供储量评估、开发部署及滚动规划等相关技术支持的 ADDAX 项目，签订合同 2000 万元；孤东采油厂承揽中石化东北分公司松原采油厂部分油气井生产运行项目输出职工 150 人，签订合同额每年 900 多万元；孤岛采油厂输出 101 人到四平采油厂承揽部分油井、联合站等生产运行项目，签订合同额每年 740 万元；油气井下作业中心输出 132 人到地广人稀的长庆油田运输公司承揽"三勤车"的值班任务，签订合同额每年 800 多万元；电力分公司输出 67 人到长庆油田上古天然气处理总厂负责电气运行维护管理业务，签订合同额每年 387 万元……2020 年，全油田盘活用工"动起来"1.14 万人；外闯市场"走出去"2.51 万人，外部市场签订合同额 22.7 亿元。

"走出去"还取得了很好的社会效益。胜利人的足迹遍及全国和非洲、中东等地。无论在环境恶劣、荒凉偏僻的沙漠之丘，还是鸟也飞不进来的深山峡谷；无论是远在战火四起、硝烟弥漫的海外，还是在冰冻三尺、荒无人烟的"北大荒"……哪里有胜利人，哪里就会书写催人泪下的故事；哪里有胜利人的足迹，哪里就会播撒"胜利精神"的"种子"，哪里就会飘扬胜利的火红旗帜，就会唱起"我为祖国献石油"的豪迈之歌！

"石油花"开香万里

胜利"时传祥"

2006年3月2号，春风拂面，生机盎然。时新春与叔叔时纯利、父亲时纯庭和弟弟一起走进原国家主席刘少奇的家。这是一个极为简朴的家庭：一张普通的皮质长沙发，一张斑驳的小茶几，灰面白墙，只有几盆鲜花彰显着主人的格调和品位。83岁的王光美老人紧紧握着时新春的手，语重心长地说："时家出了第三代劳模，这是时家的光荣，也是环卫工人的光荣，你要好好学习，做新时期知识型的女性！"

临别时，老人还送她一套刘少奇诞辰90周年纪念封，并签上自己的名字和日期。

4月26日，柳树摇摆着长发，别着一个个发卡，鲜花怒放，争艳吐芳，姹紫嫣红的北京，被装扮得美丽动人，讲述着春天的故事。天安门广场人头攒动，一群和平鸽快乐地飞来飞去，像那首《春天的故事》跳动的音符。

人民大会堂内正在隆重召开全国庆祝"五一"国际劳动节暨"当好主力军，建功'十一五'，和谐奔小康"竞赛活动动员大会。

踏着欢快的音乐，时新春披红戴花，走上了神圣的奖台，从国家领导人手中接过闪闪发光的"五一劳动奖章"。颁奖仪式之后，她应邀出席了"庆五一"国际劳动节劳模座谈会，作为10名发言者中唯一来自基层的女劳模，她做了题为《辛勤劳动，服务人民，让时传祥精神代代相传》的发言。

掌声如涛，久久不息。此刻，她内心浪潮滚滚，眼中闪动着泪花儿……

1

时新春的爷爷时传祥是中华大地上家喻户晓的英模人物，他凭着"宁愿一人脏，换来万家净"的信念，干了一辈子的环卫工作。1959年10月26日，时传祥参加第一届全国先进工作者"群英会"时，受到时任国家主席刘少奇的接见。这一天也成了山东省的环卫工人节。时新春的叔叔时纯利接了爷爷的班继续从事环卫工作，他在使馆清洁队当垃圾装卸工，以父亲为榜样，勤勤恳恳，踏踏实实，荣获全国五一劳动奖章。

也许是命运的安排，原来当锅炉化验工的时新春，因为改革的需要，她走进了刚刚成立的滨南社区物业公司环卫队，又拿起了扫把，成为时家第三代环卫工人。

那是1979年12月，刚刚参加工作的时新春是滨南采油厂采油一矿采油五队的一名采油工。师父毛爱华是一位和蔼可亲的大姐，比她大5岁，心灵手巧的师父经常在宿舍里包饺子、蒸包子，做好后带到队上给她。

"小时，看我给你带来什么礼物？"国庆节后刚上班，毛爱华给她一个塑料袋包裹。啊！原来是一件漂亮的毛衣，胸口上还绣着几朵梅花，娇艳欲滴。真是太漂亮了！她紧紧抱着心灵手巧的师父。

善良温柔的毛爱华干起活儿来却像一条汉子。每次采油作业后，抽油机的"驴头"被甩上厚厚的原油，要求采油工必须及时清理。

"你细皮嫩肉的，还是擦下边这些地方吧！"师父的关爱无微不至。

清理原油离不开汽油，人的皮肤接触汽油时间长了，皮屑脱落，肉"刺"得痛。每次，毛爱华纤细的手伸进汽油中却一点不含糊。她自己爬到10多米高的"驴头"上，拿着一团棉纱蘸着汽油擦、用泥子刀刮。凛冽的寒风使劲地吹，厚厚的棉工服像纸做的，一会儿的工夫冻得人瑟瑟发抖。时新春的心提到嗓子眼儿，她好担心师父会像一只鸟儿被寒风吹走呢。

整个晌午，师父骑在驴头上一歇没歇，直到"驴头"清洁如新才下来。时新春赶紧把一双冻僵的手暖进自己的怀里，紧紧抱着颤抖的师父……

最让她感动一辈子的是那次落水时。当时，她正经过一座沙河桥。说是桥，只不过上面架着一根粗粗的输油管线，仅能容一人通过。下面流动的是漂着油花的脏水。师父前面走，时新春推着自行车后面跟。一踏上油管，她两腿打哆嗦。

"哎呀！"随着一声惊叫"扑通"一声，时新春连人带车跌入河中，漂着油花的污水呛得她呕吐不止。没想到师父二话没说跟着跳了下来，把时新春拖上了岸，然后又把自行车捞了上来。

师父的骨头是铁打的，石油人的血肉是温暖的！

一辈子走什么样的路，靠的不是双脚而是思想。时新春的思想经历了一次刻骨铭心的嬗变，像一只蜕壳的蝉，石油人苦、采油工累已成为蜕下的外壳，留下的是对岗位的爱，对石油的情，这份情、这份爱渗入骨肉、渗入血脉！

1983 年，国务院落实劳模政策，北京市特批进京指标，让时新春全家迁到北京安排工作。喜从天降，全家人都非常高兴，同事们羡慕得眼珠子快要蹦了出来："马上入住首都了，小时你有一个好爷爷，可是真有福气哩！"

但她却犹豫了，沉思着。

俗话说：人往高处走！进北京意味着将要开始一种全新的生活，对多数人来说是奋斗一辈子都不可能实现的哟！

然而，5 年的工作经历，她的根却深深扎在了荒原，身上流动着石油的血液。她舍不得一棵棵铁树、一滴滴芬芳的石油，舍不得荒原的一棵棵芦苇、红柳，更舍不得师父那样的石油人呢。

"我要为石油出把力，还是留在油田吧！"经过反复考虑，最后她向父亲说出自己的抉择。

"这可是你自己决定的啊，到时候可不要后悔哩！"父亲不无担忧。

"我不后悔！"字字像铁钉，在地上碰出了火花。

因工作需要，1986 年时新春调入运输总公司工作。1997 年 12 月 16 日滨南社区成立，第二年春天锅炉停炉后，她随着锅炉队整体转入社区，来到了环卫队。这个队主要负责胜滨小区 4745 户居民住宅楼的内环保洁、42.8 万平方米外环和小区公共设施保洁、5 所公厕的卫生保洁，以及居民生活垃圾清运等工作，年清运各类垃圾达 3.7 万余立方米。起初，环卫队由 16 名医院转岗来的护士为骨架组建，通过竞聘，时新春担任了班长。

白衣天使和环卫工，一个净，一个脏，应该是两个"对立"的职业，现在却戏剧性地走到了一起。

原来打扫卫生的活儿都是家属干的，"白衣天使"突然变成"马路天使"，好多人思想起了疙瘩，抵触情绪很大。有的上班戴上眼镜，蒙上口罩，扫几下匆匆收场。有几个小姑娘不好意思出来扫楼道，时新春就替她们扫。为了尽快帮助她们进入角色，时新春带着她们到花池、绿地捡垃圾。大热天姑娘们戴着口罩，捂得严严实实的，一晌午下来，衣服都湿透了。歇着的时候，她就给姐妹们讲起爷爷的故事。

20世纪30年代初，因为黄河泛滥，地处黄河岸边的齐河县成了重灾区。在娘一句"活一个算一个吧，出去混口饭吃"的劝说下，1930年农历大年初三的早晨，15岁的时传祥揣着7个糠菜饼子与几个小伙伴一起，沿着铁路徒步向陌生的北京城出发。

一路辛酸，历经磨难，伙伴们陆陆续续回去了，只剩时传祥一人。

北京城街头。一位衣衫褴褛、面黄肌瘦的老头儿，身背粪桶，手提粪勺，走到自家门口时，发现路边躺着一个孩子，一双光脚板满是泥血，腿上伤痕累累。他用手一试，发现鼻子还有气，赶紧和老伴把孩子拖进屋内。

这个孩子就是年幼的时传祥。

喂进半碗姜汤，时传祥终于缓过气来。从此，他跟着老人当起了掏粪工，

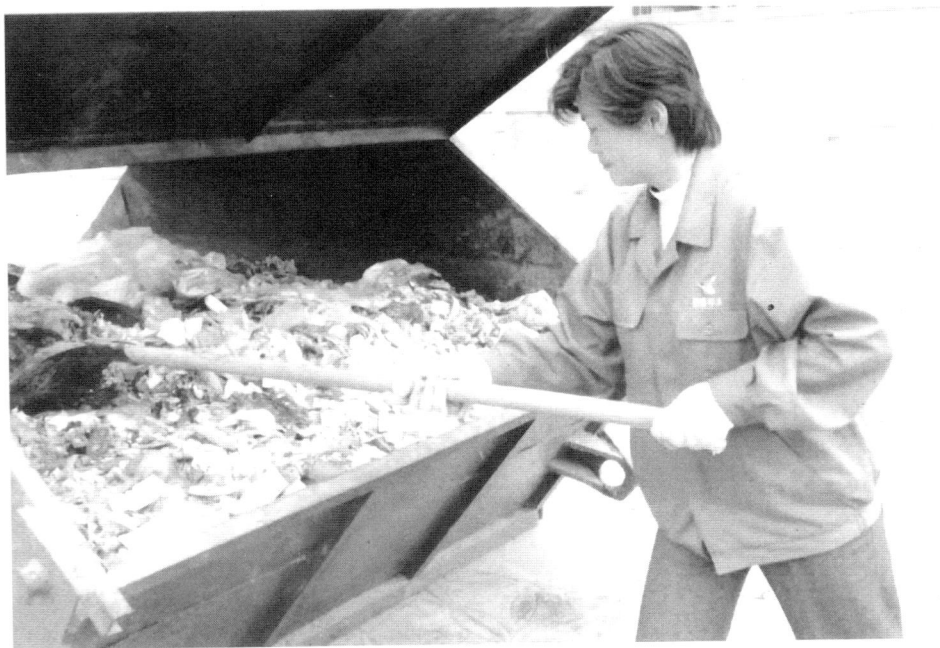

每天与垃圾打交道

成了当时社会底层最受人轻看的"屎壳郎"。他曾被旧警察打过，与"粪霸"斗争过。新中国成立后，"三十亩地一头牛，老婆孩子热炕头"，翻身的穷苦人有了自己的土地、房子和牲口，一些掏粪工人纷纷回农村老家。为了报答共产党的恩情，时传祥继续选择了掏粪工的职业。他每天背着一个 200 多斤的粪桶，别人一天平均背粪 50 桶，他却一天要背 93 桶。一走，粪汤在桶内"咣当咣当"溢出来，顺着袄领流满全身。为多积肥，他多次跳入 1 米多深的化粪池挖出粪便……

他说，为新中国的富强和人民的幸福而掏粪，是无上光荣的。凭着"宁愿一人脏，换来万家净"的信念，时传祥成为共和国的英模。

嘴硬心软的姑娘们听了时传祥的事迹后早已泪雨涟涟，她们勇敢地摘下口罩拿起扫把，工作现场飘起了朗朗笑声……

2

王光美的勉励，时常在时新春耳边响起，她感到身后有一缕风，助推着她一路前行。

一定要不辜负老人的期望，对得起"环卫世家"的称号！她暗下决心。

然而，看似简单的事情却不简单。

"小时，你怎么干起环卫工哩？"那天，时新春第一次上路保洁，对面来了一位王大姐，老远就不解地问道。

时新春听出了问话背后的含义，脸上火辣辣的。

那天，一位老太太牵着五六岁的孙子从正在垃圾桶旁忙活的时新春身旁经过，老太太停下脚步教训孙子："你不好好听话，长大了就让你打扫卫生哟！"

世俗的观念像一座大山压得她喘不过气来；一只只白眼像一枚枚利剑扎在她心上，鲜血滴答滴答……

人都有自尊心啊，她想哭，想喊，想反抗！

世界上最深的就是人心呢，看不到底、捉摸不透：一方面人人都爱干净，另一方面人们却对创造洁净环境的职业打心眼里歧视。

更让她流泪流血的是另一件事。

一名老妇人在绿地内遛狗，时新春走过去提醒道，别糟蹋了刚种上的花草。

"我家这狗比人还懂事，最起码它不乱管闲事呢。"歧视的白眼、恶毒的人身攻击，比剑锋利，比毒药猛，扼杀着她的热情，摧残着她的梦。她几乎趴下，不想再爬起来，一连几天吃不下饭、睡不好觉，泪雨涟涟。就在她心积厚厚冷雪、犹豫徘徊之时，叔叔时纯利特意从北京寄来《人生楷模——时传祥》一书和一瓶香水。

真是雪中送炭哩！

"我们一人脏累，却给千百万人带来了好环境，所以我们的工作很光荣哩。"爷爷朴实的话，就像在她面前点燃了一盏明灯！再苦，还有爷爷苦吗？他一天到晚背着一个粪桶累得上气不接下气，住的是驴棚，吃的是杂面窝窝，盖的是破麻袋和稻草；还有爷爷冤吗？因为粪车倒了，而被巡警打得遍体鳞伤……

如果缺一名采油工，可能对原油生产影响不大，如果少一名环卫工，或许多一些脏乱差。

"一个有思想的人，不在乎别人的误解，也不在乎世俗的偏见，因为他的内心就是一个完美的世界。"

刘少奇主席接见爷爷时传祥时说的那句话："你掏大粪是人民勤务员，我当主席也是人民勤务员，这只是革命分工不同。"

从爷爷、叔叔身上，时新春触摸到了这种最朴素的信仰，深刻感受到"工作无贵贱，劳动最光荣"的家族理想，她暗暗发誓，先要转变自己的观念，自己看得起自己。堂堂正正做人，脏了我一人，净了千万家，还不值得吗？让暴风雨来得猛烈些吧！

从此，她坚定了从事环卫工作的信心。

3

滨南社区最大的居民小区，面积有 85 万平方米，有近 5000 户居民，环境保洁任务重，绿化养护工作量大。这儿的居民大都是石油人，尤其对于那些战天斗地、饱经风霜、"宁肯少活二十年，拼命也要拿下大油田"的"老石油"来说，有一个舒适温馨的家园体现着一种对创业者的尊重和关怀。

扫把也是刹把，当好后勤兵也是为祖国献石油哩。

修剪花卉，创造美好

每天早晨 6 点钟，时新春披着一身星光，早早地来到工作现场，不管春夏秋冬，无论刮风下雨。2001 年，公司在小区内新设置了 4 个垃圾房。一开始居民不习惯，即使垃圾房近在咫尺，也不愿将垃圾袋投到垃圾房里，随手扔在地上，垃圾房成了摆设。

一定要把这种习惯改过来！

时新春给垃圾桶当起了"伴娘"，守在现场，引导居民按规定投放垃圾。姐妹们看到后，跑来与她为伴，一人守住一个垃圾房。恰逢酷暑时节，天气闷热难耐，臭气难闻，有几次人恶心得想吐。从早上 6 点到 7 点半、晚上 6 点到 8 点，她们一直守候着。时新春干脆把口罩摘了，强制自己大口地呼吸，臭气吸多了反而没有那么难闻了。恶臭难闻的垃圾却是蚊子苍蝇的亲戚，蚊虫一个劲地向身上扑，她们白皙的胳膊、两腿、脸上被叮出好多红包，又痒又痛。坚持了两个月，居民们被感动了，再也没有人乱扔垃圾。

善良着才会美丽着。

看到小区内有 6 户孤寡老人，身体患病，腿脚不灵便，时新春和姐妹们成立了"送温暖、献爱心"服务小组，与 6 户老人结对子，干家务、陪聊天，照顾得无微不至。

"小时真是比亲闺女还亲呢！"一提起时新春，老人们称赞不已。

社区为改善居民居住环境，对楼道内墙进行粉刷，楼梯上洒落了一些涂料，时新春用小铲子一点点清理，一干就是半个月。由于蹲的时间长，累得腰都直不起来了，手上磨起一个个血泡。

"小时，歇会儿吧，到我家喝点水！"一位热心的老大娘拉着她，时新春谢绝了，心中却是甜甜的，脸上开着一朵美丽的花朵。

大自然的春风来了，人心期待的春风来了。没有白付出的汗水，小区容貌有了新变化：楼道洁净，玻璃如新，道路整洁，垃圾入桶……居民脸上有了笑容，环卫班有了笑声，时新春心里有了收获的甜蜜。

4

2005 年大年三十下午 4 点，滨州市垃圾场临时关闭，小区内还有 5 个满满的垃圾箱无法及时外运，周围堆满了垃圾，就像一只落在嘴边的苍蝇，破坏了大家过节的心情。这时，已担任环保队队长的时新春心中着急，脸上挂着汗珠，挨个给姐妹们打电话，把正在忙活大年的同事们揪了回来。这时，室外的气温已到零下 8 度，吼叫的寒风像拿着刀子在脸上使劲地刮。时新春和几个姐妹们脸冻红了，手冻僵了，但没有一人停下来，她们将一袋袋垃圾收起，把散落在外的垃圾一点点捡起，转移到别处的空箱内。堆积如山的垃圾没有了，在空中飞舞的塑料袋、纸屑不见了。腊月落雪静悄悄，腊月的讲述也静悄悄，一点点沁入听者的内心……华灯初放，繁星闪烁，看着美丽的烟花此起彼伏，听着万家灯火传来的欢声笑语，几名站在瑟瑟寒风之中的孤单身影，走起路来咚咚响……

虽然当了队长，但时新春身上没有一点"官"样，相反她干的活儿比以前更多了：承包了 100 户楼道、两条公路、三个公厕的清洁任务，相当于三个人的工作量。她把身心都用在工作上，家里顾不上，全靠婆婆支撑着。她握着婆婆粗糙的手，惭愧地说："妈，等我退休了好好地补偿您！"

"好孩子，放心上班吧，家里有我，你放心就是了！"

自从女儿上学，她很少辅导过，没有为孩子买过一件衣服，没能陪女儿逛过商场。女儿说，见到我妈一次就不容易了，其他一点也指望不上。

妹妹想念姐姐，从北京专门过来探望。住了一周，时新春却没能陪妹妹出过一次门，每天回家时她身疲力尽，一步也不想动。

按照规定，社区要对居民收取卫生费。那天，她敲开了一家住户的门，一听说要钱，女主人扔了一句："我们没钱！"使劲关防盗门。

"啊！"时新春的手指被夹住了，钻心般地疼痛。

下楼时，她听到屋内一阵笑："活该！"

身痛还可以坚持，但这心痛却让人难以忍受啊！

那年春天，有一种叫"吊死鬼"的虫子肆虐，一晚上就会把一棵树的叶子吃光。没有打药工具，时新春跑到地方的绿化公司借。打上药后，地上铺了一层白虫。然后，他们又一点点用敌敌畏抹虫眼。敌敌畏属于烈性药物，一天下来熏得人头晕呕吐，却没有一人打退堂鼓。

过了几天，树木又生了一种甲壳虫，大半天的工夫把绿色盎然的树枝折磨得枯萎了。按照防治要求，时新春果断地带领职工把树枝进行了修剪，只保留了主干和一些老枝。刚刚吐出新枝的树木，这下变得光秃秃的，很难看。有的居民不了解实情，跑到社区告了状。一名领导跑到现场暴跳如雷，不听解释，朝着时新春就是一阵猛烈"炮火"，并扣了她当月奖金。时新春保持沉默，只是在夜深人静的时候悄悄流下了泪水……

那年，街头上的树木大都遭受虫蛀，千疮百孔，独有滨南居民小区的树木绿意葱葱，一派生机。

5

"一枝一叶总关情"，环卫绿化工作不只是清洁美化环境，还要美化心灵。

2003 年油田协议解除劳动合同的职工重新上岗，社区把 40 人分给了环卫队。起初，几名再上岗人员不干活儿瞎捣蛋，要么到卫生区转转，要么干脆不上班。第一个月发绩效工资时，时新春和队班子商量严格按照考核办法执行，多劳多得、少劳少得、不劳不得。

这下可捅了"马蜂窝"！

"谁扣了我工资？是要找事啊！"一名女工腿一瘸一拐来了，还没进办公室就骂骂咧咧。

原来，这名再上岗女工报到时只露了一次面，再也见不到人，电话不接，家中无人，卫生区半个月不打扫，据了解她竟私自外出爬黄山去了。按规定当月扣了她的绩效，一时受不了，跑到单位大闹。

时新春给她端上一杯热茶，拿出绩效考核办法让她看。

"啪！"没想到茶杯被一手打翻，文件被撕个粉碎。

"谁让我吃不上饭就让她养着我，从今儿个起你上哪儿我就去哪儿！"说完一屁股坐上办公桌，跷起二郎腿，一种不达目的不罢休的架势。

这还真是一个说到做到的主儿，时新春上厕所，她站在外面等着；时新春回家，她跟着进家门。对于这样的职工，大多数干部服软躲远。

如果向邪恶低头，正气就会树不起来，队伍就带不好。时新春不亢不卑不温不火，那位职工跟着进家，时新春就端上碗筷；跟着到单位，时新春就拿着扫把干活儿，让她一边看着。她非常理解这些人的心理感受，没有简单地用制度来约束她们，更没有将矛盾上交，而是"关心不歧视，关照不责备，关爱不疏远"，事事干在前，艰难抢在先，以行动感染，以关爱感化。

一块坚冰终于慢慢融化了。几年来，这名女工好像变了一个人：工作服从安排，不怕脏、不怕累，成为环卫队的骨干力量，后来被评选为"油田道德模范"。

能拯救人灵魂的只有善良！与其惩罚邪恶，不如把恶转为善。洗净一颗魂灵，功莫大焉！

吞下了委屈，喂大了格局。

6

2006年从北京受奖后，刚刚踏上返程的时新春没有回家，而是直接去了位于齐河县城东北部的时传祥纪念馆，她要向爷爷汇报。

午后的阳光渐渐和煦，暖意融融。院外绿树葱葱，一只只喜鹊跳来跳去；院内鲜花簇拥，春意浓浓。她心中有一头牛在狂奔着，脚步轻盈，走进"时传祥纪念馆"。站在爷爷塑像前，爷孙俩开始"对话"。

爷爷，孙女又接过了您的"接力棒"，要继续把您的精神发扬光大！

这时，爷爷的脸上闪烁着一层光环：好孩子，你还要超越爷爷，跟上时代跑啊……

爷爷的嘱托她听得真真切切，默默地记在心里。抬头遥望，头顶一朵白云朝她微笑致意。不知不觉，太阳已经偏西，斜阳映照之下的纪念馆静谧而恬淡，天空那一片蔚蓝，早已深深镶嵌在她心上。离开的时候，她一步一回头，爷爷微笑着向她"挥手"……

"荣誉不属于自己，我要感恩生命中遇到的每一个人！"她把荣获全国"五一劳动奖章"奖励的 5000 元奖金全部捐献给了"幸福工程"。这项工程是由王光美女士发起的，旨在资助贫困母亲。

汶川发生大地震，她以一名普通共产党员的名义捐献 2000 元；2020 年为抗击疫情她捐款 2000 元；看望病重老同事，她自掏腰包送上慰问金……

环卫工的工服容易脏，一有空，时新春悄悄地把大家的工衣洗干净，不让人知道。

平时，遇到职工请假或是不愿干，时新春顶上去把活儿接着干了……

7

时代是一列不停站的列车，知识是力量的源泉。因此，不学习提升自己，就要落伍，被超越，被落下。

"我干了一辈子清洁工人，你们一定要把这个班接下去。要革新，放下扫把，放下铁锹、粪桶，实现清运机械化……"爷爷的嘱托，时新春时时记在心上。她利用业余时间读完了企业管理的大专课程，补课充电提升自己。

"只有无科技含量的人，没有无科技含量的岗"，看似简单、技术含量不高的环卫绿化行业，其实有许多创新点。

时新春在环卫队成立了三个科技创新小组，建立了植物标本室，开展了"科技绿化"活动。经过多次试验，取得了在盐碱地上种植三叶草的成功；通过对"美国白蛾防治"和"法桐天牛防治"的攻关，降低了病虫的危害。革新垃圾叉车，不仅可以清运垃圾、铲土、推雪，还可以协助清理检查井内的污物及淤泥。其铲土功能相当于 5 个人的工作量，铲雪功能相当于 10 人的工作量，不仅提高了工作效率、节省了人力物力，而且取得良好的经济效益，仅投入一辆叉车成本就可节约近 20 万元；创新发明微型打药机，将 20 公斤喷雾器缩小为 0.5 公斤的手握喷洒杆，用它进行消杀，不但降低了劳动强度，还使消杀的工作效率提高了 20 倍……

她和队上的骨干，又把在实际工作中积累的绿化经验，编辑了《绿化常用知识培训教材》，对于绿化环卫工作具有指导意义。

令时新春高兴的是，她所在的环卫绿化队成为胜利油田的"明星队"、行业一强基层队、名牌基层队和标杆基层队。他们管理的居民小区道路整洁、卫生，无"四害"，而且实现了"三季有花、四季常绿"，被山东省建委评为花园式小区。

2009 年已是滨南社区工会副主席的时新春，仍然心系环卫工作。

"辛苦我一人，洁净千万家"是她的工作信念，现在这种信念已成为环卫队的团队精神，这是对时传祥"宁愿一人脏，换来万家净"精神的继承和发展。时代在前进，劳模精神与时俱进，内涵在不断丰富和充实。

2016 年 6 月 26 日，时新春带着叔叔和她的两枚全国"五一劳动奖章"，还有叔叔送的那瓶香水，走进中央电视台第一频道《我有传家宝》节目，三代环卫工的事迹感动了亿万观众。

油田实施人力资源优化战略后，时新春第一个带着闯市场。他们承包了滨南采油厂 15 口油井的保洁任务。一天到晚，在十几米高的抽油机上爬上爬下，一点点擦洗，像母亲一样精心呵护着孩子，让孩子体体面面、干干净净。冬天来临的时候，又一点点为抽油机"缝制棉衣"，确保冬天不受冻。看到他们这么用心，采油厂领导连连称赞："哪里有时新春，哪儿就有亮光哟！"

作为环卫队老队员，她又带头承包了一个花卉大棚的管理。春天剪枝，夏天打药，冬天培育。每天晚上回家后，时新春赶紧找红药水，她的双手被花刺扎得鲜血淋漓……进入 2018 年以来，环卫队在人员减少 30%、工作量增加 20% 的情况下，实现年人均创效 51.97 万元。

2018 年 10 月 20 日晚，CCTV1《机智过人》栏目展现了这样一场较量：两台高端人工智能无人清扫车，与代表环卫行业最高水平的环卫劳模世家时新春的 5 位"环卫姐妹花"，进行清扫比赛，人与机器展开平台大竞技。结果，踏实能干的石油环卫工大获全胜，诠释了"走科技环卫路、做精细保洁人"的志向，在全国引起反响。

8

共和国没有忘记，历史不会忘记，人们更不能忘记，时代在呼唤"时传祥精神"！在新中国成立 60 周年之际，时传祥被评为"双百人物"。

"妈！我食言哩，退了休也没能及时照顾您呀！"时新春一脸内疚。50 多岁的人了，脸竟羞得红彤彤的，像一朵月季花。

"我没啥，单位的事才是大事，按照你的想法去做吧！"通情达理的婆婆握着她的手安慰道。

2015 年，按照组织规定，时新春退休了，但时传祥精神不能退休！她是时传祥的孙女。

于是，环卫队还有时新春忙碌的身影，她继续担任这个队的名誉支部书记，她所在的环卫队被命名为"时新春环卫队"。

她还兼任滨南服务部老年东站党支部书记，负责 70 多名退休老同志学习传达上级精神、信息传递、组织文体活动、后勤服务等，工作头绪多、琐碎繁杂，主动配合居委会张贴宣传单，宣传防疫知识。同时，还担任老年大学思想政治课老师、居委会志愿者等，一天到晚闲不住。

生命不可能延长它的长度，但可以拓宽它的宽度！

西下的夕阳干净、明亮，一条条赤红色的光芒缠绕在小区内一排排白蜡树上，小鸟儿跳来跳去，叽叽喳喳。夜幕来临，广场上，男男女女、老老少少人来人往。伴随着优美的旋律，"油大嫂"们舞姿轻盈、步履翩翩……

站在一旁默默看着这和谐欢快的场景，时新春心里涌上一阵甜蜜。

驾驶室里的"杜鹃花"

1

1979 年，16 岁的杜全芳通过招工成为一名石油工人，分配在运输处客运四大队。当时，有大客车驾驶执照的司机寥寥无几，因此她成为单位的"宝贝"，很是抢手。瘦弱的杜全芳开起了又长又高的大客车，每天跑市内交通。

1993 年初，油田运输行业被全面推向市场。公司为了扩大经营，开辟外部市场，长途业务多了起来。当时跑长途的主要还是男驾驶员，人手不足，车轮连续转人不能歇脚。

"队长，还是让我跑青岛吧，任务很重，男司机太辛苦了！"杜全芳主动找到队长，提出了自己的请求。参加工作一年多，由于表现出色，她已担任队上的副队长。

"你可是队里的干部哩，况且又是一名女同志，家里能行吗？"看到杜全芳一脸认真、头上冒着热气，队长既替她担忧，又感到不好意思。

"您放心吧！家里有婆婆哩，队上的工作我绝不会耽误，晚上加班整资料。"其实，她顶上去，也解决了队长的燃眉之急。

提起杜全芳的婆婆，那可是不一般的人物哩。她叫孟凡杰，是一名石油家属，在家属队是出名的能干，曾被评为油田劳动模范。家属被评为劳模的屈指可数啊！

杜全芳一结婚就把退休的婆婆接了过来。公公去世得早，住在一块既让老人帮着照顾一下家，又可以减少老人的孤独。

婆婆可是夫妻俩的"政治老师"哩，一有空就给他们上课："你们在单位勤快点，别人不愿干的要抢着干。挣钱比家属多，活儿可没有家属累。全芳啊，你就放心忙工作吧，家里有我呢。要干出个样来，让大伙儿看看我孟凡杰的子女也是好样的！"别看头发花白、腰弯背驼，老人那股劲头仍然不减当年。

于是，杜全芳承担了东营至青岛的长途任务。乘坐过她车的人都说一上车就有一种家的感觉。车上不仅干净整洁，而且有开水、常用药、地图和马扎等物品。那时候的客车没暖风，天冷时杜全芳就把老人、儿童和病人让到驾驶室，还在车厢内专门准备了棉大衣。有位家住青岛的80多岁的阿姨，别的数字已经记不住了，可杜全芳的车号"53515"她却能一口说出来。每年冬天，老人都要到在油田工作的女儿家过冬，接送费时费力，杜全芳主动对老人的女儿说："要是你信得过我，就让大娘坐我的车吧。"这一接送就是三年，老人每次往返都是由杜全芳照顾，老人也把杜全芳当作自己的亲人。每次见面，她热情地拉着杜全芳的手，边流泪边激动地说："这闺女心眼真好呀！"

2

"不好了，老大爷生病了！"车子正行驶在去青岛的路上，杜全芳听到顾客在呼救。一位60多岁的大爷突发心脏病，脸色发白，坐立不稳，倒在了车厢里。乘客们吓得不知怎么办，只有找杜全芳。

杜全芳立即将车停到安全路段，把车上准备的硝酸甘油和速效救心丸放入老人舌根下。大约10分钟，老人缓了过来。到青岛后，杜全芳迅速与大爷的家人联系，把老人送到离家最近的地方。老大爷感动得不知说什么好，下车后不停地向杜全芳挥手。看着沐浴在夕阳之中老人的身影，全车人心里暖暖的……

"一个人做一件好事容易，做一辈子好事却很难！"作为一个时代的航标，雷锋不仅留下了哲言，而且还留下了一面旗帜、一股春风、一种精神，薪火相传，使中华大地春意盎然，鲜花灿烂……几年下来，杜全芳行车 50 万公里，所做的好事塞满了青岛与东营之间的路，她的事迹引起各级组织的关注和推崇。1996 年杜全芳获得全国"五一劳动奖章"，是胜利油田第一位获得这项殊荣的女职工。

伟大寄予平凡之中，平凡折射出伟大。

她出名了，成了全国的"大名人"！

"把每一件简单的事做好就是不简单，把每一件平凡的事做好就是不平凡。"她动情地说。

3

能让别人快乐的人一定很善良，善良的人一定很快乐。

有人猜测，杜全芳功成名就，之后可能就不如从前了。

然而，成名后的杜全芳还是以前的杜全芳，见到人一脸花儿，一副诚恳踏实的样子。只要客人有需求，不耽误行车计划，她都是有求必应。送孩子、送老人、捎钱、买东西等，啥活儿也接，甚至对于陌生人的慕名相托，也是让人家百分之百地满意。那几年里，她几乎跑遍了青岛的各大商场和医院，大家亲切地称呼她是"义务邮递员"。

秋风如水，蓝天如镜，白云似羊。杜全芳在运输加油站加完油刚出来，发现一辆单排 130 车从车盘下钻出一股股浓浓的黑烟，一簇簇火苗随风而起，越长越高。如果火势蔓延，就可能殃及加油站，后果不堪设想。情况万分危急！车上的灭火器喷不出灭火剂，司机慌了手脚。杜全芳立即停车，从自己的车上取下灭火器，拔销，喷雾，白色的干粉剂很快扑灭了火苗。她满脸黑烟，咳嗽不止，呛得直流泪。那个司机非常感动，一个劲地打问杜全芳的名字。

"我是运输的！"没想到他记住了车号找到中队，送来一封热情洋溢的感谢信。

1997 年 10 月 7 日下午 3 时许，天高云淡，金色的阳光铺满笔直的公路。杜全芳驾驶的客车唱着欢快的歌儿行驶在从青岛返回东营的路上。农田里飘来的玉米清香，让人感到身心仿佛与自然在同一脉搏里跳动，在同一音符里起伏，就连呼吸也无比欢畅。在温馨的车厢，互不相识的乘客们迅速打破了陌生，有说有笑。当行驶到东王路段时，突然，杜全芳发现前面左侧路旁两个车头撞在一起。

"不好！发生事故了！"杜全芳迅速停下车，第一个下来跑到车祸现场。

6 名伤员满脸白灰，辨不清模样，个个血肉模糊，东倒西歪，一位断了腿的伤者疼痛地呻吟不止，那凄惨的场面让人揪心。

事不宜迟，救人要紧！

杜全芳成了现场指挥员，她和乘务员张爱琴赶紧动员车上的十几名乘客一起抢救伤员。他们用撬杠打开车门，把伤员架上自己的客车，然后赶赴就近的油田胜利医院。紧接着杜全芳和张爱琴掏出身上的 1000 多元，为伤员办理了住院手续，和大伙儿楼上楼下、跑前跑后推着伤员做检查。白色的医院大厅里、诊房里、化验室里……到处是急急的脚步、滚落的汗滴、怦怦的心跳。晚上 10 点多，伤员全部脱险，杜全芳长舒了一口气，紧缩的心慢慢还原。根据伤员提供的地址，她一一通知到他们的家人。深夜零点，杜全芳回到家里，这才脱下浑身沾满血迹的衣服，浑身疲惫不堪，像散了架。

2002 年春节的脚步越来越近，年味儿越来越浓。这天下午，斜阳西照，高速旋转的车轮与柏油路沙沙地摩擦着。正在行车途中的杜全芳突然发现前面路旁一位中年男子满脸是血，拼命地举着双手拦车。

"快冲过去吧，很可能是骗子啊！"有乘客好意提醒。杜全芳却停下了车，立刻一个人跳下来问明情况。原来是一位出租车司机，遭到歹徒袭击身体受伤，车被抢走。杜全芳立刻将他扶上车，火速拨打"110"，直到交警和巡警赶到，将他送走后，杜全芳才开车离开。

"真是个好人啊！""这个姑娘真是胆大哩，如果遇到坏人就惨了！"……

听着乘客的议论，杜全芳只是笑了笑，她的笑容真好看，好像一朵杜鹃花儿盛开。

4

客运行业的工作性质比较特殊，一年四季两头不见太阳，早起晚归。20 世纪 80 年代初，车少司机少，运力严重不足，客车司机天天都是工作日。当时，有一班从中心医院至职工大学的 15 路车，距离短、路面窄、人流多、停车点多，路况复杂，乘客大多是去医院看病的老人和孩子，危险因素多，这

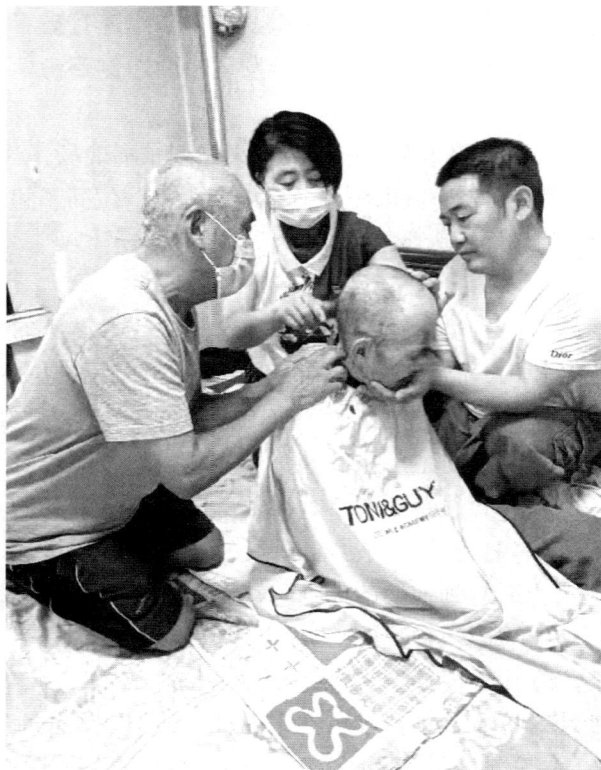

上门为行动不便的老人理发

条线路，一天得跑十几个来回，中间还要停车、起步无数次。许多司机都不愿跑。

杜全芳主动请缨，承担了这条线路的运营任务。为了给乘客提供方便，她尽量就近停靠，帮助有困难的乘客上下车，无形之中又增加了停车次数。有的乘客等的时间长了会不耐烦，后来她想了个办法，在车上装了个布挂袋，里面放上针线、杂志等物品，若是闷得慌让乘客可以读读书看看报。有需要的乘客扣子掉了、衣服破了正好可以缝补。

善良也会"传染"，它能唤起人们心灵中那些美好的"人之初"。时间一长，那些散发着善良芬芳的青雾，摩挲着乘客的面颊，轻绕着乘客的肩腰，滋润着一颗颗跳动的心，澎湃着一股股热血。

她在 15 号交通线上为乘客热情服务了近 10 年。

杜全芳有一个习惯：无论收车多晚，她都坚持给车清洁、检修、保养之后再下班，否则，就会浑身感到不舒坦，连觉也睡不踏实。多年来，她把爱车当伙伴，年年被评为局里的"红旗车"，行驶 50 多万公里无大修；安全行车近 400 万公里，创产值 200 多万元，车辆完好率保持在 99%，正班正点率达到 100%。

这一串数字来之不易哟，是辛勤汗水和执着的结晶。

太阳出来了又落下，树叶绿了又黄……日子开始了，日子过去了……3600 多个日子，似滚滚黄河之水载着杜全芳的青春年华漂流东去，然而，潺潺流水却闪现出耀眼的光芒。

"客车虽小，但人心要大，只有将心比心才能换真心。"她深有感触地说。

2000年12月，黄河口大荒原，寒风怒号，芦苇颤抖。杜全芳的心中却揣着一片春天，在油田有关部门工作人员的陪同下，她走进了庄严的人民大会堂。作为全国劳动模范，她受到党和国家领导人的接见。

第二年春天，阳光明媚，鲜花怒放，争奇斗艳。作为全国"十佳女职工"之一，杜全芳怀着激动的心第二次来到北京。望着庄严神圣的天安门，她流出了滚烫的泪水……

一朵鲜艳的杜鹃花，花香四溢，醉了黄河，醉了大海……

随后，在胜利油田迅速掀起了"远学李素丽，近学杜全芳"的活动热潮。杜全芳像一颗璀璨的明珠，闪耀在黄河口这片土地上。

5

"时位移人"是千百年来许多人认同的"真理"。

处在人生之巅、大红大紫的杜全芳却没有被身边环绕的彩云所迷惑，而且还是那样踏踏实实开着自己心爱的车，从事着平凡的事业。

2001年，油田协议解除劳动合同的政策，像一场汹涌而来的浪潮冲击着油田职工们的思想。面对不景气的油田运输行业，看着周边一些人"下海"挣了大钱，车队的兄弟姐妹们思想犹如在平静的湖面上激起了阵阵涟漪，站在人生的十字路口，犹豫、徘徊。

"杜姐，你有啥打算吗？"

"杜姐，干脆你领着我们干吧，就凭你这劳模的名气咱们一定能成功赚大钱哩！"几个要好的姐妹找到杜全芳。

她知道，这是姐妹们信得过她。

"20多年了，我从没离开过这里，只要车站在，我就在！"杜全芳坚定地回答，脸上那朵花儿好像是钢铁做成的。

"连劳模杜全芳都要调走喽！"不久，一条小道消息在运输总公司传得沸沸扬扬，甚至去哪个单位都说的有鼻子有眼。

"只要能开车，我哪里都不去。"杜全芳在生产会上当众表态，她那两个浅浅的酒窝里塞满了坚定。

市场经济起起伏伏的浪潮还是充满了刺激和诱惑。

当时，运输总公司有不少职工通过协议解除劳动合同自谋职业。外面的世界很精彩，也很无奈。有的职工下海后如鱼得水，事业做得很红火；有的却被市场的海水呛得死去活来，不仅没有赚到钱，而且赔了本。

孩子没奶吃只有找娘。

作为"娘家人"，杜全芳看到这些姐妹的遭遇，十分同情，跑上跑下，帮着再就业。她说，她们都有驾驶证，有的还有大客执照，也是技能人才，不能浪费了哟！在她的铺路搭桥下，这些人全部上岗再就业。而杜全芳又主动担当起了培训大客司机的教练员，不仅传授驾驶技术和操作要领，还言传身教职业道德。50多名再培训实习司机顺利走上了汽车驾驶员岗位。

人稳业兴，运输生产好像滚滚车轮，得到了很好的发展。

6

企业的发展历程，也是边走边改的过程。

2006年，因为形势的要求，杜全芳所在的胜利油田运输总公司客运公司全部改制，工作了30年、已担任客运队政治指导员的杜全芳所钟爱的"家"一下没有了，只有"改嫁"到地质院工作。

"杜劳模，您来到我们这儿就是宝贵的财富啊！您还是在机关工作吧！"新单位的领导十分热情。

"我是驾驶员出身，是方向盘给了我荣誉和鼓励，我还是开车吧，握着方向盘心里踏实哩。"

车队一辆考斯特面包车没人开，而且必须要求有大客车驾驶证的司机。杜全芳再次摸起了"方向盘"。

有人劝她："你真傻，开了一辈子的车还没开够？你以前是指导员，又是全国劳模，怎么不要求到更好的岗位呢？"

"咱这个社会需要'傻子'哩！"

杜全芳的玩笑话很有哲理！

她把单位当作了家。每天早上，提前半个小时赶到单位，打扫卫生、检修车辆。地质院是家科研单位，为了给这些"有墨水"的人才提供一个舒服愉快的行程，杜全芳在车上备好生活日用品、送上热水。她说，始终要让"秀才们"感受到社会的尊重！

7

当代著名捷克作家伊凡·克里玛说过："一个人如果不在自己的灵魂里滋生高尚，谁也无法赋予他高尚。"

杜全芳就像一块"金砖"，从里到外，表里如一，闪烁着金色的人性光芒。她闲不住，一有空就做有益于他人的事。她流露出的善良来源于灵魂深处。有人曾评价道："杜师傅心中始终装着别人，为他人而活着！"

2018年6月杜全芳退休了。许多好心的朋友劝她："你这辈子真不容易，该得的也得到了，好好歇歇吧！"然而，杜全芳却又主动返回单位协助做老年服务工作，当起了"红白理事会主任"。

夜深沉，梦正香，杜全芳被一阵急促的电话铃声惊醒，她看了一下表：凌晨2点10分。

"杜大姐，我是物探院的一名职工，您可能不认识。我弟弟去世了，您过来看看吧！"

她急忙穿上衣服，来不及洗把脸、梳下头，蹬上鞋就出了门。

天黑压压的，成片的乌云像块巨石压在头顶，地上白茫茫的一片。寒风呼啸如同怒涛一般，卷着雪花打在脸上，好像被一粒粒石子击中，生痛哟！她骑着自行车顶着寒风，像逆流而上的一条鱼，摇摆着穿行在厚厚的雪夜之中。

"吱咯吱咯——"自行车碾压在十几厘米厚的白雪之上，十分吃力。一会儿工夫，她脸上竟滚起了汗珠。不到两公里的路程走了大半个小时。

狭窄的卧室里，凌乱灰暗，微弱的灯光之下，床上直挺挺地躺着个人。逝者是一位40岁的男子，面目狰狞，两眼暴突，看上去十分恐怖。去世一个多小时没人敢凑上前。杜全芳搓了搓冰冷的手，二话没说解开死者的衣服。一阵恶臭扑面而来，死者拉尿在裤子里，在场的人手捂住鼻子迅速后退。杜全芳脱下他的衣服，也顾不得羞涩，用温水从头到脚擦拭干净，然后又为他穿上新衣。天渐渐发亮，她又忙着与太平间、火葬场联系处理后事。下午两三点钟，她匆匆回家，草草吃口饭填一下肚子，又迅疾返回。直到第三天下午，逝者入土，她才拖着疲惫的身体返回家中，倒头便睡，一睡就是五六个小时。

那是一个炎热的夏天，杜全芳接到本单位一名女职工因车祸而溺亡的噩耗，与单位的领导迅速驱车赶到位于利津县汀罗镇与孤岛镇之间的事故现场。

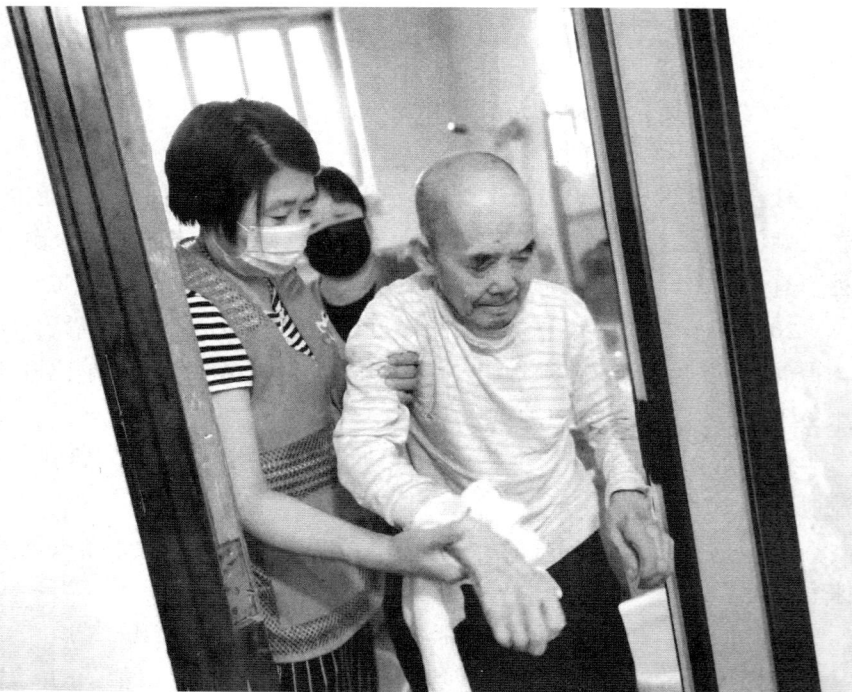

搀扶

马路旁有一个水湾，一辆小轿车扎在水中，隐隐约约露着车尾。岸边一个十几岁的小男孩浑身泥水一遍遍号哭着："妈妈——"

撕心裂肺的呐喊，像一枚枚钢钉扎在杜全芳柔软的心上，她泪流满面。

两具被打捞上来的遗体躺在两块木板上，满脸泥巴，鼻孔中淌着鲜血。穿着白衣的法医正在做法医鉴定。死者的亲属陆陆续续赶到了，一片哭喊，撼天动地。

原来，这位女职工邀上自己的好友驾车到孤岛接上学的孩子回家。返程中，因躲避对面来的一辆大车，不慎跌落在路旁的水库之中，坐在后排的男孩侥幸从车窗中爬出逃脱。

现场的惨状让人惧怕，没有人敢凑上前，无论是亲属还是朋友、同事。杜全芳大步走上去，为逝去的两个姊妹擦洗、穿衣，然后又和大家一道将死者抬上车辆，运往殡仪馆。前前后后忙活了好几天，直到逝者入土为安。

事后，有人问杜全芳："你一个女人家，与死人打交道难道不害怕吗？"

"说实话，起初我也很害怕，只有硬着头皮壮着胆子，好几次吓得汗水把内衣都湿透了。但我想这是做好事哩，逝者也不会怪罪我的！时间长了就慢慢好了。"杜全芳也是一个平凡的人啊，而且还是一个女人。说起那些感受，她脸上飘起了一朵朵红云。

祸不单行。刚安稳了两天，她又接到那位驾车离世的女友母亲跳楼自杀的消息。听到女儿不幸离世的消息后，这位母亲悲痛欲绝，一时想不开，从五楼的家中阳台跳下。杜全芳得知后，骑着自行车赶到现场。

杜全芳在现场处理好，又帮着料理完后事。

每年她帮助处理丧事 50 起左右。

每到五一、十一、元旦等节假日，喜事排得满满当当。杜全芳跑前跑后，包饺子、贴"囍"字、打扫卫生、迎送宾客等样样干在前，几天下来，人瘦了一大圈。一年下来，婚嫁迎娶几十家。

2020 春节前后，一场突如其来的疫情迅速蔓延。杜全芳坐不住了，大年初四一大早，她来到小区门卫处，配合物业站的工作人员对进出车辆进行疏导和做好居民登记、测量体温工作，提醒大家戴好口罩注意防护。

"阿姨，请您戴个口罩吧！"一位 70 多岁的阿姨出小区大门忘记了戴口罩，杜全芳赶紧递给她一个，这些口罩是从家拿来的。当时，"一罩难求"，这可是紧缺防疫物品啊！

在生命攸关的时刻，杜全芳心中还是装着他人。

历时 57 天的防疫敏感期，她和有关工作人员站在瑟瑟寒风之中，兢兢业业，忠于职守。由于风吹日晒，她黑了许多，一脸沧桑，但干了自己喜欢的事，她心里感到特别舒畅。

看到小区有的老人年龄大行动不便，不能及时理发，杜全芳自己买了理发工具，专门花钱拜师学艺。掌握了理发技艺后，她在家设立了一个义务理发室。对确实有困难出不了门的老人，她就上门服务。许多老人称赞道："杜师傅的理发手艺一点也不比外面差哟！"

平凡着而美丽着，美丽着而芬芳着。

"一个人的价值就是为别人着想，一个人的幸福在于你为这个世界付出了多少。"说起自己干的这些事，杜全芳总结出人生的真谛。

一朵美丽的杜鹃花，美丽了一颗颗心灵，美丽了一座石油城；这鲜艳的花朵就是一方"净化剂"，驱除了"雾霾"净化了空气；这鲜艳的花朵就是一支"火把"，传承着雷锋精神，照亮、温暖了别人，幸福了自己！

一路上有你

1

春风像少女温柔的纤纤细手，抚摸过桃树，桃花便打开了红色的梦；抚摸过梨树，洁白的梨花便吐出了纯净的思念；吻过柳树，柳枝便用发卡把春天别住……五彩斑斓的蝴蝶，在一朵朵鲜花中搬运着春天。

窗内，白色的房，白色的床，白色的液体滴答滴答，安静而又有点冰凉。张建丽躺在病床上神情凝重，心中压着一块巨石。19年前她被查出身患癌症，已做过两次大手术。今天是第二次手术后第8天。望着站在窗前正在欣赏着外面春光的丈夫，她仿佛看到春天的种子在她的体内，发芽、蹿枝、长成参天大树，支撑着那方天空。他，只有他才是支撑她生命的支柱。

看着马坤俊眼窝塌陷、日益消瘦，像棵蔫了的菠菜，张建丽心中一阵疼、一阵愧疚。她多想他在窗前变成一只鸟儿飞出去享受春天的美好景色啊！看到他像一只热锅上的蚂蚁在病房里踱来踱去，坐立不安，张建丽也跟着着急。

三月春风正浓，雷锋精神的旗帜"呼啦啦——"飘扬在神州大地。油田团委在兴河北区组织志愿服务活动，马坤俊是骨干力量。一双双期待的眼睛，一件件"患病"的电器在期盼着"神医"的妙手回春。妻子住院的消息双方父母都不知道。

"吱呀——"

这时，门被推开了。

张建丽的弟媳急匆匆进来。马坤俊很是惊讶。弟媳说，是姐姐特意打电话，让我来替你。

"放心去吧！"张建丽深情地看着他，目光明亮而又温暖。马坤俊的眼泪差一点涌出来。知夫莫如妻啊！临出门时，他把注意事项叮嘱弟媳一遍又一遍，把她身边的仪器检查了一次又一次，最后擦了擦湿润的双眼，一步一回头离开了病房。

此时无声胜有声。关键时刻，有一面镜子能映射出一个人灵魂的真实面目；关键时刻，有一杆秤能称出一个人思想境界的重量；关键时刻，有一把尺子能丈量出一个人胸怀的广度。

张建丽如释重负，思绪随着走过的路迅速地往回飞奔。

2

从古至今，人们都相信缘分。

缘分是什么？

缘分是前世的注定。

张建丽的缘分来了，她遇到了今生一路同行的伴侣。

奋战在变电站

那是 1988 年的初冬，站上新分配来了一位又黑又瘦的小伙子，土得掉渣渣，果不其然，他来自农村。大家看他的眼神都是白色的，给他起了个外号："小马哥"。

然而，人不可貌相。"小马哥"为人憨厚，脾气特好，见人就是三分笑，干活儿特别卖力气，很快赢得了同事们赞许的目光。同时也赢得了张建丽的芳心，她觉得"小马哥"身上好像有一种强大的磁场，将她的心和灵魂紧紧吸住。她找到了人生的依靠。1992 年 5 月，在好心人的撮合下，他们牵手同行。

1995 年 7 月，"小马哥"担任了坨五变站站长。那时，坨五变刚投产两年，基础设施还没有完全配套，四周杂草丛生，芦苇浩荡。院内没有一棵树，道路也崎岖不平。第二年初夏，单位给站上修建了草坪花池，还拉来了 30 多卡车新土。但由于院门太小，车辆进不去，只能将新土卸在门外，像一座座山丘。"小马哥"和同事们用小推车一车车把碱土往外运，再把新土推进花池。夫妻二人每天早上5点多往站上赶，晚上八九点钟才回家。"小马哥"像在农村种田一样，光着膀子，穿着大裤衩，一天能推200多车。刚开始那几天，手磨破了，胳膊肿得老粗，肩膀爆起一层层皮，勒出一道道血印，晚上回到家火辣辣地疼，睡不着觉。看在眼里，痛在心里，张建丽用湿毛巾给他热敷一下。新土换完后，"小马哥"更黑更瘦了，体重掉了十几斤。他们在花池里种了2000多平方米的草坪，4000多株冬青，小树钻出绿芽，开出了花朵，花枝招展，招蜂引蝶，坨五变成为春有花、秋有果的花园式小站。每当听到领导和同事们对站上的变化赞不绝口时，夫妻二人眉飞色舞，心里像喝了蜜一般甜。同事们开起了张建丽的玩笑："你找的是马还是牛啊？"她笑着回答："我这辈子就是赶马放牛哩！"

她清楚地记得2006年寒冬的一天夜里，急促的电话铃声把他们一家从睡梦中惊醒。值班员说：全站失电，原因不明。放下电话，"小马哥"没有多想，穿上衣服，骑上车子就出了门。当时，天正下着雪，北风裹挟着雪花一阵紧似一阵。"天黑路滑，你要小心啊！"丈夫走后，张建丽的眼皮直跳。凌晨3点多，"小马哥"被两名职工架着回来。原来，他急着赶路，一不小心就连人带车摔在马路上，腿疼痛难忍，躺在地上十几分钟后，才强忍着爬起来，一瘸一拐地往站上赶。直到处理完故障，送上电才回到家。张建丽泣不成声，带着他到了中心医院急救室。经诊断，腿骨有点裂，医生让住院，而"小马哥"坚持要回家治疗。其实，在家休息一个月，他几乎天天去站上。

"小马哥"不仅是一匹千里马，而且是一匹神马。尤其让张建丽想不到的是，初中毕业的"小马哥"竟然成为"革新发明家"：20多年来，完成革新成果16项，其中部级成果1项，局级成果4项，有2项被授予实用新型专利。

踏实、勤劳的"小马哥"让张建丽感到自豪和骄傲，她默默地在心里说："小马哥，一路上有你真好！"

3

人的差别不在于地位高低、财富多少，而是在于格局，在于思想中的含金量。

"小马哥"身上有一块硕大的"金子"，熠熠发光。这块"金子"，张建丽早看到了，而且用心呵护着。

作为一名 20 世纪 60 年代出生的人，雷锋是屹立在马坤俊心中的丰碑，至高无上。他的梦生机盎然、绿意葱葱：像雷锋那样，做一名有奉献、有爱心的人。

打小时候，他就对一些小电器很感兴趣，曾经为了拆散家中珍贵的小闹钟、小风扇不知挨了父母多少训。功夫不负有心人。他渐渐地掌握了电器维修知识，左邻右舍的家用电器坏了，他都能修好，名气像投在湖水中激起的涟漪，越来越大，找他修东西的人越来越多。

通明苑小区是胜利油田的一座老旧小区，居住的大多是离退休职工。这些"老石油"，苍老的面孔皱褶里储存着当年的风雨，烙着当年石油会战时战天斗地的印记。从苦日子熬出来的老人过日子节俭，能把日子攥出水来。家中那些七八十年代的收音机、钟表等老物件，舍不得扔，修又找不到地方。看在眼里记在心里，"小马哥"便主动承担起义务维修的任务。能为"老石油"做点有意义的事，他感到非常荣幸。有时零件难找，"小马哥"就骑着自行车到基地一些电子店转转，有时连续逛四五个小时，问上几十家店铺。今天不行明天接着转，直到能买到合适的零件。2008 年初，在公司的关心支持下，他在小区成立了"便民服务工作室"，每月 10 号、20 号为"便民服务日"，及时提供维修服务。有时，一些电器在工作室没修好，就拿回家接着修。他还印制了 300 多张名片发到居民手中，将服务项目和联系电话印在上面，只要一个电话，他总是会尽快抽出时间，上门服务。20 多年来，"小马哥"义务为职工、家属维修电器 10300 多件，自己掏 10 万多元钱购买零件，行程 12000 余公里，足迹遍布油田多个社区。

4

人生路上风风雨雨、坎坷不平，宽容、理解就是一把伞；过日子就像开碰碰车，总免不了磕磕碰碰，只要多为对方着想，碰出的就是爱的火花。

张建丽清楚地记起他们第一次吵架的情景。

那时他们住在 50 平方米的楼房，狭窄的客厅、走廊、卧室，甚至书桌上堆满了废旧电器。那天晚上，女儿不小心被绊倒，脸被磕破了，鲜血直流，电器和配件散落一地。卫生所离家好几公里，而此时"小马哥"又外出修电器，张建丽连自行车也不会骑，心急如焚，只能背起孩子出了门。晚上 9 点钟，"小马哥"回到家里，看到孩子涂着紫药水的肿脸，很是心疼。

"你还知道回来吗？"浓浓的火药味。

他像个做错事的孩子，不知说什么好。张建丽幽怨的眼神夹杂着暴风骤雨。他赶紧把散落一地的零件收拾好。深夜，她深情地搂着他："对不起！我不该埋怨你。"柔柔地，满是歉意和温暖，四只胳膊用尽全力，他们的泪水流到了一起……

风雨后的天空更加湛蓝、晴朗。

5

俗话说："嫁鸡随鸡，嫁狗随狗，嫁条扁担抱着走。"张建丽是"小马哥"第一个"粉丝"，成为他的"帮手"和"秘书"。

结婚 20 多年，张建丽没舍得买件像样的首饰和高档化妆品，却舍得掏钱给丈夫买电器零件。有空的时候，她义务为小区居民缝被罩、做床单、扦裤脚，主动加入了"小马哥"的"爱心团队"。他修电器，她为孤寡老人织毛衣；他送服务上门，她提着工具；他废寝忘食，她就默默挑起了家的重担，做好"后勤部长"。夫唱妇随，他们以实际行动合唱了一首《知心爱人》。

播下爱的种子，有阳光的哺育，有甘露的滋润，禾苗就会茁壮成长。"爱心团队"越来越壮大，现在已达 32 人。爱心就像一股春风，吹得大地一片绿色，吹得百花盛开、姹紫嫣红。公益行动已经从通明苑延伸到雅苑、兴河、东利、胜凯等小区，从家电维修、家政服务，到营养健康、心理咨询等 30 多个公益项目。他们还去敬老院当义工，并与 12 个"空巢老人"和困难遗属结成"1+1"帮扶对子，定期上门服务。

"小马哥"披上了一层一层人生的华丽"外衣"："山东好人之星"、"富民兴鲁"劳动奖章获得者、油田劳动模范、助人为乐道德模范等。

人的一生会收获什么？

功名利禄？功名利禄是过往云烟；金银财富？金银财富生不带来死不带走。

收获的只是一个"情"字：亲情、友情和爱情！

马坤俊和张建丽不仅收获了亲情和爱情，而且把没有血缘关系的朴素感情凝练成亲情。

那是一个阳光明媚的清晨。喜鹊在枝头叽叽喳喳。"小马哥"刚一拉开房门，准备出门上班，一看惊呆了：门口站着十几位白发苍苍的大伯大妈，手中拎着牛奶、鸡蛋、水果。原来他们听说张建丽出院，特地到家中探望。一位大妈紧紧拉住建丽的手说："好孩子，好人一定会有好报的，你的病一定会好起来呀。"夫妻两人流下了感动的泪水……

我们的老祖宗早年就发明了一条"人生定律"：善有善报。千百年来，它就像"方向盘"安装在每个人身上。大多数父母为子女上的"第一堂课"就是如何与人为善。

是啊，人生苦短，五味俱全，你得都要尝一遍；人生风雨无常，泥坑浑水，你得都要走过蹚过；人生如梦，有天堂之幸，有地狱之祸，你得亲自体验。如果说付出是一种快乐，那么收获爱的回报就是一种莫大的幸福。

张建丽感到非常幸运，感谢上苍赐给了他一个"知心爱人"，感谢命运让她享受了太多太多的亲情，她时时处处在亲情的保护之中；她是世界上最大的富翁，拥有无法用金钱估量的巨大财富……

这时，一缕阳光透过乌云的缝隙射下来，穿过窗户，像追光灯打在张建丽身上，暖暖的、亮亮的。她脸上荡漾着美丽的花朵，那是七色的幸福花儿。她打开了随身听，一首深情的歌曲在病房中回荡："一路上有你，苦一点也愿意，就算为了分离与我相遇；一路上有你，痛一点也愿意，就算这辈子注定要和你分离……"

第三章

端牢饭碗
踏上新征程

回家的路有多远

　　宗巴音，蒙古语为"东方美丽富饶的地方"。然而，这儿不仅见不到一点美丽，相反却是一片荒凉寂寞：茫茫戈壁，野风肆虐，绿色罕见，荒凉偏僻。这是蒙古国东戈壁省的一个边陲小镇，南距中蒙边境200多公里。小镇约1500人，大都是以游牧为生的蒙古牧民。

　　蒙古人说的富饶大概是指这儿的石油吧。小镇周围傲立着一棵棵蓝红相间的抽油机，"驴头"抬起，又落下，不停地向家的方向跪拜着，还不时见到身着红工服的石油人在油井之间穿梭，像一朵朵移动的红花。

　　中国石化胜利油田东胜蒙古公司生产基地，坐落在蒙古国宗巴音镇东南方向500米。

宗巴音油田

那是 2021 年 11 月初的一个晚上，东胜蒙古公司经理张虎贲急匆匆地找到负责现场生产的副经理刘岗，悄悄地把他拉到一个角落里，神秘地说："批下来了！我们回国的申请批下来了。"他一脸兴奋，激动的泪水随风飘着，吐出的每一个字在戈壁滩上欢快地跳跃着，心中那只雄鹰急不可待地冲出笼子飞向天空，飞回南方安放梦的地方。

2020 年疫情伊始，蒙古国于 2 月 14 日全面关闭中蒙两国间的航空、铁路客运口岸。到 2021 年 10 月初，33 名中国员工已经在海外坚守 700 多天了，比计划超了 10 倍。

两人商定暂时保密，明天还有一项重要生产任务，怕大伙儿得知这个好消息，干活儿分神。回到宿舍，张虎贲急不可耐地拿起手机与媳妇视频，屏幕上的妻子听说后，先是一阵开心的笑，接着失声痛哭。9 岁的女儿张艺馨抢过电话，一边蹦跳着，一边大喊："爸爸，我要给你画幅画儿！"

是啊，好消息来得太突然了！这激动人心的时刻，等得好久好久、好苦好苦哟。

700 多个日日夜夜，相对于他 20 年的石油开发经历来说，不算短也不算长。而这期间的故事却很多，宛如平常一段歌，记录在石油史册，封存在时光的皱褶里。

1

20 世纪 50 年代中后期，苏联与新中国交恶，在中蒙边境屯兵百万。为了解决飞机、坦克的能源问题，苏联在宗巴音就地打井开采石油。以后，随着两国关系缓和，苏联撤兵时，把油井和炼油设备全部销毁。

"……我为祖国献石油，哪里有石油哪里就有我的家……"一首《我为祖国献石油》唱出了石油将士的豪迈。

2001 年东胜公司积极响应油田"从东部到西部，从国内到国外"的战略，盯上了蒙古国宗巴音这片"遗弃之地"，用了两年时间，从尽职调研到基础谈判，从联合作业到独立运行，2003 年注册成立东胜蒙古公司，对昔日的石油小镇进行了恢复。善于攻坚啃硬的胜利东胜人制定了当年的奋斗目标：恢复 4 口老井，力争生产 4000 吨原油；运回一列原油；钻探一口探井；建设一个管理规范化的国际油公司。

从此，为国担当的胜利队伍踏上了异国他乡，昔日的军事禁地、石油重镇重见天日。

从此，茫茫戈壁滩长出一棵棵铁树，机器轰鸣，大地颤抖。

从此，一列列异国他乡的滚滚石油输送到东方大国。

"打天下难！"

古道、辙痕、夕阳，大漠、沙棘、驼铃。一望无际的戈壁滩，几乎找不到一片绿色，天地接连，辨不清东西南北，罕有生命迹象，连一只鸟儿、一只虫子都很难见到，好像地狱一般。走着走着，枯萎的沙棘下，会偶尔发现几块裸露的动物白骨，使人毛骨悚然。这些以前电影中才有的恐怖镜头此时活生生地摆在眼前。

一方水土养一方人。

宗巴音的气候就像一个人，爱起来轰轰烈烈，恨起来咬牙切齿。一年四季，三季有风，三个月有沙尘暴。夏天酷热难耐，地面温度达 60℃，冬天达 −45℃。

韩鹏云，东胜蒙古公司第一任基地经理。2002 年底，这位东北汉子从国内带了两名操作工来到宗巴音，迅速组织人员对油田生产运行进行恢复，集油站、锅炉、管线、储油罐、道路修复、老井恢复、上抽油机等工作一切从头开始。没有一条路，便推土筑路；没有房子，便搭起蒙古包；没有水，便打机井。说来也怪，人来了，就有了老鼠。晚上它们窜来窜去，甚至还咬人的耳朵。方便面吃腻了，点着柴油炉做饭，饭菜都是浓浓的油味。

沙尘暴

此时，SARS病毒像一片片乌云遮天蔽日，与沙尘暴结伴肆虐着。每一名坚守的员工心中也是乌云滚滚，波涛汹涌。很长一段时间，食品采购不到，顿顿吃洋葱头、胡萝卜。2003年6月，6名员工回二连浩特续办护照手续时，因来自疫区，被集体隔离观察，生产基地仅剩韩鹏云"一名司令"和卜玉明一名中方员工。韩鹏云急得嘴角上起了一个大血泡，好像镶嵌着一粒大红枣儿。

石油人面前无困难。

他和卜玉明两人组织带领基地的10余名蒙古员工，在风天沙地里，恢复集油站系统，一段段修路，一点点组织材料，设备陈旧、维修工作量大、车辆年检难度大，他就指挥土法上马：上抽油机，没有修井机，就用吊车起抽油杆、检泵，先后恢复了SWZB310B、TE25、TEA1、TE14等4口井……

条件艰苦，找油、献油的步子却没有停歇。

2003年6月28日，蓝天白云，骄阳开怀大笑。"呜——"一声汽笛长鸣，火车头钻出浓浓烟柱，波浪似的向后翻腾。第一趟专列满载着1000吨海外分成油驶向祖国。望着列车离去的背影，韩鹏云与装油的将士们心中充满自豪，满含泪水，久久不肯离去……

有了收获的喜悦，忘却了付出的艰辛。值了，真的值了！那夜，所有东胜蒙古公司的胜利人失眠了。

当年，苏联的军营密不透风，如今却残墙断壁，走进去黑暗、阴冷，浓重的霉味扑鼻而来。他们从国内买来砖块和水泥，自己动手对旧营房进行了改造，把墙面加宽到50厘米，以达到冬天保温、夏天隔热的效果。

有了家，石油人的根便扎下来。

东胜蒙古公司成立不久，在宗巴音镇招了30名员工，经培训后上岗。但这些蒙古员工让韩鹏云头疼了一阵子。他们没有节俭意识，今朝有酒今朝醉，一发了工资就喝酒，嗜酒如命，每酒必醉，醉了就打架滋事。韩鹏云一边做当事人的工作，一边与镇政府联系协调，及时化解矛盾，妥善处理。随后出台了禁酒令，并处罚了个别蒙古籍职工。

蒙古高原的雨贵如油。每年5月份，天高兴了，会飘几滴雨水，戈壁滩上就会见到零星的绿色，三三两两的小草会钻出头尖尖。如果雨水小，三天后这些小生命就全部被扼杀在摇篮里。

一个生命在戈壁滩诞生肯定是一个传奇哟。

失去生命迹象的眼睛会茫然，没有生命绿色的安慰，灵魂找不到栖息之地，心也会像风暴中的尘粒浮躁不安。

"身处千里外，才知望乡情"，奇迹会在执着和拼搏中产生！

利用休闲时间，韩鹏云带领员工在原来苏军修建的公园旧址上平整出1500平方米的空地，手拿铁锨，挖坑栽树。树栽上了，梦也栽上了。垒砌花池子，撒下格桑花种子。种子播下了，希望也播下了。他们精心照料着，每天轮换着浇水。一次不成功，再种。

啊，奇迹终于出现了！一棵棵小树枝丫上钻出了片片嫩芽，格桑花幼苗像顽皮的孩童，戴着草帽露出头尖尖。

终于有了生命的颜色，有了家的味道。

他们心里无比高兴，激动地流出了眼泪。秋天到来，明媚的阳光拆开了一朵朵花蕾，格桑花怒放，白的如雪，红的如火，朗诵着一首首动人心弦的诗篇……如今，这儿已成为戈壁滩上罕见的绿树葱葱、花香蝶舞的公园。

花儿开在戈壁滩上，也开在海外胜利石油人的心上；树儿种在不毛之地上，也栽到东胜蒙古公司全体员工的灵魂上。

漂浮的灵魂终于找到自己的家园，每天傍晚，他们在这儿给亲人打电话，温暖、温馨在心间荡漾……

2

"虎贲，勇士称也。若虎贲兽，言其猛也。皆百夫长。"而今年35岁的张虎贲却是一名文质彬彬、清秀白净的小伙子。2011年研究生毕业于中国石油大学（华东）油气田开发工程专业，分配到东胜高青公司，从事地质技术工作。

2017年的金秋十月，领导找他谈话，欲派他到蒙古国工作。当时，虽然他愉快地接受了，但内心却有一丝丝忧虑：自己与妻子的父母都不在跟前，女儿刚刚4岁。苦点、累点倒不怕，家的重担全压给妻子，怕她受不了啊。本身他就觉得亏欠妻子的。为了全力支持他干好工作，作为博士后的妻子孟令伟甘愿当一名天天与油盐酱醋打交道的家属，暂时不找工作，全身心照顾孩子。

"放心去吧，别人能干的我也能干哩！"妻子宽慰道。

坚定的眼神给了他坚强的力量。他像一只展翅高飞的雄鹰，独自踏上了北上的征程，怀揣着满腔激情来到一片新天地闯一闯，成就心中的梦想。

其实，外面的世界一点也不精彩，而是很无奈，条件苦、环境差、生产任务繁重。作为一名地质员，张虎贲每件事干得认真、尽心、出彩。责任和能力成就了他的事业，他一步一个台阶，从地质师成长为开发副经理、基地经理，2021年1月担任东胜蒙古公司总经理。

北国的冬季特别漫长，有时温度低至 -45℃。羊绒大衣一会儿就被冻透。车辆晚上也不敢熄火，怕再也打不着。冷月当空，天在抖动。巡井的路在灯光下散发着冰冷的光芒。张虎贲和巡视的员工坐在驾驶室里，开着暖风，脚丫好像被猫咬着，生痛生痛。他们一晚上不停地在油井、管线之间穿梭，加温炉两个小时之内必须用热水烫后放空一次，不然管线会被冻。管输回压、油罐加温、鹤管放油口加温，都必须上手操作，不能偷懒。站在冰冷的寒夜，手脚很快麻木了，不听使唤，浑身上下颤抖不已。

那是一个大地滚火的日子，张虎贲与几名职工在现场抢修管线。太阳好像掉了下来，地表温度达60℃，戈壁滩被烤得一片赤红。爬梯扶手不敢徒手触摸，一个不小心就可能被烫伤。他的深红色新工衣穿了还不到半月就已经

现场施工

被骄阳"洗"得泛白。一滴滴汗水滚落在地上，瞬间蒸发，5升容量保温杯的水不到半天就喝光，一会儿的工夫，红工衣湿透。突然，鲜红的血液从他的鼻孔、牙根上流了出来。同事们赶紧脱下衣服遮住张虎贲的头部，为他擦拭血液、灌凉水、堵鼻孔，折腾了大半个小时，他的两只鼻子塞着长长的卫生纸条。大伙儿劝他回去休息，他摆摆手，继续与大家干下去，直到顺利完工。夜晚，他上身的肉好像被烤熟了，疼痛难忍，不敢挨床。几天下来，脸上、胳膊上好像浪花，爆起一层层白皮……

炎炎夏季，尤其是那些沙漠蜱虫和蚊子，好像前世的仇人，叮咬在身上，皮肤很快溃烂，直到脱下一层白皮，留下一道永远抹不掉的印记。

一场史无前例的疫情降临了，全人类面临着生存危机。2020年3月蒙古国出现第一例本土病例，2021年3月，蒙古国疫情失控，从每天100多例迅速增长到3000多例。4月，宗巴音发现第一名感染者。面对蒙古国愈演愈烈的疫情，东胜蒙古公司根据国内的相关规定，制订和启动应急预案，建立网格化防控体系。从乌兰巴托采购来测试纸，定期对员工进行核酸检测。对重点人员、重点环节实施动态监控和闭环管理。

一场紧张激烈的防卫战打响了！

2月23日，中国国防部无偿援助给蒙古国国防部30万剂新冠病毒疫苗。得知这一消息后，张虎贲安排商务经理林文杰迅速与蒙古国国家紧急状态委员会、卫生部、矿业与重工业部和矿产石油局等部门联系，得到矿业与重工业部部长戈·云登的高度重视，迅速安排东胜蒙古公司员工的疫苗接种工作。3月26日，蒙古国政府派出一个疫苗接种小组专程来到宗巴音生产基地，为34名中方员工和57名蒙方员工完成了第一剂疫苗注射，这是在蒙古国第一家为员工集中接种疫苗的外资企业。

自2021年5月起，50%—90%的蒙方员工居家防护。这时，张虎贲他们已在蒙古国坚守500多天了。

回家遥遥无期。家，此刻是多么温暖的字眼，回家成为一种奢望。

2020年9月3日，33名被困在国内的中方员工从二连浩特口岸入境，返回工作岗位。

2021年10月5日，蒙古国新冠肺炎累计确诊病例314601例，超过全国总人口9%的人感染，乌兰巴托累计169222例，东戈壁省累计7020例，项目生产基地所在地宗巴音镇累计227例，蒙古国死亡病例累计1289例……疫情越演越烈，宗巴音镇1500多人有700多人感染。医院收不下，感染者只能回家治疗。

一连串数字令人惊讶、恐惧，恶魔就在身边，生命的威胁潜伏在脚下。情况万分危急，稍有不慎便会有沦陷的危险。

疫情牵动着千里之外亲人们的心。东胜公司、胜利油田、中石化……层层上报，联系协调，尽快让滞留在外的员工们回家。

至8月底，中国员工3剂疫苗接种率达到100%，至9月底蒙古员工3剂疫苗全部接种完毕，为员工抵抗疫情袭击提供了宝贵的防护铠甲。

这时候，第三波新冠肺炎疫情强势来袭，"德尔塔"变异毒株来势汹汹，疫情呈现快速蔓延的态势。仅9月，蒙古国累计新增确诊10.1万例。

必须切断传染链！134名蒙方员工先后4次放假居家隔离，而中方员工承担大部分工作量已然成为常态。

"张经理，不好了！蒙古员工聚集在门外要找您呢。"

"走，出去看看！"张虎贲走出办公室。院外，站着几十名蒙古籍员工，一见到张虎贲，他们迅速聚拢过来，情绪激动，叽里呱啦地倾诉着诉求。

"他们要求复工呢。"翻译说道。

张虎贲一边安抚着，让他们冷静下来，并且把大家劝了回去等待消息。然后他紧急通知几名班子成员开会，研究对策。经过慎重考虑和讨论，形成决议：正在防疫关键时期，既不能激化矛盾，又要打好疫情防卫战，决定答应外籍员工复工要求，分两班倒，两个月在公司住，回家休息两个月。但必须要隔离7天、做3次核酸，确认无症状后再上岗。

然而，这时没想到出现了一个小插曲。

9月26日，张虎贲得到令人震惊的消息：为员工打第三针疫苗的一名医生被确诊为病毒感染者！

天哪！组织把这支队伍交给他，他们的亲人还在家期盼着呢，如果……他就成为罪人，这后果简直难以想象啊！

张虎贲的头立刻大了，嗡嗡作响。他赶紧安排人打听这位医生近几天的踪迹。

27日，消息马上传来，原来这位医生是从这儿离开后，去参加一个聚会时被感染的。

"吁——"张虎贲长长地舒了口气，虚惊一场，身上的大山迅速跌落，一身轻松。

但疫情防控一刻也不能放松。

在打好疫情防卫战的同时，原油生产不能受到影响，一滴油不能少！

勇士，就要有老虎般的勇气。

张虎贲常说的一句话："弟兄们，跟我上！"在滞留于国内的33名职工回来之前，他带领在岗的33名中方员工承担起了平时200人的工作量，每名员工身兼数职，连轴工作，平均每天只能睡三四个小时。白天参与巡井、取样、化验、倒油，晚上录资料、做分析、报数据、巡输送管线，加班加点，连续作战，尽最大努力保障了生产的正常运行。

10年了，集油站罐区水泥地面损坏严重。他带着大伙儿头顶烈日奋战了两周，打水泥地面2000多平方米。这项不起眼的工程，至少节省花费上百万元。

11月23日，到了销油的日子，北国戈壁已是冬寒料峭。张虎贲带领全部管理人员提前两小时爬上销油栈桥，打开阀门，固定好管线，做好放油准备工作。吃午饭的时候，热腾腾的饭盒打开后，吃到肚里已是冰凉，杯子里的热水也不知道什么时候结了一层厚厚的冰碴子。站在4米高的栈桥上，寒风凛冽，吹在脸上像刀割一样。正午时分，气温达 −20℃。奋战了12小时，原油装运工作终于完成。笛声回荡，车轮滚动，满载原油的列车驶向祖国。

因为疫情，大家两周出去一次采购，一菜难求，只能天天吃羊肉。没有蔬菜和维生素的补充，去年下半年，张虎贲得了荨麻疹，天天吃抗过敏药，浑身上下起了一片一片的红疙瘩，奇痒无比，他不停地用手挠，一挠就睡不着觉。那滋味真是生不如死哟！

冬天来临，两台锅炉一刻也不能停啊，否则原油管线就会被冻住。从煤场到锅炉房几十米远，需要把煤输送到锅炉中。原先，这些活儿都是蒙古籍员工干，眼下他们在家隔离防护。张虎贲带领6名党员干部把推煤的任务包下来，他们一天24小时三班倒。每次干完8小时，鼻子眼、脸上、身上都是煤灰，有时累得实在受不了，脸来不及洗，一把倒头便睡了。

在蒙古国疫情肆虐的情况下，东胜蒙古公司独守一方净土，实现了零感染，创造了奇迹！

去年春节前的一个早上，张虎贲的手机一声脆响，是微信。他建了一个"东胜蒙古大家庭"的群，搭建了一座桥梁，让外面的职工与家人及时交流。

"我是刘永刚的女儿，你什么时候放我爸回家啊？我爸都4年没回家过年了。"

看了孩子的信息，张虎贲仿佛看到一双渴望的眼神，看到一张稚嫩流泪的脸，他又想到了自己的女儿，一阵钻心的疼痛。酝酿了一会儿，他给孩子回复了信息：

> 孩子，你好，你爸爸经常和我说起你，去年工作找得好，业绩也很好，你是他的骄傲。你的爸爸是公司里最优秀的职工，是你的榜样，希望你在以后的工作中向他学习，永争第一。因为疫情，中蒙两国不开关，已经有一年的时间，这是两个国家的政策，我们也想早点回去，但是要服从国家政策管理。希望你给你妈妈和亲属们解释清楚，请他们理解。我们在这坚守，是为了不给国家添乱，等政策允许，公司一定组织大家与你们团聚！

国外惊心动魄，国内家的日子也浸满了辛酸。

一个同学告诉孟令伟：蒙古国最近疫情传播得厉害。听到这个消息，她的心被高高吊着，魂不守舍。这两年，她与张虎贲心有灵犀，聊天的时候都是只说喜讯，享受彼此的快乐。

打这天起，她开始关注国际疫情实时动态，每天仔细询问丈夫那边的疫情情况，三番五次地嘱咐他做好防护。

一天早上，张虎贲突然接到妻子的电话，传来女儿轻轻的啜泣声。

"怎么了？"他急得头上直冒火星子。

"孩子晚上梦见你了，说你没抱她，也没和她说话，就又回单位了。这不一大早起来就哭，说自己惹爸爸生气了，非要打电话求证一下。"

"宝贝，爸爸很想你，等回家一定好好陪陪你。"张虎贲迅速关了手机，夺眶而出的眼泪哟，滚烫滚烫的……

蒙古高原有一个传说，只要找到八瓣格桑花，就找到了幸福。空闲的时候，张虎贲采了八瓣花的种子，和女儿约定，等回家后一起种下属于他们的幸福。

家是温暖的港湾。因为石油，东胜蒙古公司的员工们把家拆为两半，他们带着上面一半走进异国他乡。没了上面一半的遮挡，下面一半摇曳在风雨之中。

没有男人的家好难！

前年5月，小区暖气改造，恰逢孩子感冒，里里外外有许多东西要搬来搬去，孟令伟一人确实搬不了。到了10月，快要通暖气了，她只得托人雇了几名临时工帮着搬东西，一直忙活了一周，累得她腰酸腿痛。

有一天傍晚，女儿一人在家，听到一名男子大喊大叫，不断地敲门。通过视频监控，小艺馨看到来人并不认识，吓得哇哇大哭。又有一次，一名男子走错了门。打这以后，每天一进家，小艺馨就把门反锁上，心中有了阴影。

"无论多难，必须硬撑着，不能给虎贲添乱！"她坚守着一个理儿。

军功章啊，也有你的一半！每一滴石油，凝聚着多少人的心血和情感啊。

3

东胜公司总部坐落在油城东营城区的核心地带，是一座现代化的大厦。许多东胜的干部、职工舍弃了优越的办公条件，踏过千山万水，来到遥远、荒凉的异国戈壁滩，从"天堂"来到"地狱"。今年53岁的侯炳祥就是其中一位，他是2012年12月到达蒙古国的，担任安全工程师。

蒙古国电力系统薄弱，一刮风就停电。有时候，花费两小时刚把井开起来，又全停了，一晚上开好几次，一点觉也睡不成。油井每两小时就巡视一次。有一次，他在安全巡视途中，突然远处一股烟尘四起，在天地之间翻腾着，像波涛大浪铺天盖地汹涌而来。

沙尘暴来了！

风像野鬼一样号叫着，四周一片昏暗，什么也看不到了。天不好，现场安全检查可以等等再说，但侯炳祥却想到安全管理一时也马虎不得，越是这种时候越不能放松。他迅速蹲在地上，把头埋在两腿之间。待了好一会儿，稍有了一点亮光，沙尘稀薄了许多。他站起来，浑身上下披着一层厚厚的泥沙，抹一把脸，满满的泥沙；抠一下鼻子，又是泥沙；掏一下耳朵，还是泥沙；咂咂嘴，牙齿上下咯吱咯吱响，还是泥沙。他努力分辨着方向，按着巡井路线摸索着。平时巡查完最多两小时，这次用了6个多小时。

2019年9月初，乌云翻滚，雷鸣电闪，狂风大作，暴雨如泼，台风"利奇马"袭击了宗巴音。一连几天的瓢泼大雨，昔日茫茫戈壁，眼下却是汪洋一片。油区受灾，油井关闭，许多井座损失严重。一个300立方米的大油罐在洪水中飘出几十米远。

这次大雨在宗巴音历史上是50年一遇的。

油井不能停，必须紧急抢修！

侯炳祥和刘新宇等党员干部冲在前面，他们带领员工蹚在齐腰深的浑水中，赶到现场紧张地忙碌着，修围堰坝、挖排水沟、用抽水泵排水。井座冲蚀，一袋沙子几百斤重，一个人一下午能扛几十袋，筑牢油井基座。油罐移位，再吊回去。侯炳祥既是安全工程师，又是采油工、建筑工、作业工，样样能干。饿了，在现场吃几口送来的饭菜；渴了，咕嘟咕嘟喝几口凉水；累了，在坝顶上躺一会儿，每天早出晚归。湿透的衣服紧紧贴在身上，就像砂纸，一动，磨得皮肤疼痛难忍。晚上回到宿舍，侯炳祥脱下衣服一看，身上好几块地方皮肤

集油站员工在工作现场

都被磨掉了，裸露着鲜红的血肉……整整奋战了一周时间，80多口油井全部恢复了生产。

也许，戈壁滩渴得太久了，捧着罕至的洪水久久不肯放手；也许，不毛之地太需要水了，这些雨水在戈壁滩被珍藏了一年多。

"婷婷脑出血住院了，医生说人不行了！"今年4月的一天晚上，侯炳祥与妻子视频，看到她神色异常，支支吾吾，在他的一再追问下，妻子终于说出实情。侯炳祥急得根根头发直立，浑身直冒汗，他把摄像头悄悄离开，泪水夺眶而出。婷婷是大姐的孩子，从小在姥姥家长大，侯炳祥看着外甥女长大，感情深厚，视若己出。孩子这么年轻，就……太意外了！他恨不得立即插上翅膀飞回孩子的身旁，但当地疫情越来越严重，限制流动措施越来越严格，回国已无可能。他只有叮嘱妻子多去陪伴一下外甥女，给孩子提供一些力所能及的帮助。

"夜深人静的时候是想家的时候……想家的时候有忧伤，也把力量悄悄藏

心头，想家的时候不怕离家千里远，就怕让家捆住了脚和手……"侯炳祥最喜欢这首《想家的时候》，特别想家的时候他就轻声唱一遍，流出两行热泪，心里就舒坦了许多……工作累、条件差、心理压力大，侯炳祥得了肾炎，身体无力，血压高，腿脚肿得发亮。公司安排他来到乌兰巴托医院就诊，医生让他住院治疗，但一想到油井，侯炳祥坚持要回去，只让医生开了一些药。

"现在一回到家，我的病就好了，真奇怪哟！"侯炳祥开玩笑说，自己得的是"想家综合征"。更让他高兴的是，婷婷被医生和家人从死亡线上拉了回来，已经康复出院。

4

"丁零零……"我的手机突然急促地响起来，是微信视频。

屏幕上是一张洋溢着青春的笑脸。昨天，张虎贲让坚守在蒙古国的商务经理林文杰加了我。他说，文杰在蒙古国待了16年，身上肯定有许多故事。

屏幕中的文杰身穿T恤衫，我有点纳闷：寒冬腊月，那边的温度应该很低啊！

"现在外面的温度是-23℃，室内有暖气。已经习惯了出门穿羽绒服，脱下来就是半袖了。"看来10多年的羊肉是没有白吃哩，果然身强体壮，当然，还有关键一点是年轻，毕竟才43岁嘛。现在我的办公室20℃，却毛衣、秋衣一层套着一层。

文杰的主要职责是涉外联络，完成项目部的商务、行政、法律等任务。

他给我讲了"撞橱柜"和"陪哭"的小故事。

那是一个深夜，正在睡梦中的文杰突然被"咚咚——"的声音惊醒。什么声音？他穿衣下床。那清晰的声音是从隔壁房间传过来的。原来，一位新婚不久的小伙子在外面待久了，想家想得睡不着觉，就用脑袋不停地撞铁皮橱柜。文杰牵着小伙子走出宿舍，和他谈心，讲自己在戈壁滩上度过的"蜜月"，陪他在静悄悄的基地大院里走了一圈又一圈，直到小伙子的情绪平稳了，才回屋睡觉。

一名年轻职工晚上想孩子了，与舍友聊着聊着，情不自禁哭了起来。情绪迅速传染到舍友身上，两个汉子哇哇大哭，那哭声在黑黢黢的戈壁滩上传出很远很远……

想家的滋味真的不好受，那是一种刺心挖肺的痛哟。

为了转移注意力，他们想办法找事干。灯坏了自己修；学理发，互相剃头；建起两个蔬菜大棚，养鸡、种菜、养花……时光在忙忙碌碌之中被打发走了。

"说说你自己吧，最难受的事是什么？"我的问题刚提出，屏幕上的林文杰把脸悄悄扭了过去，咬着嘴唇，好长时间没说话。脸转过来的时候，两个眼圈红红的。我知道我的问话戳到了他心中的痛处。

"最难受的还是对家的亏欠。"他哽咽着说着掏心窝子的话。

"假如我有一支马良的神笔，我要给不幸的朋友画一个小气球，他就不觉得孤单了；假如我有一支马良的神笔，我要给爸爸画一个大飞机，这样爸爸就能回来陪我玩了。"

那还是8年之前，上小学一年级的儿子林歆然写下这篇日记时，林文杰正在距离他1500多公里外的蒙古国乌兰巴托，参加一场关键的商务谈判。

这种愧疚也曾让林文杰泪流满面。结婚成家的18年时光里，他在蒙古国坚守了16年，大部分时光陪伴的是那片遥远又荒凉的戈壁。

2017年，阔别家乡70多天的林文杰在腊月二十三回到东营后，没有回家，而是去了公司总部，因为一场施工合同谈判，在东胜大厦待了好几天。原本10多天的假期，留给妻儿的时间只有寥寥无几。

第一次回家的时候，孩子刚刚出生，第二次回去，孩子不认识爸爸。以后，每次回去他都能感受到孩子的成长，从上幼儿园到上小学、初中，如今儿子已经13岁了，从一棵弱不禁风的幼苗长成了一棵茁壮的小树。孩子非常争气，在黄河中学读初二，每次考试在年级里都名列前茅。看到孩子，他既喜又难过，喜的是孩子渐渐长大，难过的是在孩子的成长历程中，他没有尽到一位父亲的责任。

岳母罹患癌症，到济南医院住院治疗，妻子表现出异常的坚强，一人陪着。2021年8月，岳母不幸去世，他回不来。每次视频，妻子都是那句轻轻的话："挺好的，放心吧！"

然而，妻子因长期劳累和过度悲伤，还要拿出很多精力照顾孩子的学习和生活，身体状况大不如从前。

2019年4月，受共青团中央邀请，林文杰参加了在北京举行的中蒙建交70周年"中蒙友好青年故事会"，他演讲的《戈壁滩上的美好生活》被媒体发表推送。

6月，在中国大使馆举行的共青团访蒙代表团座谈会上，林文杰受邀作为优秀中资企业代表之一发言，受到了团中央领导的表扬。

5

电话又响了起来，是坚守在东胜蒙古公司分管生产的副经理刘岗打来的。本来我想与他视频聊聊，看看那边的情况，但他打的是语音聊天。我想，或许他可能怕见家乡的人，怕流泪。男子汉嘛，有泪不轻弹，弹泪需在无人处。

他给我讲了几个小故事。

有一名叫刘来军的职工，今年39岁，是复员军人，老家是临沂，还有一个妹妹，家庭比较困难。今年母亲身体不好，住院治疗需要手术。然而，高昂的手术费却让家人犯了难。这可怎么办呢？接到父亲的电话，刘来军急得蹲在角落里哇哇大哭。张虎贲和刘岗每人借给他10000元，解了燃眉之急。刘来军激动得落了泪，公司安排他回家照顾老人，他死活不肯，继续坚守在岗位。他说："孝心再大，大不过责任心哩。再说，我要以行动报答领导的关

虽然全副武装，但仍挡不住寒冷的袭击

心呢。"

在这 700 多个日日夜夜中，有许多意外事情发生：8 名在外员工的亲人离世，3 名员工的父母做手术……中方员工中有一对亲兄弟，一起来到东胜蒙古公司上班。有一天，他们突然接到来自老家内蒙古的噩耗：父亲不幸去世。哥俩在电话里托付妹妹和舅舅处理父亲的后事。

弯月高挂，星光点点，戈壁滩湮没在寂寞和夜幕之中。他们在一个角落里，点燃一堆纸钱，洒下一瓶白酒，面朝家乡的地方，热泪盈眶："爸爸，我们回不去了，在这给您磕头了，您老人家一路走好啊！"纸灰飞起，寒风呜咽，月儿流泪，星星叹息……

说起自己的时候，刘岗轻描淡写："就是觉得有点对不起老婆，她一人在家既照顾老的还要照看小的，很不容易。5 年前，我父亲患心梗，老婆叫救护车送到医院，紧急手术，住了一个月，直到出院后才告诉我。家里人是只报喜不报忧啊！"

6

2020 年 1 月 21 日（腊月二十七），张立新匆匆踏上了回国的路途。正月初九正准备返回乌兰巴托。一场突如其来的疫情把原来的节奏全部打乱了，他与同事们滞留在国内待命。

哎，你说这人怪不怪？在国外待着时，天天算着回家的日子，现在在家里了，张立新却天天坐立不安，他惦记着远在千里之外的公司，惦记着在异国他乡的同事们，每天关心着疫情，整天闷闷不乐。正是这段珍贵的享受天伦之乐的时光，他又收获了"重大成果"：5 月，妻子邵亚丽怀孕了！这令人兴奋的消息，让全家人欢喜得合不拢嘴。张立新高兴过后又陷入深深的担忧：他的工作性质决定了他与家人聚少离多，柔弱的妻子既要照顾 8 岁的大女儿张静，又将面临独自承受怀胎十月的艰辛。

这二胎留不留呢？

就在这节骨眼上，他接到了通过"绿色通道"回蒙古国复工复产的通知，并强调了返蒙人员要做好在一年内甚至更长时间不能回国的心理准备。

"没什么，你放心回去吧，再重的担子我自己也会扛起来！"看到妻子明亮的眼神，他鼻子一酸，扭过头去，他怕眼泪流出来。

8 月 31 日，是返蒙复工人员出发的日子。出征前，有位东胜公司领导看到张立新的妻子和女儿前来送行，愉快地说："给你们一家三口照张合影吧。"

旁边的林文杰打趣道："是一家四口，肚子里还有一个哩。"

于是，张立新有了一张"不三不四"的团圆照。

大巴车启动了，33 名身着红工衣的员工就像放飞的 33 顶红风筝飞向遥远的天空……

2021 年 1 月 30 日凌晨，因为劳累过度，邵亚丽出现临产征兆，比预产期早了 3 周，朋友于静静急忙把她送到了医院。在家属签字时，医生了解到家里没人来时，非常惊讶。实在无奈，医生破例允许于静静签了字。进产房之前，邵亚丽拨通了丈夫的微信视频。这边进了产房，那边张立新手握手机坐立不安。

等待的时间特别漫长啊，4 个多小时后，手机终于响起，母女平安。

张立新为二女儿取名：筱婉，一个非常有诗意的名字。他至今还在蒙古国，已经离开家 16 个月了，至今还没有见到孩子，更别说亲自抱一下，只是在视频的时候逗逗小女儿。他说，在梦中期盼着回家的场面，问一下一岁多的女儿，爸爸是什么样子……

7

张虎贲把回国的好消息一直藏在肚里。第二天早上，太阳从茫茫戈壁钻出头来，和往常一样宁静、安详。8 点多钟，井场上却是一番热火朝天，机器轰鸣，吊臂高举，一个个红色的身影在井场忙碌着，汗滴飘洒，哨声阵阵，一个 300 立方米的大油罐终于转移成功。

午饭的时候，能够回国、回家的喜讯突然来临，欢呼声、碗筷敲击声此起彼伏，并不宽敞的餐厅沸腾了。

高云，东胜蒙古公司党支部书记，1966 年出生，作为"大哥大"，关键时刻看出来，尽管他也在国外待了 700 多天。

"咱们两个正职不能同时离开啊，我年龄大了，牵挂少，还是你先带着大伙儿先回去吧！"他握着张虎贲的手，温暖而又真诚。

回家的脚步，千山万水挡不住，风雨冰霜挡不住，肆虐的疫情挡不住。在基地隔离了两周后，23 名脱下红工衣的职工踏上了开往乌兰巴托的大巴，与送行人员隔窗相望，挥手道别。

在乌兰巴托又隔离 7 天后，早上 8 点，他们穿上了防护服，全副武装，从成吉思汗机场乘机，经过 6 个半小时到达伊朗梅赫拉巴德国际机场，准备在这儿中转回国。

"嗨，那位是中国人哩！"在候机大厅，他们遇到了几名其他境外企业的中国员工，好像遇到了亲人。

回家的路曲折而又漫长。

接下来是在机场漫长的等待。回家的心一直在蹦跳着、冲撞着，胸膛内好像关着一匹饿狼。20 多个小时的时间与回家的心擦出了火花，终于在指缝中缓缓流过。凌晨 4 点，他们又踏上了飞往广州白云机场的飞机。

飞机像一只展翅高飞的大鸟儿，穿云驾雾，急速航行，坐在舱内的离家人却嫌太慢太慢，恨不得自己长出翅膀，一起飞翔。

当机舱内播放了到达祖国领空的消息时，他们热泪盈眶，情不自禁地向舷窗外张望。

下了飞机后，他们心中的狼成了温顺的绵羊，眼前的一切都是那么熟悉而又亲切，见到每一个国人，他们都会驻足相望、上前搭讪。亲人啊，也许您不知道我是谁，但您要知道我的一颗中国心！

在候机大厅内鲜艳的五星红旗下，他们合影留念，齐声高呼："祖国，我们回来了！"

高昂的声音，在宽敞的大厅内久久回荡……

隔离 14 天之后，他们从广州飞到了济南。12 月 20 日下午，阳光舞动，油城欢腾。到达东营后，他们又被集中隔离，家就在身边却回不去，心飞不出、落不下来，焦躁不安，两周的时光好似两年一样漫长，终于咬着牙挨过去了。23 名石油职工历经 50 天、辗转 13530 公里，经过 18 次核酸检测，终于到家了！

妻子和女儿早已等候在楼下，张虎贲远远地看到她们的身影，扔下行李飞奔过去，抱起女儿高高地举过头顶，转了一圈又一圈，妻子孟令伟从身后紧紧抱住丈夫，生怕他会离去。一家三口紧紧相拥，泪水飞奔，热血涌动！

积雪欢笑，寒风鼓掌。

那晚，女儿紧紧抓着他的手，偎依而睡。从迈入家门的那一刻起，每天黏着他，上学让他送，吃饭让他陪。爸爸在身边的日子好幸福哟。

家，好温暖；家的味道，真好！

其实，回到家的张虎贲并没在家好好待着，几乎天天在东胜大厦的办公室忙活着，汇报工作、商业谈判……一刻也闲不下来。这不，元旦刚过，他又跑了一趟二连浩特签合同。日思夜想着回家，而今回到家却又为返岗做准备。

那天下午，在东胜大厦四楼的一个并不宽敞办公室里，我对张虎贲进行了短暂的采访。不经意间看到他头上布满了白发，我心中一种疼痛：他毕竟只有35岁啊，正处于人生的青春之巅，苍老却过早地在他头上驻足……

根根白发像发亮的钨丝，曾经照亮荒凉的戈壁，照亮曲折的回家之路，照亮石油赤子为国担当的情怀……

按照组织规定，高云去年底该退居二线了，他坚持站好"最后一班岗"，直到春节前，新的党支部书记到任，交接完工作后，他自己回国。春节期间，人被隔离在上海，没能与家人团聚。

8

风风雨雨20年，胜利石油将士在异国他乡书写了奇迹，向祖国交了一份优秀的答卷！

20年，他们从蒙古国运回原油87万吨，为保障国家能源安全做出了贡献。

在保障原油生产的同时，胜利石油人勇于承担社会责任。东胜蒙古公司的发展，先后为宗巴音镇提供了200多个就业岗位，促进了当地的经济发展，给当地不少牧民家庭带来了曙光，现在许多蒙古籍员工从蒙古包搬进了楼房。

他们积极投身于公益事业，不定期为贫困户捐赠油米面，帮助当地民众修路筑桥，为学校捐赠书籍和助学金。在东胜蒙古公司驻地的宗巴音镇到查干采油队途中，有一个不大的蒙古包，70多岁的萩卡夫妇居住在这里。老人没有收入来源，3个子女也不在身边，50多只羊是家里仅有的财产。东胜蒙古公司每个月派人给老人家里送去粮油米面和干草料，还不定期帮助他们解决生活困难，让两位老人深受感动，热泪盈眶地竖起大拇指，激动地说："巴耶拉（音译'谢谢'）、巴耶拉……"

他们积极响应"一带一路"倡议的号召，于2018年投资80多万元，援建了一座幼儿园。投资50万元，将一废弃游泳池改造好，丰富了当地民众的生活。他们像播种机，把中国人善良、勤劳、节俭的优秀品德在当地传播开来，加强了中蒙人民之间的友谊。

……

在宗巴音、在乌兰巴托甚至在蒙古，各地民众见到"红工衣"的中国石油人就像见到亲人，主动打招呼。他们以行动拉近了与当地居民之间的距离，得到当地政府与居民的认可和赞许，先后被蒙古国政府评为"蒙古国十佳外资企业"，被蒙古国中华总商会评为"优秀中资企业"。2020 年 12 月 25 日，为表彰公司在疫情防控期间所做的贡献，蒙古国政府矿产重工业部授予东胜蒙古公司"2020 年社会责任执行者暨优秀企业"，为中石化、胜利油田在国际市场赢得了声誉。

胜利"新路"

——樊页平 1 井开发纪实

　　为国找油，为国献油，一直是石油人肩负的历史使命。为了国家能源安全，他们一路奔波，赓续前行，在充满苦难与悲壮、光荣与梦想的上下求索中，展开了又一场艰苦卓绝、气势恢宏的石油技术创新革命。

　　近年来，随着以页岩油气为代表的非常规能源技术的迅猛发展，全世界掀起了新一轮的能源革命。

　　页岩油是指以页岩为主的页岩层系中所含的石油资源。预估全世界页岩油储量约 11 万亿—13 万亿吨，远远超过常规石油储量。2012 年 10 月 3 日，日本宣布从地下 1800 米深处的页岩层中提取出页岩油。

　　国家能源页岩油研发中心是国家能源局批复建设的重要创新平台之一，已落户中国石化。在成功实现页岩气勘探开发的同时，及时启动页岩油的勘探和技术研发。

　　常规油气藏是生油母岩里运移出来的油气资源，而页岩油的开采是直接到生油母岩里找油。这就好比一个是在院子里捡鸡蛋，一个是伸到母鸡肚子里掏鸡蛋；又好比生油母岩是一张千层饼，页岩油就是层层夹在里面的黄油和糖粉。

　　自 1972 年到 2006 年，胜利油田在常规油气勘探过程中，多口油井在页岩发育段见油气显示，截至 2006 年，在济阳坳陷 45 口井泥页岩发育阶段进行测试，其中 30 余口井出产达到工业油流标准，累计产油超过 7 万吨。但胜利勘探早、中期以常规油气为主。进入后期，随着常规油气勘探开发难度增大和致密油气勘探技术的进步，页岩油气勘探逐步作为阶梯目标进入勘探视野。

伸到地下"母鸡肚里掏鸡蛋"，首先要有高科技支撑。

油城的夜空，要么乌云重重，要么星光璀璨。胜利油田勘探开发研究院页岩油实验室灯火无眠。身着白衣的科技工作者夜以继日，挑灯奋战。

胜利济阳坳陷页岩油埋藏深、温度高、压力大，钻井及压裂改造工程工艺技术要求高，页岩储存空间小，比头发丝还要细；页岩油演化程度低、密度大、流动性差，开发难度大。我们可以拿其与开发较早的美国海相页岩油做对比，美国海相页岩油沉寂时间早，具有两三亿年的历史，成熟度高，储层脆性强，是熟透了的"果子"，"采摘"容易；而济阳坳陷页岩油只有几千年的历史，成熟度低，储层塑性强，地层压不开、撑不住，是没有完全熟的"果子"，"采摘"难度非常大。一般来说，页岩油成熟度小于0.9%便不具有开发价值，而济阳坳陷页岩油资源以中低成熟度为主，樊页平1井页岩油成熟度只有0.8%。像埋藏这么深、质地这么稠的页岩油在国际上还没有成功开发的先例，但一系列关键技术的"碉堡"被油田科技工作者一一攻克。他们建立陆相断陷盆地页岩油成藏富集模式，揭开了页岩油的"庐山真面目"，研发形成以合成基钻井液体系为核心的优快钻井技术，形成了多尺度组合缝网压裂技术，让页岩油在人工制造的毫米级"高速公路"上流出，提升了单井产能。

樊页平1井是2020年中石化在页岩油勘探领域的重点探井，重点探索博兴洼陷北部沙四纯上亚段页岩含油气情况，设计井深5386米，目的层垂深3700米，水平段1694米，预测含油面积8.0平方千米，储量560万吨。

1

2020年9月30日，油城天高云淡，秋高气爽。

"这口井的压裂试油地面配套施工、日常维护和生产就由东胜公司负责！"字字如钉，斩钉截铁！

随着油田领导宣布命令，参加会议的东胜公司两位主要领导鼓掌领命。

哟，这手怎么顿感沉了许多哩？光荣和压力同时来了嘛。

"嗯，怎么会交给他们呢？"

"不交他们交给谁啊？东胜公司就是油老虎，专门啃硬骨头的哩！"

......

在场的其他几家二级单位的领导议论纷纷。

樊页平1井对中石化页岩油的突破至关重要，压裂施工也是胜利油田勘探开发60年来，规模最大、区域最新的压裂施工。由胜利油田油气勘探管理中心负责探井，胜利油田工程公司负责压裂施工，东胜公司承担该井压裂前、压裂施工全过程及压裂后所有配合保障任务。

东胜公司是胜利油田改革的第一块"试验田"，是第一块开发难动用储量的"处女地"，也是中国陆上石油开发行业的第一家股份制石油公司。

拥有多个"第一"的东胜公司创造的就是第一！

紧接着，油田历史上又一个"第一"被创造而来：施工保障项目组和保障运行计划不到12小时就出台！

命令当日传达到位，担子最终落在东胜公司滨博采油管理区。

山来要扛，水来要挡，没有丝毫的讨价还价！

还是用一句话最合适："责任重大，使命光荣！"一想到政治责任，从事基层管理工作20多年的王永生额头上立马渗出些许汗珠，作为滨博采油管理区党支部书记，他肩上沉甸甸的，脸色凝重，既有压力又有自豪。

这是一场只能胜不能败的战役！

既然是战役，那就按战争的手段来推进！

60年前，从部队转业的"老石油"打的是歼灭战、大会战，解放军精神融入不息油脉，演变成"苦干实干、三老四严"的石油精神，流传至今，这些传统和精神还在赓续！

"提高站位，统筹安排，突出重点，展示特色！"作战方案干净利索，钢钉落地，火花四溅！

项目组迅速成立，24小时内敲定方案。领导干部打头阵，共产党员挑重担，以"5+2""白加黑"的方式迅速投入战斗，支委成员分别带班，轮流住现场，百十号员工重新回到会战的岁月，触摸到久远的回忆。

从此，滨博东胜人像一棵棵玉米，把长长的根须，深深扎在那片玉米地！

从此，滨博东胜人要经历风吹日晒、风餐露宿、风吹雨打的磨炼！一周洗不上一次澡，头发满是灰尘，打绺，痒得难受；嘴上起了血泡，嘴唇上结了痂，嗓子沙哑，疼得说不出话来。但没有一人叫苦喊累。

从此，滨博东胜人就像附近村庄的农民一样，播种、洒汗、收获！

这一年的国庆节小长假，井场却是一番热火朝天，整个管理区的职工像打了鸡血一样，精神焕发，斗志昂扬，一连四个月无一人休息。

2

这是一顿"无米之炊"！

但"无米"也要做成"熟饭"！

石油人不只是"巧妇"！

井位在一片田地里。小麦的芽儿破土而出，羞涩地笑着，正享受着晚秋的暖阳。看到身着红工装的"红军"，麦苗儿摇曳着身子交头接耳，然后呼啦啦鼓起了掌。

有了绿色的陪伴，精神便有了依靠，似乎有一双双目光流盼的眼睛，驱散了寂寞和孤独。

在征地时，地方政府和当地村民给予了巨大支持，一听说要打油，就像当年支援八路军打鬼子，村民忍痛将麦苗拔了，给井场施工留出空地。

几台推土机连夜行动，宽敞的土路、平整的井场初步形成。

"咚咚——"，一阵急促的敲门声在周五的夜幕中响起，惊得院中的几只土鸡"扑棱棱"乱跳。

"咦，你咋这个时候来了哩？"

高青供电公司开辟了特别通道，按照正常程序三天才能完成这道送电手续，一晚上就解决了！

安装井场照明设备7套，架设高压线缆1.2公里，12天完成！这真是神仙般的速度，在高青的地面上又是第一次。

压裂施工，水是重要的增能资源。起初，他们协调到附近村庄的一个水湾，用水泵24小时不停地抽水以维持日注水量，但突然设计出现变化，注水量加大，水不够用，怎么办？

万事开头难。

11月14日，进入压裂施工的第6天，按计划，当天将完成第9、10段的压裂，但从12日开始，因地层复杂、施工难度大，实际压裂用水远超原设计用水，日用水需求量超计划20%以上，原日供水5000立方米的供水标准已经不能满足现场用水需求。

压裂施工不能停！

13日，星源公司作业队进入现场进行抢接，连夜施工。当天晚上8点半，第二水源供水欢快地流入井场蓄水池，保障了当天的压裂用水需求。

第 9 段施工注水量达到了 3713 立方米，供水再次告急！

险情就是命令，保障就是责任。油田领导要求：请东胜公司克服一切困难，保障供水！

"附近哪儿还有水源？"管理区副经理蒋建亮凌晨接到经理张彬的电话后，急得嘴上起了两个大血泡。

"最近的只有附近村民的鱼塘了！"负责联系水源的生产指挥中心主任朱同同直叹气，"但是工农关系……"

"联系高青县油区办帮助协调吧！组织党员干部准备抢供装备赶往现场，等到通知就上！"王永生的脑袋都大了，难题一个接着一个，一刻也闲不下来，是嘛，这也是一次考试，考题的难度是前所未有的哟。

哈，这真是奇怪的命令！还没得到鱼塘主人的同意呢，这边立马启动应急预案，组织了 20 多人及车辆、物资装备赶赴现场，一场保障压裂供水的战役打响了！

在东胜公司统一协调指挥下，滨博管理区、高青管理区作业承包商及员工 40 余人、星源公司的 3 支队伍 18 人，火速赶到现场投入战斗。王永生带领注采站职工携带工具及发电机驰援现场。

人拉肩扛，铺路搭桥，下水泵、接管线、上卡箍、紧螺栓……村里赶来几只凑热闹的狗，不再左嗅嗅右闻闻，寻觅着食物，仿佛也被机器的轰鸣所震撼，傻愣愣站着，昂着头，竖着耳朵，摇摆的尾巴停了下来，一动也不动，仿佛怕惊扰了机器的歌声。

岁月将诸多的往事钉在历史的板壁上，雕刻在油田的"史记"中，那些浸润在骨髓里的记忆，让许多雕塑矗立在王永生的灵魂之中。他感到天空逐渐明亮，一抹金色的云霞从东方冉冉升起，将他疲惫的身体向上托举，那身坚硬的骨头，在晨曦的照耀之下，咯咯作响。

紧张的 12 小时过去了，1.1 公里补水管线的铺设完成！

人心齐，泰山移！

一听说"油大哥"要用水，油区办负责人亲自出面去村民家做工作，问题很快解决。晚上 7 点 30 分，三段供水管线同时为压裂施工蓄水池供水，提供了每小时 600 立方米供水量，这些救急的水哟，像一排排义不容辞的士兵，奔赴战场，钻入地下换防，让那些坚守在地下的黑色金子重见日月，发挥更大的作用。

有了水，一台台压裂机叫得更加欢畅。

3

井场周围是被阳光拔起来的玉米，一排排、一列列，像身着绿色军装的士兵。金色的阳光钻进一棵棵玉米肚里，鼓胀了玉米的直腰，玉米棒槌被别在玉米的腰里，顶端钻出根根粉红色的头发，向人们展示着怀孕的标记。稠实的玉米秸秆密不透风，玉米的清香，玉米的爱恋，将轰轰鸣响的井场缠绕。蒲公英的黄花儿贴着地面轻柔摇曳，蚂蚱菜挥舞着手臂，炫耀着洋溢的青春。一些不知名的小草，这时候也钻出了头尖尖，愣头愣脑地四处打量。天气暖和起来，它们又要往高处拔节了。浓绿的田野气息，被风牵着，像碧水清流，流向了村庄，流向了吐着炊烟的人家……

在井场的红衣将士们，时刻感受到似乎有一双双目光流盼的眼睛盯着，丝毫不敢懈怠。有了绿色的映衬，他们心里感到踏实，一种有血有肉、有温度、有灵魂的踏实。

井场开辟的土路容得下带着泥土的双脚，却容不下滚滚车轮。

每天来来往往几十台重型车辆，拉运物资、设备，每车至少几十吨，再加上刮风下雨，路面泥泞，路面上的垫板被挤压滑出，于是，坑坑洼洼，稍

泥泞的井场

不注意，车就会掉坑抛锚。24小时站在风雨里现场值班的管理区带班干部，立即组织人员、挖土机把抛锚车辆"解救"上路。

但老天爷的考验刚刚开始!

天气预报显示，20年一遇、持续半个月的雨雪极寒天气将随之而来!

"不能被老天牵着鼻子走，这可不是个长法哩!"负责基建保障的邢照峰裤腿沾满了泥水，一脸愁容，额头上一个大大的"川"字。

是哩，雨雪天气持续这么久，路会越来越难走，怎么办啊？

项目组现场召开了"诸葛亮会"，决定增加一台挖土机，加铺道路垫板，边施工边修路。

石油人就是直性子，说干就干!还是靠自己，再组织一次小会战。党员冲在前，干部职工齐上阵。天空飘起了冰雨，大多数职工没穿雨衣。淅淅沥沥的雨水很快浸透了红工衣。水珠滴答滴答，顺着安全帽帽檐向下淌，滴到脸上、身上，分不清是雨水还是汗水。没人停下来，依旧在垫土、加固、指挥铺设。

板房里吃个包子就是一顿饭

"哈，这包子可暖手哩!"午饭送到现场，满手污泥来不及洗，就着雨水吃包子，大伙儿边吃边说笑道。

"这帮石油人可真能干哟!"

"唉，石油工人真不容易啊！"……

机器轰鸣，打破了日出而作、日落而息的宁静的村庄，为固守在田野的村民打开了现代工业文明的一扇大门。他们感到新鲜、惊奇。看着从井场出来的石油"泥人"那高兴劲头，他们从心底感叹。

路，垫好了。车辆没有一台延误。

有家回不了家。滨博采油人的家大都在 80 公里开外的东营，以前一周还能回去一次。现在，为了油，他们把家甩在了天上，变成了一颗颗闪亮的星星，只有夜深人静的时候，才有机会瞅一瞅、望一望，流下几滴眼泪。

岗位就是家，井场就是亲人！

4

11 月 25 日，樊页平 1 井已进入压裂完成倒计时，30 段压裂施工，共加液 8.3 万余立方米，加砂量 5129 立方米，伴注二氧化碳 5708 吨。

万事俱备。

机器隆隆作响，高速飞转，注液伴随一粒粒砂和二氧化碳，带着石油人的信念和梦想，源源不断地输入大地的"胸膛"，地球开始颤抖。

从第一粒砂注入起，就牵动着千百颗心，滨博采油管理区 117 名员工的心更是被吊着，担心、期望交织在一起。

中午 11 点 58 分，随着"施工顺利完成，停泵！"的施工指令，历时 18 天的樊页平 1 井压裂施工圆满完成。

当天上午，东胜公司、油气勘探管理中心、石油工程监督中心、石油工程技术研究院、井下作业公司、测井公司等单位召开了现场总结会。

"页岩油的勘探开发是胜利人多年来的梦想，也是集团公司未来的攻坚方向。集团公司计划在胜利油田建成页岩油产能示范区。希望大家再接再厉，在樊页平 1 井的施工中务必取全取准各项资料，为页岩油的下一步开发打下坚实基础。"油田领导寄予了很大希望。

5

11 月 25 日下午，樊页平 1 井进入放喷试油阶段。

一连半个月的冬雨连绵，井场到处是稀泥和水洼，参与压裂施工的设备及车辆陆续撤出。

试油开始的每一秒都是苦苦等待！等待的日子特别漫长，等待也是一种煎熬啊。

一口气没白没黑地干了425个日日夜夜，在这起起伏伏、蹦蹦跳跳的光阴里，他们低头做事，今天，头一回朝着井口的地方伸长了脖子、屏住呼吸，眼睛不敢眨一下，每个人都按捺不住弹簧一样跳动的心。

是呢！一个多月来，每个人像高速运转的机器，没有合过整一夜的眼，没有穿过一天干净衣服，没有吃过一顿囫囵的热乎饭。

"就像期盼分娩生孩子一样！"负责项目后勤工作的党支部副书记刘永泉深情地说。

终于"预产期"来临！

试油放喷日产油达170多吨！

这令人激动的消息以最快的速度传到胜利油田机关，传到北京。

一条通向明天的"我为祖国献石油"的"新路"终于铺就而成！

60岁的大油田又焕发出勃勃生机！

欢喜之后，并没有轻松和懈怠。

"孩子"刚生出来，作为"甲方"的东胜公司滨博采油管理区干部职工满怀做"父母"的喜悦，劲头更大了，瞪大眼珠子，全力保障该井试油放喷。

11月28日夜，高青县气温已降至0℃，泥土已开始上冻，持续保障工作仍在连续进行。樊页平1井压裂返排液由放喷计量池经外输管线泵输送至樊11—斜10井回注，启泵端由两名滨博管理区值班人员24小时现场值班，部署5辆罐车进行压裂液倒运，井口已由3毫米油嘴换至8毫米油嘴控制放喷。原油油气量大、倒运频次多、距离远、操作节点多，每天有三名值班人员24小时现场值守，不间断对5个多功能罐进行倒液、排水、校产，每小时一次倒油切水，全天倒阀门200余次。

这5个多功能罐有8米多高，值班职工需每天爬上爬下上50余次。一个七八平方的小板房就是他们的"家"，距离操作区域不足100米距离，但"家"中常常空无一人，因为操作太频繁，实在离不开、走不出这100米啊！累了就地坐两分钟，常常是一会儿鼾声高起，进入甜蜜的梦乡，不到两分钟便被同伴叫起。夜深了，夜沉哟，几十只灯光吃力地托举着。田野的狂风吼叫着，气温达-18℃，虽然戴着棉手套，但手很快就被冻麻了，操作完毕后人就往车里钻，不到几分钟，又下来进行下一轮次的操作。

注采站站长赵磊在办公室搬桌子时，不慎扭着腰，造成尾骨骨裂。就医时，医生开出了建议卧床休息一个月的医嘱。但他知道此刻是单位最需要他的时候。

"有病好好休息，单位离开你就不转了吗？"妻子埋怨道。

他什么也没说，第二天夜里，赵磊的身影便出现在试油放喷现场。

累了，骨头疼痛，干脆在地上躺一会儿。有人劝他回家休息。

"大老爷们又不是挺不住，只要能坚持，咱就顶得上哩！"他的回答硬邦邦。

因为没有铺设输油管线，从井里打出来又只能输到储油罐里，然后再用油罐车向外倒。如果倒油不及时，则会发生原油外溢事故。拉油的油罐车像来回奔波的蜜蜂，一刻也闲不下来，一分钟不能停。

这可苦了罐车司机和押运员！

女子押运班应运成立，负责9台油罐车的装卸。自从干了押运员，这11名姐妹就把家安在了驾驶室，每天早上6点起床，晚上12点后才能躺下，一天到晚跟着车轮连轴转。手机、小镜子、防晒霜、破工衣是女子押运员的"四件宝"。她们把家浓缩在小小的屏幕里，小心翼翼，只有坐在车上才掏出来，按下键钮，亲情便汩汩流出来。小镜子是用来照照脸上的原油，及时擦下。风吹日晒，时间一长，细皮嫩肉的脸蛋儿都成了"黑蛋蛋"，女人嘛，天生爱美，有空的时候就擦一点防晒霜。其实，也只是心理作用，骄阳似火，油罐上面的温度有时高达近80℃，罐体烫得牛皮鞋底都化了，汗水一个劲地向下流，衣服湿透，挂一脸的汗水，防晒霜早已冲得无影无踪；夏天，汗水、雨水和油泥黏满了红工衣，衣服洗得勤，慢慢褪了色，油渍渍的夏装工服从来没有干过。冬天，披着一身风霜雨雪，再加原油"挂彩"，那身棉工服几乎分辨不出本来模样。

12月8日21:50，已是第6趟原油内倒了，这时大雾弥漫，车灯打开，眼前一片白茫茫。因22:00后罐车不能走高速，值班干部李楠、王晓明驾驶一辆吉普车在前面，黄色的紧急灯光闪烁，当起了向导，引导罐车走下道绕行。凌晨1:00，第6车排液在滨博接转站卸下。

他们几乎没有在前半夜睡过，回到宿舍，不敢惊扰睡梦中的同伴，轻手轻脚脱了外衣，身穿湿漉漉的内衣钻进被窝。

今年30岁的李婕是女子押运班年龄最小的一个，她胸前的工衣上别着一个蝴蝶结，被人称为"小蝴蝶"。宿舍里满箱子的时装，几个月都不会动一下，根本没机会穿。

去年女儿报名上幼儿园，她之前许诺和孩子一块去，但那天押运员紧张，她实在抽不出身来，只能把孩子托付给身体不太好的公公。

孩子生病，母亲怕她担心，不想告诉她。去了胜采医院，回来后孩子病情加重，迫不得已要去油田中心医院诊断治疗。深夜，她突然接到母亲的电话，才知道孩子病了，吃什么吐什么。一边是紧张的工作，一边是日思夜想的孩子，她心里好难受，好想真的变成一只蝴蝶飞回家！

当她拉完最后一车油回到宿舍时，已是凌晨1点多。拿出手机听到孩子的语音留言——"妈妈我想你了"，她的眼泪瞬间扑簌簌掉下来……

第二天早上6点，她又匆匆出了门上了油罐车。

狂风似脱缰的野马，夹裹着倾盆大雨，吼叫着、横扫着田野，乌压压的黑云压在头顶，积水已淹没膝盖。台风"利奇马"袭击了高青，一人多高的玉米被吹得东倒西歪，唯一的一条马路被洪水吞噬。白昼如夜，油罐车开启了灯，像一名步覆蹒跚的老人，靠两旁的树木、庄稼当作参照物，小心翼翼在水中跋涉。到了井场，一出驾驶室，百十斤重的李婕好像一朵花瓣，被风吹得摇摇摆摆。她顺着旋梯一点点爬上油罐，把安全带挂好，打开了阀门。那天，她一连倒运了8车油，回到宿舍已是凌晨3点钟。

"樊页平1井锤炼了我，第一次接触这样的油井，我感到很自豪哩！"谈到这里，李婕两眼湿润，但笑得很开心，像一朵盛开的野菊花儿。这质朴的笑，田埂上的野草听到了，风一摇，满头满脑地赞许。

一阵野风吹过，玉米地里哗啦啦，一阵热腾腾的气息扑面而来。看着不远处恬静的村庄，她眯着眼睛，打了一个哈欠，似乎身体软瘫下来。

一口油井，一支团队，面临着新的困难，顽强奋发，勇于攻坚，为大油田找到一个战略突破口、一条新路，把共和国能源的饭碗牢牢端在自己手中，描绘了一个灿烂的明天！

2021年10月21日，一个激动人心的日子。在金秋的阳光里，习近平总书记走进胜利油田勘探开发研究院，参观了页岩油实验室、二氧化碳气驱实验室。习近平总书记高度评价胜利页岩油勘探开发工作。

截至10月28日，樊页平1井峰值日产油171吨，创国内页岩油单井日产最高纪录，累计生产原油12800吨。

2021年11月，中国石化发布消息，胜利油田济阳页岩油勘探取得多点突破，首批上报预测石油地质储量达4.58亿吨，初步测算该地区资源量在40

亿吨以上，目前已具备全面开发条件。为实现效益开发、夯实国内产量基础、保障国家能源安全再立新功。

随后，新华社、中央广播电视总台、《人民日报》、《参考消息》、《科技日报》、《环球时报》等多家媒体对胜利油田页岩油取得战略突破进行了报道。

6

在距离樊页平1井南方600米的位置，部署了8口页岩油新井。8月10日，由勘探院、局开发处、难动用项目处、东胜公司、经纬公司、定向井公司、黄河钻井总公司组成的专业团队于钻井现场全部集结完毕。

樊页平1页岩油开发试验井组采用的是井工厂开发模式，8口水平井平均单井水平段设计位移2000—2480米，钻井轨迹控制难度大，并且页岩油开采中的长井段水平井，国内并没有可参考借鉴的例子，只能在摸索中前行。这时候，处于"隐蔽战线"的地质工作者冲锋在第一线。由地质勘探开发研究院、东胜地质所组成的轨迹跟踪5人小组住到了现场，办公室是井场的板房，住在800米开外的采油队上。从此，他们开启了"5+2""白＋黑"的驻井监督模式。今年48岁的王传忠是东胜公司地质所的一位主任师，他的主要任务是当好"作战参谋"和钻头的"指挥员"，对入靶、过断层、变倾角等重要节点展开密切跟踪分析，随时了解钻头所处地层以及下一步将钻遇的地层，并根据地层倾角的变化趋势，对轨迹调整做到"调一步、看两步、想三步"，通过优化轨迹，减少调整次数，确保轨迹平滑。有时，在做数据分析时，5名"参谋"争得面红耳赤，惊得窗外玉米地里正在唱歌的蟋蟀屏住了呼吸。

10月，一连几天下着小雨，井场的路泥泞不堪。晚上，王传忠借着手电微弱的光芒往宿舍走，边走边思考着井斜数据和地层倾角的变化，没想到一脚踩空，他重重摔在地上，头撞到地面的一块石头上，一身泥水，一摸脸上是鲜血，急忙到队上擦了点酒精，半个月后伤口才慢慢愈合。

2021年的最后一场雪如期而至，樊页平1井组银装素裹，披着一层洁白的外衣。樊页1-2、1-3井正进行到关键阶段。这天晚上，21点30分，王传忠在交代完井上的情况后前往宿舍，一只腿刚迈进宿舍，手机响了："王主任，樊页1-2井井斜达到了87度呢。"

他立马跑步返回，向定向跟踪人员了解情况。原来，这一问题是受天气

井场现状

影响，加之泥浆值班人员没有及时调整泥浆密度造成的。他果断下令调整钻压为 6 吨、保持 86.5 度钻进。处理完后，已是凌晨 2 点钟，王传忠疲惫地躺在床上。"嘀、嘀——"，电脑里每隔一小时就发送一次数据提示音，在寂静的深夜格外刺耳，那夜，他一夜无眠。

王传忠是一名非常讲究的人，他每天要洗两次澡，否则就会全身不舒服，但井上条件有限，洗澡成了最大难题。后来，东胜滨博管理区的同事们在宿舍之间的空隙，安装了一个小型热水器，两面拉上布帘子，一个露天澡堂就成了。到了冬天，外面有时气温达到 −15℃，穿着棉衣都冻得人打哆嗦。王传忠利用中午温度最高的时候，冲洗一下。一会儿的工夫，浑身上下被冻透了，上下牙齿之间"嗝嗝嗝"响个不停。

"家是顾不上了，钻头不停，我们不能离开呀。"王传忠感叹道。他又说，一想起油井就感到很自豪，苦点累点不算啥。

新时代，新梦想。石油人把梦想的种子置于盐碱滩、大山、大海、沙漠……盛开着鲜艳的花朵。这些梦想之花开在新时代的额头上，那样绚丽，那样灿烂……